ROWOHLT
BERLIN

Stefan Chwin

Die Gouvernante

Roman

Aus dem Polnischen von
Renate Schmidgall

Rowohlt · Berlin

1. Auflage September 2000

Die polnische Originalausgabe erschien 1999 unter dem Titel
«Esther» bei Tytuł, Gdańsk

Umschlaggestaltung Walter Hellmann unter Verwendung eines
Fotos von Katharina Pfaller
Satz aus der Minion PostScript PageOne
Gesamtherstellung Clausen & Bosse, Leck
Printed in Germany
ISBN 3 87134 408 7

Die Schreibweise entspricht den Regeln
der neuen Rechtschreibung.

Die Gouvernante

Ulica Nowogrodzka 44

Der Zug fuhr erst am Abend, und er überlegte, als er die Gebäude vor dem Bahnhof betrachtete, ob er nicht bei dem Haus in der Ulica Nowogrodzka vorbeigehen sollte, von dem ihm seine Mutter so viel erzählt hatte. Auf großen, vor dem Kulturpalast aufgestellten Plakaten machte ein deutsches Model Reklame für ein neues französisches Auto. Hinter einer Schaufensterscheibe, an der er vorbeiging, sprach der polnische Präsident in blauem Anzug aus einem Fernsehbildschirm lautlos zu einem Cowboy, dem eine Marlboro an der Lippe klebte. Auf dem Bahnhof hingen Flaggen der Solidarność.

Es nieselte, als er neben dem Postgebäude vor dem gelben Haus mit den gusseisernen Balkonen stehen blieb. Er war noch nie hier gewesen. Doch plötzlich kamen, wie ein Echo aus längst vergangener Zeit, alte Wörter und Bilder zurück. Der Glanz von Mahagoni, Messing, Kristallgefäßen, das Rascheln von Seidenkleidern. Das alte Warschau, jenes Warschau, das die Celińskis nach dem Aufstand verlassen hatten, um in die Stadt an der kalten Bucht zu ziehen, wo er später geboren wurde …

«Das Kasino», «der Kolonialwarenladen in der Koszykowa», «der Sächsische Garten», «bei Herse», «die Ladenmädchen», «die Portiers», «das Hinterhaus», «die vorderen Zimmer». Wie oft hatte er als Kind diese Worte gehört! Wenn er an Sommertagen atemlos und glücklich vom Strand nach Hause kam und die Treppe hinaufstürmte, um seine Freude über das sonnige Wetter mit den anderen zu teilen, hatte er seine eigenen Bilder im Kopf: das Krantor, die Kathedrale, die Mottlau, das Rathaus. Er erinnerte sich an jede verblasste deutsche Inschrift auf der Speicherinsel und an den Ruinen der Breitgasse. Das war seine Welt: ziegelrot, mit schwarzen gotischen Linien, mit Fachwerk unter Efeukaskaden. Doch in den Worten, die Großmutter Celińska so liebevoll aussprach, schwang eine ihm unbegreifliche, zurück-

haltende Freude mit. Man spürte, dass sie, und sei es nur für einen Augenblick, gerne aus Oliwa in jenes unwiederbringlich vergangene Warschau zurückgekehrt wäre, das seinen lebendigen Glanz noch immer nicht verloren hatte, zurück in die gute alte Zeit der geheimnisvollen «Ulica Nowogrodzka», wo Großvater nach seiner Rückkehr aus Odessa in der Nummer 44 eine große Siebenzimmerwohnung gekauft hatte, denn die Getreidelieferungen an die Armee waren pures Gold, und man konnte sich alles leisten. Die Worte, die er im Zimmer, in der Küche, im Garten oder auf Spaziergängen hörte, flogen schnell wieder aus seinem Gedächtnis davon; wer hätte sich damit belasten mögen, wo doch vor dem inneren Auge unauslöschlich das Krantor, die Kathedrale, der Park, die Zisterzienserkirche, der Strand zwischen Oliwa und Sopot lagen. Doch als er jetzt vor dem großen Haus mit der Nummer 44 stand und die gelbe Fassade mit den Balkonen betrachtete, wurden die sonst so schnell vergessenen Worte wieder lebendig und nahmen konkrete Gestalt an: Straßen, die er nie gesehen hatte und nur dem Namen nach kannte, von Gaslampen erleuchtete Schaufenster, goldene Inschriften auf Glas, Pferdedroschken, Eisenbahnbrücken über einen dunklen Fluss, der riesige gepflasterte Platz zwischen dem Theater und der orthodoxen Kirche.

Von der Marszałkowska her dröhnte die Stadt. Das Tor bei der Nummer 44 war geschlossen. Er zögerte und überlegte, ob er nicht zum Bahnhof zurückgehen sollte, doch plötzlich öffnete sich die schwere Tür, und eine Frau und ein Mann begannen das Schild einer neu eröffneten Druckerei an der Außenwand anzubringen. Er ging an ihnen vorbei, trat in den gewölbten Hauseingang und blieb im Hof stehen, den Kopf in den Nacken gelegt. Es war still, kaum zu glauben, dass die Kreuzung der Allee und der Marszałkowska nur ein paar Schritte entfernt war. In der Dachrinne gurrten nasse Tauben. Die Dame kam näher: «Suchen Sie jemanden?» Er verneigte sich: «Nein, ich suche niemanden, aber hier, wissen Sie, in diesem Haus, hat meine Familie gewohnt.» Die Dame bedachte ihn mit einem mitfüh-

lenden Lächeln: «Dann möchten Sie vielleicht schauen, wie die Wohnungen hier aussehen? Im Aufstand sind so viele Häuser abgebrannt, und hier ist alles wie früher.»

Wie früher?

Der hohe Hausflur, die Marmortreppe, der erste Stock, die Eichentür mit den Milchglasscheiben, die schwere Klinke, das Licht. In der Wohnung befand sich eine Anwaltskanzlei. Es war gerade Büroschluss. Die Dame wandte sich wieder ihrer Arbeit zu, und er, sich selbst überlassen, ging gerührt den Flur entlang. Mit Ausnahme der vollkommen neuen Möbel aus Rohr, Leder und Nickel und der Schreibtische mit den Computern unter einem Kalender der Firma Sony stammte alles aus früheren Zeiten. Der Fußboden mit dem Eichen- und Ebenholzmosaik. Der grüne Kachelofen. Um den Kronleuchter ein Kranz von Blättchen aus Gips. Der Stuck an der Decke. Messingklinken mit einem Blumenmuster. Die Zimmer rechter Hand gingen auf die Nowogrodzka hinaus. Über den Dächern der Häuser auf der anderen Straßenseite konnte man die grüne Kuppel der nach dem Krieg wieder aufgebauten St.-Barbara-Kirche sehen. Links sah er aus dem Fenster in den Innenhof, wo er vor kurzem gestanden hatte.

Dieses Bild, dachte er, das Bild mit dem Stempel «Foto Atlas – Hoża 17» … Großmutter Celińska hatte es eines Abends aus der Blechdose geholt, in der früher der Eduschokaffee aufbewahrt wurde, und auf den Tisch mit der gehäkelten Decke gelegt. Das kleine Zimmer rechts, von dem aus man jetzt die Kuppel von St. Barbara und das dunkle Postgebäude auf der anderen Seite der Nowogrodzka sah, könnte also das Zimmer jener Frau auf dem bräunlichen Foto gewesen sein, deren fremd klingender Vor- und Zuname sorgfältig mit grüner Tinte auf der Rückseite geschrieben stand, neben dem Wort «Wien» und dem nicht ganz leserlichen Datum «Oktober 189 .»? Aber damals hatte es ja die Post in der Nowogrodzka noch gar nicht gegeben, und die Straße trug den russischen Namen «Nowogrodskaja»!

Und dann dachte er an Aleksander. Das dunkle Foto, das Großmutter an jenem Abend aus der Eduschodose geholt und neben die Fotografie der Frau mit der Perlenkamee am Hals und dem zu einem Kranz hochgesteckten Haar auf den Tisch gelegt hatte, war am Rand gleichmäßig gewellt: Im Wasser des alten Teichs im Łazienki-Park spiegelt sich die Sonne, es ist Frühherbst, Aleksander steht neben Großvater Czesław und Andrzej, mit einem Strauß trockener Kastanienblätter in der Hand – blutjung, heiter …

Welches Jahr war das wohl? 1898? 1900?

Das Kleid aus Wien

An jenem Tag bin ich kurz vor fünf nach Hause gekommen. Auf dem Tisch ein Zettel. Nur ein Satz: «Sie ist da!» Andrzej? War das seine Schrift? Ja, sie sollte am Freitag oder Samstag kommen, zehn nach drei mit dem Zug aus Wien, dann wäre sie gegen halb vier bei uns gewesen, so lange brauchte man vom Bahnhof bis zur Ulica Nowogrodzka!

Mein Herz schlug schneller. War sie schon oben? Im Flur des ersten Stockwerks leuchtete das Mosaikfenster mit den hellblauen und scharlachroten Blumen. Durch die Fenster auf der Seite der Marszałkowska drang das Rattern von Kutschen herein. Gespannt, ob ich nicht das Rascheln eines Kleides hören würde, klopfte ich an – nein, es war still. Ich gab der weißen Tür einen Schubs mit den Fingerspitzen. Sanft gab sie nach.

Das Zimmer war leer. Die Jalousie halb geschlossen. Warme Sonnenlinien auf den Lehnen der Stühle. Das Bett in der grünen Nische, mit dem gebogenen Kopfteil aus Holz, noch bei Zelmer in der Ulica Hoża gekauft, mit der bestickten Damastdecke, war im weichen Schatten versunken, ein wenig wie ein Schiff, das im Nebel auf jemanden zu warten scheint. Von unten drang das ruhige Ticken der Uhr herauf. Der Wind bewegte die Blätter draußen, das Fenster verdunkelte sich, alles erlosch in einem goldenen Dämmer. Mit der Hand an der Klinke betrachtete ich das gedämpfte Zimmer: den Tisch, die Stühle, die Kredenz aus Mahagoni. Gleich darauf floss das durch die Jalousien gesiebte Licht wieder in weichen Linien über den Teppich, es kletterte über die Stuhllehnen, erreichte den Spiegel, die grüne Nische leuchtete auf.

Auf dem Bett lag jemand, völlig reglos, eine dunkle Gestalt.

Ich atmete auf: Es war nur ein Kleid, ein langes Kleid aus dunklem Crêpe de Chine, lässig quer übers Bett geworfen; der schwarze Rand berührte den Boden, und der Ärmel, der linke Ärmel mit der schmalen Manschette, seltsam verdreht, schien hinter das Kopfkissen greifen zu wollen. Der Saum mit den dunklen Rüschen weitete sich am Hals zu einem blumigen Schlitz. Ich trat näher, streckte unwillkürlich die Hand aus, um den Ärmel richtig hinzulegen, doch als ich mit den Fingerspitzen den kühlen, schwarzgrün schimmernden Stoff berührte, der mit kleinen, funkelnden Perlen bestickt war, zog ich die Hand zurück. Ging da unten nicht die Tür auf? Kam vielleicht Mutter mit Andrzej von den Drozdowskis zurück? Oder Janka mit Frau Mauer vom Markt in der Ulica Polna? Ich ging schnell in mein Zimmer. Mutters Stimme: «Aleksander! Aleksander! Ist Aleksander schon da?» Irgendwo unter dem Fußboden war das Klappern von Tellern zu hören, das Klirren von abgespültem Silber.

Erinnerungsfetzen unter den Lidern. Heidelberg, die kalte Bahnhofshalle in Frankfurt, die weiße Aula, in der Professor Himmelsfeld seine Antrittsvorlesung hielt, der Vater, der auf dem Wiener Bahnhof aus dem Waggon steigt, die Dächer des Stephansdoms, Steinwurzels Worte: «Hör mal, mein Guter, Geldmangel ist ein Zeichen von Anstand, verstehst du?» Die Schule von Hermann Benni und Aniela Hoene, aus der Janek gelaufen kommt.

Auf dem Flur Schritte. Mutter? Ein leises Klopfen. Ich öffnete die Tür. Sie lächelte: «Wer hat denn so etwas gesehen, den ganzen Nachmittag verschlafen. Mach dich ein wenig frisch und komm herunter zu uns. Wir erwarten dich. Du musst dich schließlich Fräulein Esther vorstellen …»

Sie hieß Esther? Immer wenn Mutter sie in ihren Briefen erwähnte, nannte sie sie «Fräulein Simmel». – «Wir haben Fräulein Simmel kennen gelernt», schrieb sie mir im Januar, «diese junge Person aus Danzig, weißt du, von der uns Frau

Jędrzejowska erzählt hat, als wir im Prater waren. Ich dachte sofort: Wäre es nicht gut, wenn so jemand sich um Andrzejs Erziehung kümmern würde? Er braucht die Führung einer stärkeren und auch anmutigeren Hand, als Herr Wąsowicz sie hat, dessen pädagogische Talente außer Zweifel stehen, dessen Manieren aber einiges zu wünschen übrig lassen. Als ich sie also bei den Hertzens sah, dachte ich mir ...»

Ich nahm die neuen Kleider aus dem Schrank, die ich bei Arens in der Retzstraße gekauft hatte, als ich mit Erich, auf der Suche nach etwas Passendem für den Ball der Burschenschaft «Zirkel und Eule», durch Heidelberg spaziert war. Ohne Eile zog ich mich um: die weiche Krawatte. Manschettenknöpfe. Seidentuch. Unten im Salon gaben die Teller, die man auf den Tisch stellte, einen gedämpften Ton von sich, wie hinter einem Plüschvorhang. Jemand lachte. Dann verstummte alles.

Ich ging langsam die mit einem roten Läufer ausgelegte Treppe hinunter, niemand konnte mich hören. Meine Hand, über das glatte Geländer gleitend, das Licht des kristallenen Lüsters, das helle Zimmer mit der blassgrünen Tapete, der große Tisch. «Na, da bist du ja endlich», lächelte Mutter. Und sie wandte sich an die junge Frau mit dem Kleid aus himmelblauem Organdy: «Das ist Aleksander, er ist vorgestern aus Heidelberg zurückgekommen und wird uns sicherlich – darf ich das hoffen, mein Lieber? – etwas länger mit seiner Anwesenheit beglücken als im letzten Jahr.»

Ihr Gesicht konnte ich nicht sehen, es war meiner Mutter zugewandt. Nur das Profil mit den deutlich hervortretenden Backenknochen, das zu einem schwarzen, leichten Kranz hochgesteckte Haar, den Schildpattkamm, schmal, grünlich, tief hineingedrückt. Sie drehte sich um, mit einem Lächeln, das nicht für mich bestimmt war – hochgezogene Mundwinkel, höfliche Aufmerksamkeit, nur in den Augen etwas Kühleres, ein leicht gedämpfter Glanz, das Weiße im

Auge hell, fast bläulich. «Sie sind das also», sagte sie und streckte die Hand aus. «Ihre Mutter hat mir schon ein wenig von Ihnen erzählt.» Ich hielt ihre Hand in meiner. «Ich freue mich, dass Sie zu uns gekommen sind. Andrzej konnte es kaum erwarten.» Wir schauten zu ihm hinüber. Andrzej gab mit einer Feder in der Hand vor, er spiele mit dem Papagei, der in dem Messingkäfig flatterte. «Komm zu uns.» Fräulein Esther winkte. «Na, hab keine Angst. Du hast doch keine Angst vor mir, oder?» Er schüttelte den Kopf und kam näher: «Und Sie haben wirklich Paris gesehen?» Sie lachte: «Ja, wirklich.» – «Und den eisernen Eiffelturm auch?» – «Ja, auch den Eiffelturm.» – «Und die Kathedrale, in der der Glöckner gewohnt hat?» – «Auch die Kathedrale.» – «Und Sie werden mir alles erzählen?» – «Ja, du kannst ganz beruhigt sein. Aber wir werden nur französisch und deutsch sprechen, einverstanden?» Er nickte, wenn auch nicht begeistert. «Na, Andrzej», schaltete sich Mutter ein. «Lassen wir Fräulein Esther endlich in Ruhe, sie hat schließlich eine lange Reise hinter sich. Da kommt ja schon Vater.»

Auf der Treppe im Hausflur hörte man Schritte, die Tür klirrte. Mein Vater hatte einen weißen Schal um die Schultern geworfen und eine Chrysantheme im Knopfloch. Mutter schüttelte den Kopf: «Wie siehst du denn aus, Czesio …» Aber Vater holte nur tief Luft: «Wandalein, fünf Waggons von Salzmann! Weißt du, was das heißt, fünf Waggons Weizen aus Odessa, roter Goldweizen, den Salzmann von Krawtschenko gekauft hat und der schon in Praga steht, auf dem Nebengleis bei den Kornbaums! Gold ist das, kein Weizen, ich sag's dir, Perlen, Bernstein!» Man sah, dass Vater schon leicht angetrunken war, denn er lehnte sich mit dem Ellbogen an den Rahmen, und mit dem linken Fuß stand er auf der Spitze des Lackschuhs. «Setz dich zu uns, Vater.» Ich nahm ihm den Mantel von den Schultern. «Salzmann läuft dir nicht davon.» Vater war ärgerlich: «Hört euch das an. Er behauptet, er weiß, wer Salzmann ist!» Vater steckte sich eine Serviette unters Kinn. «Mein Lieber, Salzmann ist Getreide, Kupfer und Salz! Das ist ein Kiewer Konsortium mit Filialen in Wien und Piter, verstehst du?» Wir setzten uns alle an den Tisch, Andrzej hielt die Hand vor den Mund. «Was gibt's denn hier zu lachen?» Vater glättete die Serviette auf der Brust. «Und wie heißt der Genitiv zu *ancilla*? Na?» – «*Ancillae,* Papa.» Andrzej griff ohne Eile nach einem Keks in der Kristallschale.

«Bravo», sagte Fräulein Esther. Erst in diesem Augenblick bemerkte Vater, dass sie bei uns am Tisch saß. «Ah, Fräulein Simmel, Sie sind schon da.» Er kniff die Augen zusammen und betrachtete sie aufmerksam. «Und wie war die Reise?» Fräulein Esther neigte den Kopf: «Ich bin etwas früher gekommen als verabredet, aber ich hoffe, dass ich keine Umstände mache …»

Wie sehr veränderte sich das ganze Haus, seit diese schöne junge Frau da war. Zunächst schien alles seinen gewohnten Gang zu gehen, doch die feinen Spuren der Anwesenheit einer fremden Person erschütterten unmerklich die Ruhe, die bei uns herrschte, auch wenn nichts Außergewöhnliches geschah. Morgens stieß die nach dem Kamm greifende Hand auf eine perlschimmernde Bürste, in der eine Haarnadel steckte. Abends glänzte auf der gläsernen Ablage unter dem Spiegel wie ein verlorener Quecksilbertropfen ein Ohrring mit einem Aquamarin und einer spitzen Kupfernadel. Und die neuen Düfte, die plötzlich durch den Flur schwebten, wenn Fräulein Esther im Satinkleid von ihrem Zimmer zur Garderobe ging, um den Mantel mit dem flauschigen Fuchspelz aufzuhängen, die Pelerine aus Shetlandwolle auf dem Drahthaken zurechtzurücken oder die purpurrote Hutschachtel mit den silbernen Buchstaben «Urania Danzig» auf das Regal zu stellen.

Gegen Mittag öffnete Mutter die Tür. «Vielleicht zeigst du Fräulein Esther …» – «Ich komme mit!» Andrzej griff schon nach dem Mantel, aber Mutter hielt ihn zurück: «Nein, du bleibst hier. Zuerst soll Aleksander Fräulein Esther die Altstadt zeigen. Du wirst noch oft Gelegenheit haben ...»

Gegen eins verließen wir das Haus. Es war warm, aber die Fahrbahn der Marszałkowska war nach dem nächtlichen Regen noch nicht getrocknet. Kutschen und Droschken bogen in die Ulica Złota ab. Auf der Ulica Zgody legten Orangenverkäufer ihre Ware in Weidenkörbe. Unter heftig im lauen Wind flatternden Markisen kamen wir zu den Schotterwegen bei dem steinernen Obelisken mit der russischen Inschrift «Saksonskij Sad». Sie schaute sich flüchtig um. «Fühlen Sie sich müde?», fragte ich, als wir an dem Brunnen vorbeikamen, hinter dem die Kuppeln der orthodoxen Kirche zu sehen waren. «Ach nein.» Sie zuckte leicht mit den Achseln. «Aber Wien fehlt mir noch ein bisschen.»

Wir kamen am Theater vorbei, auf das sie nur einen Blick warf, obwohl ich vor den steinernen Säulen, den Kopf hochgereckt, Lobeshymnen auf Corazzis Talent anstimmte. Aufmerksam betrachtete sie die orthodoxe Kirche und den Glockenturm. Ihre Absätze hallten auf dem Pflaster des Sächsischen Platzes, als wir in der warmen Sonne langsam um das große Gebäude herumgingen und die Kuppeln betrachteten, die am blauen Himmel golden glänzten. Erst in der Ulica Miodowa wurde sie lebendiger. Die Häuser zu beiden Seiten der Straße schienen ihr Ähnlichkeit mit denen in Dresden zu haben. «Waren Sie in Dresden?» – «Herr Aleksander!» Sie berührte meine Hand. «Haben Sie mich noch nicht genug ausgefragt?» Sie blieb stehen. «Ich nehme an, Sie studieren in Heidelberg?» – «Man kann es so nennen. Ich bin im Seminar von Professor Himmelsfeld. Brückenbau, Viadukte, Bahnhofshallen, Untergrundbahn.» Sie sah mich interessiert an: «Brückenbau ... Eine schöne Tätigkeit. Ein Fluss, zwei entfernte Ufer, und Sie verbinden sie wie die Hände von Liebenden, die einander vergessen haben …» Plötzlich streckte sie die Hand aus: «Schauen Sie, wie viele Tauben!» Sie lief ein paar Schritte und scheuchte die Vögel auf, die sich als flatternde Wolke erhoben, dann nahm sie ein Brötchen aus der Handtasche und warf es ihnen in Stücken hin. Die Tauben umringten sie. «Ganz wie im Quartier Latin.» Sie senkte den Kopf, wobei sie mit der Hand den Hut hielt, an dem mit einer silbernen Nadel der Schleier befestigt war. «Schauen Sie nur, was die machen!» Die Tauben scharten sich wie Ameisen um ihr Kleid, sie musste sie mit der Spitze ihres weißen Schuhs wegschubsen, um einen schmalen Durchgang zwischen den flatternden Flügeln zu schaffen.

Wir gingen eine Treppe hinunter zum Wasser. Als wir am Ufer stehen blieben, hob sie ein Steinchen auf. «Schön», sagte sie und blickte zum gegenüberliegenden Ufer, «dass auf der anderen Seite so viele Bäume sind. Ist das die Weichsel?» Ich nickte. «Ich dachte, sie sei größer.» Ein Zug fuhr über die Brücke. Weißer Rauch über der Wasserfläche. Sie streckte die Hand zum diesigen Horizont aus: «Und dort hinten liegt Petersburg?» Ich nickte. Sie sah mich länger an. «Ihnen ist Ihr Heidelberg lieber als Paris?» – «Ich war noch nicht in Paris.» Sie warf den Stein ins Wasser. «Schade. Fahren Sie hin, wenn Sie können. Es lohnt sich.» – «Warum sind Sie dann nicht dort geblieben?» Sie schaute auf den Fluss, auf dessen Oberfläche sich dunkle Strudel kräuselten. «Mal fährt man weg, mal bleibt man da. Die Städte sind überall gleich. Und die Menschen auch. Am Tage sind sie fröhlich, glücklich, stark, und in der Nacht können sie nicht schlafen …»

Langsam wandte sie den Kopf. Ihre Augen waren ohne Glanz.

Am Abend

Die Briefe? Wann erfuhr ich eigentlich von den Briefen? Als Jan aus Petersburg zurückkehrte? Als Vater aus Odessa kam? Und zu welcher Tageszeit? Abends? Das dunkle Zimmer im ersten Stock? Standen wir damals am Fenster?

Wir standen damals am Fenster in dem Zimmer im ersten Stock. Über die nasse Fahrbahn der Ulica Nowogrodzka liefen Fußgänger. Der Himmel über der Kuppel von St. Barbara – hoch, klar, mit einem schmalen Streifen Abendrot auf der Westseite der Stadt – glühte in kühlem Rot, wie das vor kalten, windigen Tagen häufig der Fall ist.

«Sie geht jeden Freitag zur Post, in die Ulica Wspólna.» Andrzej sah mich an, als wollte er prüfen, welchen Eindruck diese Nachricht auf mich machte. «Woher weißt du das?» Er zuckte mit den Schultern: «Ich weiß es eben.» Ich schüttelte den Kopf und sah ihn aufmerksam an: «Gehst du ihr nach?» Er antwortete nicht. «Gehst du ihr nach?» Er wandte das Gesicht dem Fenster zu: «Das ist unwichtig.» – «Was heißt unwichtig? Das solltest du nicht tun.» Er schwieg eine Weile und starrte auf eine Schar Tauben, die über der Kuppel der Kirche kreiste: «Sie geht in die Wspólna und fragt immer, ob ein Brief für sie da ist.» Mein Herz schlug schneller: «Und – ist dieser Brief da?» Er verzog das Gesicht: «Nein, sie hat nie einen bekommen. Wenn sie fragt, zuckt Herr Korbelow nur die Achseln.» – «Und was macht sie dann?» – «Nichts macht sie. Sie geht wieder und kommt zu uns in die Nowogrodzka.» Ich berührte ihn am Arm: «Das solltest du nicht tun. Es ist nicht deine Aufgabe, ihr nachzuspionieren.» – «Aber wenn sie zu uns zurückkommt, weint sie.» Ich hielt den Atem an: «Was heißt, sie weint?» – «Ich hab's gehört.» – «Das kam dir nur so vor ...» Ich zog erschrocken die Hand zurück. «Versprich mir, dass du ihr nicht mehr nachgehst.» Er warf mir einen kurzen Blick zu: «Wenn du willst, kann ich es versprechen. Aber ...» – «Was – aber?» – «Nichts.»

Sie wartete also auf einen Brief. Sie ging in die Wspólna und fragte den Postbeamten Korbelow, ob ein Brief für sie da sei. Hatte sie nicht das Recht, auf einen Brief zu warten? Dass Andrzej ihr nachging, war nicht in Ordnung. Aber ich wollte jetzt alles über sie wissen: was sie vormittags machte, wenn sie in die Stadt ging, woher sie die lange Nadel mit der silbernen Lilie hatte, die sie jeden Abend aus dem Haar nahm und auf die gläserne Ablage unter dem Spiegel legte, wo sie das helle Kleid mit der englischen Stickerei gekauft hatte. All das schien ein wichtiger Teil ihres Lebens zu sein.

Abends kam sie in den Salon herunter.

«Langweilen Sie sich nicht so allein?» Vater griff nach der silbernen Tabaksdose. Sie blickte von ihrem Buch auf: «Herr Czesław, warum fragen Sie ...» Vater unterbrach das Stopfen der Pfeife: «Ich sag ja gar nichts, aber immer nur unterrichten, unterrichten und sonst nichts?» Sie lachte ohne Groll. Durch die angelehnte Salontür sah ich ihren Arm und das zu einem Kranz hochgesteckte Haar, in dem der Schildpattkamm glänzte. Vater betrachtete sie mit zusammengekniffenen Augen, wie ein Junge, der im Pfarrersgarten Kirschen stiehlt. Die Wange auf die Hand gestützt, schaute er sie mit einem warmen Lächeln an: «Und Paris, ist es sehr schön?» Fräulein Esther kannte diese Einleitung gut, aber sie tat so, als wisse sie nicht, was danach kommen würde, und nickte nur. «Es ist also schön, sagen Sie?» – «Ja.» – «Und es lohnt sich hinzufahren?» – «Ja.» – «Und an der Seine stehen Platanen?» – «Ja.» – «Und die Frauen?» – «Herr Czesław ...» – «Nun ja, man weiß ja, die Pariserinnen ...», sagte Vater und stopfte den rötlichen Tabak in die Pfeife. Der aromatische, kräftige Rauch mit dem leicht bitteren Kirschgeschmack schwebte um seinen Schnurrbart. «Sie haben viel von der Welt gesehen.» Fräulein Esther legte ihr Buch zur Seite. «Ja, ich habe einiges gesehen. Aber es gibt überall Dinge, die es zu sehen lohnt.» – «Ja, sicher», warf Vater ein. «Aber auf der Kiewer Messe waren Sie bestimmt noch nicht.» – «Nein, da war ich nicht.» – «Und Odessa kennen Sie auch nicht?»

Ich wusste schon, dass Vater jetzt sein Lieblingssteckenpferd reiten würde, dass er schon Luft holte, dass die Worte ganz von allein kommen und die Hand unvermeidlich zur Kredenz wandern und nach der Kristallkaraffe greifen würde, in der rubinroter Kirschlikör funkelte. «Na, dann auf Odessa!» Und als er das Gläschen hob, als er dieses leichte, sonnige Wort mit dem südlichen Klang in den Raum warf, da erfüllte sich der Salon mit dem Rauschen der Wellen, Zypressen stiegen über weißen Felsen auf, und unten, in der Stadt, deren Boulevards das Schwarze Meer umspülte, verschwanden Wagen mit Kiewer Weizen, schwere, leinenbedeckte Wagen, einer nach dem anderen in den großen Magazinen von Panfilow, nur einen Katzensprung von dem Bahnhof entfernt, wo der Schnellzug nach Lemberg abfuhr. Fräulein Esther hob ebenfalls ihr Glas: «Also auf Odessa!» Und dann brachen die beiden in herzhaftes Gelächter aus – laut, ungestraft, wie Kinder, die jemandem einen Streich gespielt haben und sich nicht genug über ihre Schlechtigkeit und Ungezwungenheit freuen können.

Ich stand an der Tür. Als sie mich sah, stellte Fräulein Esther das Glas ab, ein rotes Tröpfchen rann über den Fuß und versickerte in der weißen Tischdecke: «Herr Aleksander, kommen Sie doch zu uns.»

Irgendwann, vielleicht war es sogar an jenem Abend, setzte sie sich ans Klavier und begann mit halb geschlossenen Augen Moniuszko, Strauß und Katenin zu spielen. Als sie zu Schubert überging, stimmte Vater mit seinem sanften Bariton ein, froh, dass er singen konnte wie in alten Zeiten, als er auf den Maifeiern des Ruderclubs den Vortänzer gespielt hatte. Von den Klavierklängen angelockt, erschienen meine Mutter und Andrzej an der Tür, und schon waren wir alle zusammen, hier in dem großen Zimmer im Parterre, in dem hellen Zimmer mit der Tapete mit den rosaroten Distelblättern, wo in der Ecke neben der Tür der grüne Kachelofen stand und vor dem Fenster, über den Baumkronen, die Kuppel der St.-Barbara-Kirche leuchtete, in die wir jeden Sonntag gingen.

Ich trat an das Klavier mit dem goldenen Schriftzug *Wilh. Biese. Hof. Pianoforte* und beobachtete, wie Fräulein Esthers Finger über die Tasten flogen, eine Petersburger Romanze spielten, dann das Lied von dem Schneeballstrauch mit dem breiten Blatt, der in der Höhe über dem blauen Bach wuchs, die Ballade von den Gesellen, die auf die Jagd gingen, wie sie schließlich nach einer langsamen Überleitung dem schwarz lackierten Instrument eine sehnsuchtsvolle ukrainische Weise entlockte, die sie von unserem Hausmädchen Janka gelernt hatte.

Fräulein Esther brauchte nur das Zimmer zu betreten, und schon war alles anders. Andrzej, der nicht immer erfolgreich mit der lateinischen Deklination kämpfte und mit Herrn Wąsowicz unendliche – wie er sagte – punische Kriege führte, stand jetzt unter ihrer liebevollen Aufsicht, die ihm das Vertrauen in die eigenen Kräfte zurückgab. Kein Aufstand mehr gegen Cäsars *De bello Gallico* und Perraults Märchen. Wie die Luft eines Sommertags die Unruhe besänftigt, so verwandelte die bloße Gegenwart Fräulein Esthers die geometrischen Aufgaben in eine Reise durch ein freundliches, geheimnisvolles Land. Es waren keine neuen pädagogischen Methoden – es reichte, dass sie den Kopf neigte, die Brauen hochzog, es genügte ihre Stimme, der bloße Ton ihrer Worte, der Blick ihrer Augen, um seine Aufmerksamkeit zu wecken.

Ich liebte es, ihre Hände zu betrachten, die selbst in Eile ihre Anmut nicht verloren. Wenn Andrzej, über die Rätsel der französischen Syntax erzürnt, Martinsons Grammatik auf den Teppich schmetterte, wartete Fräulein Esther seinen Wutausbruch ab, legte dann ihre Hand auf seine, und plötzlich hob Andrzej, besänftigt durch die leichte Berührung, ohne Bedauern und Demütigung das Buch auf, als wäre der zornige Augenblick, der ihn selbst verletzte, nie gewesen. Was sie tat, entsprang nicht irgendwelchen Entscheidungen und Erwägungen. Es war eine Gabe, die man in jeder ihrer Bewegungen wahrnahm, als hätte eine starke Erinnerung an etwas tief Verborgenes ihre Seele mit großer Ruhe erfüllt, einer Ruhe, die uns allen – das spürte ich – fehlte. Bei den Menschen, die ich kannte oder bewunderte, steckte hinter jeder Tätigkeit eine Spannung, der Wille, das Leben klug zu gestalten; die Taten sollten aus schwerer Gewissensarbeit geboren werden; hier aber geschah alles wie nebenbei, gleichsam ohne Absicht, unbewusst, und dennoch hatte alles sein Maß und seinen Ton. Das Gute? Nein, um das Gute ging es nicht. Fräulein Esther, das spürte ich, wusste nicht so sehr, was gut oder schlecht, als vielmehr, was wichtig und was unwichtig war. Manchmal lachte sie laut, sogar ein wenig unverschämt, und blitzte uns unter den Wimpern hervor an, erheitert allein durch eine oberflächliche, witzige Geste; und wenn man in diesem leichten und freien Lachen auch die Spur eines alten Schmerzes wahrzunehmen meinte, so stand doch jedes ihrer Worte im Einklang mit der Bewegung ihrer Hände, die immer ein wenig langsamer durch die Luft wanderten als die Stimme und niemals jemanden durch Ungeduld zu einer übereilten Antwort auf die Fragen zwingen wollten, die sie – neugierig auf alles – zu stellen vorzog, anstatt ohne Not allzu viel über sich selbst zu reden.

Alte Fotografien

Und auf der Kredenz in ihrem Zimmer standen Fotografien der fernen Stadt, in Mahagonirähmchen eingefasst. Der unbekannte Fotograf (der dänische Name «C. S. Bertelssohn» war mit grüner Tinte sorgfältig auf der Rückseite vermerkt) hatte sich vielleicht in die melancholische

Stimmung verliebt; die Türme und Brücken der Stadt, wo – wie Fräulein Esther erzählte – in der Frauengasse 12, nur ein paar Schritte von der großen Kirche entfernt, das Haus der Familie Simmel stand, sahen ein wenig aus wie Segelschiffe in dichtem Nebel.

Von ihrer Stadt erzählte sie am liebsten abends. Wenn das Lampenlicht die rosafarbenen Distelblüten auf der grünen Tapete belebte und das Birkenfeuer leise im Kachelofen knisterte, nahm Fräulein Esther aus einer Lackschatulle das Kartenspiel mit dem Zeichen der Petersburger Papierfirma Gretsch und begann Patiencen zu legen. Andrzej, das Kinn auf die Faust gestützt, verfolgte ihre Hand, in der die Herzdame sich mit dem Pikkönig traf.

Die Flamme flackerte unter dem rötlichen Schirm, Falter flogen um das Licht, und ich – den Kopf auf der Plüschlehne des Sessels, auf den Knien das Buch, aus dem ein getrocknetes Blatt schaute – konnte mich, als ich diese warme Stimme hinter der angelehnten Tür hörte, nicht dagegen wehren, dass sich in mir etwas auftat, etwas seltsam Schmerzhaftes und Gutes.

Andrzej wollte alles über den Hafen wissen, über die Segelschiffe aus Bremen, Pillau und Reval, die – wie Fräulein Esther sagte – bis zum Grünen Tor fuhren. Dann fragte er nach dem Haus in der Frauengasse. Fräulein Esther strich behutsam über die Manschette ihres Ärmels. «Unser Haus? Das ist ein gewöhnliches Haus, ein ganz gewöhnliches Haus …» Über die seltsame Gedämpftheit der Stimme erschrocken, fügte Andrzej schnell hinzu: «Und die Türme? Wie viele Türme gibt es?» – als wollte er mit dem Bild der Türme, die sich über der fernen Stadt erhoben, die dunkle Fassade des Hauses verdecken, über das Fräulein Esther lieber schwieg. «Wie viele? Oh, da müsste man zählen.» – «Und was kann man von den Türmen aus sehen?» – «Von den Türmen aus? Von den Türmen aus sieht man alles.» – «Auch das Meer?» – «Ja.» – «Auch den Hafen?» –

«Natürlich, der ist ja ganz nah.» – «Und waren Sie auch auf dem höchsten Turm?» Fräulein Esther nickte lächelnd: «Natürlich war ich da.» – «Ist er hoch?» – «Sehr hoch.» – «Und wie viele Stufen könnten es sein?» – «Stufen? Bestimmt hunderttausend!» Andrzej war empört: «Sie machen sich über mich lustig.» – «Na, wenn du so fragst …» Und dann glättete sie die Tischdecke und blickte über den Damen, Assen und Neunen auf, die sie auf dem Leinen zu einem Fächer geblättert hatte: «Auf dem Rathausturm war ich nur einmal, im Sommer, an einem Sonntag, zusammen mit den Lilienthals. Das Wetter war damals …»

Und als sie von dem längst vergangenen heiteren Tag zu erzählen begann, an dem sie zusammen mit den Lilienthals auf den Rathausturm gestiegen war, als sie die Namen der Straßen nannte, durch die man zum Langen Markt ging, da schien es mir, als sähe ich ihre Finger in dem Netzhandschuh, die leichte Bewegung, mit der sie die Falten des Kleides raffte, als sie die Steinstufen betrat, mir schien, als hörte ich das Klopfen der Absätze auf der Granittreppe, als stiegen wir mit jedem Wort – Fräulein Esther, Andrzej, die Lilienthals und ich – Schritt für Schritt durch den schmalen gotischen Gang den Backsteinturm immer höher hinauf, und da unten, unter uns, leuchteten die roten Dächer des Marktplatzes in der Sonne. Als wir ganz nach oben kamen, legte Fräulein Esther die Hand auf die Eisenklinke, und die Eichentür öffnete sich, wir gingen auf die Galerie hinaus, die um das Kupferdach mit der goldenen Statue des Königs läuft, und der Sommerhimmel über der Stadt war so hell, dass wir die Augen zusammenkneifen mussten …

Und plötzlich verschwand Herr Lilienthal, der uns mit ausgestreckter Hand sein Haus in der Nähe der Kirche zeigte, es verschwand Frau Lilienthal, die durch ein Fernglas auf die Insel jenseits des Flusses schaute, mit einem Mal war die ganze Sonntagsgesellschaft in weißen Kleidern und Panamahüten, die zusammen mit mir, Andrzej und Fräulein

Esther auf den Rathausturm gestiegen war, wie weggeblasen. Jetzt war ich hier, hoch oben auf der steinernen Galerie des Turms, ganz allein mit Fräulein Esther, sogar Andrzej war wie ein aufgescheuchter Vogel irgendwohin verschwunden, und Fräulein Esther hüllte ihre Schultern in einen blassgrünen Batikschal, denn der Wind wehte von der See her, und sie sagte nichts, denn was sollte sie auch sagen, wo doch alles zu sehen war …

Und als wir so von oben die roten Dächer und die Kirchtürme betrachteten, begannen die Worte hinter der angelehnten Tür des Salons sich zu der holländisch-gotischen Landschaft zu fügen, die ich von den Fotografien kannte. Der Turm der Marienkirche, finster wie ein Mensch mit Kapuze, warf einen langen Schatten auf die Dächer der Häuser um den Markt. Fräulein Esther wies in Richtung der Vororte, und unter ihrer Hand wuchsen – wie unter den Fingern eines Zauberkünstlers – eines nach dem anderen die fernen Backsteingebäude hervor, deren Namen mit grüner Tinte sorgfältig auf der Rückseite der Bilder des dänischen Fotografen Bertelssohn vermerkt waren: das Hohe Tor, die ziegelroten kaiserlichen Kasernen auf dem Bischofsberg, der Bahnhof mit dem geflügelten Rad auf der Spitze des Turms – der schöne niederländische Bahnhof, von dem aus Züge nach Thorn, Warschau, Berlin und noch viel weiter fuhren.

Und dann zog über die Stadt, auf die wir herabblickten, eine dunkle Wolke, ein schneller Regenguss auf der Seite der Festungen überzog die Fahrbahn mit einer feuchten Glasur, ein sepiabrauner Schatten bedeckte von den Hügeln her einen Stadtteil nach dem anderen, das warme Rot der Dächer und das helle Grün der Bäume erlosch, die Lider wurden immer schwerer, der Atem langsamer, und als ich die Augen öffnete, war es schon nach sieben, die Sonne stand über der grünen Kuppel der St.-Barbara-Kirche, von der Ulica Wielka und der Marszałkowska her hörte man Wagen holpern, und in dem Zimmer, in dem Andrzej gestern Fräulein Esther gegenübersaß, war Janka schon mit dem Schrubber zugange; nur auf dem Tisch mit der weißen Decke lag, wie gestern, neben der Vase mit den frischen Dahlien das aufgefächerte Petersburger Kartenspiel.

Kleiderprobe

Eines Nachmittags gingen wir zu Herse.

Eine große Tür mit vergoldetem Schild. Der Handlungsgehilfe, der unter Verbeugungen angelaufen kam und ihr den Schirm aus der Hand nahm: «Wenn Sie die Güte hätten, einen Augenblick zu warten …» Und dann begann Monsieur Lagrande, über den sogar in den «Ähren» geschrieben wurde, mit der liebevollen Geschicklichkeit seiner beringten Finger aus den Vitrinen immer neue Kleider zu holen, als würde er aus einem dunklen Brunnen schillernde Wasserpflanzen ans Tageslicht fördern – blassgrüne, azurblaue, purpurrote. Sie fragte mich: «Herr Aleksander, was halten Sie von diesem? Und dieses hier? Ist das nicht zu dunkel?» Und sie nahm jedes in die Hand und prüfte die Mürbheit der Seide, die Weichheit des Organdys, die glatte Kernigkeit des Satins, und die Kleider, von Herrn Lagrande hochgehoben und mit einer kräftigen Bewegung geschüttelt, leuchteten in frischen Farben auf, wie leichte Federbüsche. Die Gehilfen, von Fräulein Esthers Schönheit angelockt, rankten sich lautlos um uns und schoben ihr die weißen, goldenen und roten runden Schachteln mit den Firmenzeichen «Urania», «Astra», «Vienna» zu, sie nahm in aller Ruhe die großen, aufgeplusterten, Dahlien ähnlichen Hüte heraus, und die an den Wänden aufgestellten Spiegel wiederholten mit leidenschaftlicher Sorgfalt jede ihrer Bewegungen, jede Neigung des Kopfes, jedes Blitzen der Ohrringe beim Anstecken des Schleiers.

Sie erwartete meinen Rat? Hier, zwischen diesen Spiegeln, die ihr alles sagten? Die dunkle, mit Flitter übersäte Seide, die sie an die Brust hielt, harmonierte mit ihrer Augenfarbe, doch passte nicht das schneeweiße Kleid aus englischem Taft ebenso gut zu ihrem schwarz glänzenden Haar, das zu einem leichten Kranz hochgesteckt war? Ratschläge? Welche Ratschläge konnte ich hier geben?

Sie zögerte, ob sie schon etwas kaufen oder noch einmal nachdenken sollte, vielleicht genoss sie den Augenblick, da sie noch keine Wahl treffen musste – zwischen dem leichten Organdy, dem schweren Flausch, der glatten Seide oder dem körnigen Brokat, der so schön unter der Hand schimmerte, wenn man ihn wie goldenen Sand durch die Finger rieseln ließ. «Ich würde Ihnen raten, zu überlegen, ob es sich nicht lohnt ...» Diskret wie ein vertrauter Freund des Hauses legte Monsieur Lagrande ihr immer wieder ein Smaragdgrün oder Weiß vor, die er mit der Fertigkeit eines Magiers mit einer einzigen Bewegung in einen Strom von Falten und Spitzen verwandelte, und das Kleid, ins Licht gehoben, fügte sich weich seinen Händen und enthüllte all seine Vorteile. «Ich glaube, ich nehme dieses ...» Fräulein Esther bauschte den Saum eines hellen Batikstoffes, der mit Perlen besetzt war, und ich beobachtete das Spiel zwischen unersättlicher Neugier und höflich verborgener Enttäuschung, in ihren Augen. «Ja», Fräulein Esthers Finger glitten über den hellen Stoff, «genau so eines habe ich gesucht.»

Am Abend war das Haus leer. Mit dem Buch in der Hand, das mir Jan geliehen hatte (Charles Darwin: «Über den Ursprung der Arten»), stand ich in meinem Zimmer im ersten Stock am Fenster und betrachtete den Abendhimmel, an dem zerzauste karminrote Wolken standen. In der Nowogrodzka war niemand. Hinter der Scheibe schlug ein Schmetterling lautlos mit den Flügeln. Die Bäume reglos. Kein Windhauch. Stille.

Dann ein Geräusch. Die Tür unten? Schritte? Ich öffnete die Tür einen Spalt. Auf der Treppe erschien zuerst Fräulein

Esther, nach ihr Fräulein Hirsz und Fräulein Dałkowska. In den Händen Pappschachteln, mit Bändern umwickelt. «Also glaubt ihr», sagte Fräulein Esther, als sie zum Treppenabsatz kamen, «dass das ungerecht ist, was er über Wagner schreibt?» – «Natürlich ist es ungerecht.» Fräulein Hirsz schürzte leicht die Lippen. «Aber lassen wir das. Es gibt Wichtigeres ...» Und alle drei lachten.

Als sie in Fräulein Esthers Zimmer gingen, machten sie die Tür nicht ganz zu. Ein Streifen Sonnenlicht lief über den Flur. In dem hellen Spalt bewegten sich Schatten. Armbewegungen? Eine erhobene Hand? Vor dem runden Spiegel am Nussbaumschrank halfen sie einander, die Ösen auf dem Rücken zu öffnen, die Knöpfe am Hals zuzumachen, die zu einer Schleife gebundenen Schnüre des Korsetts zu entknoten. Das glatte Geräusch des Satins, der von der Schulter gleitet. Das Geräusch des Batists, den man über den Kopf zieht. Warum, dachte ich mit trockener Kehle, warum sind sie nur dann so, wenn sie allein sind? Warum erlischt all das, wenn ein Mann auftaucht? In diesem Augenblick – unsichtbar, im Schatten des Flurs – spürte ich, dass sie echt waren. Jetzt, da sie sich in neuen, rauschenden Kleidern von Herse und Mariani vor dem Spiegel drehten, waren sie ganz für sich, sie brauchten keinen Mann, jetzt betrachteten sie sich mit ihren eigenen Augen, freuten sich, dass die Seide so schön auf der Hüfte lag, dass die Perlen so gut zum Teint passten, dass man die Haare nur etwas höher stecken musste, schau, ist es so besser? Gib mir den Kamm, ach nein, nicht den, aber die Rose muss ein bisschen tiefer sitzen, in dem dunklen siehst du gut aus. Wirklich? Natürlich, aber hier muss es höher, so, jetzt ist's gut, und welche Schuhe sind dazu am besten? Die weißen? Nein, nimm die dunkelroten, aber vielleicht die weißen Schnürsenkel?

Ich zog mich ins Zimmer zurück und lehnte die Tür an. Es würde genügen, dass ich den Flur betrat, sie würden meine Schritte hören – und schon würde sich alles in Luft auflösen.

Also blieb ich schweigend stehen, die Hand an der Klinke, und saugte dieses Spiel der weichen, gedämpften Geräusche ein, ich freute mich, dass ich etwas erlebte, das für niemanden bestimmt war und die heilende Kraft eines unangetasteten Geheimnisses hatte. Doch es konnte nicht ewig dauern, ich konnte nicht ewig so stehen bleiben, mit der Hand an der Klinke, irgendwann musste ich die Tür öffnen und hinausgehen, denn es war dumm, hier zu horchen und zu spähen, während sie dachten, es sei niemand im Haus.

Ich legte das Ohr an die Tür. Stille? Waren sie hinuntergegangen? Ganz lautlos? Keine Schritte zu hören?

Ich öffnete die Tür, um zu sehen, was auf dem Flur los war – und sie brachen in Gelächter aus: «Oh, das ist nicht nett, Herr Aleksander, gar nicht nett, schämen Sie sich nicht?» Sie standen vor mir, lachend, im Glanz festlicher Kleider, schön und ungezwungen, mit Tüll und Taftbändern raschelnd, und ich, von einer unbändigen Freude erfüllt, stimmte in ihr Lachen ein und führte sie majestätisch zur Treppe, die zum Salon hinunterging, wie ein Vortänzer auf einem Ball im Kasino. Es fehlte nur die Musik! Doch nein! Wir summten leise die berühmte Arie des Don José aus «Carmen» und bewegten uns scherzhaft im Rhythmus, und unten klirrte die Tür, Stimmen – Vater mit Andrzej? Ich führte Fräulein Esther, Fräulein Hirsz und Fräulein Dałkowska Schritt für Schritt zur Treppe, und Vater legte nicht einmal den Mantel ab, er ging auf die Treppe zu und begrüßte uns, als er uns oben stehen sah, mit einem Ausruf des Entzückens, die Hände auf der Brust gekreuzt.

Andrzej klatschte begeistert und kniff die Augen zusammen, als blickte er in drei sich nähernde Sonnen.

Mitteleuropa

In einem feinen Regen enthüllte die Welt ihre beschämenden Flechten und Narben, hinter der Fensterscheibe zerliefen die Konturen der gegenüberliegenden Häuser, in den Wolken über der Kuppel von St. Barbara glomm eine gelbliche Sonne, so schwach, als wollte sie jeden Augenblick für immer erlöschen. In solchen Stunden – windstill, dunkel, grau und feucht – suchen wir vergeblich die helleren Erinnerungen des Lebens und verlieren den Glauben daran, dass das, was geschehen ist, sich noch zum Guten wenden könnte. Die Bahnhöfe, auf denen ich umgestiegen bin. Dunkle Flüsse unter Brücken, die ich vom Fenster des Abteils aus betrachtete. Verschwommene deutsche Ebenen. Masowische Felder, von feinem Nieselregen durchnässt. Feuchte Straßen in Wien. Die glitschigen Steinplatten auf dem Platz vor dem Kölner Dom. In Gräben stehendes Wasser bei Grójec. Das fett glänzende Pflaster vor dem Rathaus in Heidelberg.

Mitteleuropa ...

Wie sagte Jan? «Nichts ist imstande, uns zufrieden zu stellen. Was ein Beweis für die Existenz einer anderen Welt sein könnte. Denn die Seele zieht es immer dorthin, wo wir nicht sind. Diese Welt schmeckt ihr nicht.» Als ich vom Fenster aus die vor Feuchtigkeit schwarzen Bäume betrachtete, die graue Fassade des Hauses der Jesionowskis gegenüber, das nasse Pflaster der Nowogrodzka, die im Flug erstarrten Wolken über der Kuppel, wünschte ich mir nur eines: nichts sehen, nichts hören, nichts spüren zu müssen. Doch gleichzeitig – das war unbestreitbar –, gleichzeitig ahnte ich, dass die Welt draußen, diese Welt, die ich durch die Fensterscheibe betrachtete, nicht besser hätte erdacht werden können, dass sie gleichsam ins Schwarze getroffen war. «Wie gut das alles erdacht ist», sagte eine Stimme in mir, die Ruhe versprach. «Wie schlecht das alles erdacht ist», fügte eine andere hinzu, und beide stritten und trieben die Seele in eine ungute Melancholie.

Ich erinnerte mich an Augenblicke in der Kindheit, wenn ich morgens mehrere Stufen auf einmal nahm, geblendet vom Glanz des hohen Himmels, vom Spiel der Schatten auf dem Sand, von der gläsernen Spiegelung des Blaus in den Pfützen, wenn ich atemlos, glücklich das wie Tau in der Luft versprühte Sonnenlicht einsog, mit der offenen Hand die kalten Tropfen des nächtlichen Regens von den Fliederzweigen fegte und auf die noch leere Straße lief. Doch in welchem Moment bricht das Leben in uns? Wann hört das, was uns bisher erfreute, auf, uns froh zu machen?

«Herr Czesław, Europa ist kein guter Ort», sagte der junge Erwin, der Neffe von Herrn Salzmann, zu Vater. Er war gegen sechs mit Wechseln von den Reimitzens zu uns gekommen. «Man muss so schnell wie möglich flüchten! New York, Chicago, Kanada ...», Herr Erwin schnipste mit den Fingern, «da ist das Leben. Und hier? Sind Sie einmal mit der Bahn von Berlin nach Hamburg gefahren? Oder von Lodz nach Posen? Erinnern Sie sich, was man da vom Fenster aus sieht? Europa – das ist Sand, Gebüsch und Regen. Wie soll man denn in solch einer Feuchtigkeit leben? Und die hungrige Seele ruft: Sonne! Sonne!»

Draußen, hinter dem Fenster des Salons, in dem wir saßen, erlosch die Welt in grauen Wasserströmen, dunkel zeichneten sich die Balkone und Stuckarbeiten im Sprühregen ab, die Tropfen trommelten gegen das Fensterbrett, und jeder Aufprall bestätigte, dass Herr Erwin Recht hatte, dass er hundertfach Recht hatte.

So war es gestern.

Und jetzt?

Jetzt ging sie unter dem nassen Himmel Mitteleuropas neben mir durch die Nowogrodzka, es nieselte, ich sah ihr Profil mit dem Schleier. Wir bogen in die Ulica Wielka ein, der Himmel spiegelte sich in feuchtem Glanz in den Fensterscheiben der neuen Häuser, die frisch gestrichenen Schilder leuchteten rot und golden, ich betrachtete das reine Glas der Schaufenster, die Gipsgirlanden über den Toren – und ich wusste, dass all das nur für sie war, dass all das da war, um ihre Augen zu erfreuen, obwohl Herr Gerszon im Kasino zu Vater gesagt hatte, dass das Gold in Petersburg «wahnsinnig» nach oben gegangen sei, deshalb würden in Warschau alle wie verrückt bauen. Wir gingen Richtung Post, bogen dann in die Wspólna ab und liefen über die Fahrbahn, um vor einem Lieferwagen mit Weinfässern die Straße zu überqueren, und in den Schaufenstern der Blumenhandlung auf der anderen Seite standen Dahlien, schöne weiße, fransige Dahlien, die einen Tag zuvor – ich hatte es gesehen – in den Gärten bei Rembertowo speziell für sie geschnitten worden waren. Die Hand unter meinen Arm geklemmt, sprach sie über Wien und ließ lachend Namen fallen: Herr Horovitz aus der Kärntnerstraße, dem sie Französischunterricht gegeben, Frau Gross, bei der sie ihre Hüte gekauft, Herr Grieshaber, bei dem sie Bücher bestellt hatte. Mir sagte das alles nichts, aber das störte mich nicht, ich freute mich, als würde ich in die größten Geheimnisse eingeweiht. Sie sprach über den Louvre, pries die Pariser Gärten, sie lachte bei der Erinnerung an eine Freundin, die sie, als sie von Frankfurt nach Wien fuhr, unverhofft vor dem Rathaus in Heidelberg getroffen hatte. «Sehen Sie? Ich war in Heidelberg, als Sie auch dort waren. Vielleicht haben wir uns sogar mit den Ärmeln unserer Mäntel berührt! Können Sie sich das vorstellen? Das ist doch möglich, oder? Wenn man daran denkt – wir gingen vielleicht nebeneinander und wussten von nichts!» Bekannte von Vater, die an uns vorbeigingen, lüfteten den Hut, erstaunt über ihre Schönheit. Die geröteten Wangen. Der Mund mit dem dunklen Farbton. Die schmalen Augenbrauen. Der helle Hals über der schwarzen Spitze. «Sie denken also, Wagner würde seine Ouvertüren allzu sehr in die Länge ziehen? Aber gerade das ist ja das Pikante!»

Auf der Ulica Piękna, hinter den großen Schaufensterscheiben, glänzten Orangen in Körben, Berge von Datteln, Melonen. Die Uhren in Majewskis Geschäft schlugen alle die gleiche Stunde, bei Rosenthal blitzte erlesenes Silber. Sie sah sich mit einer etwas gespielten Gier die Strohhüte an, die Armreife aus Malachit, die Halsketten aus Bernstein, die Schärpen und Bänder; und während wir so von Schaufenster zu Schaufenster gingen, durch die Scheiben die vergoldeten Zeiger an den Uhren der Firma Patek und den Schmuck der Firma Jenssen betrachteten, fuhren die deutschen Panzerkreuzer langsam zum Kattegat, damit die indische Baumwolle in den Laderäumen der Dampfer der Transportgesellschaft Hansen in aller Ruhe zum Hafen der fernen Stadt Königsberg gelangen konnte, wo schon Lieferwagen der Weberei Scheibler auf sie warteten, die um drei, randvoll beladen mit den Ballen des weichen Stoffes, nach Lodz zurückfahren sollten.

Wir gingen ohne Eile auf die andere Straßenseite, einen Schwarm Tauben vom Rasen aufscheuchend, auf einem kleinen Platz sahen wir lachend in einen Brunnen, in dem sich außer den dunklen Spiegelbildern unserer Köpfe die gelbgrüne Sonne wiegte, während dort – in den Nähwerkstätten von Scheibler, Weyrauch, Chaim Mendel Winter, in der Manufaktur «Hille und Dietrich» in Żyrardów, in Silbersteins Lager für Baumwollstoffe, in Meyers Fabrik für Wollstoffe, in den Lagern von Lingen, Heinzel, Kindermann, Geyer – ein Kleid nach dem anderen, von den Assistenten mit einem langen gegabelten Stock geschickt heruntergeholt, von den hohen Stangen flog, um weich auf den Boden einer Kiste zu fallen, die man dann in den Zug mit dem Schild «Lodz–Warschau» lud, damit sie schon am nächsten Tag zum Geschäft in der Wilcza gelangte, wo Fräulein Esther freitags und mittwochs gern vorbeischaute. Wir waren auf dem Rückweg in die Nowogrodzka, kamen am Kolonialwarenladen vorbei, gingen in eine Konditorei, während dort, unter der hohen Sonne, auf den Umladestationen in Czeremosz und Brzozy, der Strom ukrainischen Weizens, der leichte, feinen Staub ausströmende Goldweizen, der unter den Holzschaufeln der Ladearbeiter rauschte, sich in Richtung Grenze ergoss, vorbei an Brücken und Übergängen, an Zollämtern und Warenrampen, um sich plötzlich, wie von Merlins Zauberstab berührt, in ein knuspriges Brötchen zu verwandeln, das sie morgens beim Frühstück mit dem Messer aufschnitt und mit frischer Birnenkonfitüre bestrich.

Und das Klirren der Münzen – Rubel, Mark, Pfund und Dollars, die Musik der Börsen in Amsterdam und London, das Spiel mit den Kursen in Berlin, Wien und Petersburg, die Masten der Schiffe und das Klingen der Kassen! Wir gingen die Nowogrodzka entlang, unter dem nassen Himmel Mitteleuropas, die Tauben flogen über die Balkone, und ich wusste, dass all das für sie war, dass all das auf das Zimmer im ersten Stock in der Nowogrodzka 44 gerichtet war, auf dieses Zimmer mit der hellen Tapete mit den Irisblüten, in dem sie gestern vor dem runden Spiegel des Nussbaumschranks das weiße Kleid von Herse anprobiert, das Haar unter dem Schildpattkamm zusammengesteckt und ihren Atemhauch vom Spiegel gewischt hatte, nachdem sie beim Schminken der Lippen das Gesicht zu nahe an das kalte Glas gehalten hatte.

Die Dinge scharten sich um sie, suchten Zugang zu ihren Fingern, wollten ihren Augen gefallen. Komplizierte Ökonomie, gehässige Diplomatie, Krisen an den Börsen in Wien und Budapest, Geheimaktionen, die durch List und raschelnde Geldscheine Abscheu erweckten, all das wurde von Sinn erhellt, als sie morgens gegen zehn mit dem rauschenden, einen Tag zuvor gekauften Kleid die Treppe herunterkam und lächelnd nickte, als Mutter im Flur stehen blieb und anerkennend sagte: «Ein sehr schönes Kleid, Fräulein Esther. Ist das nicht von Herse?» – «Das hatte ich schon lange im Auge», erwiderte Fräulein Esther. Und wenn sie so antwortete, wenn sie so die Treppe herunterkam und diese warmen, beiläufigen Worte fallen ließ, dann wurde alles von Sinn überstrahlt: der Streit in der deutschen Regierung, die Besorgnis um die Zukunft der Petersburger Dynastie, die Brände und Epidemien bei Kasan, von denen der «Kurier» kürzlich berichtet hatte, die große Eisenbahnkatastrophe bei Nantes, bei der auf einer Reise von London – wie man in den «Ähren» schrieb – der Botschafter Frankreichs umgekommen war, und sogar der Mord an den eigenen Töchtern, dessen sich vor einer Woche Dionizy Kąkol im Dorf Ruczaj bei Skierniewice schuldig gemacht hatte. Wenn sie so die Treppe herunterkam, das Kleid schürzend, wenn sie mich mit ausgestreckter Hand begrüßte, wenn sie fragte: «Sie haben doch nicht zu lange gewartet?» – erstrahlte alles in einem unwiderlegbaren Sinn, obwohl die russischen Propheten in Petersburg, von denen Jan manchmal erzählte, verkündeten, das Ende der Welt sei nicht mehr fern. Sogar der unbekannte Franzose Eiffel, über den man in der «Revue de Deux Mondes» schrieb, hatte den eisernen Turm an der Seine nur gebaut, damit eines Tages – es sollte an einem Dienstag oder Freitag geschehen – die Frau aus der fernen Stadt am kalten Meer, die mit einem weißen Schirm um den Louvre spazierte, bei einem Buchhändler eine Karte mit der Ansicht der Stahlkonstruktion kaufen konnte, um mit blauer Tinte ihren Namen «Esther Simmel» darunter zu setzen und sie dann auf einem Boulevard beim Pont Neuf in einen gelben Briefkasten zu werfen.

Die Nächte des Erlösten

Als die Uhr eins schlug, löschte Janka unten die Lampen. Die letzten Gäste verließen den Salon. Im Bad wusch noch jemand – wohl Vater oder Andrzej – die Hände in der Porzellanschüssel, jemand schloss die Tür hinten im Flur, jemand ging mit behutsamen Schritten, damit die Stufen nicht knarrten, langsam die Treppe hinunter. Dann wurde das Haus still. Nur aus dem Zimmer hinter der Wand – auf dem Rücken liegend, hörte ich jeden Laut –, aus dem Zimmer, in dem Fräulein Esther sich schlafen legte, drangen gedämpfte Geräusche: Gegenstände, die hingestellt wurden, das Zischen eines Streichholzes, das Klirren eines Glases, das Rücken eines Stuhls. Meine in der Dunkelheit umherirrenden Gedanken berührten Dinge, die sie bei Tage fürchteten.

Einschlafen. Sich von diesen Lauten befreien, von diesen zarten, leisen Geräuschen, die das Herz erschrecken. Endlich einschlafen. Die Geschichte von der Erschaffung der Frau hatte ich nie gemocht, obwohl die Bibelmotive in dem großen Buch von Gustave Doré, die meine Mutter mir zeigte, als ich ein Kind war, einen märchenhaften Zauber ausübten. Der Garten, die Schlange, das Licht, Evas heller Arm, Adams Freude ... Doch jetzt, zu Beginn der Nacht, jetzt, da Fräulein Esther – ich sah es unter den halb geschlossenen Lidern – die Flamme unter dem Lampenschirm kleiner drehte, jetzt, da sie die Nadeln aus dem Haar nahm und auf das Tischchen legte, das Bett mit dem Holzrahmen zurechtmachte, den Morgenmantel mit den japanischen Blumen über die spanische Wand hängte und das Haar mit einer roten Schleife zusammenband, jetzt weckte das Bild, das man mir in meiner Kindheit vorgesetzt hatte, das Bild des Greises, der aus der Seite des Mannes eine blutende Rippe zieht und in eine nackte Frau verwandelt, nur Widerwillen.

Wenn Gott sich einsam gefühlt hatte, dachte ich, während ich in der Dunkelheit lauschte, wenn er sich so einsam gefühlt hatte, dass er jemanden erschaffen musste, der seine große, unstillbare Einsamkeit lindern könnte, warum hatte er dann nicht nur einen Menschen erschaffen? Wozu diese Vervielfachung der Seelen, diese entsetzliche Vielzahl, die verstopften Straßen, überfüllten Städte, dieser Ameisenhaufen von Millionen von Frauen und Männern? Welch eine Freundschaft wäre das gewesen, die Freundschaft Gottes mit dem einzigen Menschen auf Erden – wahrhaftig, stark, innig und ausschließlich! Im Glanze dieser Freundschaft hätten sich die Wüstenlandschaften in einen Paradiesgarten verwandelt. Ein Werk der Erlösung? Einverstanden! Doch weshalb Millionen von Seelen? Wäre denn die Erlösung eines einzigen Menschen eine geringere Erlösung gewesen? Die Hände unter dem Kopf verschränkt, die Geräusche hinter der Wand verfolgend, versenkte ich mich in die glückliche Einsamkeit des einzigen Paradiesbewohners, eine Einsamkeit frei von Angst und Unruhe des Herzens, wenn auch die Süße dieser strahlenden Bilder – das spürte ich – mich in das schmerzliche Ausgeliefertsein der Kindheit zurückversetzte.

Erlöst werden? In der großen Erlösungsfabrik, die seit zweitausend Jahren ununterbrochen arbeitete? Als der zwei Milliarden siebenhundert Millionen achthundertfünfzigtausendneunundsiebzigste Erlöste? Nein, eine solche Erlösung wollte ich nicht, ich verlangte besondere Rechte für mich. Doch wenn mich jemand gefragt hätte: «Welche Erlösung möchtest du denn?» – hätte ich nicht zu antworten gewusst.

Wie hatte Jan einmal gesagt?

Wir waren damals durch den Sächsischen Garten in Richtung orthodoxe Kirche gegangen.

«Weißt du noch, wie man uns eingetrichtert hat: Im Leben muss man ein bisschen leiden, aber danach ... oh, danach, ihr werdet sehen! Das ewige Glück! Aber wenn ich mir dieses ewige Glück vorstellen wollte, war da nichts. Nur etwas Helles, das einen die Augen zusammenkneifen ließ. Diese Wolken, das Strahlen, der Glanz? Dieser Greis auf dem Berg? Und all die Kardinäle und Bischöfe in den irdischen Gefilden? Also sollte ich mich hier auf der Erde das ganze Leben quälen, um dorthin zu kommen? ‹Ewiges Glück› – das sagte mir nichts. Ja, ich war manchmal glücklich. Eine Berührung, der Duft von Haaren, der Geschmack eines Apfels, Mutters Hand auf dem Kopf, der Garten, verschneite Berge. Aber dort – erinnerst du dich, wie Prälat Olędzki immer sagte? – dort, wohin wir nach dem Tode kommen, wird ein anderes, wahrhaftigeres Glück herrschen. Und was für eines? Erinnerst du dich? ‹Seine pure Gegenwart macht uns glücklich.›

Seine Gegenwart? Also soll ich mich das ganze Leben bemühen, um später Tausende von Jahren bei ihm zu sitzen? Das soll die Belohnung sein? Ich begriff, dass ich da oben Ruhe haben würde. Ich würde nicht krank sein, nicht hungern, keine Angst haben. Das war nicht wenig. Doch warum das gleich als Glück bezeichnen? Sollte man es nicht eher ewige Erleichterung nennen? Und irgendwann, eines Nachts, dachte ich: Ich will keine Erlösung, selbst wenn es den Himmel geben sollte. Ich möchte spurlos vergehen.»

«Weißt du, was Pfarrer Olędzki dazu gesagt hätte?», brummte ich, als wir an der Mauer der orthodoxen Kirche angelangt waren. «Er hätte bestimmt gesagt: ‹Das ist deshalb so, Jan, weil keine Liebe in dir ist.›»

Jetzt, in meinem dunklen Zimmer liegend, den Geräuschen hinter der Wand lauschend, dachte ich, dass das nicht allzu klug war, doch das Bild von Fräulein Esther wollte nicht erlöschen hinter meinen Lidern – ständig sah ich diesen Glanz des Haars, die weiße Haut, den hellen Hals unter dem Leinenhemd.

Als wir an der Kirche angelangt waren, schüttelte Jan den Kopf. «Wenn du wüsstest, wie oft ich versucht habe, die

Liebe zu Gott in mir zu wecken. Als Kind kniete ich mit geschlossenen Augen, biss mir auf die Lippen, bis es wehtat, faltete die Hände in eifrigem Gebet – und was geschah? Nichts! Ich brachte es fertig, Gott zu fürchten, ich zählte meine Sünden, ich flehte um Vergebung, ich hatte Mitgefühl mit dem Gekreuzigten – aber Liebe? Wie hätte ich mich dazu zwingen sollen? Wenn du wüsstest, wie ich diejenigen beneidete, die Gott lieben konnten. Aber was hätte ich machen sollen? Ach, es ist nicht wichtig, ob Gott existiert. Wichtig ist, ob wir ihn lieben können, auch wenn es ihn nicht gibt. Aber ich, weißt du, ich kann nur Frauen lieben …»

Die Sterne gingen im schwarzen Rechteck des Fensters unter; die Uhr schlug, der Wind rüttelte am Fensterladen, und ich träumte davon, dass endlich etwas geschehen würde, dass sie verschwinden, für immer wegfahren würde. Sie wartete auf Briefe, sie ging zur Post, sie fragte Korbelow, soll sie doch verschwinden, spurlos vergehen. Ihr Haar, mit der roten Schleife zusammengebunden. Der Ring, den sie auf der Glasablage liegen ließ, wenn sie aus dem Bad ging. Die regenbogenfarbenen Bläschen auf der Lavendelseife, mit der sie sich kurz zuvor die Hände gewaschen hatte. Das warme, feuchte Handtuch, mit dem sie ihr Haar getrocknet hatte …

Nichts sehen. Nichts hören. Einschlafen.

Wermut, Birken

Die Sonne, von einer schmalen blaugrauen Wolke durchschnitten, die von der See her kam, ging schon über dem Buchenwald hinter der Kathedrale unter, der Abend rückte näher, die Schatten der Kiefern und Fichten auf der anderen Seite des Teiches kletterten an der weißen Hauswand hoch. Wir saßen auf der Veranda in der Rhonstraße 18 in Oliwa, den Blick auf die Kathedrale gerichtet, meine Mutter goss aus der hohen Kanne Kaffee in die Tassen und begann vom Haus der Familie Simmel zu sprechen, und ich kehrte zu jenem Augenblick zurück, da ich in dem Zimmer mit den halb geschlossenen Jalousien das nachlässig übers Bett geworfene Kleid aus dunklem Crêpe de Chine gesehen hatte, und dachte: «Wie die Sonne schien an jenem Tag ...» Mutter legte mit liebevoller Sorgfalt auf das Mosaiktischchen die Fotografien mit dem Stempel «Foto Atlas – Hoża 17», die von der Sonne noch warm waren, obwohl unter den Fichten hinten im Garten, da, wo der Teich aufhörte, die Luft schon dunkel war. «Weißt du noch, Aleksander, wie gern wir auf die große Wiese hinter der Nowowiejska gingen, ganz weit hinaus, bis zu den hohen Birken beim Mokotowa-Feld? Erinnerst du dich an jenen Sonntag? Was für ein schöner Tag war das! Als wir angekommen waren, breitete Janka die weiße Tischdecke auf dem Gras aus, im Korb waren Wein, Gläser, Weißbrot von Piotrowicz, Krapfen von Blikle, Orangen. Und die Sonne so stark, dass Fräulein Esther sofort den Sonnenschirm aufspannte. Sie trug eine Kamee am Hals, nicht wahr? Diese hübsche Perlenkamee an dem schwarzen Band, mit dem Kopf eines griechischen Mädchens, in der schmalen silbernen Fassung. Die hatte sie sicher bei den Wirths in der Miodowa gekauft, dort gab es die schönsten. Und dann pflückte sie Unmengen von Kamille und Kornblumen, band sie zu einem großen Strauß und legte ihn auf die Tischdecke. Das sah alles sehr hübsch aus – so viele Blumen! Wer hätte damals gedacht ... Und dann, weißt du noch? Ihr habt sehr gelacht, dass ich schon gehen wollte, als die Zigeunerwagen kamen ...»

Ob ich mich daran erinnere? Als die Wagen näher kamen, sagtest du: «Ich glaube, wir gehen langsam nach Hause, was meinst du?» Vater war nicht so erpicht darauf, und du hast ihn nicht gedrängt. «Dann gehe eben ich, und ihr bleibt noch, es ist so sonnig, schade um den schönen Tag.» Mit

Rotweingläsern in den Händen im Gras sitzend, schauten wir zu den Wagen, die langsam von der Ulica Polna herkamen, und du hast uns gewinkt, mit dem weißen Handschuh. Kinder liefen zu den Pferden, das Geschirr klirrte. Die Zigeuner verjagten sie mit leichten Hieben einer Peitsche, die eine rote Kokarde am Ende hatte.

Aber jener Augenblick war später. Vater hatte ihn gut in Erinnerung. «Die Glocken», sagte er nachdenklich, als Mutter ihm eine der Fotografien reichte, «die Glocken von St. Barbara begannen schon zu läuten; also war es sicher Mittag. Fräulein Esther lachte und hob das Glas – so, mit den Fingern, ganz hoch. Es war ein Krimwein, aus Taganrog. Sie sagte etwas Lustiges, plötzlich spritzte der Wein aufs Kleid, das Glas fiel ihr aus der Hand, die Tischdecke färbte sich rot.

Wir halfen ihr auf. Janka schüttete Salz auf die Weinflecken: ‹Das macht nichts. Das geht wieder weg.› Alle lachten. Doch Fräulein Esther war untröstlich: ‹Aber an einem so schönen Tag ...› – ‹Aber das ist ein gutes Zeichen›, scherzte ich. ‹Rotwein auf der Tischdecke, ist das nicht ein Zeichen für Glück in der Liebe?› Später gingen wir zu den Birken. Sie pflückte Blumen, hielt sie vor sich und verdeckte mit dem Strauß die Flecken auf dem Kleid. Du wolltest sie aufheitern, sie erwiderte deine Bemühungen mit Scherzen, aber irgendwie zerstreut. Hast du das auch bemerkt, Aleksander? Das war offensichtlich, oder?»

Nein, Vater, das habe ich nicht bemerkt. Sie lachte wie immer, sie pflückte Blumen zu einem Strauß, den sie später in die griechische Vase im Salon stellen wollte, in die mit der Meeresszene, die du aus Odessa mitgebracht hast. Erst als wir bei den Birken ankamen ... Ich sah sie beunruhigt an: «Ist Ihnen nicht gut?» Mit geschlossenen Augen schüttelte sie den Kopf. «Nein, es ist nichts, ich bin nur ein wenig müde, das macht nichts, das geht gleich vorbei.» Sie war blasser als sonst. Flecken von Sonnenlicht, durch die Birkenblätter gesiebt, liefen über den weißen Hals, über die Arme und das Seidenkleid mit den Weinspuren.

Wir gingen näher an die Zigeunerwagen heran. Es waren schöne Wagen, zehn oder zwölf, schöne Wagen aus Siebenbürgen, mit Goldverzierungen, rot, silbern, grün, mit Schnitzereien, an die glänzende Eimer gebunden waren. Die Zigeuner stellten sie im Kreis auf. Von der Stadt her liefen allmählich die Menschen zusammen und schauten aus der Ferne, von der Wiese aus, wie die Pferde ausgespannt wurden, das Geschirr zusammengewickelt und das Feuer angezündet. In Käfigen unter den Wagen flatterten schläfrig Hühner. Um die Kinder herum liefen Hunde.

Dieser Anblick belebte Fräulein Esther. Sie raffte das Kleid, damit die Spitzen sich nicht im Wermut verfingen, nahm mich an der Hand und zog mich hinter sich her: «Gehen wir dorthin.» Wir liefen durch das hohe Gras. «Solche Wagen habe ich zuletzt in der Gegend von Treppen gesehen, aber nein, die waren nicht so schön. Sehen Sie den unter den Birken, Herr Aleksander? Dieses Rot an den Griffen, das Grün ...» Sie redete schnell, als wollte sie den Vorfall unter den Birken überspielen. Ein paar Schritte vom Lager entfernt hielten wir an. Die Zigeunerinnen, die unter einem rußigen kleinen Kessel Feuer machten, schauten von der Glut auf. Ihre Hände waren grau von Asche. Die Jungen sammelten unter den Bäumen trockene Stöckchen. Hinter einem blauen Wagen hervor kam eine Frau mit einer Lederweste, die mit einem grünen Faden eingefasst und an der Brust speckig und schwarz war. Ich nahm Fräulein Esther am Arm: «Gehen wir, sie wird uns belästigen ...» Doch sie zog den Arm weg. «Warten wir lieber. Ich bin gespannt, was sie sagt.» Das Gesicht der Zigeunerin war dunkel, zerfurcht, mit einer hellen Narbe an der Schläfe, aber sie hatte feuchte Lippen wie eine junge Frau und lebendige schwarze Augen unter den schmalen Brauen. Ich holte ein Geldstück aus der Tasche. Die Zigeunerin nahm die Kupfermünze und legte sie

Fräulein Esther in die offene Hand: «Was willst du wissen, schönes Fräulein?» – «Das weißt du doch.» Die Zigeunerin strahlte: «Ja, natürlich weiß ich es.» Sie schaute die weiße Hand an. «Aus so einem Händchen kann man alles lesen. Eine weite Reise wartet auf dich, über das Meer, über Berge in eine Stadt, in der jemand wartet. Aber das schöne Fräulein muss sich nicht beeilen. Er muss Geld sammeln, um dich in seinem Haus zu empfangen. Hüte dich, Fräulein, vor schwarzen Pferden, steig in keine Droschke ...» – «Und wird es viel Geld sein?», unterbrach Fräulein Esther. «Oh, sehr viel, schönes Fräulein, und ein schönes Haus wirst du haben, mit Garten und Dienstboten in Livree, und eine Kutsche mit vier Pferden, und auf Bälle wirst du fahren, nur hör nicht auf schlechte Menschen. Er wartet auf dich, aber er ist dir noch unbekannt. Du wirst ihn erst kennen lernen. An einem Abend wird es sein, am Wasser.» Ich zuckte mit den Schultern und wollte gehen, aber Fräulein Esther hielt mich zurück. Sie schaute einen Moment lang die Zigeunerin an. «Hast du einen Mann?» – «Ich hatte einen, aber er ist krank geworden, bei Kerkemesz.» – «Lebt er nicht mehr?» – «Er war sehr krank.» – «Was hast du ihm denn geweissagt?» Die Zigeunerin zögerte: «Zu nah, schönes Fräulein. Ich habe nichts gesehen. Verwandten kann ich nicht weissagen. Das ist eine Sünde.» – «Und was siehst du bei mir?» Sie fuhr mit dem Finger über die weiße Handfläche. «Nicht viel, Fräulein, und die Unwahrheit werde ich nicht sagen. Du wirst Sorgen haben.» Fräulein Esther zog die Hand weg. «Wie alle.» – «Nein.» Die Zigeunerin kniff die Augen zusammen. «Nicht wie alle. Du bist ein Engel, dir sind große, hohe Wege bestimmt, die andere nicht gehen.» Fräulein Esther schaute sie aufmerksam an. «Woher kommst du?» – «Ich?» Die Zigeunerin steckte die Münze in die Falten ihres Rocks. «Ich bin aus der Gegend von Hrehryń, an der ungarischen Grenze, aber wir haben lange in Drohobycz und in der Gegend von Truskawiec gelebt. Da sind hohe

Berge, Wald ...» – «Dann wirst du vielleicht aus den Karten lesen?» Die schwarzen Augen blitzten auf: «Aber sicher. Hier auf den Sand lege ich sie.» Sie mischte die Karten mit den schwarzen Rändern. «Der Herzkönig wartet auf die Dame, das ist ein gutes Zeichen, denn er hat viel Kraft, aber sie will ihn nicht, denn sie ist in der Macht des Karobuben. Doch sie sollte nicht darauf hören, was sie Schlechtes über ihn sagen.» – «Gehen wir.» Ich berührte Fräulein Esthers Arm. Fräulein Esther fuhr sich übers Haar. «Geben wir ihr noch eine Kopeke.» – «Oh, danke, schönes Fräulein. Du wirst reich sein, denn wer dem Armen gibt, wird hundertfach belohnt ...» – «Gut.» Fräulein Esthers Stimme wurde plötzlich ernst. «Und jetzt sag, was du wirklich denkst.» Die Zigeunerin schaute von den Karten auf. «Du stellst seltsame Fragen. Niemand will von einer wie mir hören, was sie denkt.» Sie steckte die Karten unter die Lederjacke. «Denn was kann ich schon denken? Ich kann nur sehen ...» – «Dann sag, was du siehst.» Die Zigeunerin schaute weg. Fräulein Esther schwieg eine Weile. «Viel hast du mir nicht gesagt.» – «Was bringt es denn, wenn ich mehr sage? Es ist so schon zu viel.» Fräulein Esther nahm mir die Blumen ab und band sie fest zusammen. Dann gingen wir, langsam und ohne uns umzusehen, an den Wagen vorbei, zwischen denen bläulicher Rauch stand, über die Wiese zurück in die Nowowiejska.

Die Sonne stand schon hoch über den Birken.

Geheimrat Mehlers

Herausgeputzt, elegant, beste englische Stoffe, Smaragdnadel am Revers, Hut mit schmaler Krempe, Stock mit silbernem Knauf in Form einer sich windenden Eidechse ... Wo hatte ich Geheimrat Mehlers eigentlich zum ersten Mal gesehen? Vom Fenster im ersten Stock aus, an jenem Nachmittag, als wir von der Wiese hinter der Nowowiejska zurückkamen? Auf der Treppe im Kasino, wo ich am selben Abend mit Jan und Fräulein Esther war, um das berühmte Orchester von Elsner zu hören, das soeben von Konzerten in Petersburg zurückgekehrt war? Oder im Kontor in der Ulica Złota, an jenem kalten, regnerischen Mittwoch, als Vater den Vertrag mit den Zalewskis aufsetzte und – wie er sich ausdrückte – «eine kluge Hilfe bei der Wanderung durch den Wald der Paragraphen» brauchte?

Geheimrat Mehlers besuchte uns gerne freitags gegen sieben, wenn er von der Bibliothek Frau Kleins (wo er sich zwei, drei Bücher auslieh, um sich – wie er sagte – abends nicht zu langweilen) durch die Nowogrodzka in Richtung Wielka bummelte, wo ihn neben der Blumenhandlung ein Wagen mit Kutscher erwartete. Fräulein Esther liebte diese Besuche, denn wenn Mehlers über etwas sprach, war es schwer zu erraten, ob er scherzte oder ob er es ernst meinte. «Er hat etwas so Warmes, Rundes, er lächelt, als hätte er keinerlei Sorgen», lachte sie und stellte den Samowar auf den Tisch.

Angeblich hatte er schon mit neun Jahren abends aus griechischen und hebräischen Büchern abgeschrieben, einfach so, zum Vergnügen. Und als er mit fünfzehn Jahren das Poem «Die Alpen» verfasst hatte, für das er eine goldene Medaille vom Fürsten Golizyn bekam, standen ihm die Salons in Petersburg offen. Das Glück war ihm gewogen. An der juristischen Fakultät ragte er mit einem ausgezeichneten Vortrag heraus, den er in Vertretung eines Kollegen hielt; das ebnete ihm den Weg zu der Kanzlei des berühmten Klimuschin, wovon die meisten Studenten nur träumen konnten. Später, als er in seiner eigenen Kanzlei auf dem Newskij Prospekt Klienten empfing, erfreute er sich so großer Beliebtheit in den besten (und – wie man sagte – den schlechtesten) Kreisen Petersburgs, dass er mehrere Fälle, und zwar sehr schwierige, gleichzeitig annahm und dennoch mit Leichtigkeit gewann.

Es ging die Kunde, dass Geheimrat Mehlers in der Ulica Rozbrat, in dem Haus, in das er gezogen war, als er aus Petersburg kam, eine geheimnisvolle «Sammlung» hatte, von der er einen Teil – und zwar einen gar nicht geringen – großmütig dem Rumjanzew-Museum in Moskau geschenkt hatte, und es war bekannt, dass dieses Museum sehr wählerisch war. Mit Heilkräutern kannte er sich genauso gut aus wie – mit Verlaub gesagt – die Schamanen am Jenissej. «Anisschnaps?» Er schnipste mit den Fingern, als wir uns am Freitagabend in die Sessel setzten und darauf warteten, dass Janka das Porzellangeschirr auf den Tisch stellte. «Den muss man mit Anisbibernelle ansetzen, dann macht er wirklich gesund und schmeckt am besten. *Pimpinella anisum!* Salbei ist entzündungshemmend, und wenn man ihn mit Thymian mischt, lindert er den Husten. Basilikum mit Johanniskrautsaft ist gut gegen Melancholie. Und Wunden kann man – wie das die Barmherzigen Brüder taten – mit Sehnen von Schildkröten nähen, die man mit einem Sud aus Rotwein und mit Rosenöl versetztem Rosmarin tränkt. Und Ringelblume, Mistel, Schafgarbe, Brennnessel und Hopfen, wenn man die mischt ...»

In die Ulica Rozbrat zu Geheimrat Mehlers kamen Briefe mit dem Stempel der Kaiserlichen Akademie der Wissenschaften und sogar mit dem Aufdruck der Gesellschaft zur Verbreitung der Forschung über das Amurgebiet, dicke, mit Wachsschnur zusammengebundene Briefe und bisweilen auch solche in einem fest zugenähten Leinenumschlag. Mit Fräulein Esther redete er gern in der Sprache Goethes. «Das ist kein Wunder.» Vater zuckte die Achseln. «Er gehört zu den Wolgadeutschen, die Katharina in der Steppe ansiedelte. Und in wissenschaftlichen Kreisen hat er auch viele Bekannte. Salzmann hat ihn einmal auf dem Newskij Prospekt gesehen, da plauderte er mit Mendelejew höchstpersönlich! So ein freundschaftliches Gespräch, vor Iwanows Restaurant. Im Übrigen ist er ein rätselhafter Mensch», fügte Vater hinzu. «Eine Frau gab es in seinem Leben wohl nie.»

«Sie waren also im Ural?» Fräulein Esther goss Tee aus dem Samowar ein. Geheimrat Mehlers nahm die Tasse aus ihrer Hand. «Ja, da war ich. Und was für ein Treiben da ist, gnädiges Fräulein! Was für eine Unruhe! Die Sekten vermehren sich, das Volk prophezeit den Weltuntergang. Die Neplatelschtschiki wollen keine Steuern zahlen. Die Lutschinkowzen hassen Geld und erkennen nur eine Form der Beleuchtung an, mit Kienspan, denn alles andere halten sie für vom Mammon verseucht. Und dann noch die Stundisten! Im Orlower Gouvernement lesen sie die Bibel zu bestimmten Stunden, trinken nicht, rauchen nicht, schreiben vor, bei einer Frau zu bleiben, obwohl Taufe und Ehe bei ihnen nichts gelten. Und im Chersoner Gouvernement gibt es die Duchoborzen, die nur an Gottes Liebe glauben und das Land gemeinsam haben wollen. Und das Volk unseres großen Russlands? Na ja, wie eben das Volk ist, voller Angst sucht es Rettung bei Wunderheilern, zum Beispiel bei Wassiljew, der unlängst aus der Gegend von Odessa nach Petersburg gereist ist, um verlorene Seelen zum Licht zu führen.»

«Wassiljew?» Fräulein Esther reichte Geheimrat Mehlers die Zuckerdose. «Der, über den sie in der ‹Revue de Deux Mondes› schreiben?» – «Ja, gnädige Frau, genau der. Und sie schreiben nicht ohne Grund über ihn.»

Und plötzlich, ganz unerwartet, wurde Mehlers ernst, obwohl in seinen Augen noch Funken gutmütiger Ironie glommen. «Die Gemüter sind heutzutage erhitzt und ungeduldig, mein Fräulein, sie wissen selbst nicht, was sie wollen. Da kann alles geschehen. Und wie soll man sich da schützen! Zum Beispiel diese Sassulitsch. Hat sie doch – erinnern Sie sich? – auf den Stadtvorsteher Trepow geschossen. Und das auf einer Audienz mit Einladung! Und man denke nur: Er hat den Geist aufgegeben, sie wurde freigesprochen, und das Publikum im Gerichtssaal hat noch applaudiert! Wahrhaftige Verwirrung in den Herzen und Köpfen! Im Mai wurde Baron Heyking von Nihilisten auf der Straße erschossen. Krawczyński hat mitten in Petersburg auf General Mesenzew geschossen. Und im Februar wurde Kropotkin, der Gouverneur von Charkow, getötet. Das reicht doch, oder?»

Während wir Geheimrat Mehlers zuhörten, konnten wir förmlich sehen, wie sich über Europa etwas zusammenzog; wie sich die Völker – die großen und die kleinen – am Scheideweg sammelten und nach einer Hoffnung für die Zukunft Ausschau hielten. Doch nicht über politische Dinge redete Geheimrat Mehlers am liebsten, wenn er uns abends im Salon in der Nowogrodzka besuchte, obwohl er auf diesem Gebiet mit Sicherheit nicht wenig zu sagen gehabt hätte. Etwas anderes beschäftigte ihn.

«Was ist Glück?», fragte er nachdenklich, als Janka den Kristallschwan mit der Kirschkonfitüre hereintrug. «Die Sache ist eine Überlegung wert. Wenn wir bedenken, wie viele Menschen heute umkommen, innerhalb von Sekunden – durch Attentate, Bomben, Brandanschläge. Und den Zaren hat Gott beschützt. Das erste Mal vor Karakosow. Später vor Beresowski – das zweite Mal. Offensichtliche Zeichen! Und dieser Solowjow? Ist er doch bis auf zwei Meter an den Zaren herangekommen, als der vor dem Winterpalais spazieren ging, hat fünfmal geschossen, und keine Kugel hat getroffen! Keine einzige! Man stelle sich vor: Er stand zwei Meter vom Zaren entfernt, hat fünfmal geschossen – und nichts ist passiert! Aber nicht nur Solowjow! 1880 haben die Nihilisten ein halbes Pud Dynamit ins Speisezimmer des Zaren gelegt, die Kontrolle hat nichts gemerkt, die mächtige Explosion hat den ganzen Saal verwüstet, zehn Menschen kamen um – und der Zar? Dem Zaren wurde kein Haar gekrümmt, denn unser Herrscher Alexander hatte sich zum ersten Mal seit seiner Krönung zum Mittagessen verspätet!»

Geheimrat Mehlers streckte die Hand nach einer Orange aus, die Fräulein Esther sternförmig eingeschnitten hatte.

«Ja, aber später», sagte Vater und schob ihm die Kristallschale zu, auf der sich die leuchtenden Früchte türmten, «später am Katharinenkanal …» Geheimrat Mehlers brach mit den Fingern vorsichtig das Fleisch der Orange auseinander: «Ja, Czesław Piotrowitsch, Sie haben Recht, aber beachten Sie – schließlich hat damals am Katharinenkanal die erste Bombe, die Rysakow warf, dem Zaren nichts angehabt. Erst nachdem Hryniewiecki die zweite geworfen hatte, segnete unser Zar, schwer verwundet, eine Stunde später im Winterpalais das Zeitliche. Und 1888, haben sich da die Zeichen nicht wiederholt? Und sei es nur der Zug, der auf der Strecke von Kursk nach Charkow vom Bahndamm stürzte! Der Zar fuhr mit seiner ganzen Familie in diesem Zug, und alle haben überlebt, obwohl viele Menschen umkamen. Braucht man da noch mehr Beweise? Ja, das Glück – die Sache ist eine Überlegung wert. Äußerst rätselhaft.»

Geheimrat Mehlers wischte sich mit der Serviette den Mund ab und betrachtete uns aufmerksam, als wollte er aus unseren Gesichtern lesen, ob wir seinen Standpunkt teilten – oder ob nach solch einer Rede nicht vielleicht Fragen in uns erwachten, auf die er keine Antwort wusste. Er nahm eine Havanna-Zigarre aus der silbernen Dose, die ihm Vater zuschob, wickelte die goldene Banderole ab, schnitt sorgfältig die Spitze ab, zündete die Zigarre an, worauf er mit vorgestülpten Lippen duftende Rauchwolken von sich gab und scherzhaft die Augen zusammenkniff. Und wir wussten nicht, ob er sich nach alter Gewohnheit auf seine gutmütige Art über unsere Unsicherheit lustig machte oder ob er in vollem Ernst, den er auf dem Grund fröhlicher Worte immer sorgsam verbarg, über die dunklen Seiten des Lebens nachdachte, vor denen das gewöhnliche menschliche Herz zurückschreckt.

Das rote Band

In der Nacht ging ein gewaltiges Gewitter über Warschau nieder, aber es schlief ohnehin niemand im Haus.

Janka eilte mit einem dampfenden Handtuch durch den Flur, versuchte uns mit ungeduldigen Kopfbewegungen zu vertreiben, und als ich vor ihr die Tür zu Fräulein Esthers Zimmer öffnen wollte, stieß sie mich mit dem Ellbogen weg, damit ich nicht hineinschauen konnte. Ich warf Andrzej einen beunruhigten Blick zu, als die für einen Moment geöffnete Tür sich rasch hinter Janka schloss.

Gegen Abend, nachdem ich mich versichert hatte, dass Andrzej schlief, presste ich das Auge an den schmalen Spalt am Türrahmen. Fräulein Esthers Zimmer war in einen goldenen Nebel getaucht. Ich erkannte das hochgetürmte Kissen, darauf den Kopf, das dunkle, mit einem roten Band zusammengehaltene Haar, aber die Hände … Fräulein Esthers Hände, die immer mit so liebevoller Geschicklichkeit die Gegenstände angefasst hatten, lagen jetzt reglos auf der Decke. Ein Schatten glitt über die Wand: Mutter, über eine Porzellanschüssel gebeugt, wrang das Handtuch aus. Wassertropfen, halblaute Worte: «Setzen Sie sie ein wenig auf.» Fräulein Esther machte eine hilflose Bewegung, als wehrte sie sich gegen etwas, kurz darauf lösten sich die zu einer Faust geballten Finger der rechten Hand. Über die Wand huschte ein zweiter Schatten: Doktor Janowski stützte Fräulein Esthers Kopf und half ihr, sich ein wenig höher zu setzen. Ich stand da, die Wange an die Tür gepresst, spähte in das vom Schein der Porzellanlampe erhellte Zimmer und spürte, wie mein Herz pochte. Die langen Schatten von Mutter und Doktor Janowski krochen mal über die Wand mit der grünen Tapete, mal hingen sie von der Decke wie große Fledermäuse.

Dann berührte jemand meinen Arm. Andrzej legte den Finger an den Mund und öffnete die Tür einen Spalt breit.

Doktor Janowski drehte Fräulein Esther auf die linke Seite, Mama hob die Decke und begann die entblößten Arme mit dem Handtuch abzureiben. Fräulein Esther sah aus, als wollte sie sich mit der Hand abschirmen, aber sie schaffte es nur, die Finger zu bewegen. Sie war so schwach wie die sterbende Taube, die ich einmal auf dem Fensterbrett gesehen hatte.

Wasser plätscherte. Mutter feuchtete mit dem Rand des Handtuchs Fräulein Esthers Schläfen an, dann drehten sie sie auf die andere Seite. Unter den Achseln gehalten, im Rücken das Kissen, rutschte sie nach unten, als wäre ihre Wirbelsäule aus Wachs. Sie seufzte, es war ein tiefes, heiseres Seufzen, dem kein gleichmäßiges Atmen folgte. Ihr Körper glitt an den Rand des Bettes, die Hand griff nach dem Fußboden, die Fingernägel begannen am Teppich zu zupfen, als suchten sie verstreute Salzkörnchen. Ihre Hand, der Kopf, die Lider, das Zittern der Lippen …

Andrzej stieß mich von der Tür weg, lief ins Zimmer, und bevor ich ihn aufhalten konnte, begann er mit vogelartigen Bewegungen Fräulein Esther in die zusammengeballte Decke zu hüllen. Mutter zerrte ihn vom Bett weg. Als sie merkte, dass ich an der Tür stand, zischte sie: «Warum schlaft ihr denn nicht?» Doktor Janowski nahm Andrzej an der Hand. «Fräulein Simmel muss sich ausruhen, das braucht sie jetzt dringend, jede Aufregung …» Aber Andrzej drängte Doktor Janowski gewaltsam weg und stieß dabei gegen die Arzneifläschchen auf dem Nachttisch. Glas klirrte. Doktor Janowski wollte ihn festhalten, Mutter nahm ihn in die Arme: «Versteh doch, wir können Fräulein Esther jetzt nicht helfen. Sie braucht Ruhe, sie muss viel schlafen.» Doch es nützte nichts. Auf Fräulein Esther starrend, begann er lautlos zu weinen, schmerzverzerrt schluckte er den mit Tränen vermischten Speichel, riss sich von Mutter los und begann Fräulein Esthers Haar zu streicheln.

«Andrzej!» Ich lief zu ihm. «Lass das. Es hat keinen Sinn.» Aber er wollte, dass sie sich setzte, er stützte sie mit dem Kissen, versuchte sie zu halten, schob ihr das Kissen unter den Kopf. Doch Fräulein Esther fiel auf die rechte Seite und schlug mit dem Arm an die Bettkante. Erst als er sah, wie plötzlich der Kopf kippte, wich er zurück, prallte mit dem Rücken gegen die Wand, ließ sie aber nicht aus den Augen und schüttelte den Kopf, als wollte er heftig widersprechen. Mutter führte ihn hinaus. Er ergab sich willenlos. Ich fasste ihn an der Hand. Sie war feucht und glühte.

Große Namen

Plötzlich, wie in einem von ungeduldiger Hand geschüttelten Kaleidoskop, ergab sich ein neues Bild der Stadt. Was kaum sichtbar gewesen war, was am Rande des Blickfeldes existiert hatte, trat aus dem Schatten. Neue Orientierungspunkte. Neue Routen. Neue Entfernungen. Das St.-Lazarus-Krankenhaus in der Ulica Książęca. Das Krankenhaus der Verwandlung des Herrn bei der St.-Florian-Kirche in Praga. Das Jesuskind-Krankenhaus bei Filtry. Bisher passierte man diese Gebäude aus Sandstein oder rotem Backstein mit höflicher Gleichgültigkeit – die langen Fassaden mit den neogotischen Erkern und Hunderten von Milchglasfenstern, all die herrlichen düsteren Gebäude mit verglasten Passagen und überdachten Zufahrten, zu denen eichengetäfelte Fahrbahnen führten, damit das Klopfen der Hufe nicht den Schlaf störte. Wer hätte an Sommernachmittagen, wenn die Sonne schien und der Wind von der Weichsel die blumengeschmückten Hüte lüftete, an so etwas gedacht? Doch jetzt, auf dem Rückweg von Ermlichs Apotheke, jetzt traten die bescheidenen, an der Mauer befestigten kleinen Tafeln aus Emailblech, auf denen eine goldene Inschrift prangte, ans Tageslicht: Vor- und Zuname, die Art der Spezialisierung und die lapidaren Hieroglyphen der Ziffern – die Sprechstunden.

Und wenn wir auf den Straßen und Plätzen Bekannte trafen, fragten wir nicht mehr, was im Theater lief, wie Tscheremyschew in «Aida» herauskam, ob die Türkei wirklich aufrüstete, ob eine Passe aus dunklem Satin modischer war als eine Krinoline aus Musselin. Jetzt fragten wir: «Kennen Sie einen guten Arzt?» Wir fuhren von einem Ende der Stadt zum anderen, um Informationen über unfehlbare Hände zu sammeln, die Rettung bringen könnten. Jetzt brauchten wir gute Lebensläufe – die wirklich guten, die mit den Namen der besten Kliniken in Petersburg, Paris, Krakau und Berlin verbunden waren.

Vor das Haus in der Nowogrodzka fuhren Kutschen, aus denen würdevolle Männer in Mänteln aus guter Wolle stiegen, mit Köfferchen voller medizinischer Instrumente, dunklen Filzhüten, Brillen mit vergoldeten Fassungen. Feierliche Begrüßung, Händedruck, dann die Konsilien, geheimnisvolle Zeremonien in aller Stille. Man bat uns, Fräulein Esthers Zimmer zu verlassen, und schloss behutsam die Tür. Und dann nur noch das Murmeln der getragenen Stimmen hinter der Wand, die Momente des Schweigens, wenn die Vermutung die Form einer Diagnose annahm, später das Hinuntergehen in den Salon, das Anziehen der Mäntel, die halblauten Bemerkungen, in denen man hörte, «schwer zu erkennen», «stärkende Medikamente», «mehr frische Luft, aber die Sonne meiden».

Die großen Namen, die man bisher nur bei Gesprächen im Kasino gehört hatte, diese mit gedämpfter Stimme ausgesprochenen, in den Salons gefeierten Namen, wurden plötzlich zu lebendigen Personen. Arkuszewski, der Chefarzt der Klinik in der Ulica Cerkiewna. Szwarcman vom St.-Lazarus-Krankenhaus. Hildebrand, der nach der Rückkehr vom Praktikum bei Liebermann in Hannover eine Praxis in der Ulica Leopoldyna eröffnet hatte und sich immer größerer Beliebtheit erfreute.

Jan fand neue Adressen heraus. Wir setzten uns in die

Droschke. Tore von vornehmen Häusern, Marmortreppen, Wartehallen mit Palmen und der neuesten Nummer des «Kuriers» auf einem Tischchen aus Zypressenholz, Gespräche mit Männern, die weiße, gepflegte Hände hatten. Fräulein Esther erwachte erschrocken, wenn man sich über sie beugte und behutsam ihr schmales Handgelenk zwischen die Finger nahm. Man empfahl, das Klima zu wechseln, schlug vor, nach Tirol oder an die Riviera zu fahren, und fügte hinzu, dass jedoch in diesem Zustand ... Doktor Klimaszewski riet mit gedämpfter Stimme zu einer Honigkur in Verbindung mit kalten Bädern, denn nur so könne man das Blut kühlen. Doktor Awalow winkte nur ab. Kalte Bäder! Da gebe es wesentlich bessere Mittel, aber man müsse sie eben kennen! Und nur keine Vorurteile! Er band ein Kautschukband um Fräulein Esthers Hand, dann schnitt er mit einer Lanzette eine Ader am Unterarm an – und zapfte eine ganze Schüssel Blut ab. Fräulein Esther wurde blass, fiel auf die Kissen, konnte kaum die Lider heben, und er empfahl eine Scheibe mageres Fleisch am Tag, ein Stückchen weißen Käse, nicht größer als ein Kuckucksei, und eine Knoblauchzehe in Lindenhonig, um Gottes willen nicht mehr!

Jan rang die Hände, als er aus Nieborów zurückkam: «Die Methode von Broussais! Aber das ist doch Schnee von gestern! Er hatte ein einziges Mittel für alles: den Aderlass. Frankreich spielte damals verrückt. Sie begannen Millionen von Blutegeln aus Ungarn und Transsylvanien einzuführen. Ganze Waggons, direkt nach Paris! Und dieser Broussais? Wenn er in die Abteilung kam, fragte er sofort: ‹Wie viel neue Kranke haben wir heute?› Sie sagen ihm: ‹Zehn.› Und er: ‹In Ordnung, bereiten Sie dreihundert Blutegel für morgen vor.› Man braucht sich nicht zu wundern, dass die Leute kreidebleich herauskamen und auf der Treppe in Ohnmacht fielen. Diesem Awalow muss man das Haus verbieten! Soll er doch die Soldaten in der Zitadelle behandeln mit seinen vorsintflutlichen Methoden!»

Auf der Kredenz, neben den dunklen Fotos der fernen Stadt und dem Petersburger Kartenspiel, das Mutter in die Lackschachtel gelegt hatte, glänzten jetzt die ordentlich nebeneinander aufgestellten Kristallflakons mit rosaroter und violetter Flüssigkeit in der Sonne, Porzellanschüsselchen und Emailleschalen. Die lateinische Sprache, die bisher nur in liturgischen Texten im sonntäglichen Hochamt erklungen war, in Prälat Olędzkis feierlich singender Stimme, die Sprache, die sich in Reihen von gotischen Lettern auf mittelalterlichen, Schmerz, Gericht und Strafe darstellenden Bildern wand, leuchtete jetzt in sorgfältigen roten Buchstaben auf den Papierbändchen, die um die Glasgefäße liefen. Die Assistenten des Jesuskind-Krankenhauses flüsterten in der Ecke, während Professor Arkuszewski den hellen Rücken Fräulein Esthers mit den Fingern abklopfte, dann gingen sie schweigend auseinander.

Nach dem dritten oder vierten Besuch rang man die Hände und sagte weitere Termine ab. «Man muss abwarten. Vielleicht lösen sich die Dinge von selbst. Die Diagnose ist schwierig. Die Symptome sind widersprüchlich.» Es blieben uns nur noch Jan und Doktor Majewski. Wenn ich von einem Ende der Stadt zum anderen fuhr, konnte ich mich des Eindrucks nicht erwehren, dass sich der Himmel über uns verdunkelte, obwohl die Sonne im Zenit stand.

Und es war wohl damals, unter diesem Himmel, der sich am helllichten Tag verdunkelte, der sich in einer dichten, vom Wind geglätteten Kuppel aus durchsichtigem Blau über der Stadt schloss und uns von der äußeren Helligkeit abgrenzte, als ich dachte, jemand wolle uns Fräulein Esther wegnehmen.

Als wäre das bisschen Luft, das sie atmete, ein Diebstahl, den man nicht zulassen konnte.

Der Besuch im Hörsaal

Dann die Stille der Klinik in der Ulica Cerkiewna. Die Hauben der Nonnen. Die große Treppe, die zu der Abteilung von St. Cäcilien führte. Das Metallbett mit dem Gazevorhang.

Als am Mittwoch die Droschke vors Haus fuhr, sah ich Jan vom Fenster aus. Er stand mit offenem Mantel auf dem Bürgersteig und fuchtelte mit den Händen: «Komm schnell runter!» Also stand es schlechter um sie? Ich lief die Treppe hinunter: «Was ist passiert?» Die Droschke fuhr los, er gab keine Antwort, stieß nur mit dem Knauf seines Stockes den Kutscher an: «Schneller! Los, schneller!» Die Hufe erklangen auf dem Pflaster. Ich ergriff seine Hand: «Was ist passiert?» Er machte sich frei: «Nichts. Das musst du selbst sehen.»

Wir erreichten gegen zwölf die Klinik. Der Portier schaute hinter der Milchglasscheibe hervor: «Wohin, meine Herren? Sie können nicht einfach ...» Doch als Jan rief: «Ist Doktor Arkuszewski schon da?», nickte er nur. Wir bogen in den Korridor ab. Ich stellte keine Fragen mehr. Wir mussten eigentlich geradeaus laufen, dann nach oben, über die Treppe, zur St.-Cäcilien-Abteilung, zu dem großen Mosaikfenster aus purpurrotem und blauem Glas, das einen mit dem eigenen Blut seine Jungen fütternden Pelikan darstellte; wozu zog er mich also hier unten durch den dunklen Korridor? An einer großen weißen Tür sah ich eine Tafel – «Hörsaal III».

«Warte.» Er verschwand hinter der Tür. Als er kurz darauf wiederkam, hatte er einen weißen Kittel an. Er gab mir einen zweiten. «Zieh das an.» Mechanisch schlüpfte ich in den Kittel. Er öffnete die Tür einen Spalt, schaute kurz hinein und gab mir dann ein Zeichen, dass wir eintreten könnten.

Die Tür knarrte, einige Gesichter wandten sich uns zu.

Der Saal hatte die Form eines Amphitheaters, klein, mit einer runden Decke aus Milchglas. Das weiße, kalte Licht, das von oben kam, erhellte in einem Kreis die Mitte eines Holzpodestes, auf dem ein Katheder mit einer Kristallkaraffe stand. Der Rest des Innenraums versank im Halbdunkel. Auf den umlaufenden Bänken, oben und unten, einige Personen. Auf den Pulten Papier, Federn, Tintenfässer. Wir gingen über die schmale Treppe nach oben. «Rühr dich nicht von der Stelle», flüsterte er. «Ich komme gleich wieder.» Er ging ein paar Reihen zurück, beugte sich zu einem jungen Mann in einer Jacke mit Hornknöpfen hinunter, sie flüsterten eine Weile, dann gab er mir ein Zeichen, ich solle mich setzen. Er kam wieder nach oben. Drei Reihen weiter spitzte ein Mann mit einem weißen Kittel über dem hellen Trenchcoat mit einem Taschenmesser sorgfältig einen Bleistift aus Zedernholz und streifte die Späne aus der Hand in eine Papiertüte. In der untersten Reihe Geflüster. Dann wurde es still. Durch die Tür hinter dem Katheder war der dunkle Korridor zu sehen, der ins Innere des Gebäudes führte.

In diesem Augenblick gingen einige Männer an uns vorbei. Goldene Taschenuhren, der Geruch guter Zigarren, die Bärte gestutzt und sorgfältig gekämmt, schwarze Röcke. Sie gingen nach unten, direkt vor das Katheder. Jan sagte mit gedämpfter Stimme: «Der erste ist Rottermund. Und der zweite Kerschenzew.» Ich beugte mich zu ihm: «Kerschenzew? Der aus Petersburg?» Jan flüsterte: «Ja, er macht eine Inspektion der Wohltätigkeitsanstalten, deshalb haben sie ihn eingeladen.» Die Herren in Schwarz nahmen direkt vor dem Podest Platz, auf dem das Katheder stand, und schauten, während sie sich halblaut unterhielten, auf die offene Tür. Kerschenzew holte ein blaues Etui hervor und wechselte die Brille. Rottermund öffnete ein in Leder gebundenes Notizbuch und nahm einen roten Bleistift zur Hand. Jan beugte sich zu mir: «Aber kein Wort. Solche wie du haben hier gar keinen Zutritt.»

Und dann in dem dunklen Korridor – Schritte? Das Knarren einer Achse? Ein Blitzen von Metall? Die Laute, verdoppelt von dem unterirdischen Echo, schienen vage etwas zu versprechen, bald verstummten sie, bald schwollen sie in den unsichtbaren Gängen unter dem Gebäude an, als könnten sie nicht aus dem Backsteinlabyrinth herausfinden. Sie blieben mir für immer im Gedächtnis haften. Wann immer ich in schlechten Nächten den Schlaf herbeisehnte und darauf hoffte, dass die Welt mich wenigstens für einen Augenblick aus ihrer harten Umarmung entlassen würde, hörte ich sie in mir, weit entfernt, als gäbe mir jemand mit einem schwachen Glockenschlag ein Zeichen ... Klirrend und scheppernd, mit funkelnden Drahtspeichen, erschien in der weit geöffneten Tür langsam ein schmales, langes Gefährt auf hohen Rädern, ähnlich einem Boot mit Bordwänden aus poliertem Nickel. Zwei gebeugte Diener in braunen, unter dem Hals geknöpften Anzügen schoben es.

Das Profil, die Stirn, das schwarze Haar auf dem weißen Hintergrund. Ich sprang auf. Die Finger auf den Rand des Pultes gepresst, starrte ich auf die mit einem weißen Laken bedeckte Frau in dem Nickelboot, und das Gefährt mit den hohen Rädern quietschte in den Achsen, stieß mit dem Eisenrahmen an die Messingschwelle des Podestes, schwankte einen Moment lang auf der Rampe wie eine schwarze Gondel auf dem Wasser eines Kanals in Venedig, beschrieb langsam einen Bogen um das Katheder und blieb dann in dem Lichtkreis stehen. Das weiße Leintuch glitt über die Nickelränder auf den Fußboden. Die Diener hoben es auf und zogen sich in den Korridor zurück. Als ihre Schritte in der Dunkelheit verhallten, ähnlich einem sich entfernenden Klatschen von Steinen in tiefem Wasser, trat ein Mann mit einem weißen Kittel über dem Rock an das milchig beleuchtete Katheder. «Das ist Miłaszewski», flüsterte Jan, «der Assistent von Weissmann ... Er ist vor ein paar Tagen aus Wien gekommen.»

Manschettenknöpfe. Glattes Haar. Eine Narbe an der Schläfe. Ein kalter Lichtschein erhellte das ernste Gesicht des Arztes aus der Wiener Klinik, dessen klangvolle, ruhige Stimme in der Stille ertönte, als das Läuten der Erlöserkirche, die soeben Mittag geschlagen hatte, verstummt und von der Stadt her kein Geräusch mehr zu hören war.

«Meine Herren!» Doktor Miłaszewski flocht die Hände ineinander, als wollte er durch diese sanfte Geste seine Zuhörer für sich gewinnen. «Wir hatten unlängst in der Klinik von Professor Weissmann einen ähnlichen Fall. Ein junger Mann, dessen Lebenskräfte – wie aus früheren Diagnosen bekannt war – hin und wieder erlahmten, verfiel in Apathie, begann die Nahrungsaufnahme zu verweigern, bis er schließlich im Schlaf starb. Als würde die des Lebens müde Psyche bestimmten Organen befehlen, ihre Tätigkeit einzustellen, gelenkt von einem verborgenen Bedürfnis nach Selbstbestrafung, dem wir nichts entgegensetzen konnten und – wer weiß – vielleicht auch nicht sollten. Es kommt gar nicht so selten vor, dass der Mensch bewusst seine Gesundheit vernachlässigt, den Empfehlungen des Arztes nicht nachkommt – und zwar keineswegs, weil ein schwacher Wille ihn daran hindert, sich den notwendigen Regeln der Behandlung unterzuordnen. Oft ist sein Verhalten Ausdruck des – wenn auch nicht ausgesprochenen – Wunsches, sein Leben grundlegend zu verändern. Die Herztätigkeit kann infolge eines Befehls vom Gehirn einer so starken Verlangsamung unterliegen, dass das Herz vollkommen zum Stillstand kommt, was zu einem Tod führt, dessen Ursachen wir nicht mit herkömmlichen Methoden erklären können. Wer weiß, vielleicht lebt in uns ein zweiter Mensch, der im Verborgenen die Arbeit unseres Herzens lenkt; aber wir – von der Bequemlichkeit rein physikalischer Erklärungen verführt – sprechen lieber von einem Infarkt, um zu vermeiden, an die wirkliche Ursache der Katastrophe heranzukommen. Vielleicht kann die *Selbstvernichtung,* die auf den Polynesischen Inseln praktiziert wird, ein gewisses Licht auf dieses eigenartige Phänomen werfen. Und zwar wickeln sich die Bewohner dieser Inseln, wenn sie spüren, dass sie bald sterben werden, oder wenn sie sich nach dem Tod sehnen, in eine Strohmatte, legen sich in eine Ecke und sterben – ja, meine Herren, sie sterben innerhalb weniger Stunden. Ich möchte daher Ihre Aufmerksamkeit» – Doktor Miłaszewski hob die Stimme, als wollte er nach dieser Einleitung, die bei den Zuhörern Misstrauen erwecken konnte, erleichtert zu wesentlich gewisseren Dingen übergehen – «auf den Pupillenreflex lenken ...»

Kerschenzew hob die Hand. Der Siegelring an seinem Finger blitzte. «Wollen Sie damit sagen, Doktor Miłaszewski, dass die Unglückliche, die wir hier vor uns haben, die ganze Zeit Schmerz empfindet, obwohl sie bewusstlos ist?» Doktor Miłaszewski neigte den Kopf: «Das, was wir über den Pupillenreflex wissen, erlaubt es uns, so zu urteilen. Die Kranke sieht aus, als würde sie tief und fest schlafen. Als würde sie nichts sehen und nichts hören. Aber bestimmte Reaktionen beweisen, dass der Zustand der Bewusstlosigkeit ihr Leiden nicht etwa verringert, sondern es nur vor uns verbirgt.» Kerschenzew flüsterte Rottermund etwas zu und stand dann auf: «Lässt sich das empirisch nachweisen?» Doktor Miłaszewski verneigte sich abermals: «Bitte sehr, Professor Kerschenzew, kommen Sie hierher zu mir.» Kerschenzew trat an den Nickelwagen heran, neigte sich über Fräulein Esther und hob mit dem Finger vorsichtig das Lid des rechten Auges. Jan hielt mich mit aller Kraft am Arm fest: «Kein Wort, sonst vernichtest du mich!» Mit trockener Kehle sah ich zu, wie Doktor Miłaszewski eine Nadel aus einer Blechdose nahm, sie über einem Spiritusbrenner erhitzte, die Spitze an Fräulein Esthers Hand hielt, zustach und Kerschenzew, über sie gebeugt, mit dem Lid zwischen den Fingern, gespannt in das offene Auge sah ...

Ich stand auf. Weiße Blätter fielen auf den Boden. Der

Bleistift rollte über die Treppe. Meine Hände zitterten. Kerschenzew hob den Kopf und schaute zu Rottermund hinüber, als wollte er fragen: «Die Nerven? Hier? Warum hat man hier jemanden hereingelassen ...?» Jan packte mich an der Schulter: «Du vernichtest mich!» Er gab den Männern in der ersten Reihe ein Zeichen, dass dies nur eine vorübergehende Unpässlichkeit eines jüngeren Arztes sei, und zog mich zur Tür. Als wir nach unten gingen, betrachtete Rottermund mich aufmerksam. Von Jan gestützt, ging ich zum Ausgang, die Beine versagten mir den Dienst.

Weißbrot und Rotwein

«Verzeih ...» Jan stand mit dem Hut in der Hand an der Tür. «Wenn ich gewusst hätte, dass das so auf dich wirkt ...» Ich stieß ihn weg. Er schwankte, ging aber nicht weiter. «Glaub mir, das war eine Routineuntersuchung. Nur so kann man feststellen ...» Ich unterdrückte mit Mühe einen Wutausbruch: «Komm rein.»

Im Salon schwiegen wir lange. Er steckte sich eine Zigarre an. Draußen schaukelten die Zweige der Linden. Die Sonne erhellte die Kuppel von St. Barbara, dann zogen Wolken über die Baumkronen, es wurde dunkler im Zimmer. Einige Tauben flogen vom Haus gegenüber aufs Fensterbrett, als hätte unser Schweigen sie angelockt. Ich griff zum Zigarettenetui: «Gibt's etwas Neues?» Er schaute zum Fenster hinaus: «Arkuszewski möchte, dass sie zu euch zurückkehrt.» – «Zu uns?» Er nickte. «Natürlich werden Pflege und Beratung gesichert ...» Ich ließ ihn nicht aus den Augen: «Heißt das, dass ...» Er nickte wieder. Langsam wanderten Rauchringe von der Zigarre zur Decke. «Und die Diagnose?» Er sah mich nicht an: «Du weißt doch genau, was das sein kann.» Ich ging ans Fenster. «Meinst du?» Eine braune Spinne kletterte über die Scheibe und zerriss einen Faden ihres Netzes. Ein paar Tropfen rannen über das Glas, feiner Regen klopfte ans Fensterbrett. Alle Dinge, die um mich herum waren, zerfielen plötzlich zu Staub. Ich spürte einen Druck in der Brust: «Bist du sicher?» Er sah mich an: «Sicherheit gibt es nie.» Die Asche der Zigarre fiel auf die Tischdecke. Er scharrte sie mit den Fingerspitzen zusammen und streifte sie auf die Hand: «Ich weiß nur, dass sie sie nicht länger in der Klinik behalten wollen.»

Der Krankenwagen kam abends. Sie trugen sie vorsichtig, in ein schottisches Plaid eingehüllt, und legten sie auf das Bett im ersten Stock. Von den bräunlichen Fotografien, die auf der Kredenz standen, blickte die ferne Stadt auf sie herab. Sie schien zu schlafen. Gleichmäßiger Atem. Die Augen geschlossen. «Fräulein Esther», Mutter berührte ihre Hand, «hören Sie mich?» Aber die Atmung änderte sich nicht. Das Haar von dem schmalen Band zusammengehalten. Am Hals ein kaum sichtbares Pulsieren. «Fräulein Esther», Mutter beugte sich zu ihr, «hören Sie mich?» Die Lider zitterten. Ein Lächeln? Eine leichte Bewegung in den Mundwinkeln? Dann erstarrte alles wieder. Sie lag auf dem Rücken, den Kopf tief ins Kissen gegraben.

Es klopfte an der Tür. Andrzej ging ans Bett und betrachtete sie lange. Mutter nahm ihm eine weiße Levkoje mit rötlichen Blütenblättern aus der Hand und stellte sie in die Vase, in der schon einige frisch geschnittene Iris standen.

Das Leben im Haus wurde still. Niemand sprach allzu laut, nicht einmal in den entfernteren Zimmern. Beim Frühstück stellten wir die Teegläser vorsichtiger als sonst auf die Untertassen, damit es nicht klirrte. Die Messer und Gabeln klangen leiser auf den Tellern. Das Klavier schwieg. Die Petersburger Romanzen und Wiener Walzer, die Noten von Katenin und Strauß warteten auf bessere Zeiten. Das Metronom, eine Metallpyramide mit silbernem Zeiger, war erstarrt – wie ein Signal auf einem verlassenen Bahnhof. Fräulein Rozwadowska, eine große junge Frau aus der Ulica

Krucza, die Professor Arkuszewski uns empfohlen hatte, ging leise über den Teppich, in einer feuchten Pelerine, auf der Tautropfen hingen. Janka stapelte vorsichtig das Birkenholz am Ofen. Wenn sie putzte, achtete sie darauf, mit dem Besen nicht an den Türrahmen zu stoßen. Behutsam schloss sie das Fenster und drehte den Griff fest zu. Jeden Morgen weckte sie Andrzej mit dem Finger am Mund, und wenn die Drahtbinder aus Powiśle im Hof ihre Lieder anstimmten, saß sie nicht mehr am offenen Fenster. Wenn der Eisverkäufer im roten Hemd vor dem Haus stand und rief: «Sachar moroschenyj! Eis! Eis!», gab sie ihm ein Zeichen durch die Fensterscheibe, dass er nicht so schreien solle, und kaufte ihm dann – damit er so schnell wie möglich wieder verschwand – eine doppelte Portion aus Kirilows Konditorei ab.

Fräulein Esther lag im Halbschlaf. Wir wussten nicht, ob sie uns hörte. Wenn Fräulein Rozwadowska ihr ein wenig in Rotwein getunktes Brot in den Mund schob, nahm sie das weiße, von einem Purpurtropfen gefärbte Stückchen mit den Lippen und schluckte es. Auf beiden Seiten von uns gehalten, trank sie mit geschlossenen Augen ganz langsam Wasser aus einem Glas. Dann glitt sie auf das Kissen, der Atem ließ nach, der Schlaf schien tiefer und ruhiger zu werden, die Haut bekam eine rosigere Färbung, und sogar Jan begann zu glauben, dass sich alles zum Guten wenden würde.

Erst am Vierzehnten ... Als Fräulein Rozwadowska am Abend Fräulein Esthers Hände genauer betrachtete, riefen wir sofort Jan. Er sah sich die Hände an und streckte behutsam jeden Finger. Die Fingernägel hatten ihren Glanz nicht verloren, aber einen dunkleren, perlfarbenen Ton angenommen. Er rückte die Lampe näher heran. Die Wimpern, die Schläfen, der weiche Schatten auf der Wange. Sie war schön, vielleicht sogar schöner als sonst, nur der Mund war gleichsam röter geworden. Die Augen sahen größer aus – ein leichter Schatten schien die Lider zu verlängern. Der kühle, marmorartige Teint. Die bläulichen Adern an den Schläfen. Der Atem ganz schwach, kaum spürbar. Jan berührte mit den Fingern ihren Hals und suchte den Puls, dann legte er das Stethoskop weg.

Wir gingen in den Salon. Er packte das Stethoskop in die Tasche. Er sah mich nicht an. «Lange dauert das nicht mehr.» Als er diese Worte ausgesprochen hatte, ging krachend die Tür auf. Wir drehten uns um. Andrzej? Gerötete Augen? Hatte er gelauscht? Er lief auf Jan zu und schlug mit aller Kraft auf ihn ein, auf die Brust, auf die Arme ... Dann schluchzte er lautlos, die Finger in Jans Kleider gekrallt. Ich wollte ihn losreißen, aber er stieß mich weg, lief aus dem Zimmer und knallte die Tür hinter sich zu.

Wir sahen uns an. Jan griff nach dem Mantel, der über der Stuhllehne hing. Ich brachte ihn zur Tür. Er nahm seinen Hut vom Haken: «Ihr solltet beten.» Ich blieb stehen: «Und das sagst du?» Er streifte eine Papageienfeder vom Hut: «Das nennt man fröhliche Wissenschaft.» – «Sollen die Schwachen doch untergehen?» – «Mein Lieber, die Schwachen gehen immer unter, das muss keiner wollen.» – «Wie kannst du nur so denken? Du bist doch Arzt.» Er zog eine Grimasse: «Das Denken hat keinen Einfluss aufs Leben. Was uns am Leben erhält und uns des Lebens beraubt, hat mit dem Denken nichts zu tun. Miłaszewski sprach über die *Selbstvernichtung* am Ende der Welt. Nach Benares hätte er es viel näher gehabt. Die Menschen, die aus allen Teilen Indiens in die Sterbehäuser nach Benares gehen, legen sich auf Strohmatten und sterben innerhalb von zwei Wochen. Und sie können nicht sagen, warum sie nach Benares kommen mussten.» Langsam schlüpfte er in den Mantel. «Unser Körper ist klüger als unser Denken. Die Krankheit ist ein Bedürfnis, sie führt ...» Ich hielt ihn am Ellbogen fest: «Wohin führt sie?» Er legte die Hand auf die Türklinke: «Das weiß nicht einmal Kerschenzew persönlich, mein Lieber.»

Der Brief

Fräulein Esther erwachte plötzlich für kurze Zeit, als suchte sie etwas in ihrem Gedächtnis. Mit gerunzelter Stirn heftete sie den Blick auf die Zweige der Linde vor dem Fenster, sprach von dem Postangestellten Korbelow, und als wir sie beruhigten, dass die von ihr erwarteten Briefe bestimmt kommen würden, fragte sie, ob in dem Haus in der Frauengasse schon das Licht brenne, und sagte: «Wir können uns auf dem Langen Markt treffen, aber vergesst nicht, um drei …» Sie bat, man solle ihrer Mutter nichts davon schreiben, dann fiel sie, mit der Hand unter der Achsel, von Fräulein Rozwadowska in die Decke gehüllt, erschöpft in einen tiefen, unguten Schlaf, Schweißtropfen an den Schläfen.

Jan empfahl, ihr ein mit Kräutern getränktes Leintuch auf die Brust zu legen. Ich brachte ihn zur Tür: «Sie fragt immer nach Briefen.» Er wandte sich um: «Keine Briefe. Was sie jetzt braucht, ist Ruhe.» An der Schwelle blieb er stehen. «Es sei denn …» – «Es sei denn – was?» – «Es sei denn, wir wären sicher, dass es gute Briefe sind. Briefe können auch gesund machen.» – «Was heißt das? Sollen wir etwa ihre Briefe öffnen? Bist du verrückt geworden?» – «Wie du willst. Aber vorläufig sollte man ihr keine Briefe geben. Halte sie zurück. Vielleicht kann sie sie später lesen.» – «Später?»

Andrzej hatte die Tür einen Spalt geöffnet und betrachtete Fräulein Esther, doch Fräulein Rozwadowska verscheuchte ihn. Er ging langsam die Treppe hinunter, die Hände tief in die Taschen vergraben. Dann setzte er sich über sein geöffnetes Heft, Mutter strich ihm übers Haar, er wandte den Kopf ab. Er nahm den grünen Federhalter in die Hand, doch Martinsons Grammatik rührte er nicht an. Eines Tages fragte er: «Mama, sag mal, warum soll ich eigentlich lernen?» Mutter zog die Augenbrauen hoch: «Was ist das für eine Frage, Andrzej ... Man muss lernen, damit man eine Ausbildung und später eine gute Arbeit bekommt.» Er starrte auf den Tisch und drehte den Federhalter zwischen den Fingern: «Aber wozu?» – «Was heißt wozu?», lächelte sie. «Aleksander wird, sobald er das Studium bei Professor Himmelsfeld beendet hat, Brücken bauen und sogar Untergrundbahnen, solche wie in Paris, und du ...» Er starrte auf seine tintenbeschmierten Finger: «Ich werde keine Brücken bauen. Und er wird keine Bahnen bauen.» Sie berührte seine Hand: «Sag das nicht. Da wird Vater traurig sein. Na, und jetzt schreib. Wenn wir 260 Gallonen Wasser in den Bottich schütten und das mit 25 Gallonen Grünspanfarbstoff mischen ...» Er sah sie an, als verstünde er kein Wort.

Und dann, an einem Dienstag, es war wohl am Sechzehnten oder Siebzehnten ...

Als es gegen zehn klingelte, lief ich nach unten. An der Tür stand ein Bote von der Post in der Ulica Wspólna: «Ein Brief für Fräulein Simmel. Herr Korbelow lässt ausrichten, dass die Sendung gestern gekommen ist.» Ich nahm ihm den blauen Umschlag aus der Hand. Er zögerte: «Fräulein Simmel hat immer ...» Ich warf einen Blick auf den Stempel. «Fräulein Simmel fühlt sich nicht gut. Sag Herrn Korbelow, dass ich ihr den Brief übergebe. Du kannst gehen.» Ich gab ihm fünf Kopeken. Den Umschlag steckte ich in die Brusttasche.

Janka streckte den Kopf heraus. «Wer war denn das?» Ich zog meine Jacke zurecht: «Ein Bote von der Ermlich-Apotheke hat eine Arznei gebracht.» Sie schaute mich etwas länger als sonst an, dann begann sie den Staub von der griechischen Vase zu wischen, in der jetzt keine Wiesenblumen mehr standen.

Im Zimmer im ersten Stock schloss ich hinter mir ab. Die Sonne stand schon über dem Haus der Jesionowskis, und die Kuppel von St. Barbara, die über den Linden zu sehen war, hatte eine frühlingshaft goldene Farbe. Darüber türmten sich riesige weiße Wolken wie ein Luftgebäude, in dem das Licht wohnt.

Der blaue Umschlag war nicht ganz zugeklebt, ein Stück stand ab. Ich zögerte einen Moment, hob dann vorsichtig, um das Geklebte nicht aufzureißen, den Rand an, zog ein wenig, und der Umschlag ging auf. Ich nahm das Blatt Papier heraus und faltete es auseinander.

Meine Hände zitterten. Ein Datum. Zürich? Wieso Zürich? War sie in Zürich? Irgendwelche Vornamen? «Wie es mir geht?», schrieb jemand in gleichmäßiger, ordentlicher Schrift auf einem blauen Bogen des Hotels «Arno», Rheinstraße 13, an «Fräulein Esther Simmel», in «Warschau» in der «Nowogrodskaja 44».

«Sie fragen wirklich, wie es mir geht? Was kann ich Ihnen darauf antworten? Ich habe Angst. Sicher werden Sie fragen, wovor. Ich weiß es nicht. Sie kennen ja Anneliese so gut, unsere Reise, Freiburg, alles war so strahlend, so sonnig.

Warum bin ich unglücklich, wenn ich glücklich bin?

S. sagte mir neulich, er fürchte sich nur vor Geisteskrankheit. Fürchten wir uns nicht genau davor in tiefstem Herzen am meisten? Dass im Gehirn eine Ader platzt, an der alles hängt, und wir unsere nächsten Angehörigen nicht mehr erkennen?

Ach, das Leben möglich machen! Begegnet uns doch selbst im Traum das, wovor wir in wachem Zustand flüchten. Vielleicht kann uns also nur das Aufgeben der Hoffnung die Linderung verschaffen, nach der wir uns so sehr sehnen? Der Sieg ist für die menschliche Natur schwerer zu ertragen als die Niederlage. Glauben Sie mir: Die etwas anderes sagen, lügen. Fühlen wir uns denn – das werden Sie zugeben – in der Niederlage nicht wie zu Hause? Was also bleibt uns? Ich weiß, es ist schwer. Aber – erinnern Sie sich? – wie sagte er? Nichts erwarten. Gar nichts. Nur hier auf der Erde sein und mit nichts rechnen.

Und er? S. hat mir neulich gesagt, sein Großvater sei Superintendent gewesen, sein Vater Pfarrer in Röcken, einem kleinen Ort bei Lützen – das erklärt vieles! Pfarrer, und vorher Erzieher beim Herzog zu Altenburg. Und die Mutter? Die Tochter eines Landpfarrers in Pobles. Was musste das für eine gottesfürchtige Gesellschaft sein! Wissen Sie, was eine deutsche Pfarrstelle ist? Begreifen Sie, was die Worte «protestantische Pfarrstelle im preußischen Sachsen» bedeuten? Sein Großvater hat einen Traktat geschrieben – aber worüber! Zur Belehrung und Beruhigung bei der gegenwärtigen Gärung in der theologischen Welt und über die erhabene Untertanenpflicht. Sehr schön – da kann man nichts sagen! Und dann die Rede, die – wie man mir in Leipzig erzählte – sein Vater, der Pfarrer, bei der Taufe seines Sohnes gehalten hat: ‹Du gesegneter Monat Oktober, in welchem mir in den verschiedenen Jahren alle die wichtigsten Ereignisse meines Lebens geschehen sind, das, was ich heute erlebe, ist doch das Größte, das Herrlichste, mein Kindlein soll ich taufen! ... Mein Sohn, Friedrich, so sollst du genennet werden auf Erden, zur Erinnerung an meinen königlichen Wohltäter, an dessen Geburtstag du geboren wurdest.›

Wie sollte man hier nicht erschaudern? Ist das nicht wirklich die väterliche Begrüßung eines königlichen Kindes, das in einer Dorfgemeinde zur Welt gekommen und – wer wollte es bezweifeln – zu Höherem berufen ist?

Als er daher eines Tages – das weiß ich von Elisabeth – zu Glas sagte: ‹Mit zwölf Jahren habe ich Gott in seinem ganzen Glanze gesehen› – ich glaube es. Bei solch einer Familie? Und Schulpforta, wo sie ihn so viele Jahre eingesperrt haben? War das doch, ich habe es selbst gesehen, eine frühere Zisterzienserabtei bei Naumburg! Und dann die geheimnisvolle Gehirnerweichung, die den Vater ums Leben gebracht und den Sohn in die Arme der religiösen Tanten getrieben hat!

Was er jetzt macht, weiß ich nicht. Ich wandere durch Zürich, um mein Gleichgewicht wieder zu finden, manchmal fahre ich nach Hildendorf, komme dann wieder zurück, und die größten Neuigkeiten gehen an mir vorbei.

Ich grüße Sie mit der – wie Anneliese sagt – den Freiburgern eigenen Herzlichkeit, die uns sicher aufs schönste von den Bürgern Zürichs unterscheidet.

Ihr immer ergebener J. R.

PS: Anneliese verspricht bald zu schreiben.»

Der Sohn des Pfarrers aus Röcken? Anneliese? Friedrich Wilhelm? J. R.? Wer waren diese Leute? Meine Hände zitterten. Mit Mühe bezwang ich mich, das blassblaue Papier nicht zu zerknüllen, das mit gleichmäßiger, ruhiger Schrift beschrieben war. Schöne, etwas schräge Buchstaben, zart gezeichnet, wie Vogelspuren im Schnee, schwarze, grün schimmernde Tinte, das Wasserzeichen des Hotels «Arno», zwei gekreuzte Zepter, Krone, und der Duft ...

Die Fremdheit eines anderen Lebens. Vollkommen. Undurchdringlich. Schulpforta? Naumburg? Sie war also in Naumburg gewesen? Ferne Städte, Häuser, Bahnhöfe, die ich nie gesehen hatte – das war ihr Leben? J. R.? Waren das die Menschen, mit denen sie Umgang hatte, mit denen sie sich unterhielt? Und dann die Frage, die plötzlich mein Herz traf, als wäre sie direkt an mich gerichtet: «Warum bin ich unglücklich, wenn ich glücklich bin?»

Die Uhr im Salon tickte. Das blaue Papier lag vor mir auf dem Tisch wie ein abgerissenes Blatt von einem unbekannten Baum. Langsam faltete ich es zusammen, steckte es in den Umschlag und klebte ihn zu. Dann nahm ich aus dem obersten Regal den siebten Band von Meyers Enzyklopädie und legte den Brief mit dem runden Stempel der Züricher Post hinein. Ich legte das dicke Buch ganz oben ins Regal, hinter das schwarze Flachrelief mit der Schwalbe, sodass keiner es erreichen konnte.

Auf dem Flur war niemand, nur das Sonnenlicht spielte

mit den karminroten Flecken in der leuchtenden Scheibe des Mosaikfensters, als wäre ganz in der Nähe, in der Marszałkowska oder der Żurawia, ein Feuer ausgebrochen.

Das weiße Boot

Immer, wenn wir über diesen Morgen sprachen, immer, wenn wir seinem Geheimnis näher zu kommen versuchten, stand er wie ein reines Versprechen vor uns. Erinnerten wir uns nicht genau an das Licht, das nur großartiges Wetter verheißen konnte? Der Himmel hoch, Schwalben, Sonne. Die Gardine, die sich im Windhauch des angelehnten Fensters bauschte. Die Betriebsamkeit vor den Häusern. Die Schritte auf dem Bürgersteig.

«Wieso sind heute so viele Leute unterwegs?», fragte Vater an der Ecke der Ulica Leopoldyna. «Weißt du das nicht?» Mutter schüttelte den Kopf. «Die Marienfigur ist doch vom Kalvarienberg gekommen.» Ein kühler, klarer Vormittag. Die Tauben, die von den Balkonen auf den Bürgersteig geflogen waren, flatterten, von unseren Schritten aufgescheucht, auf die Gesimse der Häuser. Das Pflaster der Nowogrodzka dampfte nach dem nächtlichen Regen in der Sonne. Janka war bei Fräulein Esther zu Hause geblieben.

Vor St. Barbara eine große Menschenmenge. Hüte, Umhänge, Tücher, die Messinghelme der Feuerwehr, die Trompeten des Orchesters, das Klirren der Tschinellen, Fahnen, Lampen. Die Frauen mit den gestreiften Trachten aus Łowicz, die von der Ulica Polna herkamen, trugen schaukelnde Kränze aus Papierblumen, Ähren und Bändern. Auf den Stufen vor dem Tor zur Kirche, unter den Fichtengirlanden, die von Säule zu Säule gespannt waren, hielten Knaben in Matrosenanzügen brennende, mit Asparagus umwickelte Kerzen in den Händen, reckten aufgeregt die Hälse in Richtung Ulica Wspólna, die Ermahnungen von Vikar Orzechowski nicht beachtend. Gespanntes Ausschauhalten, ungeduldiges Geflüster.

Gegen zehn erschien ganz hinten in der Straße dieser schaukelnde, weit entfernte Umriss. Langsam schwankte er aus der Ulica Wspólna. Einen Augenblick lang verdeckten ihn die Bäume, dann tauchte aus dem grünlichen Nebel unter den Linden eine Gestalt in einem weißen Boot – eine große, mit einem blauen Mantel bedeckte Gestalt. Einen Moment lang schwebte sie in Weihrauchwolken, der Schatten der Blätter trübte die Farben, nur die Sternchen auf dem Metallreif um den etwas zur Seite geneigten Kopf der Figur blitzten auf wie ein kalter Spiegel des Himmels. In den Händen der Ministranten erklangen die Glöckchen, die gestärkten Messhemden wichen den goldenen Ornaten, Schritte knirschten auf dem feuchten Kies, und die Menschenmenge machte dem weißen Boot Platz. In Weihrauch gehüllt, bald in der Sonne, bald im Schatten der Bäume, glitt es durch den schmalen Gang, den Feuerwehrleute mit der Fahne des heiligen Florian bahnten, langsam zu dem weit geöffneten Tor, auf den Platz vor der Kirche. Zu beiden Seiten Mädchen mit Musselinkleidern und Netzhandschuhen. Blütenblätter von Rosen, Mohn, Ringelblumen, mit den Händen gestreut, fielen schillernd auf die Steinplatten. Als das Boot sich dem Tor näherte, erklangen die Trommeln und Tschinellen.

Als ich die Weihrauchwolke und die entfernte, von dem leichten Schleier umgebene Figur sah und die Menschenmenge vor dem Tor wogte, da spürte ich diese Rührung, das gleiche feierliche Gefühl, das mich erfasste, wenn ich in Heidelberg in der Abenddämmerung langsam die Steintreppe zum Schloss hochging, um von dem Felsabhang aus, der den Blick auf die Stadt und die Hügel freigab, in den purpurroten Himmel über dem Neckartal zu schauen, auf die Alte Universität, auf den Turm mit der Uhr in der Augustinergasse, auf das Jesuitengymnasium und den Hexenturm. Und das Boot schaukelte über den Köpfen der Menschen auf den Schultern der Feuerwehrleute mit den Messinghelmen, geschmückt mit Papierblumen, Ähren, Schleifen aus Seidenpapier, und schwebte langsam durch das Tor auf den Platz. Ich sah mit schmerzlicher Deutlichkeit jede Falte des blauen Mantels, jedes aus Blech gestanzte Sternchen auf dem Metallreif um den Kopf, die glatte weiße Farbe auf den Händen aus Eichenholz, die golden schimmernden Fransen am Saum der Ärmel, die Rose aus farbigem Papier, die zwischen den frisch gebügelten Bändern steckte. Auf dem Gesicht der Frau in dem blauen Mantel, die die halb offenen Hände in einer herzlichen Geste der Obhut ausbreitete, war kein Lächeln.

Wie viele Male hatte ich mir als Kind, im dunklen Innenraum der Erlöserkirche, den Blick auf das Gesicht des am Kreuz hängenden Christus geheftet, mit aller Kraft gewünscht, dass die geschlossenen Lider der hölzernen Figur aufgehen und über ihre verstaubte Wange eine echte, lebendige Träne fließen möge. Ich kniete nieder, presste die Finger zusammen, betete, ich hielt den Atem an, biss mir auf die Lippen – noch ein Moment, noch ein Herzschlag, noch einmal die Luft anhalten, und er wird die Augen öffnen und mich anschauen! Jetzt, da ich die näher kommende Gestalt im blauen Mantel sah, spürte ich die gleiche kindliche Erwartung und Spannung, obwohl seit jener Zeit so viele Jahre vergangen waren.

Die Luft über St. Barbara, klar, durchsichtig, wurde von schwarzen Schwalben durchschnitten. Die Sonne stand noch nicht über den Dächern der Ulica Wspólna, die belebende Kühle des Junivormittags strich mir durchs Haar, und obwohl ich jetzt etwas ruhiger war, sah ich, als ich die Figur im blauen Mantel betrachtete, plötzlich das dunkle Zimmer mit den heruntergelassenen Jalousien und Fräulein Esther, die auf dem glatten, schweißnassen Laken auf dem Rücken lag – das zerknüllte Bettzeug, die gespannte Haut am Hals, das Atmen, das Speichelschlucken, das Zittern der Finger, und Janka, aufmerksam über sie gebeugt, rieb behutsam ihren Hals mit dem angefeuchteten Rand des Handtuchs ab.

Das schneeweiße Boot schwebte langsam an uns vorüber und ließ eine Wolke von Weihrauch zurück. Die Menschen drängten ihm nach in die Kirchenschiffe. Mit Mühe gelangten wir zu der Bank mit der Kupfertafel «Celiński». Die Durchgänge waren dicht mit Menschen gefüllt, die auf dem Steinfußboden knieten.

Der Platz, zu dem das weiße Boot getragen wurde, erinnerte an eine in Stein gehauene Grotte. Auf dem Hintergrund des grauen Papierfelsens traten die Sternchen aus silbernem Blech, die das Gesicht der Statue umrahmten, deutlich hervor. Ringsum, in Krügen, Vasen und Körben, türmten sich grüne Ähren von Gerste, Hafer und Weizen, Äpfel mit gelber Schale und eine Fülle von Blumen – rot, weiß und violett schimmernde Wogen von Lilien, Pfingstrosen, Schlüsselblumen umspülten die Füße der Jungfrau im blauen Mantel, die auf der Erdkugel stand und auf den Kopf einer beißenden Schlange trat.

Und dann das großartige Verstummen der Menschen. Sie standen auf Zehenspitzen und reckten die Hälse, um in dem flackernden Licht der Kerzen, in dem bläulichen Weihrauchdunst den weichen Umriss der Gestalt zu erkennen, die mit ausgebreiteten, geduldigen Händen zu sich einlud, als würde das sternenbestückte tiefblaue Gewand, das über die Schultern der Figur auf die Marmorstufen des Seitenaltars floss, sich unmerklich über den ganzen Fußboden verbreiten, sodass wir ohne Angst über die Steinplatten des Presbyteriums gehen konnten, so wie Christus sicher über den See Genezareth geschritten war.

Vater betete mit ernstem Gesicht, ruhig, etwas abwesend, als störte ihn das große Gedränge in der Kirche, Mutter hatte den Kopf gesenkt und die Hände auf dem Pult gefaltet, nur Andrzej, aufgerichtet, verfolgte mit zusammengekniffenen Augen aufmerksam das Flackern der Kerzen im Innern der blumenübersäten Grotte.

Er starrte auf das weiße Gesicht der Statue und flüsterte lautlos, dann biss er sich auf die Lippen, schloss die Augen und verharrte in dieser Konzentration, den Kopf gesenkt, angespannt, allem fremd. In den Händen hielt er ein frisches Blatt, umschloss es mit den Fingern wie einen grünen Schmetterling, als fürchtete er, es könne ihm wegfliegen, zu der Grotte. Er zog die Augenbrauen zusammen, als die hoch gewachsenen, jungen Feuerwehrleute in den Messinghelmen, mit den dunklen, goldverzierten Uniformen, zu beiden Seiten der Grotte stehen blieben und die große Fahne des heiligen Florian über den Kopf der Jungfrau vom Kalvarienberg hielten. Fanfaren erklangen, die Orgel wiederholte den Akkord, der «Lutnia»-Chor stimmte ein Lied an, und durch einen langen Gang, der sich in der Menschenmenge bildete, angeführt von Diakonen in schneeweißen Messhemden, schritt, in der hohen Mitra, mit dem goldenen Stab in der beringten Hand, Bischof Gorazdowski in die Vorhalle, gestützt von Kanonikus Cholewa und Prälat Olędzki, dem Pfarrer der St.-Barbara-Kirche.

Am Abend hörte ich gedämpfte Stimmen aus der Küche. Janka und Frau Mauer lasen am Fenster den «Wachtturm des Glaubens». «Im Mai pflügte der Bauer Jan Czeczek in der Gegend des Kalvarienbergs seinen Acker. Plötzlich hielten zu seinem Erstaunen die Ochsen inne und fielen auf die Knie. Alles Antreiben und Peitschen half nichts. Da bemerkte er eine außergewöhnliche Helligkeit, die aus der Erde kam, und in dieser Helle eine weiße Statue von außergewöhnlicher Schönheit. Er vermochte die wunderbaren Zeichen nicht zu verstehen und versteckte die Figur in einer Kiste in seinem Haus. Zuerst mussten er und seine Angehörigen das Augenlicht verlieren. Da zeigte das fromme Weib, das sich um Jans Familie kümmerte, Interesse für den wunderbaren Duft und das starke Licht, das aus der Kiste kam. Sie erzählte es dem Pfarrer Pjotr Odyniec. Man wusch die Erde von der Figur und überführte sie feierlich in die Kirche. Mit dem Wasser, mit dem sie gereinigt worden war, wuschen Jan Czeczek und seine Familie ihre Augen ab und erlangten die Sehkraft wieder. Zur Erinnerung an dieses Ereignis hat sich bis heute auf dem Kalvarienberg der Brauch erhalten, die heilige Figur mit Wein abzuwaschen. In frommer Überzeugung benutzen die Pilger danach den Wein für ihre eigenen Wunden, zum Zeichen ihres Glaubens an die Jungfrau, die sie die Heilerin der Kranken nennen. Seit jener Zeit kommen unzählige Scharen.»

Der nackte Körper

Am schlimmsten waren die Nächte. Ich erwachte um ein oder zwei Uhr, hörte einen Schrei jenseits der Wand und konnte keinen Gedanken mehr fassen. Jemand, dessen Gesicht ich in der Dunkelheit nicht erkennen konnte, raubte Fräulein Esther den Schlaf.

Fräulein Rozwadowska verabreichte ihr Äther, dann schmerzte es weniger, aber der Schmerz war nur gedämpft, er war nicht vorbei.

Später zeigten sich leichte Rötungen an der Hüfte und auf der Höhe der Schulterblätter. Am Dienstag um acht klopfte Doktor Janowski an meine Tür: «Herr Aleksander, wir brauchen Ihre Hilfe. Allein schaffen wir es nicht.» Fräulein Rozwadowska begann vorsichtig die Bandagen zu zerschneiden. Doktor Janowski und ich hoben Fräulein Esther hoch, Fräulein Rozwadowska zog ihr das Hemd aus und löste dann mit ruhigen Bewegungen die langen, feuchten Streifen einen nach dem anderen behutsam ab. Das Licht der Lampe war grell, Doktor Janowski hatte den Schirm abgenommen. Fräulein Esther, in einem unruhigen Schlaf befangen, atmete mit Mühe, und als wir sie auf die Seite drehten, wandte sie den Kopf ab, das Kinn vorgestreckt, die Lippen rissig. Es war, als tauchte sie für einen Moment aus dem Wasser auf, um Luft zu holen, dann fiel sie in das zerknüllte Bett zurück und drückte die Wange ins Kissen. Ich half Doktor Janowski, hielt ihren Kopf, hob die Arme hoch, steckte das Kissen unter den Nacken und betrachtete ihren nackten weißen Körper, der vorsichtig von den Leinenstreifen befreit wurde. Die feinen Spuren von Schweiß waren wie verworrene Zeichen der Qual.

Sie biss sich auf die Lippen, als wollte sie durch die Unterbrechung der Atmung den Schmerz löschen, aber kurz darauf begann wieder dieses schwere, rhythmische, ölige Stöhnen, dieses gedämpfte Zischen, das Zittern des Kopfes, als würde jemand ihren entblößten Hals mit einem brennenden Streichholz berühren. Die abgenommenen Bandagen ringelten sich am Fuße des Bettes. Plötzlich wurde mir klar, dass der Körper einer Frau in meinen Armen noch nie so stark und empfindlich auf eine Liebesberührung reagiert hatte wie dieser nackte Körper jetzt. Wir wickelten die Bandagen auf, wechselten das Laken, rieben mit einem feuchten Handtuch Hüften und Knie ab, und sie warf in der Vertiefung des Kissens den Kopf hin und her und atmete rhythmisch, als würde jemand ...

Ich stand am Bett, schaute mir ihren Schmerz an und dachte: Man muss das unterbinden, sofort, jetzt, keinen Moment länger, es reicht, es ist völlig sinnlos, sofort unterbinden. Ich stand über ihr und betrachtete sie, und dieses Zuschauen war Sünde, ich wollte sie schützen, aber ich konnte nicht aufhören, sie anzuschauen, den verdrehten Kopf, die zusammengepressten Lider; der Schmerz rieselte durch sie wie glühender Sand, dicht verschlossen unter der Haut, von uns abgegrenzt, verborgen, woher also der Eindruck, dass jemand, den ich nicht sehen konnte, sie berührte, dass jemand vor meinen Augen mit ihr machte, was er wollte, sie an den Haaren zog, ihr die Gelenke verdrehte, ihr die Finger brach – obwohl doch niemand sie anfasste, es war einfach Schmerz und sonst nichts. Ich konnte mich nie von diesem Bild befreien.

Andrzej wachte mitten in der Nacht auf und ging auf den Flur. Ich nahm ihn an der Hand und führte ihn zurück zum Bett: «Leg dich wieder hin und versuch zu schlafen. Doktor Janowski sagt, dass Fräulein Esther nicht mehr so sehr leidet, das ist nur die Krisis, glaub mir, alles wird sich zum Guten wenden.» Er schaute mich nicht einmal an. Folgsam legte er sich hin, zog die Decke über den Kopf und rollte sich zusammen, als wollte er mit geschlossenen Augen tief in die Erde schlüpfen, wie eine Eidechse, die vor dem Feuer flieht.

Als Fräulein Rozwadowska gegen Morgen vor Müdigkeit im Sessel einschlief, setzte ich mich ans Bett und legte meine Hand auf Fräulein Esthers Stirn. Sie zog sie im Halbschlaf zu sich heran. Ich deckte Fräulein Esther besser zu, denn sie schien vor Kälte zu zittern.

Als es dämmerte, brachte Janka eine Porzellanschüssel mit warmem Wasser. Sie und Fräulein Rozwadowska begannen mit einem Schwamm die roten Stellen am Rücken und an den Hüften abzuwaschen. Fräulein Esther schaute sie an, als würde sie sie nicht erkennen. Sie schien blasser als in der Nacht, vielleicht glättete das Licht des frühen Tages das Gesicht, auf dem noch immer die Spuren großer Müdigkeit zu sehen waren. Und dann – ein Lächeln? Dankbarkeit? Dafür, dass der Schmerz ihr eine Atempause gönnte? Dass er sich zurückgezogen hatte und eingeschlafen war, ebenso müde wie der Körper, den er quälte? Ich stand am Fenster. Der Himmel wurde langsam hell. Fräulein Esthers Atem war ruhiger. Fräulein Rozwadowska wusch die Hände, hängte das Handtuch auf die Stuhllehne, machte das Haar unter der Haube zurecht und ging leise nach unten, wo Janka schon auf sie wartete, bereit, ihr die schwarze Pelerine über die Schultern zu legen. Als Fräulein Rozwadowskas Schritte verhallten, schlief ich im Sessel ein.

Meine Träume waren voll von schrecklichen Bildern, erst kurz vor dem Erwachen leuchtete etwas Lebendiges, Glänzendes auf.

Ich träumte, dass ich im Bett läge, in dem kleinen Zimmer im Parterre, dort, wo Mutter mich immer hingelegt hatte, wenn ich krank war. Doktor Holzer ging gerade hinaus; an der halb offenen Tür, die Hand an der Klinke, versicherte er Vater, dass es keinen Grund zu Befürchtungen gebe, und Vater, erfreut von der guten Nachricht, lebhaft, strahlend, reichte ihm dankbar den Stock aus Ebenholz, der in dem Ständer im Flur geduldig auf das Ende der Visite gewartet hatte; und diese höfliche, liebevolle Geste, dem Doktor den Stock mit den silbernen Verzierungen auf dem runden Knauf zu reichen, die Geste, das schwarze Zepter an den abtretenden Herrscher zu übergeben, in dessen Macht es stand, die Fieberstürme der Influenza zu bändigen, gewann in meinen Augen tiefe Bedeutung, als hätte das Schlimmste, mit einer einzigen Beschwörung in dem schwarzen Holz verschlossen, für immer unser Haus verlassen. Hinter Doktor Holzer schließt sich lautlos die Tür. Das rosarote Licht der Lampe lässt mich blinzeln, ich spüre, wie Mamas kühle Hand meine heiße Stirn berührt und mir übers Haar streicht. Ich öffne den Mund, der kalte silberne Löffel blitzt auf, gleich wird der Hustensaft mit dem süßen Eukalyptusgeschmack meine Lippen berühren – feierlich, fast unwirklich. Im Haus ist es still. Alle gehen auf Zehenspitzen, als fürchteten sie, dass das geringste Geräusch mich aus der Welt wehen könnte. Aus der Routine der täglichen Verrichtungen gerissen, aus dem langen Schlaf des normalen Familienalltags erwacht, aufgeschreckt von einer jähen, heilsamen Angst, die ihnen die Augen für das geöffnet hat, was das Wichtigste ist, entdecken sie plötzlich, was sie schon immer wussten: wie sehr sie mich brauchen.

Oh, diese Freude des kindlichen Krankseins, dieses süße Fiebern auf hochgetürmten Kissen, die beglückende Schwäche der Muskeln, das willenlose, vertrauensvolle Sich-in-gute-Hände-Begeben! Um den Hals ein Schal, in der Hand die heiße Tasse mit dem Goldrand, die Mama mir reicht, Himbeertee, gekrönt von ihrem Lächeln. Und wenn es Abend wird, nimmt Vater mich aus dem warmen Bett auf die Arme, damit Janka das nach Kräutern und Schlaf riechende Bettzeug für die Nacht wechseln kann, und er trägt mich behutsam, wie der heilige Christophorus, der im seichten Wasser des reißenden Baches watet, über den gemusterten Fluss des Perserteppichs und legt mich auf das Plüschsofa. Er wickelt mir eine Decke aus farbiger Wolle um die Füße und tut so, als wäre er ein wenig zornig, dass ich noch nicht schlafe, und dann flüstert er ein paar Worte, die mich mit schläfriger Freude erfüllen. Die Lampe beleuchtet unsere Gesichter, draußen, in der schwarzen Nacht, fallen lautlos Schneeflocken, die ganze Welt scheint über uns zu wachen, und selbst das leichte Fieber, das mir mit pulsierender Wärme die Wangen rötet, verwandelt die Müdigkeit und die Angst in die süße Erwartung von etwas Gutem, das mit Sicherheit kommen wird.

Ein Schrei weckte mich. Die Uhr im Salon schlug acht. Fräulein Esther wälzte sich im Bett und suchte für die schmerzenden Stellen eine weiche Vertiefung in dem zerwühlten Bett. Abgerissener Atem. Halb geschlossene Augen. Verbissene Lippen.

Wieder begann es.

Die Zinneimer

Ich kam gegen sieben nach Hause. Vater stand vom Tisch auf: «Aleksander, komm mal her.» Der große Mann, den er mir vorstellte, hielt einen dunklen Hut in der Hand. Das Gesicht sonnenverbrannt, graues, kurz geschnittenes Haar, schwarze Lederhandschuhe. «Das ist Herr Kornilow.»

Ich gab ihm die Hand. Der Gast sah sich flüchtig um und wühlte in seinen Taschen. Dann knöpfte er den Mantel auf und setzte sich auf einen Stuhl. Vater winkte mich zur Seite: «Das ist ein Arzt aus den Husarenkasernen. Salzmann hat ihn mir empfohlen. Unterhalte ihn eine Weile. Ich habe unten noch zu tun.» Ich war misstrauisch. Kornilow nahm eine dicke Zigarre aus einem Lederfutteral und schnitt mit einem Messerchen die Spitze ab. Dann zündete er sie ganz langsam an, indem er sie immer wieder mit dem brennenden Streichholz berührte.

Ich schob ihm einen Aschenbecher zu. «Also hat Sie Herr Salzmann zu uns ...» Kornilow nickte: «Monsieur Salzmann hat sich mit der Bitte an mich gewandt, ich solle die Kranke aufsuchen und Abhilfe schaffen.» – «Es wurden schon verschiedene Methoden ausprobiert ...» Er zog den bläulichen Rauch ein. «Weil die Medizin heute allem Neuen hinterherrennt. Jeder will Amerika nachmachen, und die alten Weisheiten gelten nichts mehr.» – «Sind Sie schon lange in Warschau?» Er streifte die Asche ab: «Es ist bald der dritte Monat. Ich habe bei Poltawa gedient, dann haben sie uns nach Warschau versetzt. Der Mensch zieht durch die Welt, aber kluge Leute kann man überall treffen.»

Vater kehrte zurück: «Herr Kornilow, Sigalin wird in etwa einer halben Stunde kommen. Er sagte, es sei alles vorbereitet. Der Lieferwagen ist schon unterwegs zu uns. Von allem so viel wie nötig.» Kornilow blies auf die Zigarrenspitze: «Ja, Gospodin Celiński, manchmal sind die Leute sparsam und nehmen zu wenig, und dann gibt es Komplikationen.» Vater schaute auf die Uhr: «Er versichert, dass Wenediktow genug genommen hat.» – «Und auch in guten Zinnbehältern?» – «Ja.» – «Mit Deckeln?» – «Ja, mit Deckeln, Sie können beruhigt sein.»

Erst jetzt zog Kornilow den Mantel aus. Er hatte eine Jacke aus braunem Stoff an, mit Hornknöpfen, im Aufschlag eine nicht mehr ganz frische Nelke, am Hals ein Kaschmirtuch mit einer Nadel, aber dazu hohe Reitstiefel, auf denen Spuren von Sporen zu sehen waren. Sein Gesicht war heiter, breit und rosig. An der Weste blitzte die Kette einer Taschenuhr. «Was trödelt er denn so, dieser Sigalin? Ich hab ihm doch gesagt, er soll um halb acht da sein.» – «Er wird schon kommen», beruhigte Vater ihn. «Setzen Sie sich und probieren Sie meinen selbst gemachten Likör.» Er füllte die Gläser. Kornilow trank langsam, mit geschlossenen Augen. Dann blies er seinen Schnurrbart trocken, der schon etwas grau war: «Der ist gut.» – «Natürlich ist der gut», sagte Vater erfreut. Er goss die leeren Gläschen wieder voll: «Kennen Sie Salzmann schon lange?» – «Das werden zwei Jahre jetzt. Er kam geschäftlich in Poltawa vorbei, da haben wir uns kennen gelernt. Ein kluger, großer Mann!» – «Aber sicher!», sagte Vater. «Er hat eine Menge von der Welt gesehen!»

Jemand klopfte heftig an die Tür. Janka lief schnell hin. Das Schloss knarrte. Schritte. Was war hier los? Mehrere Männer? In langen Leinenschürzen? Mützen mit Metallziffern? Hinter ihnen ein junger Soldat mit rotem Schopf? Vater stand auf: «Hier lang tragen, nach oben und dann nach links. Und passt auf die Teppiche auf! Vorsichtig!» Sie gingen rasch durch den Salon und schleppten etwas Schweres. Zinneimer mit glänzenden Deckeln? Fünf oder sechs? Was war das? Ich schaute Vater an, aber er winkte nur ab: «Warte hier.»

Ich setzte mich in den Sessel. Oben Schritte, das Rücken von Stühlen, andere Geräusche. Kornilows gedämpfte Stimme: «Stellt sie hierher. Aber Vorsicht! Und nur nicht ausschütten!» Vaters Stimme: «Herr Kornilow, und das schadet bestimmt nicht?» Kornilow knurrte: «Was soll das schaden? Das ist Wechselfieber. Also *similia similibus contraris.* Und dann geben wir ein wenig Chinarinde.» Die Tür zu Fräulein Esthers Zimmer wurde geöffnet. Dann ein Geräusch von Leinen, als würde etwas zerrissen und umwickelt. Ein Stöhnen? Das Klappern einer Schere, die Stoff schnitt? Vaters Stimme: «So, halten Sie hier fest, Janka. Man muss die Enden zusammenbinden, sonst hält es nicht.» Dann wieder Schritte. Waren sie ins Bad gegangen? Vater: «Legt sie vorsichtig hierhin. Und etwas Weiches unter den Kopf.» Kornilow brummte: «So, Sigalin, leg das Fräulein hierhin, aber mit den Füßen zum Fenster. Damit sie das Licht sehen kann.» Sigalin sagte mit weicher, fast singender Stimme: «Aber sie schläft doch.» – «Red nicht klug daher, leg sie hin. Vielleicht wacht sie auf, dann soll sie die Sonne sehen. Das ist gut für Kranke. Und stellt die Eimer näher hin. So, ihr könnt schon gehen.» Die Männer in den Schürzen liefen die Treppe hinunter. Vater rief ihnen hinterher: «Und wegen der Bezahlung kommt morgen. Wisst ihr wohin?» Sie nickten: «Ja, mein Herr.» Schnell liefen sie in die Diele. Vater verschwand oben im Flur.

Ich stand am Fuß der Treppe. «Schläft sie?», hörte ich von oben Kornilows Stimme. «Sie schläft, Herr Oberleutnant», erwiderte Sigalin. «Na, dann fang mit den Füßen an. Aber vorsichtig. Und keine Eile.» Etwas knirschte, ein seltsames Geräusch. Schlug da etwas gegen Metall? Leerten sie etwas in die Wanne? Ein Schlammbad? Ach, Vater! Das ist doch … «Sigalin», sagte Kornilow langsam. «Jetzt leg hierher noch mehr. Hier, von dieser Seite.» Der Eimer wurde klirrend auf dem Fußboden abgestellt. «Nimm den zweiten. Aber legen, nicht schütten. Und auf die Brust auch.» Machten sie Umschläge? Ich zuckte mit den Achseln. Mein Gott, woher hat Salzmann nur diesen Kornilow? Bestimmt nimmt er für diese Moorumschläge dreißig Rubel.

Einige Minuten später kam Vater in den Salon herunter. «Er sagt, Hahnemanns System sei das beste, wenn man es auch in den Kliniken nicht ernst nimmt. *Homoion pathos,* sagte er, und *allopatia* seien schon am Ende. Wer weiß, vielleicht hat er Recht. Weißt du, ich hätte ein schlechtes Gewissen, wenn wir es nicht versuchen würden. Im Übrigen vertraue ich Salzmann, Kornilow hat ihm schließlich geholfen, als Viola die Grippe hatte.»

Kornilow erschien auf der Treppe. «Die Kranke sollte liegen. Man braucht Geduld, Gospodin Celiński. Machen Sie sich keine Sorgen. Ich habe schon mindestens hundert Soldaten auf diese Weise geheilt. Die Ärzte wollen es nicht glauben, aber was soll's. Das ist einfach Neid.»

Wir setzten uns in die Sessel. Kornilow griff nach einer Zigarre. Das Streichholz zischte. Die Uhr schlug gleichmäßig die Minuten. «Das Fräulein sollte mindestens eine halbe Stunde so liegen.» – «Ist das nicht zu lange?», fragte Vater. «Kürzer hat es keinen Sinn. Womöglich gibt es dann Komplikationen», sagte Kornilow.

Mit einem Mal schien mir, als hörte ich ein unterdrücktes Stöhnen. Ich horchte auf. Vater sah mich an. Das Stöhnen wiederholte sich und brach auf eigenartige Weise ab, als würde jemandem der Mund zugehalten.

Ich sprang auf, lief nach oben und stieß die Tür zum Badezimmer auf. Ein Zinneimer kippte scheppernd um und fiel zu Boden. Durchs Fenster sah man den von kaltem Abendrot durchschnittenen Himmel. Die Kacheln glänzten. Auf dem Boden Pfützen. In der Badewanne lag, bis zum Hals in nasses Leinen eingewickelt, Fräulein Esther. Ihr ganzer Körper war mit feinen Eisstückchen bedeckt – als läge sie in zerschlagenem Glas. Sigalin hielt sie an den Armen fest, denn sie warf verzweifelt den Kopf hin und her und wollte sich von dem engen Geflecht des feuchten Stoffes befreien. «O Gott, lasst mich los!», schrie sie und drehte den Kopf so weit, dass Sigalin mit der Hand ihren Mund nicht erreichen konnte. «O Gott, mir ist schrecklich kalt!» Sie zitterte am ganzen Leib. Kornilow stand an der Tür. «Sigalin, hör nicht auf die Unglückliche. Halt sie fest, denn die Zeit zählt!» Fräulein Esther rollte sich zusammen, zerriss das Leinen, machte sich aus den feuchten Stoffschichten los und stieß mit der befreiten, nassen Hand Sigalin weg. Er schwankte. Eisstücke fielen aus der Wanne auf den Boden. Plötzlich sah sie mich: «Herr Aleksander, retten Sie mich! Retten Sie mich!» Ich packte Sigalin am Arm und zog ihn von der Wanne weg. Er begriff nicht, was vor sich ging, und sah sich entsetzt nach Kornilow um, der ihm zu Hilfe kommen wollte, was Vater jedoch verhindern konnte. Als ich die Hände in das zerstückelte Eis tauchte, erfroren mir fast die Finger. Fräulein Esthers Körper war steif vor Kälte. Ich konnte ihn nicht hochheben. «Vater, hilf mir! Schnell!» Ich riss ihr das feuchte Leintuch von der Brust, befreite die andere Hand. Sie hielt sich an meinem Arm fest wie ein Kind, das vor dem Feuer in die Arme der Mutter flüchtet. Das Eis knirschte unter meinen Sohlen. Wir schleppten sie ins Zimmer und legten sie aufs Bett. «Janka!», schrie Vater. «Heißes Wasser! Viel heißes Wasser! Schnell!» Janka brachte einen dampfenden Krug aus der Küche, drängte uns zur Tür hinaus, zog die eisigen Fetzen ab und legte heiße Handtücher auf den nackten, zitternden Körper.

Kornilow war empört. «Was soll das? Zuerst wird man hergebeten, und dann solche Zicken? Gospodin Celiński, Ihren Sohn sollten Sie kürzer halten! Die Therapie vorzeitig abbrechen – das kann tödlich sein! Sentimentalitäten sind da fehl am Platz! Wechselfieber kann man nur mit Kälte beikommen. *Similia similibus!*» Vater zog den Geldbeutel heraus: «Herr Kornilow, hier sind dreißig Rubel, wie vereinbart. Nehmen Sie das. Und auf meinen Sohn lasse ich nichts kommen. Zügeln Sie sich!»

Kornilow griff nach seinem Mantel: «Ich will Ihr Geld nicht. Aber was soll ich jetzt Herrn Salzmann sagen? So hat das doch keinen Sinn! Und dann noch dieser Wenediktow! Eine Menge Geld. Sigalin, ruf eine Kutsche.»

«Beruhigen Sie sich», sagte Vater. «Ich bezahle Wenediktow.»

Sie gingen. Vater stopfte langsam seine Pfeife. Seine Finger zitterten. «Du hast ein wenig übertrieben. Schließlich bist du wahrhaftig kein medizinischer Fachmann, und Kornilow kann Recht haben. Du weißt doch selbst, dass Behandlungen manchmal hart sind und trotzdem gute Ergebnisse erzielen.»

Ich schwieg. Immer noch sah ich diesen in das graue, enge Geflecht von nassem Leinen gewickelten, gefesselten Körper vor mir, von dessen insektenartigen Bewegungen in der knirschenden Masse des zerstückelten Eises ich später viele Male träumte. Das Bild blieb in meinem Gedächtnis lebendig, erregte Angst und Entzücken, denn in diesen verzweifelten, ohnmächtigen Bewegungen offenbarte sich plötzlich eine heftige, jenseits von Gedanken und Worten wohnende wilde Hoffnung, die durch nichts – das wusste ich – gebrochen werden konnte. Und wenn ich später in Gedanken zu jenem Augenblick zurückkehrte und unter den Fingern wieder die Kälte des zerreißenden nassen Leinens spürte, das ich von ihren Armen gezogen hatte, dann wusste ich, dass ich gehandelt hatte, wie ich handeln musste, selbst wenn Vater Recht gehabt hätte.

«Verzeih, Vater», ich nahm die Pfeife aus seiner zitternden Hand und stopfte den Tabak hinein, «aber das konnte ihr nur schaden.»

Ich täuschte mich nicht: Gegen Abend begann Fräulein Esther zu phantasieren und summte mit müder Stimme vor sich hin.

Als Mutter nach ihrer Rückkehr aus Otwock alles erfuhr, seufzte sie: «Czesio, wie konntest du einen Kasernenarzt holen, hast du den Verstand verloren?» Vater entrüstete sich: «Ich habe Vertrauen zu Salzmann. Und Kornilow hat seine Tochter geheilt. Wieso hätte ich diese Hilfe ablehnen sollen?»

Andrzej, der mit Mutter zusammen zurückgekommen war, stand im ersten Stock an der Tür und betrachtete wortlos Fräulein Esther, die in der grünen Nische, im Bett mit dem hohen, gebogenen Kopfteil aus Holz, unter heißen Handtüchern, von Janka in ein Wachstuch, ein Federbett und eine Wolldecke gehüllt, in einem schlechten Schlaf mühsam atmete.

Der Stein

Am nächsten Tag gegen neun hörte ich die aufgeregte Stimme von Frau Mauer. Sie saß mit Janka in der Küche, und sie tauschten Neuigkeiten aus, die so erschütternd waren, dass Vater von der Lektüre des «Kuriers» aufsah. Frau Mauer beugte sich zu Janka hinüber und sagte noch einmal, das alles sei wahr, denn warum – so fügte sie flüsternd hinzu – würde Prälat Olędzki sonst darum bitten, dass man die Sache nicht weiterverbreitete? «Also behalten Sie es bitte für sich, Janka, und zu niemandem, wirklich zu niemandem ein Wort ...»

Doch wer hätte dieses Geflüster und Gerede aufhalten können, das in der Stadt um sich griff.

Man sprach darüber, was in der St.-Barbara-Kirche geschehen war.

«Es war gegen acht.» Frau Mauer wischte sich die Stirn mit einem Batisttuch. «Vor dem Altar war niemand, die Kirche leer, die Jakubowska wechselte das Wasser in den Blumenvasen, ging hinunter, und er war schon da, vor den Bänken kniete er ...» – «Kniete ...?» Vater zog die Augenbrauen hoch. «Na klar», Frau Mauer war empört, dass man sie im wichtigsten Moment unterbrach. «Er tat so, als würde er beten, aber ihr kam irgendwas komisch vor, sie drehte sich um, da hob er die Hand ...»

Die Gespräche wogten von Straße zu Straße wie ein Schwarm blinder Fische, der einen Weg durch einen schilfbewachsenen See sucht. Jemand beteuerte, dass man in der St.-Barbara-Kirche nach dem Gottesdienst, ein paar Minuten vor acht, als Vikar Orzechowski schon alle Kerzen gelöscht hatte, direkt bei der Kapelle einen kleinen, untersetzten Mann mit schwarzem Haar gesehen hätte, der hinter einer Säule stand und aussah, als lauerte er auf etwas.

«Was schwatzen die denn ...» Fräulein Rozwadowska, die Vater in der Passage traf, konnte ihre Erregung nicht verbergen. «Das war ein riesengroßer Mann, ein starker Brünetter, so einer, wie sie bei den Flößern arbeiten.» – «Na ja, wenn er schwarze Haare hatte», sagte nachdenklich Herr Maliszewski, dem Jan von den Ereignissen erzählt hatte, «dann war es sicher einer von diesen Zigeunern, die jetzt auf dem Feld von Mokotów ihre Wagen haben. Die Gottlosigkeit greift natürlich bei Leuten ohne Zuhause und ohne Beschäftigung besonders um sich. Das Haus ist etwas Heiliges, es macht die Seele des Menschen aus.»

Fräulein Ostaszewska hatte die Geschichte von Julia Hirsz auf einem Spaziergang im Sächsischen Garten erfahren. Sie bekreuzigte sich und sagte: «Das muss der Teufel gewesen sein, kein Mensch, er kam aus der Dunkelheit und ging in die Dunkelheit zurück.» – «Der Teufel!», prustete Herr Zalewski, der Eigentümer des Kolonialwarenladens, als Vater ihm das sagte. «Ein Teufel, Herr Czesław, der Rozenkranc oder Apfelbaum heißt. Das ist das Werk der Zionisten, ich sag's Ihnen. Man muss sich nicht wundern! Wer Kinder zu Mazze macht, der ist auch zu Schlimmerem fähig!» – «Dieser Zalewski, der hätte auch noch gern die Sozialisten dabei», spottete der Assistent bei der Bahn, Herr Migoń, den wir am Abend in der Nähe der Post trafen. «Aber für die Sozialisten gibt es wichtigere Dinge als eine noch so berühmte heilige Figur, die das menschliche Auge hoffentlich noch lange erfreuen wird.»

Allmählich, von Stunde zu Stunde, wurde das Bild dessen, was geschehen war, immer facettenreicher. «Man müßte Prälat Olędzki fragen», murmelte Vater und zündete sich eine Pfeife an. «Es gibt zu viele Zeugen, die schwören, sie hätten alles mit eigenen Augen gesehen.» Denn es gab immer mehr widersprüchliche Versionen. Wenn wir uns im Salon unterhielten, sah ich, dass Andrzej angespannt auf jedes Wort hörte. Was in der St.-Barbara-Kirche geschehen war, erfüllte ihn mit großer Angst.

Um die Kirche versammelte sich indessen eine große

Menschenmenge. Die Feuerwehr hatte die Wachtposten bei der Jungfrau verstärkt, in goldenen Helmen standen die Männer zu beiden Seiten, mit Äxten am Gürtel, obwohl Prälat Olędzki versicherte, das sei nicht nötig. Vor der Marmorbalustrade, die die Grotte vom Presbyterium trennte, entstand ein großes Gedränge. Jeder wollte die Stelle sehen, an der der Stein getroffen hatte.

Auf den Stufen der Seitenkapelle waren Hunderte von neuen Kerzen und Lichtern angezündet worden. Das Wogen der heißen, nach Wachs duftenden Luft verlieh dem weißen Antlitz der Statue einen Anschein von Leben, der Angst und gleichzeitig Entzücken hervorrief.

Erst am Mittwoch erfuhren wir mehr. Herr Maliszewski hatte wohl mit Jakub gesprochen. Aus dem, was wir hörten, ließ sich ein annäherndes Bild der Ereignisse zusammenfügen, wenn es auch nach wie vor keine Gewissheit gab.

Nachdem man auf dem Teppich am Fuße des Altars zwischen zerbrochenen Kerzen einen Stein gefunden hatte, bat Prälat Olędzki seine Kollegen in die Sakristei: «Das unglückliche Ereignis darf den Ernst des heiligen Ortes nicht beeinträchtigen. Es gibt auch keinen Grund, die Sache draußen zu verbreiten. Wacław», wandte Olędzki sich an Vikar Orzechowski, «räumen Sie bitte alles auf und stellen Sie neue Kerzen auf. Ist die Lampe kaputtgegangen?» – «Nein», erwiderte Orzechowski, «nur die Blumenvase.» – «Gut.» Prälat Olędzki steckte die Hände in die Ärmel der Soutane. «Stellen Sie bitte den alten Zustand wieder her. Und wir», gab er den Diakonen zu verstehen, die, vom Lärm im Presbyterium beunruhigt, aus dem Pfarrhaus in die Sakristei gekommen waren, «wir gehen in die Kapelle der heiligen Barbara und beten für diesen Menschen.»

Vom Hauptaltar wurden neue Blumen gebracht, weiße Callas in hohen Vasen, und zu beiden Seiten der Figur aufgestellt, in der Sakristei fand sich eine frische Tischdecke, neue Kerzen waren auch da. Als die Jakubowska, eine Frau aus der Ulica Polna, die Prälat Olędzki vor kurzem im Pfarrhaus eingestellt hatte, in der Kirche aufräumte, die gestickte Decke säuberte und die Scherben der kaputten Vase einsammelte, schaute sie nach oben. An der rechten Hand der Jungfrau vom Kalvarienberg war eine helle, frische Stelle zu sehen, an der ein Stückchen Holz abgebrochen war.

Vikar Orzechowski nahm das Bruchstück der Figur, ein Stückchen dunkles Eichenholz, vorsichtig in die Hand und legte es dann auf den vergoldeten Sockel der Statue: «Jadwiga, holen Sie Jakub.» Jakub hatte eine kleine Werkstatt in der Ulica Hoża Nummer 13 und reparierte alles. Ein paar Minuten später war er da. «Man muss die Figur reparieren», sagte Orzechowski. «Was ist passiert?» – «Die Hand ...» Der Vikar wollte die Sache nicht vertiefen. «Da ist ein Stück abgebrochen», sagte die Jakubowska unwillig und blickte den Vikar an. Jakub brachte eine Leiter, rieb mit einem Lappen das Bruchstück ab und stieg einige Stufen hoch.

Doch als er sich auf der Höhe der ausgebreiteten Arme der Jungfrau befand, bekreuzigte er sich und begann wieder herunterzusteigen, wobei er das weiße Gesicht der Figur nicht aus den Augen ließ. «Was ist passiert?» Orzechowski betrachtete ihn aufmerksam, denn Jakub schien zu zittern. «Warum kommst du herunter?» Jakub ließ sich langsam auf die Knie nieder. Vikar Orzechowski drehte sich um und suchte mit den Augen die Jakubowska. «Kommen Sie her, Jadwiga. Wir brauchen Wasser. Jakub fühlt sich nicht wohl.» Aber Jakub schüttelte den Kopf, wies mit dem Arm auf die Figur und sagte leise: «Da ist Blut.»

«Was?» Vikar Orzechowski verstand im ersten Moment nichts. Jakub antwortete nicht. Orzechowski folgte seinem Blick: An der Stelle, an der das Stück Holz abgebrochen war, da, wo die Hand aus dem blauen Mantel hervorkam, bemerkte er einen dunklen Fleck. «Das ist Harz», flüsterte er. Doch Jakub schüttelte den Kopf.

Jetzt war klar, dass es schwer sein würde, jemanden zu finden, der die Figur reparieren würde. Prälat Olędzki beriet sich mit Vikar Orzechowski und ordnete an, dass man die Hände der Jungfrau vom Kalvarienberg mit dem Mantel verdecken sollte, was dann auch getan wurde. Doch es war zu spät: Die Nachricht war bereits über die Kirchenmauern hinausgedrungen.

Man unterbrach eilig das Abendessen, legte den «Kurier» weg, warf sich etwas über und lief auf die Straße. Immer mehr Menschen kamen zur St.-Barbara-Kirche.

Am nächsten Tag hielt Herr Salzmann Vater auf der Treppe des Kasinos an: «Na, das ist ja eine ernste Sache, Herr Czesław. Wissen Sie, vielleicht hat da ein Verrückter Unruhe stiften wollen. Jedenfalls hat mir Fähnrich Merkulow gesagt, dass man sich im Rathaus damit beschäftigt. Und wenn sich schon das Rathaus damit abgibt, dann können auch die Geschäfte darunter leiden, denn dann ist es eine politische Angelegenheit, und damit ist nicht zu spaßen.» – «Politisch?» Vater stützte sich auf den Stock. «In politischen Angelegenheiten gibt es doch andere Methoden, als eine Heiligenfigur zu beschädigen.» – «Das stimmt zwar», sagte Herr Salzmann, «aber Merkulow hat mir gesagt, es sei ein Verbrechen, das fast einer Majestätsbeleidigung gleichkommt, denn heilige Dinge sind eben heilige Dinge, und wenn die Russen auch orthodox sind und ihre Kirchen ihnen mehr gelten als unsere, so stehen sie doch einer gottlosen Tat nicht gleichgültig gegenüber. Und in der Stadt, Herr Czesław, ist es entsetzlich. Das Volk sucht nach Schuldigen. Gebe Gott, dass der Täter bald gefasst wird.»

Im Rathaus war man mit Sicherheit der Ansicht, dass man die Unruhe nicht vergrößern sollte, denn der Zensor verbot sowohl die Erwähnung im «Warschauer Kurier» als auch im «Morgenkurier». Nur im «Illustrierten Wochenblatt», das Fräulein Hirsz uns mitbrachte, erschien ein kurzer Text von Świętochowski, der die erhitzten Gemüter kühlen sollte: «Ein Gedanke, der die Wahrheit sucht, greift nie zu gewaltsamen Mitteln, sondern unterstützt sogar die Irrenden, man muss also ein entschiedenes Veto einlegen gegen diejenigen, die in den nach Wahrheit dürstenden Menschen Übeltäter sehen, die die Heiligtümer besudeln. Nein, und nochmals nein! Wir dürfen nicht vom Wege abkommen, der zur Wahrheit führt, auch nicht unter den Hieben der unverbesserlichen Lüge, die die Mutigen und Weisen des Bösen bezichtigt.»

In der Zeitschrift «Land» waren schärfere, alarmierende Stimmen zu hören: «Die heutige moderne Welt sieht im Übermut einen Wert, versteht die Freiheit im Sinne der Freimaurer, vergiftet die Herzen mit schädlichen jüdischen Gedanken und treibt die Menschen, die wie steuerlose Schiffe auf dem Meer der Gottlosigkeit segeln, weil sie den Glauben ihrer Väter verloren haben, zu schmerzlichen Taten. Der Geist, der uns vergiftet, nimmt seinen Anfang in dem Babylon an der Seine oder wird in den zügellosen Städten Amerikas geboren, er verströmt sein Gift an den Wassern Londons, schmutzig wie der Styx. Und die einfachen Leute, ohne die Hilfe der Kirche sich selbst überlassen, hören gerne auf die Einflüsterungen der Nihilisten und versinken im Sumpf der Sünde.»

«Was denken Sie denn über die Ereignisse von neulich, Herr Geheimrat?» Vater goss Mehlers, der uns wie immer am Freitag besuchte, Kirschlikör ein. Geheimrat Mehlers schwieg eine Weile, als zögerte er, ob er sich auf das Thema einlassen sollte. «Was ich denke? Ich bin hier fremd, was kann meine Meinung für eine Bedeutung haben … Nun ja, ich habe dies und jenes gehört …» Vater drängte nicht, aber sein Schweigen war so beredt, dass Mehlers sein Glas auf dem Tisch abstellte: «Die Herzen sind zerrissen heute. Nicht nur in Warschau geschehen solche Dinge. In Russland und anderswo kommen sie auch vor.» – «Glauben Sie, das ist das Werk der Nihilisten?» – «Nun ja, die Nihilisten sind unberechenbar, sie könnten eine solche Tat durchaus begehen. Aber ich glaube nicht, dass es die Nihilisten waren.» – «Wer dann?» – «Herr Czesław, ich denke, es ist das Werk eines gekränkten Herzens. Eines sehr einsamen Herzens. Die Nihilisten halten zusammen. Wenn sie irgendwo eine Bombe werfen, dann verteilen sie auf Straßen und in Cafés Broschüren, in denen sie sich mit ihrer Tat noch brüsten. Und hier? Tiefstes Schweigen. Das hat ein einsamer Mensch getan. Es wird schwer sein, ihn zu finden, denn er hat die Sache auf dem Grunde seiner Seele versteckt. Und teilt sie niemandem mit.»

«Sei beruhigt!», sagte ich zu Andrzej. «Früher oder später werden sie ihn finden, denn so jemand ist auch zu anderen schlimmen Dingen fähig, sie werden ihn entdecken, du wirst schon sehen!» – «Aber wissen sie schon etwas über ihn?», fragte Andrzej, der über seinem Heft saß. «Nein, noch nicht, aber warte nur, bald können wir wieder ruhiger auf die Straße gehen.»

«Wie ich ihn beneide», sagte Jan, als wir uns am Nachmittag im Sächsischen Garten trafen. «Wie ich ihn beneide! Diese erhobene Hand, der Stein! Was ist das für ein Glaube – inbrünstig, verletzt bis ins Innerste! Was für ein leidenschaftliches, heftiges Bedürfnis nach Wahrheit! In der Welt von morgen werden solche Dinge nicht mehr möglich sein. Jeder wird glauben, woran er glauben will, denn niemand wird wirklich an irgendetwas glauben. Glaub doch, werden sie dir sagen, woran du willst! Willst du an Buddha glauben? Bitte sehr. An Jesus? Noch besser. An Allah? Aber natürlich, dann glaub an Allah! Und was wird mit der Wahrheit sein?, fragst du. Mit der Wahrheit? Der Staat wird die Vielfalt des Glaubens verteidigen und es nicht zulassen, dass jemand sich darum streitet, welcher Glaube der wahre ist. Das wird die Rolle des Staates sein, du wirst sehen! Jeder wird seine eigene Wahrheit haben, und der Polizist wird diese Wahrheit gegen andere schützen. Jemand, der ernsthaft nach der Wahrheit fragt, wird als Unruhestifter gelten. Der wirkliche Gott wird die gesellschaftliche Harmonie des Glaubens an viele Götter sein. Schon das Wort Wahrheit wird als unanständig gelten. Wahrheit? Was soll das denn sein? Worum soll man sich denn hier schlagen? Welche Wahrheit denn? Du wirst sehen, die wahre Tugend der Zukunft wird die Gleichgültigkeit in Sachen Wahrheit sein. Und dieser Mensch? Wie muss ihm das Herz geschlagen haben, als er die Hand erhob, dort in der Dunkelheit. Kannst du dir das vorstellen? Die dunkle Kirche, fürchterliche Angst, eine Angst, dass dir die Zähne klappern, die erhobene Hand, das Zittern, die Stille ... Wie ich ihn beneide ... Mein Gott, es ist ein Wunder, dass es so jemanden noch gibt ... Das ist doch, als wollte er Gott töten. Schrecklich! Aber wie viele schrecklichere Dinge sehe ich jeden Tag im Jesuskind-Krankenhaus. Wenn du sehen würdest, wie der Mensch stirbt ... Manchmal, wenn ich aus der Klinik nach Hause gehe, kommt mir der furchtbare Gedanke, dass Gott zu Recht gekreuzigt wurde, wenn all das möglich ist.«

«Weißt du», sagte Vater und legte die Brille weg, als wir uns am Abend ins Arbeitszimmer im ersten Stock setzten, «das ist eine ungute Sache, sie kann vieles verschlimmern. Im Rathaus begrüßt man sie sicher, weil sie ein schlechtes Licht auf uns alle wirft.»

Ach, Vater, als wir uns damals in deinem Zimmer im warmen Licht der Lampe über jene Ereignisse unterhielten, unter Gierymskis Bild «Rosch Ha-Schana», auf dem schwarz gekleidete Männer, die Köpfe gebeugt vor der untergehenden Sonne, an einem großen Fluss beten – hat sich damals nicht jemand über uns lustig gemacht?

Unter den Fenstern zog die Menschenmenge in Richtung St. Barbara. Wir gingen auf den Balkon. Die Nacht, die anbrach, war schön, vielleicht war es die schönste Nacht, die ich je erlebt habe. Am dunkelnden Himmel über Mokotów flimmerten Sterne, die schmale Sichel des Mondes stand über der Kirchenkuppel, die Straße, voll von gedämpften

Stimmen, feierlich wie an Fronleichnam, atmete noch immer die Wärme des zu Ende gehenden Tages, obwohl die Häuser schon zu unbeweglichen Silhouetten erstarrt waren. Noch nie war die Luft so weich gewesen, sie schien sich sanft auf unser Haar zu legen. Wir standen auf dem Balkon – Vater, Andrzej und ich. Tausende von Schritten hallten auf dem Pflaster der Nowogrodzka, leise drehten sich die Räder der Droschken, die Stöcke klopften, doch in den Blättern der Bäume erwachte kein Vogel, und kein Schmetterling flog vom Gras auf. Die Nacht über Warschau war mild, wir standen auf dem Balkon und wechselten nur hin und wieder ein paar Worte, bezaubert von der großen Ruhe, die langsam die Erde umfasste.

Kreidekreise

In dem Bericht für die vom Generalgouverneur ins Leben gerufene Kommission zur Untersuchung der Vorfälle in St. Barbara schrieb Kommissar Larjonow, es gebe Hinweise, wenn auch keine unbestreitbaren Beweise, dass es sich bei der Angelegenheit um eine «jesuitische Intrige» handele, man müsse daher – über die routinemäßigen Prozeduren hinaus – eine «tiefer gehende» Untersuchung einleiten. Man hatte ihm zu diesem Zweck einen jungen Mann aus Petersburg zur Seite gestellt, dessen Kenntnis der Warschauer Verhältnisse – wie sich bald zeigen sollte – höchste Anerkennung verdiente. Der von Larjonow verfasste Bericht, von dessen Existenz wir eines Abends durch Geheimrat Mehlers erfuhren, galt viele Jahre lang als vorbildlich, denn er vereinigte – nach Ansicht der Offiziere, die im Dezember Warschau aufsuchten, um sich ein Bild von der Sache zu machen – in vernünftiger Weise politisches Taktgefühl mit nüchterner Anerkennung der Fakten. Nach dem Gespräch mit Mehlers war Vater ernstlich beunruhigt.

«Was in der St.-Barbara-Kirche in der Gouvernementsstadt Warschau geschehen ist», schrieb Larjonow in seinem Bericht, «kann man kaum als Werk des Zufalls betrachten, wenn es auch scheint, dass der Täter ein Individuum war, das ohne Komplizen gehandelt hat. Nicht nur die Umstände der Tat, sondern auch der tiefere soziale Hintergrund legen den Verdacht nahe, dass jemand großes Interesse daran hatte, ein schlechtes Licht auf die Organe der zaristischen Polizei zu werfen. Es gibt allen Grund, die Geschehnisse mit der Person von Prälat Olędzki in Verbindung zu bringen, dessen Lebenslauf unrühmliche Seiten aufweist. Während der denkwürdigen Ereignisse des unglücklichen polnischen Aufstands sammelte Kaplan Olędzki, seinerzeit Student der Warschauer Hauptschule, Geld zur Unterstützung eines gewissen Głowacki Aleksander, eines Kollegen von ihm, der sich nach der Beruhigung des Aufstands durch die zaristische Armee in einer bedauerlichen Situation befand, da er seine Gesundheit und sein geistiges Gleichgewicht einbüßte. Olędzki sammelte Gelder für Głowackis Familie und gab seinen Landsleuten unmissverständlich zu verstehen, dass er die Strafe, die jenen Głowacki für seine Teilnahme am Aufstand traf, als ungerecht betrachtete. Die religiösen Gefühle trugen bei Olędzki – wie dies bei Anhängern des römisch-katholischen Glaubens zu sein pflegt – immer Züge einer krankhaften Exaltation. Es stellte sich heraus, dass Olędzki in Gesprächen mit Bekannten zur Unterstreichung der ‹Niedertracht›, die Głowacki angeblich ‹das Leben ruinierte›, sogar das Evangelium zitierte.

Es ist also sehr wohl möglich, dass die Figur vom Kalvarienberg von diesem Kaplan beschädigt worden ist, um bei den Warschauer Katholiken ungesunde Gefühle zu schüren und ihren Fanatismus anzuheizen. Die Polizeiorgane sollten daher äußerste Vorsicht walten lassen, denn die Angelegenheit ist heikel und die Intrige kunstvoll gewoben.»

«Ein physikalisch-chemisches Gutachten über die rote

Flüssigkeit an der rechten Hand der Figur», riet Larjonow an einer anderen Stelle seines Berichts, «ist vorläufig nicht angezeigt, um das Volk nicht aufzubringen; am besten sollte man die kirchlichen Würdenträger dazu ermutigen, die Überführung der Statue aus Warschau an ihren früheren Platz anzuordnen, wo sie ihren verdienten Ruhm genießen soll. Frau Jakubowska, die in der Kirche putzt und Zeugin der Ereignisse gewesen sein soll», schrieb Larjonow weiter, «widerspricht sich in ihren Aussagen und ist nicht in der Lage, vernünftig auf Fragen zu antworten, aber hinter der Aufgebrachtheit ihres einfachen, von einem ‹Wunder› überzeugten Gemüts spürt man deutlich die Feindseligkeit gegenüber der rührigen Obrigkeit und die große Sympathie für den Kaplan, der diese Frau für einen geringen wöchentlichen Lohn im Pfarrhaus angestellt hat.»

Larjonow hatte Recht: Die Frau, die in der Kirche putzte, antwortete recht ungereimt auf die Fragen. Einmal sagte sie, der Mann, der den Stein geworfen hatte, habe lange am Fuße des Altars gebetet, ein anderes Mal schwor sie, er habe nur an der Kanzel gestanden, bevor er die Hand hob und die schändliche Tat beging. Den Stein, den der Täter benutzte, fand man nicht. Er war – so versicherte die Jakubowska – verschwunden, was – wie Larjonow in seinem Bericht betonte – nur die Hypothese bestätigte, dass die Figur «zu dem bekannten Zweck» beschädigt worden sei.

Am Freitag ordnete Larjonow an, nach dem Abendgottesdienst die Kirchentür zu schließen, was Olędzki ohne Widerspruch tat. Alle wurden hinausgebeten, selbst der Pfarrer, der sich anbot, bei der Feststellung der Fakten behilflich zu sein. Man schloss den Haupteingang und die Tür zur Sakristei, wonach der Mann aus Petersburg, der Larjonow begleitete, sich ans Werk machte. Trotz aller Sicherheitsvorkehrungen gelang es Diakon Eugeniusz, zu dem kleinen Fenster über dem Altar hochzuklettern; er erstattete Prälat Olędzki später Bericht darüber, was er gesehen hatte.

Zuerst hatte der Mann aus Petersburg einen runden, gut in der Hand liegenden Stein aus der Tasche genommen und ihn lange gewogen, während er vor der Balustrade stand, die den Seitenaltar vom Presbyterium trennte; Larjonow maß mit einer Schnur sorgfältig die Entfernung zwischen den Punkten auf den Steinplatten um die Kanzel und malte mit weißer Kreide unterbrochene Linien und Kreise auf den Fußboden. Danach – Diakon Eugeniusz hielt den Atem an – stiegen beide auf den Altar und verdeckten die Figur mit einem breiten Brett. Als alles fertig war und sie sich vergewissert hatten, dass niemand in der Kirche war, stellte sich der Mann aus Petersburg in den eingezeichneten Kreis unter der Kanzel und warf den Stein in Richtung Altar. Diakon Eugeniusz blieb vor Angst und Entrüstung fast das Herz stehen. Der Stein flog an der Figur vorbei und rollte über den Fußboden hinter dem Altar. Das bestätigte die in dem Bericht geäußerten Vermutungen: «Es ist zweifelhaft», war dort zu lesen, «ob man von der Stelle aus, die die Putzfrau benannt hat, die Statue treffen konnte, die hoch oben auf dem Altar stand, noch dazu in einem dunklen Raum, als die Kerzen schon erloschen waren. Die Hand der Figur wies mehrere Einschläge auf, es muss sie also jemand mehrmals aus der Nähe mit einem Eisenwerkzeug getroffen haben, um den gewünschten Erfolg zu erzielen, was beweist, dass man bemüht war, die ‹Verletzung› so groß zu machen, dass sie von den Plätzen am Fuße des Altars gut sichtbar sein würde.»

Trotz dieser Feststellungen, die zu entschiedenen Schritten hätten Anlass geben können, empfahl die vom Generalgouverneur beauftragte Kommission zur Untersuchung der Vorfälle in St. Barbara der Polizei nicht, Prälat Olędzki zu verhaften. Man unterzog die Pfarrgemeinde einer sorgfältigen Überwachung und notierte jeden Schritt des Pfarrers genau, aber man tat es, ohne unnötiges Aufsehen zu erregen.

Obwohl der Fußboden schon in der Nacht von Freitag auf Samstag gewaschen wurde, ging noch am Sonntag jeder,

der sich der Marmorbalustrade vor dem Seitenaltar näherte, vorsichtig um die verwischten, aber auf den Steinplatten noch sichtbaren Kreidelinien und Ziffern herum, die sich zu einem rätselhaften Muster, einem – wie geflüstert wurde – teuflischen Pentagramm fügten.

Und am Montag um sechs – die Nachricht verbreitete sich schnell im ganzen Viertel – sah man von den Fenstern in der Ulica Polna aus drei Männer, die – nicht besonders eilig – auf die Wiese hinter der Nowowiejska gingen, dorthin, wo die Zigeunerwagen standen. Larjonow, der in Zivil war, wurde von einem mit einem Säbel bewaffneten Oberleutnant vom Rathaus begleitet, der dritte Mann aber – man erzählte es sich erstaunt – war Geheimrat Mehlers.

Als die drei Männer auf dem Weg zu den Wagen waren, mussten sie sich unter die Birken zurückziehen, denn am Lagerfeuer fand gerade eine Zigeunerhochzeit statt. Larjonow erlaubte sich in seinem Bericht einige banale Bemerkungen, um – was ihm wohl nötig schien – den Charakter der feierlichen Zeremonie wiederzugeben, die gemischte Gefühle in ihm weckte.

«Die Trauung, die wir sahen», schrieb Larjonow, «kam uns wie eine Parodie des heiligen Brauches vor, der in der orthodoxen Kirche üblich ist. Kein Pope oder Pfarrer. Ein alter Zigeuner band die Hände der jungen Leute einfach mit einem Tuch zusammen, das war alles. Der Junge dankte den Eltern des Mädchens, sie dankte seinen Eltern, und diese besprengten die Jungen mit Wodka und segneten sie mit den Worten: ‹Möget ihr gesund und glücklich sein!›

Im Weichselland gibt es folgendes Sprichwort: ‹Woran glaubst du, Zigeuner? – Woran du befiehlst, Herr!› Sie haben eigentlich gar keinen Glauben. Sie tun nur so, als wären sie orthodox oder katholisch, obwohl es in ihren Wagen – wie wir bei der Besichtigung des erwähnten Ortes hinter der Ulica Nowowiejska sehen konnten – unzählige Kreuze, Bilder und Rosenkränze gibt; aber das sind für sie nur Talismane zum Wahrsagen, sonst nichts. Und sie bringen es fertig, ein neugeborenes Kind mehrmals zu taufen, um viele Geschenke und eine gute Taufurkunde zu bekommen, obwohl sie andererseits gerne weite Pilgerfahrten an heilige Orte unternehmen.»

Geheimrat Mehlers sagte während der Besichtigung des Zigeunerlagers nichts, er begleitete Larjonow nur und sah sich alles aufmerksam an, erst gegen Ende des Besuches schrieb er etwas in sein Notizbuch oder prüfte dort etwas nach. Als die Trauungszeremonie sich ihrem Ende näherte, wandte sich Larjonow mit einigen Fragen an den ältesten Zigeuner. Es waren Routinefragen: ob sich an dem besagten Abend niemand von den Wagen entfernt habe? Ob auch alle jungen Leute an Ort und Stelle gewesen seien? Es wurde eine Liste von Namen – eher Spitznamen – aufgestellt, Larjonow machte dazu Anmerkungen mit rotem Bleistift, unterstrich und umrandete etwas. Die Zigeuner antworteten ruhig, obwohl der Oberleutnant eine Waffe bei sich hatte.

Der Besuch auf der Wiese hinter der Nowowiejska dauerte nicht lange. Noch vor sieben fuhren die drei Männer mit der Droschke wieder in Richtung Stadt.

Die Kuppel

Tags darauf hörte man in der ganzen Nowogrodzka ein Rufen und Schreien. Die Leute rannten die Treppen hinunter, Türen knallten, man rief einander zu. Ich hob die Gardine. Überall, bei der Nummer achtzehn, bei der zwanzig, bei der dreißig kamen die Leute aus den Toren, standen vor dem Haus, reckten die Köpfe und beschirmten die Augen mit der Hand.

Kurz vor neun stiegen wir auf das Dach unseres Hauses. Von dort aus sah man dieses Glühen, dieses entfernte, gedämpfte, feine Glühen im abendlichen Dunst, das über den

Dächern aufleuchtete und wieder erlosch. Etwas, das ich bisher nur im Traum gesehen hatte – in jenen unruhigen Träumen vor Sonnenaufgang, wenn wir plötzlich spüren, wie das für einen Moment erstarrte Herz, berührt vom kalten Glanz des Tages, sich wieder in die Dunkelheit der Nacht zurückzieht –, etwas, das ich nur aus Träumen kannte, schimmerte jetzt, als ich mit Andrzej an der eisernen Balustrade stand, vor uns im Grau der Dämmerung. Andrzej hielt meine Hand ganz fest und fragte nur hin und wieder, während die Wärme des Juniabends uns ums Haar strich: «Was denkst du, woher kommt dieses Licht?»

Und unten, von der Ulica Wielka, von der Allee und der Marszałkowska her, zogen die Menschen durch die Nowogrodzka. An den Fenstern der Häuser und auf den Balkonen ganze Familien: schweigende Männer mit ausgehenden Zigarren zwischen den Fingern, Kinder, mit dem Kinn aufs Eisengeländer gestützt, Frauen in Hauskleidung, an der Brust die Hand mit einem zusammengedrückten Batisttüchlein, dahinter Dienstmädchen mit einem Teller und einem Lappen, die gerade aus der Küche gelaufen waren, um wenigstens für einen Augenblick hinter dem Rücken ihrer Herrschaften den Himmel über der Stadt zu betrachten.

«Was denkst du, woher kommt dieses Licht?», fragte Andrzej, und ich, die Augen zusammengekniffen, den Blick auf das schwache Glühen über den Dächern geheftet, wusste nicht, ob es der ferne Schein des aufgehenden Mondes war, der über dem Feld von Mokotów am Himmel stand, oder ob die erwärmte Luft über den langsam abkühlenden Blechmansarden der Nowogrodzka nach dem heißen Tag das gespeicherte Sonnenlicht an die Dunkelheit abgab. Dann hörten wir Schritte: Hausmeister Markiewicz kam aus der Luke neben dem Kamin und blieb bei uns stehen.

Im Nebel über den Gipfeln der Häuser leuchtete die Kuppel von St. Barbara. Das Licht – zitternd, in einem blassen, grünlichen Ton glimmend, als würden Schwärme von zarten, phosphoreszierenden Funken über dem Kupferblech hängen, war bald heller, wenn der Wind von der Ulica Wielka her den Nebel zerstreute, bald verschwand es, wenn die feuchte Kühle aus Richtung Filtry durchsichtige Schwaden über die Kirche wehte. Einen Augenblick lang dachte ich, es sei vielleicht der auf dem Blech perlende abendliche Tau, der den Lichtschein über der Innenstadt spiegelte, oder die letzten Strahlen der Sonne, die schon hinter den orthodoxen Friedhöfen untergegangen war, würden auf dem feuchten Kupfer glänzen, aber nein – dort, über dem Bahnhof, über der orthodoxen Kirche, über dem Hotel in der Srebrna war es dunkler als anderswo. Das Metall selbst schien in diesem gedämpften Licht zu strahlen.

Die Stadt war stiller als sonst, die Schritte der langsam pilgernden Menschen, die durch die dunkle Straße zur St.-Barbara-Kirche zogen, verliehen ihr einen Ernst, den wir nicht kannten. Die Schilder und Laternen vor den Schaufenstern leuchteten anders als gewöhnlich in der Dämmerung. Die Häuser, in denen am Tage das zänkische Geschwätz der Dienstmädchen, Hausmeister und Boten lärmte, die Zimmer, Salons, Korridore, Fluchten, die von morgens bis abends von Laufen, Geschirrklappern, Kindergeschrei widerhallten, waren jetzt plötzlich verstummt; verlassen von den Menschen an den Fenstern, auf den Balkonen und Veranden, waren sie jetzt von einem Schwarz erfüllt, das durch den grünlichen Lichtschein über den Dächern noch tiefer wurde als in anderen Nächten.

Janka stand am Fenster, das Gesicht an die Scheibe gedrückt. Wir gingen vorsichtig durch die Zimmer, als würde sich auch uns diese große Stille mitteilen, die über die Stadt gekommen war. «Mach das Licht nicht an», sagte Andrzej. «Ich möchte, dass es dunkel ist.» Wir betrachteten den auf dem Grunde des schwarzen Himmels leuchtenden Kupferturm durch das Fenster, wir sahen ihn durch die Gardinen schimmern. Vater zündete die Pfeife an, das Streichholz zischte, für einen Moment zerriss die unruhige Flamme die Dunkelheit des Salons, dann verwischte die Finsternis wieder die Konturen, und wir saßen in den Sesseln, sagten nichts und warfen nur hin und wieder einen Blick auf das grünliche Glimmen hinter der Fensterscheibe.

«Lass uns hingehen», bat Andrzej.

Wir warfen uns die Mäntel über und schlossen uns den Menschen an, die zur St.-Barbara-Kirche zogen.

Hinter der Umzäunung, die das Gebäude mit der Kuppel umgab, stand eine große Menschenmenge. Die brennenden Kerzen, die sie in den Händen hielten, rochen nach heißem Wachs. In den Augen spiegelten sich Hunderte von flackernden Flämmchen. Direkt beim Eingang zur Kirche, auf der Treppe, wimmelte es von Grablichtern. Wir standen schweigend da, den Kopf zu dem Kupferturm erhoben, dessen Umriss bald aus der Dunkelheit tauchte, bald wieder unterging, und durch die Menge ging ein Seufzen, unterdrückte Rufe und Geflüster, während dort oben auf dem Blechdach der grünliche Lichtschein seinen Ton änderte, mal heller, mal dunkler werdend. Hin und wieder lösten sich von der Kuppel feine flimmernde Streifen, ähnlich einem durchsichtigen Funkenband, sie stiegen für einen Moment in die Luft und schmiegten sich der Kuppel an, als wollten sie in den Himmel fliegen, doch kurz darauf fielen sie – müde, schläfrig – auf das grünliche Metall zurück und lagen wie ein glänzender Beschlag auf der Oberfläche des Blechs.

Dieses schwache Licht, das in der Dunkelheit leuchtete ... Das Laboratorium in der Augustinergasse? Die Alte Universität? Der letzte Abend in Heidelberg. Wir waren in den Keller hinuntergegangen, in den Backsteinsaal, wo in einer gläsernen Retorte, die mitten im Saal aufgestellt war und wie eine mit Nickel beschlagene Kristallarche aussah, in einer grünen Linie zischend elektrische Funken aufflammten. Ja, das war das gleiche Licht gewesen, ein seltsames, regnerisches Licht, das mich damals erfreute und entsetzte, es war mir vertraut und fremd zugleich. Doch hier, im offenen Raum des Himmels, war nichts, was das grünliche Glänzen halten konnte. Wie flüchtiger frühherbstlicher Reif reflektierte es auf dem Kupferblech, und dennoch flog es unter dem Hauch des Nachtwinds nicht in die schwarze Leere davon.

Das Gedränge wurde immer dichter. Die Menschen erfüllten den Platz zwischen den Stationen des Kreuzwegs, sie waren ins Gebet versunken, drängten sich auf der Treppe, stiegen die Steinstufen zur Tür der Kirche hoch und berührten die eisernen Riegel, doch die Tür blieb verschlossen, obwohl diejenigen, die am Ende der Treppe angelangt waren, der Jungfrau vom Kalvarienberg doch nur dafür danken wollten, was da in der Dunkelheit geschah. Gegen zwölf ließ der Andrang nach, die Leute am Tor erhoben sich von den Knien, man strich sich die Kleider zurecht, setzte die Hüte wieder auf, band die Tücher unter dem Kinn, die Männer nahmen die schlaftrunkenen Kinder auf den Arm, und langsam, sich alle paar Schritte umschauend, als wollten sie das Bild, das sie nie mehr sehen würden, für immer im Gedächtnis behalten, kehrten die Menschen zum Tor zurück. Nur die Ausdauerndsten knieten noch auf den Steinplatten des Platzes, die Augen auf den grünen Glanz geheftet und die Perlen des Rosenkranzes zwischen den Fingern drehend.

Doch als der Zeiger der Uhr sich der römischen Zwölf näherte, begann sich das Flimmern an den Wänden der Kuppel zu den verschwommenen Zügen eines Gesichtes voller Würde und Ruhe zu formen. Das Gebet, das bisher leise gewesen war, wie das anschwellende und abflauende Rauschen des Meeres, ging in lauten Gesang über und hallte über den Platz; diejenigen, die schon auf die Straße gegangen waren, kamen zurück, als sie die lauter werdende, mächtige Melodie hörten, sie starrten auf das undeutliche Spiel der Flammen, verschlangen mit den Augen jedes Heller- und Dunklerwerden auf dem Kupferblech und versuchten, die Konturen des

Bildes zu erkennen, das sich auf der Metalloberfläche langsam von dem Schwarz abhob und sich kurz darauf auflöste – verschwommen, unbeständig.

Mit ausgestreckten Händen zeigte man sich den hellen Fleck, der im leichten Hauch des nächtlichen Windes um das Kupfer schwebte, man küsste die Erde, man warf den letzten Groschen in die Opferbüchse an der Kirchenmauer, auf den Knien flehte man flüsternd um Gesundung, Tränen rannen über die Wangen, und ich hielt Andrzej fest an der Hand, damit wir uns nicht in dieser lebhaften Menge verloren, die in einer großen Wanderung von einer Station des Kreuzweges mit lautem Gesang zur nächsten zog: «Heiliger Gott, allmächtiger, unsterblicher Gott ...» Und die undeutlichen Züge des Gesichts, das sich aus kleinen Lichtpartikeln auf dem Kupferturm zusammensetzte, leuchteten auf, erloschen wieder und verschwanden in der Dunkelheit wie das täuschende Spiel heißer Luft über einem Feuer.

Der nächste Tag war heiter. Ich erwachte früh. In der Morgensonne sah die Kuppel aus wie immer, mit Grünspan bedeckt. Es war schwer zu glauben, was ich in der Nacht gesehen hatte. Janka saß bei Fräulein Esther. Konzentriert und ernst verfolgte sie jedes Zittern der geschlossenen Lider, als trüge allein die warme Luft, die durchs Fenster aus Richtung der St.-Barbara-Kirche kam, das Versprechen einer Veränderung in sich. Es war eine neue Aufmerksamkeit, frei von gewöhnlicher Neugier, angespannt, still und entschieden, als wäre schon etwas besiegelt und man müsste nur noch warten, bis die Wimpern sich bewegten, die Lider sich öffneten und im Zimmer wieder jenes heitere, leichte Lachen erschallte – wie damals, an jenem Sonntag auf der Wiese hinter der Nowowiejska.

Am Abend hörte man in der Küche die Stimme von Frau Mauer, die wie zufällig bei uns vorbeigekommen war, in Wirklichkeit aber aus Neugier, wie die Sache mit Fräulein Esther stand. Und nun erzählte sie, was am Vormittag im

Sächsischen Garten geschehen war. «Ich bin ganz nah hingegangen», sagte sie zu Janka, «aber sie sind nicht weggeflogen! Sie hatten überhaupt keine Angst!» – «Die Tauben?» – «Aber nein», erwiderte Frau Mauer, «die Spatzen!» – «Die Spatzen?» Janka zog ungläubig die Augenbrauen hoch, aber Frau Mauer schwor, dass sie sich auf ihre Hände gesetzt hatten! Hatte man so etwas schon gesehen? Etwas Großes musste in der Welt geschehen sein, etwas Heiliges, Unbegreifliches, dass die Sonne anders schien und sogar die Vögel, die – wie man weiß – der heilige Franziskus Gutes gelehrt hatte, sich die Lehre des Evangeliums zu Herzen nahmen und zu den Menschen flogen, als wären sie ihre Brüder! «Ach», seufzte Frau Mauer, «welch ein Glück, das zu sehen ...» Sie spürte noch die Berührung der kleinen Krallen, das gierige Aufpicken jedes Krümels mit den Schnäbeln. Flatternd, zwitschernd waren sie von allen Seiten angeflogen gekommen und hatten sich auf die Arme, den Hut, die Hände gesetzt! Frau Mauer, gerührt von der Erinnerung an die Vögel, war selig.

Und erst am Abend breiteten wir den «Kurier» aus. Der bekannte Schriftsteller Bolesław Prus schrieb über das, worüber ganz Warschau sprach: «Es ist normal, dass nicht alltägliche Erscheinungen Unruhe hervorrufen, doch das menschliche Denken, das die Geheimnisse der Natur zu durchdringen versucht, kann vieles erklären. Trauen wir also lieber den Gelehrten, die diese Geheimnisse mit ihrem unvoreingenommenen und wachen Willen ergründen, als den irrigen Eindrücken, die zwar unser Herz erfreuen, aber in ihm auch törichte Hoffnungen wecken. Das Phosphoreszieren von Kupfergegenständen nach heißen Tagen kann verschiedene Ursachen haben. Nach Ansicht der Professoren im Agronomischen Institut, mit denen ich gesprochen habe, können nachts phosphoreszierende Insekten mit dem Namen *avis coelis* hervorkommen, die in Schwärmen leben und, von der Wärme erhitzten Metalls angezogen, Schutz vor der Kälte des Taus suchen, sich zu Kolonien verbinden, das Metall bedecken und dabei sehr viel Licht abgeben, denn die Wärme weckt in ihnen Brunstinstinkte und animiert sie zur Vereinigung …»

«Insekten also! Haben Sie gehört?» Herr Erwin wedelte ironisch mit dem «Kurier». «Insekten! Und selbst wenn es Insekten gewesen wären, was heißt das schon?» Seine Hand erstarrte in der Geste des Anwalts einer komplizierten Sache. «Denn, bedenken Sie, warum versammeln sich diese Insekten ausgerechnet auf dem Turm von St. Barbara? Haben sie nicht genug andere Blechdächer in der Umgebung, die genau so warm sind? Und Prus? Wie muss er jedes Wort abwägen, als würde er selbst nicht an die Wahrheit glauben, die er verteidigt! Denn er verteidigt sie ja nur aus Pflichtgefühl!»

Jan fuchtelte ungeduldig mit der Hand: «Könnt ihr mir sagen, warum sich Gott immer auf Fensterscheiben, auf Bäumen oder Türmen offenbart? Und warum nicht auf den Seiten des Evangeliums? Denkt mal nach. Müsste es nicht so sein: Du liest die Bibel und siehst ihn in vollem Glanz? Kennt ihr auch nur einen Fall, wo er sich so gezeigt hätte? Warum immer Fenster, Schornstein, Turm?»

«Weil, verehrter Herr», warf Herr Erwin ein, «bei uns kaum jemand die Bibel liest. Und Pfarrer Olędzki ist voller Befürchtungen. Haben Sie gesehen, Herr Aleksander, wie misstrauisch er ist? Und der Bischof? Er schweigt, sagt kein Wort, widerspricht aber auch nicht, denn man weiß ja: Die Kirche braucht heutzutage Wunder …»

Aber am nächsten Tag kamen von vielen Seiten Nachrichten, die die Gemüter erregten. «Die Sonne geht sogar anders unter», sagte Hausmeister Markiewicz, als wir wieder aufs Dach gingen, um an der Balustrade nach den rätselhaften Zeichen Ausschau zu halten. «Sehen Sie», er streckte den Arm aus, «dort über der orthodoxen Kirche, hat jemand schon so ein Licht gesehen?» Wir betrachteten schweigend den Himmel über der Kirche auf dem Sächsischen Platz.

Dort, auf der Nordseite der Stadt – wir hätten schwören können –, leuchteten zwischen den Wolken schwache Lichter, wie lebendiges, in vielen Tönen schillerndes Quecksilber, wobei die Farbe bald verschwand, bald wiederkehrte, als würde ein schläfriger Flügel graue Schatten aus dem Blau wischen, um das lachsfarbene Futter des Himmels unter den Wolken bloßzulegen.

«Das ist eine ansteckende Täuschung», sagte Jan. Ach, vielleicht war es wirklich so, aber was hieß das schon, wenn selbst die Farbe der Blätter, der Wolken, die Zeichnung der Bäume tiefer schienen, wie mit Händen zu greifen, und die ganze Stadt in einem weichen Licht lag, als wäre im Quecksilberglanz die Welt sanfter geworden und hätte ihr hartes Gesetz vergessen. In diesen Tagen zog ein langes, geduldiges Abendrot über die Stadt, das – wie man sagte – in Petersburg seine Berechtigung gehabt hätte, im Winter, über den gefrorenen Kanälen der Newa, über der Spitze der Peter-und-Pauls-Festung, über dem Gebäude der Admiralität – aber doch nicht hier, an der Weichsel, über der St.-Johannis-Kathedrale, über dem Schloss, über der Kirche der Sakramentsschwestern, und das mitten im Sommer! Schwärme von dunklen Vögeln flogen mitten in der Nacht über die Altstadt und setzten sich auf die Kirchtürme – stumm, schläfrig, wie im Frost erstarrte Blätter schwarzer Buchen. Auf den Kuppeln der orthodoxen Trinitatis-Kirche und dem Turm von St. Michaelis glühte das Kupfer in der Farbe von gläsernem Purpur, obwohl man die Sonne hinter den Friedhöfen in Wola nicht mehr sehen konnte; die westfälischen Glocken begannen von selbst in den Glockentürmen zu schaukeln, obwohl kein Hauch die dunkle Luft bewegte. Wenn man das Gesicht an die Scheibe legte, erwachten die Tauben auf dem Fenstersims, aber sie flogen nicht weg, sondern hoben nur müde das gelbe Lid und schliefen gleich wieder ein. Ach, wir wussten, dass es nur das Licht eines Traums war, das auf die Stadt und den Fluss schien, doch die glückliche Leichtigkeit des Herzens war viel wahrhaftiger als die kühlen, klugen Worte der Vernunft.

Gegen neun schaute ich bei Fräulein Esther hinein. Ich zog die Gardinen auf, damit sie das Spiel des Abendrots und die Wolken sehen konnte, die sich über den Dächern der Nowogrodzka türmten wie weiße Gebäude. Das Sonnenlicht über den orthodoxen Friedhöfen, rubinrot wie Wein, erhellte den Himmel, an dem man weit oben die letzten Schwalben fliegen sah. Fräulein Esther schaute lange in das erlöschende Rot des kühlen, vom Fensterrahmen durchkreuzten Himmels und schlief dann – wie mir schien – besser ein als sonst.

Die Zeitungen überschlugen sich. Die Leserbriefe, bisher in Petit gesetzt, schamhaft in die Ecke der dritten Seite, zwischen modische Pariser Kleider und Bilder neuer landwirtschaftlicher Maschinen aus Leeds gezwängt, entfalteten sich jetzt in fetter Garamond unter den Holzschnitten von Loewenthal. Nach dem Abendessen breiteten wir die nach frischer Druckerschwärze riechenden Seiten aus. «Unruhe im serbischen Brestnica», meldete der «Kurier». Über die Zeitungsspalten gebeugt, die Hände auf die Eichenplatte des Tisches gestützt, verfolgten wir das Schicksal der kleinen Jovanka Iszmetec, der am 5. Juni um drei Uhr nachmittags, wie sie ihren Eltern erzählt hatte, eine helle Gestalt erschienen war. Die schöne Frau im himmelblauen Kleid sei von einem Ahornast herabgestiegen und habe die ganze Wiese erleuchtet. Unzählige Menschen aus benachbarten Städten und Dörfern, sogar aus Sarajevo, standen die ganze Nacht auf dem Platz vor der Kathedrale des heiligen Kyrill und warteten auf die Sonne, die – wie Augenzeugen versicherten – gegen Mitternacht aus den Wäldern zum Himmel gestiegen sei und wie eine Feuerscheibe rotiert habe. Und in Zarizyn – berichtete der Korrespondent der Zeitschrift «Land», mit «K. L.» unterzeichnend – zögen Tausende von Bauern aus den westlichen Gouvernements zum Platz des heiligen Michael, um die Kleider von Wassiljew (der Polizei als «Preobraschenskij», der Verwandelte, bekannt) zu berühren, der in einer Herberge wohne und niemandem seine Hilfe verweigere. Um die Ordnung zu sichern, habe man eine Abteilung Kosaken kommen lassen, doch die Menschenmenge dränge aus allen Richtungen herbei, die Straßen seien verstopft mit Wagen, Pferden, Kindern, und alle schrien, Wassiljew mache die Menschen gesund, Wunden würden heilen, Leute sich die Augen wischen und wieder sehen, und er wolle kein Geld, er nehme nur Früchte der Erde und segne die Leidenden.

Und in Frankreich, in Avignon, habe sich dem Mädchen Jeanne in einer Steingrotte eine leuchtende Gestalt gezeigt und zu Gebeten für eine Welt aufgerufen, deren Ende nahe sei.

Der Platz vor St. Barbara

Am Sonntag wurden vom frühen Morgen an Kranke und Sterbende zu dem Platz unter den Linden gebracht, obwohl Prälat Olędzki in seinen Predigten viele Male gewarnt hatte, dass man nur mit aufrichtigem Gebet die Gnade der Heilung erwirken könne. Doch wer wäre in der Lage gewesen, die Männer in den Eisenbahnermänteln zu verjagen, die wie aus dem Nichts plötzlich an den Krankenbetten auftauchten und versprachen, dass sie für einige Kupfermünzen das Böse vertreiben würden und mit großem Ernst die Hände auf einen kranken Arm, eine Stirn oder Brust legten. Wir sahen herzzerreißende Szenen, als wir zur St.-Barbara-Kirche gingen. In der Klarheit des Mittags offenbarte sich der Schmerz in unterdrückten Tränen und entsetzte uns durch die Stummheit «unsymptomatischer» Krankheiten, wie Jan sie nannte, deren Ursachen auch die besten Ärzte aus dem Jesuskind-Krankenhaus nicht zu finden vermochten. Die Körper von Töchtern, Söhnen, Eltern,

Patinnen, bisher schamhaft in den Wohnungen hinter spanischen Wänden verborgen, selbst vor den nächsten Nachbarn versteckt, erfüllten jetzt den ganzen sonnigen Platz zwischen dem eisernen Tor und der Kirche.

Von allen Seiten – aus der Ulica Żurawia, aus der Srebrna, aus der Polna – kamen Rollstühle, Tragen, gemietete Wagen, Droschken mit geschlossenen Dächern, und sie alle strömten wie Insekten zu einer offenen Wunde. Umdrehung für Umdrehung, Schritt für Schritt, eine langsame, doch unaufhaltsame Bewegung, das Klopfen von Stöcken, gedämpftes Stimmengewirr.

Am Tor dösten Jungen mit Wasserköpfen und so weißer Haut, dass sie schon bläulich schien, in tiefen Gondeln aus Kiefernholz und Leder, die mit einem Leinendach bespannt waren.

Schöne, in sich selbst vertiefte, in opernhafter Gestikulation erstarrte Mädchen mit schweren Lidern und wurzelartig verdrehten Händen fuhren in Stühlen mit Messinglehnen in die Kirche und sangen Liedfetzen vor sich hin, die niemand verstehen konnte.

Grauhaarige Damen wiegten sich wie Wasserpflanzen in träger Strömung und suchten mit unruhigen Kopfbewegungen die Wärme, als wollten sie mit ihrer faltigen Haut die Sonne ausfindig machen; doch plötzlich erwachten die unter schottischen Plaids versteckten Hände zu einem konvulsivischen Tanz und warfen die wollene Decke von den Knien auf den Boden.

Unter den Bäumen, wo der Schatten der Blätter etwas Kühlung gewährte, blickten aus den im Sand stehenden Tragen mit reglosen Augen Kinder, um deren Beine Nickelreifen und Lederriemen befestigt waren.

Männer mit grauen Schläfen glätteten mit den Fingerspitzen behutsam die Tücher auf den Schultern ihrer greisen Mütter, die für immer in tiefe Sessel hineingewachsen waren; auf vernickelten Kufen glitten sie knirschend über den

Sand, in einer feierlichen Zeremonie, wie der Schlitten einer Schneekönigin.

An den Stühlen Kopfstützen, die mit kühler Zärtlichkeit den schwachen Hals hielten, ähnlich den Stützen an Friseursesseln. Unter den Achseln festgedrehte Schrauben, die über die wackelige Bewegung der Wirbelsäule unter einer steifen Weste aus Saffian wachten. Korsetts aus Fischbein, die die ewige Unbeweglichkeit der Arme und Beine vergessen ließen. Die ganze kunstvolle Architektur des Schmerzes, unter Kleid oder Mantel versteckt, brannte jetzt plötzlich im Glanz von Nickel und Kupfer in der Sonne.

Ich ging mit Vater und Andrzej durch einen schmalen Korridor zwischen den Rollstühlen, Tragen und Sesseln auf die Kirchentür zu, Bettler streckten die Hände aus, mit Kupferbechern, auf deren Boden eine einsame Münze klapperte; der Kies knirschte unter den Füßen, und ich wollte an alles denken, nur nicht an das, was sich hier vor uns abspielte. Ach, die großen Brücken über den Rhein, die ich dem fernen Köln schenken wollte; die schöne Loreley, die hinter einer Biegung des Flusses hervortrat, wenn der Dampfer «Germania» an den Hügeln mit den Weinbergen vorbeifuhr, die Wälder hinter Kampinos, durch die ich mit Vater und Andrzej gewandert war, im Sommerregen, fröhlich, glücklich, lachend. Ich floh mit jedem Gedanken, mit jedem Herzschlag diesen Platz, dieses Quietschen der Speichenräder, dieses Knirschen der Kufen, das beschwichtigende Geflüster, das den Schmerz löschen sollte. Und dann wanderten meine Gedanken, widerspenstig, ruhebedürftig, ungehorsam gegenüber den Reflexen des Herzens, auf den Platz vor dem Stephansdom in die schöne Kärntnerstraße, und als sie über die Bürgersteige des Rings streiften, am Burgtheater und am Naturhistorischen Museum vorbeikamen, wo ich an einem Herbstnachmittag einmal gewesen war, da dachte ich an den Prinzen und die junge Frau, von denen uns Fräulein Esther nach ihrer Ankunft aus Wien erzählt hatte.

Wir saßen damals im Salon, draußen schneite es, der Samowar brodelte, wir fragten Fräulein Esther nach Einzelheiten, und in ihren Worten spürte man unterdrückte Rührung.

«Sie war gerade siebzehn, Herr Aleksander! Siebzehn Jahre! Verstehen Sie? Was für ein Alter! Da will man singen und tanzen! Der Frühling des Lebens! Und wenn der Kaiser seine Heftigkeit hätte zähmen können, hätte es dann überhaupt geschehen müssen? Aber er verlangte in einer Anwandlung von verletztem Vaterstolz und Herrschsucht den Bruch, wie hätte der Erzherzog also anders handeln sollen? In solch einer Verzweiflung? Muss man sich da wundern, was geschehen ist – dass Rudolf auf Maria schoss und dann auf sich selbst? Und in der Hofburg wurde verkündet, sie habe zuerst ihn vergiftet und dann sich selbst umgebracht! Was für eine Herzlosigkeit! Sie fanden sie nackt auf dem Bett und deckten sie mit Kleidern, Mänteln und seiner Uniformjacke zu. Die Kugel hatte den Kopf des Erzherzogs hinter dem linken Ohr durchbohrt. Und das hätte sie tun sollen? Sie? Ein siebzehnjähriges Mädchen im Frühling des Lebens? Und diese Karmeliterinnen» – Fräulein Esther schüttelte den Kopf, denn sie konnte den Schwestern aus jenem Kloster die Worte nicht verzeihen, von denen ihr Pfarrer Ohler erzählt hatte –, «diese Karmeliterinnen aus Mayerling beteten nicht für zwei, sondern für drei! Für drei! Wie konnten sie nur, was für ein gemeiner, schändlicher Verdacht!

Und dann, als die Baronin von Vetsera flehte, man möge die Leiche ihrer Tochter herausgeben, haben diese schrecklichen Leute von der Hofburg ... Alle Gespräche mit Graf Taaffe, der schließlich alles hätte veranlassen können, waren vergeblich. Und man verlangte auch noch, dass die Baronin sofort aus Wien abreiste, mit dem nächsten Zug, nach Venedig, denn – wie ihr Hofrat Ermlich sagte – das Wiener Volk, das den Thronfolger geliebt habe, würde sie in Stücke reißen, wenn sie es auch nur wagen würde, sich auf der Straße zu zeigen. Und die Kaiserin, die Kaiserin hatte angeblich der Baronin eine Fotografie des Hauses in Mayerling geschickt, auf der jemand das Fenster des Zimmers angekreuzt hatte, in dem die beiden …

Das Begräbnis sollte in Heiligenkreuz sein, doch der Mutter verbot man, dorthin zu fahren. Begreifen Sie, was das heißt?» Fräulein Esther lüftete den Schleier, als könnte sie durch den dünnen Musselin mit den silbernen Punkten keine Luft bekommen. «Begreifen Sie? Die Mutter durfte nicht zum Begräbnis der Tochter kommen! Dann zogen sie Maria an – dieser Doktor des Kaisers, Auchentaler, und Herr Stockau – und brachten sie, indem sie sie von beiden Seiten hielten, stellen Sie sich das nur vor, mit einem Wagen, steif, in einem blauen Kleid, die Augen offen, nach Heiligenkreuz auf den Friedhof. Und da liegt sie bis heute. Baronin Vetsera ließ neben dem Grab eine Kapelle errichten, eine sehr schöne Kapelle aus weißem Marmor. Und dort sind immer frische Blumen. Ach, Herr Aleksander, ein Berg von Rosen, selbst wenn alles verschneit ist.»

Ich sah in erloschene Gesichter, grau wie Sand, ich ging mit Vater und Andrzej durch den schmalen Korridor zwischen den Krankenlagern auf die offene Tür der St.-Barbara-Kirche zu, und während ich durch dieses Spalier des Schmerzes ging und die ausgestreckten Hände mit den Kupferbüchsen sah, hörte ich nicht auf, an die Frau und den Mann zu denken, die einen guten, ruhigen Tod in der fernen Stadt Mayerling gewählt, die die Welt hinter sich gelassen hatten – die Welt, die, wie Fräulein Esther sagte, als sie den Schleier wieder herunterließ, nicht einmal ihres Blickes wert war.

«Vielleicht Ochorowicz?»

«Ochorowicz?» Jan sah mich an. «Man spricht nicht gut über ihn. Die Ärztekammer will ihn nicht anerkennen.» – «Aber Prus verteidigt ihn. Und Chałubiński. Er magnetisiert vierzig Personen täglich.» – «Wenn du willst, kann ich über Ostałowski versuchen, an ihn heranzukommen ...»

Am Abend ging ich in Vaters Zimmer.

«Ochorowicz sagst du? Ja, ich habe viel über Ochorowicz gehört ...» Vater griff nach seiner Pfeife. «Aber ich glaube, es wäre besser, gleich zu Wassiljew zu gehen.» – «Wassiljew?» Ich schaute Vater erstaunt an. «Aber Wassiljew ist doch in Petersburg!» – «Siehst du, das denken alle. Dabei ist er seit gestern in Warschau.» Ich sprang auf: «Wo?» Vater knetete ein Stück Tabak zwischen den Fingern. «In Warschau. Geheimrat Mehlers hat es mir gesagt. Er ist in Kaluschins Haus in Praga in der Ulica Peterburska abgestiegen und rührt sich nicht vom Fleck, weil er kein Aufsehen erregen will. Er empfängt niemanden.» – «Was macht er denn dann in Warschau?» – «Er hält sich auf der Reise von Kiew nach Königsberg zwei, drei Tage hier auf, er fährt zu Fürstin Hoffstaedter, deren Sohn an Hämophilie erkrankt ist.»

Wassiljew! In Warschau! Ich konnte es kaum fassen. Vater runzelte die Stirn. «Aber behalte es für dich, sonst bekommt Geheimrat Mehlers Ärger. Er kennt Wassiljew noch aus Odessa und schätzt ihn sehr, obwohl Wassiljew nicht gerade ein Heiliger ist. Aber was soll's ... Selbst die Fürstin Anastassja in Zarskoje Selo empfängt ihn, weil er angeblich den Zarewitsch von Geschwulsten geheilt hat. Auch Generäle und andere Würdenträger besuchen ihn und fragen ihn um Rat, denn er kann, wie man sagt, hellsehen. Er liest die Zukunft in den Augen und erkennt Krankheiten an der Farbe des Blutes. Du könntest bei Mehlers vorbeigehen, vielleicht setzt er sich für uns ein ...»

Kurz vor elf fuhr ich beim Haus mit der Nummer 7 vor, wo im ersten Stock Geheimrat Mehlers wohnte. Als die Uhr die volle Stunde schlug, führte mich der Bedienstete von Mehlers, Ignatew, in einen dunklen Salon, dessen große Fenster mit einem Plüschvorhang verhängt waren und kaum Licht hereinließen. «Geheimrat Mehlers kommt sofort. Es ist eine ungewöhnliche Zeit ...» Er verstummte, als amüsierte er sich darüber, dass ich so früh gekommen war.

Das dunkle Zimmer war durch einen großen Eichenschreibtisch geteilt. Auf der linken Seite eine Uhr mit einem Zifferblatt aus Messing, auf dem «Gotthardt – Zürich» stand, an den Ketten Gewichte, ein langsam schwingendes Pendel. Wo war Mehlers? Weshalb ließ er so lange auf sich warten? Ich hätte die Sache gern sofort geklärt, schließlich drängte die Zeit! An der Tür, unter einem schönen Landschaftsbild des Schwarzen Meeres, von Ajwasowski gemalt, auf einer französischen Chaiselongue mit Hortensien auf der Lehne, lag ein Seidentüchlein, lässig auf den purpurroten Plüsch geworfen. Ich sah mir den Schreibtisch an. Auf der glänzenden Platte Briefbeschwerer aus Messing, eine kleine Schiffsglocke mit einem undeutlichen englischen Schriftzug, ein paar Bleistifte in einem Becher aus Elfenbein, eine Lampe mit einer Eidechse als Fuß, der Lampenschirm aus Glas, Briefpapier aus Velin. Als hätte jemand vor kurzem eine eben angefangene Arbeit unterbrochen. Auf beiden Seiten des Zimmers standen hohe Schränke, Mahagoni, Kristallscheiben, auf den unteren Fächern hinter Glas liebevoll angeordnete Mineralien und Muscheln, weiter oben Pappmappen mit Bezeichnungen juristischer Fälle, dann die Jahrgänge der russischen Zeitschrift «Regierungsbote» und ganz oben einige Nummern des «Bürgers» von Fürst Meschtscherski.

Immer wenn ich in Gedanken zu jenem Augenblick zurückkehrte, als ich zum ersten Mal an der Tür zu Geheimrat

Mehlers' Salon stand, auf dem weichen Teppich mit dem Bucharamuster, spürte ich das mit Unruhe und Begeisterung gemischte Staunen von damals. Was war das für ein Salon! Er erinnerte an eine im Schatten verborgene Grotte. Hier also, in der Ulica Rozbrat, in diesem Mietshaus, das sich durch nichts von anderen unterschied und allenfalls die Fußgänger durch das Flachrelief eines gipsernen Medusenhauptes an der Fassade schrecken konnte, hier, in der Nachbarschaft eines Obstgroßhandels, eines Eisenwarengeschäfts, wo man Zinneimer, Teer, Beile und Kerzen kaufen konnte, hier, zwischen Mietshöfen, aus denen das Geschrei von Dienstmädchen, Drahtbindern, Scherenschleifern und Trödelhändlern tönte, war dieser stille, in Mahagoni und Eiche gehaltene Raum verborgen, in dem Messing und geschliffenes Glas schimmerten, ein Raum mit feierlichen Schatten und beunruhigendem Glanz – so ganz anders als die Wohnungen in der Nowogrodzka. Ignatew nahm mir den Stock mit dem silbernen Knauf aus der Hand und wies mit einer höflichen Geste auf die Chaiselongue.

«Eine schöne Sammlung», sagte ich, um das Schweigen zu brechen. Er neigte den Kopf und lächelte geheimnisvoll. «Ja, schön. Und hier», er zeigte auf ein Regal, «wenn Sie freundlicherweise schauen möchten, das ist alles aus dem Ural, aus der Gegend von Majewo ...» Ich betrachtete die dunklen und hellen Steine hinter Glas, und er fügte mit derselben gedämpften, warmen, ernsten Stimme hinzu: «Und hier sind Mineralien aus Sibirien, jenseits der Berge, am Jenissej gesammelt.» Ich wollte, dass er Geheimrat Mehlers an meine Anwesenheit erinnerte, aber er – sicherlich in der Überzeugung, dass man jeden Besucher des Hauses mit einem ebenso tiefsinnigen wie ruhigen Gespräch unterhalten sollte – sagte nach kurzer Pause: «Solch eine Sammlung finden Sie nirgendwo.» Auf Messingschildern standen lateinische Namen. Ich spürte, dass er in Tonfall und Rhythmus seinen Herrn nachahmte. Er sprach die fremden Worte sorgfältig aus und verlieh jedem von ihnen einen singenden Petersburger Akzent, als wollte er mir zu verstehen geben, dass ein Wissen, das ohne die Sprache des Geheimnisses auskommt, klar und verständlich für alle, unvergleichlich weniger wertvoll sei als ein Wissen, das nur wenigen zugänglich ist.

Ich dachte an Fräulein Esther und an Wassiljew. Wo war dieser Mehlers? Warum kam er nicht? Doch Ignatew lächelte nur: «Wozu diese Unruhe? Geheimrat Mehlers wird gleich hier sein», worauf er mich ohne Eile zu einer schmalen Kiste mit Messingbeschlägen führte, in der auf weichem Stoff in der Farbe von Adventsviolett einige Steine lagen. Doch woher kam plötzlich die Angst in mir – als näherte ich mich etwas, von dem ich mich fern halten müsste?

Draußen war der gedämpfte Lärm der Stadt zu hören, Stimmen, Gesang, Schritte, gewöhnliche Menschen, gewöhnliches Leben – aber hier? Im Salon von Geheimrat Mehlers war alles fremd und – faszinierend. Der Glanz von Mahagoni, der einem echten täuschend ähnliche mechanische Pelikan aus Kupfer, dessen Federschuppen metallen glänzten, ein zusammenklappbares Fernrohr, mit dem man – wer weiß – vielleicht nicht nur ferne Schiffe erspähen konnte, sondern auch für das Auge unsichtbare Sternbilder, das holländische Mikroskop aus Messing, das aussah wie eine Urne, in der man die teure Asche der Vorfahren aufbewahrt, in Silber gefasste Linsen, kristallklar, gewölbt wie ein gefrorener Tropfen Quellwasser, der Globus mit den gotisch geschriebenen Ländernamen, der zu einer weiten, gefährlichen Reise in unbekannte Gefilde einlud, ein Astrolabium, auf dessen Bögen mit zarten Linien goldene Routen von Kometen eingezeichnet waren. Ich konnte mich des Eindrucks nicht erwehren, dass sich vor mir etwas auftat, dessen Existenz ich schon lange geahnt, gegen das ich mich aber mit aller Kraft gewehrt hatte.

Und Ignatews Finger klopften ganz leicht an den Glasdeckel der Kiste, als wollten sie die Gegenstände aufwecken, die auf dem dunklen Plüsch ruhten. «Sehen Sie, wir haben ein gutes Stück von Sibirien durchwandert, um all das zu finden ... Und nicht für Geld ...» In seiner Stimme – ich täuschte mich nicht! – klangen stolze Töne. «Nicht für Rubel, Aleksander Czesławowitsch, sondern zur geistigen Betrachtung.» Er redete auch vom «Quell des Wissens», vom «Strahl der Weisheit», vom «menschlichen Denken». Ich konnte nicht umhin zu lächeln, als ich diese würdevollen Worte aus dem Munde eines Bediensteten hörte. Er war groß, hatte helle Wimpern und sah noch immer sehr gut aus, der dunkle, beinahe mädchenhafte Mund öffnete sich nur unmerklich, wenn er mit ruhiger, leiser Stimme über die Dinge sprach, die in den Schränken hinter Glas lagen.

Aber was war mit Geheimrat Mehlers? Warum kam er nicht? Wollte er vielleicht – so dachte ich, als ich mich viele, viele Tage später an meinen ersten Besuch in der Ulica Rozbrat erinnerte und vor meinem inneren Auge den Mahagonisalon wieder sah –, wollte er mir vielleicht durch seine lange Abwesenheit Zeit geben, die geheimnisvollen Dinge anzuschauen, die seinem Herzen nahe waren und die er hier vor den Augen Unberufener verbarg? Denn was, wenn nicht ein Bild dieser Geheimnisse, war denn der dunkle Salon, in dem auf den unteren Fächern Mineralien und Muscheln aus verschiedenen Ländern lagen, auf den Fächern weiter oben in vergoldetes Halbleder gebundene amtliche Dekrete standen und unter der Decke ausgestopfte Vögel aus dem Altai und aus Jakutien ihr fächerartiges braunes und schwarzes Gefieder sträubten?

Und hinter dem Glas? Auf dem violetten Plüsch lagen Perlboote und Strombusschnecken, Muscheln mit den Namen *goliath* und *meleagrina.* Dann weiße Fischskelette, rote Krabben und Seesterne. Regenbogenfarbene Schmetterlinge, auf eine Nadel gespießt, neben Grillen, Käfern und Skorpionen in Glasampullen. Sie sahen eher aus wie antike

Broschen und Amulette aus wertvollen Metallen denn wie einst lebendige Insekten. Als wir zu der Vitrine mit der Messingeinfassung kamen, leuchteten Ignatews Augen: «Und hier sehen Sie Proben von Gold aus Kremnitz und Semipalatinsk.» Daneben auf dem violetten Plüsch blitzten drei jakutische Diamanten in einem grauen Stein – sicher die Ausbeute einer Expedition nach Sibirien, denn Ignatew schnalzte mit den Fingern: «Aus Bilimbajewsk und Nischnij Tagilsk! Und das sind ‹Goldklumpen› aus Sarewo Aleksandrowskoje, ein Geschenk des Fürsten Demidow.»

Dann wurde Ignatew ernst. «Sicherlich werden Sie fragen, nach welchem Schlüssel all das gesammelt wurde. Ich antworte Ihnen gern. Dieser Schlüssel – Sie werden es sich vielleicht schon denken – ist das Rätsel der Ähnlichkeit. Denn wenn Sie hierher schauen möchten ...» Ignatew machte den Glasdeckel auf, damit ich die schönen Formen auf dem Plüsch besser sehen konnte. «Was ist das wohl? Was denken Sie?» Ich beugte mich unsicher hinunter. «Eine Pflanze?» Ignatew wiegte scherzhaft den Kopf: «Schauen Sie doch bitte etwas genauer hin.» Ich ging mit den Augen noch näher heran: Blätter? Knospen? Wurzeln? «Vielleicht eine seltene Felsenpflanze?» Ignatew lächelte: «Nein, das ist keine Pflanze. Das ist ein Mineral. Chalkanthit.» Diese in geschmeidiger Linie aus dem rosaroten Fels wachsenden Blätter, diese lebendigen Triebe sollten also ...? Ignatew nickte und gab zu verstehen, ich solle sie anfassen – und ich spürte an den Fingern die Kälte und Härte von Stein.

Mineralien, die verblüffende Ähnlichkeit mit Pflanzen hatten, und Pflanzen, die verblüffende Ähnlichkeit mit Mineralien hatten? Damit also beschäftigte Geheimrat Mehlers sich in seiner freien Zeit? Das also war die geheimnisvolle «Sammlung», von der so viel gesprochen wurde? Eine unterirdische Welt, deren Formen jeden irreführten, der sich einfach vom Gefühl der Analogie leiten ließ? Diese zuckrigen Sträucher, dieses grünlich Flaumige war also – tot?

Und Ignatew öffnete den Deckel der Kiste mit den Pflanzen der Korallenriffe, doch auch hier vermochte ich nicht zu unterscheiden, wo das Leben aufhörte und der Tod anfing, was gesund und was krank war, denn die schöne Gorgonaria von den tasmanischen Riffen war den Felsenwurzeln des Aragonit so ähnlich, dass ich sie nie für eine lebendige Pflanze gehalten hätte. Und weiter? Die lebendige Milchigkeit der Opale, Mineralien, ähnlich Feuerschwämmen oder braunem Schimmel, Calcite, schön wie Ahornblätter, Skolezite, die aussahen wie eine Kolonie von Hallimaschen, Antimonite wie Igel, Steinsalz, ähnlich einem grauen Haarschopf, regenbogenfarben schimmernder Irisquarz, eingeweideartige Windungen von Malachit, und in einer Glaskugel, in der sich die Sonne spiegelte, glänzte feucht ein runder Augenachat auf dem violetten Plüsch, wie ein herausgenommener, glitschiger menschlicher Augapfel mit der schwarzen Pupille!

Guter Gott! Ich erinnere mich genau an diesen Moment der Stille. Lebendiges und Totes. Angst, Bezauberung, Lachen. Spielte hier nicht jemand Verstecken mit mir? Ich fühlte mich wie im Wiener Naturhistorischen Museum, das ich einmal besucht hatte. Aber dort lagen all die Wunder der Erde in Eichenschaukästen und sollten die Ordnung der Welt illustrieren; hier jedoch, im Zimmer eines privaten Hauses, willkürlich angeordnet, den Launen ihres Besitzers folgend, der sich von der Freude des privaten Entdeckens leiten ließ, hier vertrieben sie die Ruhe, denn sie konfrontierten den Betrachter unmittelbar mit einem Geheimnis, das sonst eine unsichtbare Existenz am Rande fristete, gleichgültig für die menschliche Seele. Wer würde schon aus freien Stücken in das unterirdische Dunkel der Welt schauen, in Grotten und Höhlen, wo das, was geboren wird, noch nicht wissend, was es sein will, im fließenden Schoß der Erde blindlings seine Form sucht, also noch alles werden kann? Die Seele hält sich von solchen Orten so fern wie möglich – und zu Recht!

Doch als ich die Mineralien betrachtete, die mit liebevoller Mühe auf dem Plüsch ausgelegt waren, musste ich plötzlich an Fräulein Esther denken. Die bläuliche Haut in der Vertiefung des Schlüsselbeins? Der dunkle Ton der Fingernägel? Plötzlich vergegenwärtigte ich mir die unmerklichen Veränderungen des von der Krankheit befallenen Körpers, das Trüberwerden der Iris, das Matterwerden des Haars … Als kündigten diese unmerklichen Veränderungen schon jetzt, noch zu Lebzeiten, die unausweichliche Verwandlung des Körpers zu Staub an, die Verwandlung in Erde, in die ursprüngliche, undifferenzierte Materie, die nicht weiß, was sie sein will, und dann irgendetwas wird.

Draußen klapperten Wagen mit Bierfässern über das Pflaster, eine Frau rief vorbeigehenden Soldaten zu und lockte sie «ins Nebenzimmer»; Dienstmädchen zankten sich mit wilder Freude mit einem jungen Drahtbinder, der unverschämt glücklich war und ihre Anspielungen mit einem dümmlichen Lachen quittierte; ein russischer Fähnrich von einer Kosakenstreife, die mitten über die Fahrbahn ritt, stieß üble Flüche aus; gewöhnliche Stimmen der Stadt, Gesang, Schritte, Leben, das sich nicht bewusst ist, dass es Leben ist. Hier aber, in der Stille des dunklen Innenraums, im Glanz von Glas, Messing und Mahagoni, im Licht der Sonnenstrahlen, die sich regenbogenfarben in den unter Glas liegenden Kristallen brachen, enthüllte sich mir die verborgene Seite der Dinge, die Geheimrat Mehlers zu ergründen versuchte. Wozu tat er das eigentlich?

Was trieb ihn zu diesen Reisen unter die Erde, ins Dunkel der sibirischen Bergwerke, in die wilde Domäne der Kristalle und Erze? Der Gedanke, dass dort, in der Tiefe, in der Ursphäre, die Gott vor uns verborgen hält, das Wunder etwas so Gewöhnliches ist wie die Tatsache, dass die Sonne jeden Morgen über Praga auf- und über den orthodoxen Friedhöfen in Wola untergeht?

Denn schien nicht jeder Gegenstand aus dem Mahagonisalon von Geheimrat Mehlers insgeheim zu verstehen zu geben, dass er sozusagen nur probeweise er selbst sei und jeden Moment – wenn er dies nur wolle – etwas anderes werden könne? Zeigte die Natur, die dem menschlichen Bedürfnis nach deutlichen Grenzen gleichgültig gegenübersteht, unter der Oberfläche nicht ihr launisches Gesicht, als wollte sie uns überzeugen, dass sie zum Spaß den Spieß umdrehen könne – das Leben in Tod verwandeln und den Tod wieder in Leben?

Und dann diese Gläser aus dickem Glas ... Bestand die eigentliche «Sammlung» von Geheimrat Mehlers vielleicht aus diesen Gläsern, während die steinernen Blumen, Mineralien und metallischen Insekten, die Ignatew mir gezeigt hatte, nur die Ouvertüre zu einem tieferen Geheimnis bildeten?

Jemand, der diese Gläser auf die Regale gestellt hatte, musste einen leidenschaftlichen Kampf mit Linnés System der Natur führen – als wollte er beweisen, dass «Gattung» oder «Art» nur leere Worte seien, dass alle Formen, die wir mit achtbaren lateinischen Namen versehen, im Glauben, die transparente Hierarchie von Begriffen würde eine dauerhafte Struktur der Welt widerspiegeln, dass all diese Formen nur vorübergehend seien, dass jede von ihnen Knospen treiben, schwellen, wuchern und die eigenen Grenzen sprengen könne, im Streben nach – ja: im Streben wonach?

In einem durchsichtigen Gefäß schwebte eine hellgrüne Eidechse, die sich nichts aus Linné machte, die ihre Flügel weit ausbreitete und früher sicher mit der unverschämten Leichtigkeit einer Schwalbe von Baum zu Baum geflogen war. Die schuppigen Flossen der Fische mit dem Namen *Latimeria chalumnae* unterschieden sich kaum von den Füßen eines Hahns. Aus einem gesprenkelten Vogelei, das über Linnés Systematik nur lachen konnte, schlüpfte ein kleines australisches Säugetier mit Pelz und einem flachen Entenschnabel, und ein Stück weiter lag in einem dicken Glas von hellblauer Farbe der rot geäderte, einer großen Bohne ähnliche Embryo eines Jungen, dessen winzige Finger durch eine dünne Haut verbunden waren, wie die rosaroten Flügel einer Fledermaus ...

«Ich spüre, dass Sie unruhig sind», ertönte plötzlich die Stimme von Geheimrat Mehlers. «Als ich in Petersburg studierte, schaute ich manchmal im Physiologischen Institut vorbei, daher kommt das alles. Erinnerungen an frühere Zeiten, Aleksander Czesławowitsch.» Geheimrat Mehlers forderte mich mit einer Handbewegung auf, auf der Chaiselongue Platz zu nehmen. Er trug einen türkischen Schlafrock. «Sehen Sie.» Er wies auf die verglasten Fächer mit den Mineralien. «Hier unten haben wir ein echtes Reich des Zufalls oder, wenn man so will, ein Reich der Willkür, in dem nichts vorbestimmt, sondern alles möglich ist. Und dort oben» – er schaute auf die Regale, auf denen die in Leder gebundenen, ordentlich aufgestellten Jahrgänge der Regierungsdekrete standen –, «dort oben, Aleksander Czesławowitsch, ist die harte Welt des Rechts, in der es keinen Platz für Ausnahmen gibt, sondern alles die schöne Sinfonie der Regel spielt. Ja, zum Beispiel dieser.» Geheimrat Mehlers klopfte an das Glas von himmelblauer Farbe, in dem die rosarote Gestalt des kleinen Jungen schwebte. «Dieser junge Herr hier, vorzeitig aus dem Schoß einer Frau in Kasan geholt, hätte zum Beispiel Kollegienassessor in Tula werden können, Geheimrat ersten Grades in Samara oder Träger des Wladimir-Ordens in Petersburg. Wie viele Ränge hatte man für seinen Empfang vorbereitet! Und dennoch liegt er hier hinter Glas, zu ewiger Reglosigkeit verurteilt, und sinniert mit melancholisch-geduldigem Gesicht über die Wege des Schicksals, die für ihn leider für immer verschlossen sind. Immer wenn ich Ärger habe – und daran fehlt es, wie Sie wissen, nicht –, sage ich zu ihm: ‹Afanasji Iwanowitsch, was sinnst du denn, als wäre es dir schade um das Leben, an dessen Schwelle du angehalten wurdest. Sei doch froh, freu dich in deinem Glas, dass du nicht erleben musstest, was ich erlebt habe.› Und er mahnt mich nur mit einem strafenden Blick, dass ich meine Worte im Zaum halten solle.»

Geheimrat Mehlers griff nach der Karaffe: «Vielleicht ein Schluck Wein?»

Ich schüttelte den Kopf. Mehlers sah ernsthaft beunruhigt aus: «Nichts? Kein Tropfen? Der ist aus Sewastopol, der glänzt in der Sonne wie ein Rubin.» Ich konnte mir ein Lächeln nicht verkneifen. Was war das für ein Mensch, dieser Mehlers! Und der Geheimrat hielt die rote Flüssigkeit gegen das Licht: «Ich kann mir denken, was Sie hierher führt.» Ich nickte: «Ich weiß. Aber dennoch möchte ich fragen, ob Sie vielleicht ...» – «Aber Herr Aleksander», das Gläschen wanderte aus Mehlers' Hand auf den Schreibtisch, «natürlich, mit Vergnügen. Ich schreibe gleich ein paar Worte.» Die Hand mit dem Siegelring griff nach einem Blatt Velinpapier. Er schrieb eine Weile, streute dann Sand darauf, blies ihn weg, legte das Blatt Papier zusammen und steckte es in einen Umschlag. Empfänger und Absender in Großbuchstaben: «Von Geheimrat I. G. Mehlers an A. G. Wassiljew.»

Er reichte mir den Brief. Ich wollte aufstehen, doch er hielt mich mit einer Handbewegung zurück. «Kaum sind Sie hier in meine Höhle gekommen, und schon wollen Sie wieder gehen? Ist das vielleicht nett?» Ich lachte: «Ich dachte, die Sache sei eilig.» Mehlers befeuchtete die Lippen mit Wein: «Natürlich ist sie eilig. Aber Wassiljew empfängt nur nachts.» – «Nachts? Aber in Zarizyn hat er doch mittags ...» Geheimrat Mehlers unterbrach mich: «Zarizyn, das ist lange her. Jetzt meidet er die Sonne. Er reist nur nachts, zu Hause hat er die Fenster verhängt, er hat den ganzen Tag Kerzen an und verhängt sogar die Spiegel.» Er schwieg eine Weile. «Fräulein Simmel ist empfindlich, und er hat eine große Kraft, die das Herz erschrecken und mit Angst erfüllen kann. Wissen Sie das?» – «Ich weiß, aber sogar Kerschenzew ...» – «Ja, ich habe gehört, dass auch Kerschenzew nicht viel geholfen hat. Er schätzt die Schule von Iwan Setschenow, die die Seele durch die Physiologie erklärt und die bedingten Reflexe von Pawlow erforscht, aber das ist entschieden zu wenig ...»

Ich hörte gespannt zu. Was hatte Vater gestern über Geheimrat Mehlers gesagt? «Wo ich ihn kennen gelernt habe, fragst du? In Piter, er war auf dem Weg nach Tallinn im Hotel ‹Astoria› abgestiegen. Er hatte eine Kanzlei in Moskau, aber er wollte näher dran sein, also kaufte er eine Wohnung auf dem Newskij Prospekt, bei der Tarakanow-Brücke, eine große helle Wohnung mit Balkonen. Und er hat mir sehr bei den Geschäften geholfen, als ich – weißt du noch? – diese Sache mit Baryschnikow mit dem Getreide aus Kaluga hatte. Wenn du gesehen hättest, wie er Merschunow vom Handelsgericht, der mir viertausend schuldete, in Verlegenheit gebracht hat! Er ist sehr klug. Er hat in Petersburg mit Auszeichnung die Rechte abgeschlossen. Und er ist viel gereist.»

«Hören Sie mir zu?» Geheimrat Mehlers berührte meine Hand. «Dieser Wassiljew ist eine interessante Natur. Man sagt, er gehöre zu den Stundisten, er lese die Bibel um drei, um fünf und um zehn und ziehe daraus Kraft. Wissen Sie etwas über die Stundisten?» Ich nickte. Mehlers trank einen Schluck Wein. «Aber sicher nicht viel, oder? Sie wollen ihr Geheimnis nämlich nicht preisgeben. Ich habe sie im Ural getroffen. Wir haben dort Mineralien für die Gesellschaft Knackelsons gesucht und mussten in ein Dorf gehen, wo es viele Häuser von Stundisten gab. Doktor Lebednikow, mit dem ich viele Werst zurückgelegt habe, schrieb sich alles in sein Notizbuch, denn wenn er auch ein Skeptiker ist, so haben wir doch ganz ungewöhnliche Dinge erlebt, als wären wir – mit Verlaub – vor Jahrhunderten nach Bethanien gekommen und hätten Lazarus mit eigenen Augen gesehen ...

Dort war ein gewisser Semjonow, ein Soldat, Invalide aus dem Krimkrieg, ein trockener Kerl mit feuerrotem Haar, blaue Adern an den Händen, die Augen grün wie Wasser. Er hatte noch nie von Mesmer gehört, aber, Herr Aleksander, er heilte ein siebenjähriges Mädchen aus der Gegend von Mjakizew durch Handauflegen. Ihr zitterten die ganzen Arme, sie konnte nicht schlafen, und er legte ihr die Hände auf die Brust, ließ sie ein paar Minuten so liegen, betete, und das Zittern hörte auf. Doktor Lebednikow konnte es gar nicht glauben, aber er stand nur zwei Schritte entfernt! Er nennt es Autosuggestion, aber ist es nicht völlig egal, wie man es nennt? Was ist schon ein Wort? Ein Laut, ein Hauch, nichts. Er hat das Mädchen von seinem Leiden befreit, das ist wichtig.»

Ich wollte gehen, um Jan von dem Besuch in der Ulica Rozbrat zu erzählen. Wir mussten bis spätestens zehn alles vorbereiten, man brauchte einen guten Wagen, ich machte mir Sorgen, wie Fräulein Esther die weite Fahrt in die Ulica Peterburska überstehen würde, aber Geheimrat Mehlers durchkreuzte meine Überlegungen mit einem Satz: «Ich habe doch gesagt, er empfängt nur nachts. Setzen Sie sich, wozu diese Nervosität.» Und so saßen wir auf der Chaiselongue, mit den Gläsern, in denen der rubinrote Funken glänzte, er trank einen Schluck von dem Sewastopoler Wein, und nach kurzem Schweigen berührte er eine Glasscheibe, unter der ein rosarotes Mineral lag: «Wissen Sie, was das ist?» Ich lächelte: «Eine Pflanze?» – «Eine Pflanze? Aber woher!» Geheimrat Mehlers kniff die Augen zusammen. «Das soll eine Pflanze sein?» Und er lachte laut, als wüsste er, was sich während seiner Abwesenheit in diesem dunklen Zimmer abgespielt hatte, in das jetzt allmählich die Mittagssonne fiel.

Das Haus in der Ulica Peterburska

Wir kamen kurz vor elf in der Petersburska an. Fräulein Esther döste in einer Ecke des Wagens, in ein schottisches Plaid gewickelt und an die Plüschlehne geschmiegt. Das Gartentor war offen. Auf der Treppe zur Veranda schaukelte das Licht einer Lampe mit einem Porzellanschirm, ein großer Schatten glitt an der weißen Hauswand entlang, und aus dem Dunkel tauchte ein Mädchen auf, in einem Hemd, das am Ausschnitt rot bestickt war. Dunkelhäutig, eine östliche Schönheit, helle, grünliche Augen, lange Wimpern, voller Mund, schmale Brauen. Auf den mit Pfirsichflaum bedeckten Wangen spielte das Licht, über der Lippe hatte sie ein dunkles Muttermal, das Haar war glatt, zu zwei dicken Zöpfen geflochten, die über der Stirn zusammengesteckt waren. «Kommt herein», sagte sie auf Russisch, als würde sie uns schon lange kennen, aber gleichgültig, ohne ein Lächeln. Sie hatte eine wohlklingende, weiche Stimme. «Afanassij Grigorjewitsch wartet schon, aber er hat nicht viel Zeit ...» Sie öffnete die Glastür der Veranda und führte uns in einen großen Salon, und als sie mit der erhobenen Lampe so vor uns herging und mit der Flamme die Dunkelheit auseinander schob, hüllte das Licht, in ein Wölkchen verwandelt, ihre Gestalt in eine milchige Aureole, ähnlich dem Hof, der an frostigen Tagen den Mond umgibt. Der Salon war groß, mit niedrigem Gebälk, dunkel, die Wände waren nicht zu sehen, nur in der Mitte, um den Tisch, auf den das Mädchen die Lampe stellte, tat sich ein heller Kreis auf. Wir legten Fräulein Esther behutsam auf die Ottomane. Jan schob ihr ein Kissen unter den Kopf. Sie atmete schwer. Er knöpfte ihr den Kragen auf: Sie seufzte und atmete tiefer, aber ihre Augen blieben geschlossen.

Wir nahmen in den Sesseln Platz. Das Mädchen schraubte die Flamme in der Lampe herunter und ging wortlos hinaus, wobei sie sorgfältig die Tür hinter sich schloss, die zur Wohnung führte. Das Haus schien verlassen. Kein Laut war zu hören. Wie eine glänzende Schneide aus Gold stand die Flamme reglos im Lampenschirm. Jan bewegte sich: «Glaubst du, dass dieser Wassiljew wirklich etwas kann?» Ich schaute ihn an: Er war müde, die Augen gerötet, die Haare fielen ihm in die Stirn. «Na ja, man sagt, er habe vielen Leuten geholfen ...» Er strich sich die Haare aus dem Gesicht: «Ein Bauer aus der Gegend von Odessa. Er hat Rüben und Kohl gepflanzt, was soll der schon können ...»

Es war noch immer still. Wie oft hatte ich von Wassiljews Launen gehört, die manchmal brutal waren und die sogar die Fürstin Anastassja in Angst und Erstaunen versetzt hatten. Auch jetzt konnte er sich anders besinnen. Minuten vergingen. Wir saßen in dem dunklen Raum und starrten in die Flamme. Ich wurde unruhig: «Vielleicht kommt er gar nicht herunter zu uns?» Jan bedeckte Fräulein Esthers Füße mit dem Plaid. «Man sagt, er sei ungeduldig, auch ein wenig unberechenbar, vielleicht tut er auch nur so, weil das Volk in ihm eine geheime Kraft sehen will ...» Wieder schwiegen wir.

«Macht, dass ihr wegkommt», ertönte ganz plötzlich eine Stimme. Wir fuhren zusammen. «Ihr habt hier nichts verloren. Ihr habt vor dem Haus zu warten.» Es war eine tiefe, dunkle Stimme, eine, mit der man die Seelenmesse singt. Einen Moment später sahen wir, wie Wassiljew aus dem Schatten unter der Ikone trat. Er hatte die ganze Zeit dort gesessen, für uns unsichtbar, und jetzt war er aufgestanden. Groß, schwerfällig, in einem schwarzen kirchlichen Gewand. Das Haar auf dem runden Kopf lang und feucht glänzend, die Brauen grob, Nase und Mund ausgeprägt, die Lippen schrundig, halb offen, auf der Stirn eine tiefe Falte. Aus den weiten Ärmeln des Gewandes ragten große, unnatürlich weiße Hände, an denen kein Ring war. Er kam näher: «Euer Platz ist nicht hier.» Ich wollte etwas sagen, aber er schob mich weg und ging zur Ottomane. «Ist sie schon lange so?», fragte er und kniff die Augen zusammen vor dem Lampenlicht. «Ja, schon lange», antwortete Jan. «Habt ihr ihr etwas gegeben?» Jan nickte: «Alles Mögliche.» Wassiljew wischte sich den Mund mit einem Leinentuch ab. «Na und? Jaja, ihr Doktoren … ihr mit euren Mixturen.» Er stieß uns zur Tür und dann auf die Veranda hinaus. «Ihr wartet hier, bis ich euch rufe.» Wir hörten, wie er von innen die Tür verriegelte.

Auf der Veranda hing ein bitterer Geruch in der Luft. Die Sträucher um Kaluschins Haus waren voll von kleinen weißen Blüten. Am Himmel der Mond. Wir standen schweigend da. Ich hielt das Ohr an die Tür. Gesang? Wassiljew sang leise, er schien im Zimmer auf und ab zu gehen, ein Lied, kirchenslawische Wörter mischten sich mit unanständigen, als schüttete jemand kleine Goldklümpchen in schmutzige Asche. Plötzlich schlug eine schwere Hand an die Tür: «Sie wollen alles hören, sie lauern an der Tür wie die Windhunde von Fürst Obesuchin, ohne Achtung für das göttliche Wort!» Wir entfernten uns von der Tür. Die Stimme hinter der Wand wurde leiser, ging in ein monotones Gemurmel über, Wassiljew schien zu beten. Auf einmal wurde es still. Wir sahen uns an. Ein großer Schatten bewegte sich über die Vorhänge am Fenster. Die hochgehobene Lampe? Die Stimme? Seine? Gedämpft? «Warum, meine Schöne, fliehst du denn? Du hast alles und reißt dich los wie aus dem Gefängnis. Öffne die Augen, ergib dich nicht dem Tod, hörst du mich? Sprich! Hörst du meine Worte?» Dann ertönte ein Schrei, schrill, durchdringend, als würde man lebendige Haut auf dem Feuer braten; ob es ihre Stimme war oder die Wassiljews – jedenfalls verstummte sie plötzlich, heiser, als wäre es keine menschliche Stimme. Eine Faust haute auf den Tisch, dass die Tassen klirrten. «Du entkommst mir nicht, meine Schöne, mach die Augen auf und schau mich an … Siehst du mich? Hör zu, ich bin Afanassij, der Sohn von Grigorij und Prakseda aus Knjasewo bei Urusk, dort habe ich ein Haus, ich gehe in die Kirche, pflanze Getreide an, wie Gott es befohlen hat. Und wer bist du, sag! Was reißt dich aus der Welt heraus, warum fliehst du? Ich sage dir, wach auf!»

Die Gesichter an die mit Leinen verhängten Scheiben gedrückt, lauschten wir jedem Wort, und Wassiljew rief wieder: «Wach auf! Öffne die Augen!» Die Antwort war Stille, aber dann – ja! – ein Flüstern, ihr Flüstern? Schläfrig, träge, als wären die Worte zu schwer, um aus dem Mund zu kommen: «Weck mich nicht auf ... Lass meine Seele in Frieden ... Geh weg ...» Aber ob sie es war, die flüsterte, ob sie das sagte oder ob er es in ihrem Namen sagte, mit diesem aufdringlichen, hasserfüllten Geflüster? «Weck mich nicht auf, Verfluchter ... Ich kenne meinen Weg ... Du wirst ihn mir nicht zeigen ...» – «Was?», rief Wassiljew. «Was?! Ich werde dir die Dämonen austreiben! Wach auf! Ich sage dir, steh auf! Du wirst mir gehorchen wie einem Vater!» Ich riss an der Türklinke, doch die verriegelte Tür rührte sich nicht, und hinter der Wand begannen die beiden verflochtenen, flüsternden Stimmen sich zusammenzuballen, als würden sich in der Dunkelheit wilde Tiere beißen und ungestüm über ihre Wunden klagen. Doch war das ihr Flüstern? War dieses dunkle, raubtierhafte Flüstern, in dem man kaum die Stimme eines Menschen erkennen konnte, ihr Flüstern? Russische, deutsche und polnische Wörter vermischten sich, die beiden Stimmen – die dunkle, liturgische, wie in einer Seelenmesse, und die zweite, die Vogelstimme, ähnlich einem Habicht, der zerrissen wird –, wem gehörten diese Stimmen? «Öffne dich!», rief die eine Stimme. «Enthülle das Geheimnis des Herzens vor einem göttlichen Menschen!» – «Nichts! Es gibt nichts!», rief die zweite. «Du wirst mich nicht erreichen! Nein!» Und ich riss mit verkrampftem Herzen an der Klinke, um endlich dieses unterdrückte Geschrei zu unterbrechen. Dann wurde es ganz still.

Wir hielten den Atem an. Kein Laut. Als wären sie ins Innere des Hauses gegangen, als hätten sie vier Türen hinter sich geschlossen. Plötzlich ein Weinen. Leise. Abgebrochen. Mit lautem Tränenschlucken, wie das Weinen eines Kindes, das sich in eine Ecke des Zimmers verkriecht, ein Jammern, ohne Worte … Sie? Und dann ruhige, wiegende, singende Worte: «Du kannst nicht … Du hast es zu weit zu mir … Du erreichst mich nicht, auch wenn du willst …» Und Wassiljews Stimme: «Deine Schläfen sind heiß wie Feuer … Ich sage dir, öffne die Augen. Ja, so! Ja, gut! Siehst du mich?» – «Ja», antwortete etwas mit heiserer Stimme. «Du bist der, auf den ich warte. Du wirst mich gesund machen …» – «Ja», sagte Wassiljew, «das bin ich, schließe nicht die Augen! Lass sie offen! Der Tod entfernt sich schon von dir! Siehst du ihn? Er wird immer schwächer, und in dir ist eine große Kraft, immer größer, du wirst immer so sein …» Ein lauter Schlag. Ein Schatten fiel auf die Vorhänge, das Licht schwankte, ein Gezerre begann – wie zwei Vögel, Flügelschläge … «Du bist stark jetzt, wehre dich …» – «Ja, ich bin stark, ich bin auch stärker als du», antwortete ein heiseres Flüstern. «Und Gott lebt nicht mehr, er lebt gar nicht mehr, er ist ohne Atem, ich habe es gesehen – er ist auf die Erde gefallen und liegt jetzt vor der Stadt. Wie arm er ist, ganz ohne Hilfe …»

Plötzlich ging die Tür auf. Wassiljew atmete schwer, sein Gewand war an der Brust zerrissen, das silberne Kreuz schaukelte an der Kette. «Nehmt sie mit!», rief er. «Nehmt sie mit, die Verfluchte!» Er hielt Fräulein Esther am Arm fest, wie ein im Pfarrgarten erwischtes Kind, sie stand willenlos da, das Haar offen, der Mundwinkel blutverschmiert; die Augen waren offen, aber sie bekam keine Luft, als schnürte ihr etwas die Kehle zu. Jan zog eine russische Goldmünze aus dem Geldbeutel, aber Wassiljew warf sie verächtlich weg. «Nehmt sie mit!», rief er und stand jetzt mitten auf der Veranda. «Möge sie mir nie wieder unter die Augen kommen!» Wir nahmen Fräulein Esther am Arm, doch sie brach in ein böses, erstickendes Gelächter aus und warf den Kopf nach links und rechts, in den Augen schimmerte das unnatürlich entblößte Weiße.

Wir führten sie zur Kutsche, auf dem Weg stolperte sie. Das Lachen hatte aufgehört. An der Tür zum Wagen schaute sie uns aufmerksam an: «Aleksander? Was machst du hier? Warum ist es so dunkel? Woher diese Nacht?» Ich küsste mit schmerzlicher Freude ihre Hände, denn, wenn diese Worte auch keinen Sinn hatten, so hatte sich doch etwas in ihr bewegt, etwas war gebrochen, etwas hatte sich geöffnet. «Schon gut, schon gut, sagen Sie nichts.» Ich hüllte sie in die Decke ein.

Die Kutsche fuhr los. Kaluschins Haus lag hinter uns. Aus dem Augenwinkel sah ich die sich entfernende Veranda. Die Frau im bestickten Hemd ging auf Wassiljew zu. Sie strich ihm das Gewand zurecht und glättete ihm das Haar. Dann legte sie den Arm um ihn und führte ihn ins Haus. Sie verschwanden durch die Tür, die im goldenen Licht der Lampe aufleuchtete und wieder erlosch.

Das Feuer

Am Mittwochabend gegen neun war die ganze Straße in Aufruhr.

«Hinter Filtry brennt es!»

Frau Mauer, die zu Janka gelaufen kam, konnte kaum Luft holen: «Dort ist ein Gerenne, da soll sich einer auskennen ...» – «Wann haben denn die Zigeunerwagen zu brennen begonnen?», fragte Vater. «Wann? Ich stand am Fenster, die Leute laufen, man sieht ganz viel Rauch, und die Kinder schreien.»

Jan hatte angesengte Kleider. Er kam gegen halb zwölf.

«Sie haben sich geprügelt, das stimmt», sagte er und zog

die Tuchjacke an, die Janka aus der Garderobe nahm. «Aber hast du schon mal gesehen, wie ein brennender Zigeunerwagen bei Nacht aussieht? Und dann das Wiehern der Pferde, das Rasseln der Geschirre, das Zischen des Wassers im Feuer. Ja, sie schrien: ‹Das ist für die Hand, die sich erhoben hat ..., für den Stein, der geworfen wurde ...›, aber diejenigen, die sofort in die Wagen gesprungen sind, um Schüsseln, Töpfe, Pfannen, Krüge zu schnappen, was ging die denn der Stein an, der geworfen wurde! Die Nacht wurde hell, rot, ein hoher Lichtschein über dem ganzen Mokotower Kriegsfeld. Ich laufe auf das Feuer zu und rufe: ‹Leute, seid ihr verrückt geworden?!› Jemand schubst mich, ich falle hin, mit einer Handbewegung ziehen sie mir die Brieftasche aus der Jacke, ich versuche mich zu wehren, aber sie sind weitergelaufen, direkt zu den Wagen, die unter den Birken standen. Und dann begann es zu schneien! Wolken von Federn! Mit Messern haben sie die Kissen aufgeschlitzt, in die Federbetten gestochen ... Einige stemmten sich mit den Schultern gegen den Wagen, die Gesichter rot vor Anstrengung, geschwollene Adern auf der Stirn, die Deichsel krachte, sie warfen den Wagen um, Flaschen, sicher ungarischer Wein, fielen ins Gras, ein paar Frauen konnten mit den Kindern ins Weidengebüsch rennen und hinter den Erlen bei den Ställen von Knackelson verschwinden. Ich lag im niedergetrampelten Gras und sah das Feuer unter den Birken, wie – mit Verlaub – Nero das brennende Rom!

Ich sehe hinter dem umgeworfenen Wagen ein paar Zigeuner, sie wehren sich, die Steine, die aus der Menge flogen, haben die Lampen kaputtgeschlagen, das Öl ist ausgelaufen, auf dem Sand Feuer, ein bläuliches, schnell kriechendes Feuer, dann eine Stichflamme beim Karussell, die himbeerfarbenen Pferde brannten, die silbernen Schwäne, die goldenen Hähne. Der Geruch von brennendem Lack, Funken! Als ich bei den Birken ankam, hatte das Feuer schon die hohen Äste erreicht. Fünf oder sechs Wagen brannten ...»

«Ja, es war unter den Birken ...» Herr Jarosz, den wir am nächsten Morgen in der Wspólna trafen, konnte seine Empörung nicht verbergen. «Da liefen Kinder mit abgebrochenen Stöcken: ‹Schaut, da ist ein Zigeuner! Hier, hier! Kommt her!› Sie hatten ihn aufgespürt! Er saß im Gebüsch, hinter einem Baumstamm versteckt, in der Hand ein Messer, so ein kurzes, krummes, zum Pfropfen von Apfelbäumen. Sie hatten Feuerwehrhaken, erwischten ihn am Fuß, rissen ihn um, er prallte mit der Schulter gegen den umgekippten Wagen, rollte über den Sand, sprang auf, zog gebückt das Messer. Sie lachten nur, sie hatten lange Haken, einer davon traf ihn am Kopf, er fiel wieder hin, sie liefen weiter und durchwühlten Koffer, Kisten, Schachteln. Und ihre Schreie: ‹Feliks, hast du einen gesehen?› – ‹Nein, die Schweine haben sich versteckt!› Als sie ein kleines Kind im Gebüsch fanden, schlugen sie es nicht, sondern gaben es sofort den anderen Jungen. Mein Gott, Herr Czesław!» Herr Jarosz rang die Hände. «Was Kinder fertig bringen, das kann man kaum glauben. Als würden sie mit einer Puppe spielen. Sie rissen ihn an den Ohren, verdrehten ihm die Hände. Und die Schläge, in den Bauch, zwischen die Beine, und dieses Gelächter, dieses schreckliche Gelächter. Herr Czesław, das macht die Nacht mit den Menschen. Wenn das am Tag gewesen wäre ... Das kommt alles von der Nacht, es war dunkel, sie konnten ihre Gesichter nicht sehen ... Guter Gott, Herr Czesław, was ich da gesehen habe ... Ich laufe zum Schlagbaum, am Tor, da, wo die Tscherkessen stehen.» Herr Jarosz wischte sich die Stirn mit einem roten Taschentuch. «‹Gospodin Praporschtschik›, rufe ich, ‹Herr Fähnrich, da werden Leute erschlagen, man muss eingreifen!› Und der Tscherkesse mit der schwarzroten Mütze, er war wohl von der Husarenkaserne, denn er hatte so schwarze Tressen an der Pekesche, der zog die Zügel an und winkte nur träge mit der Peitsche: ‹Nitschewo! Mach, dass du wegkommst! Na, geh schon!› Und dabei», ereiferte sich Herr Jarosz, «war das Mokotower Kriegsfeld nur ein paar Schritte von da!»

«Was wollen Sie denn eigentlich?», sagte Herr Korus, der sich uns an der Ecke der Nowogrodzka anschloss, empört. «Sie hetzen die Tscherkessen auf die eigenen Leute? Schämen Sie sich nicht?» – «Was heißt hier die eigenen Leute?», brauste Herr Jarosz auf. «Was sind das für Menschen, die Feuer legen und andere totschlagen?» Herr Korus grinste: «Sie schlagen nicht jeden, Herr Jarosz, und manchmal muss es eben sein. Die arbeiten nicht, die stehlen nur, das weiß doch jedes Kind.» – «Aber Feuer legen?!» – «Was sind Sie empfindlich! Das Feuer ist etwas Heiliges. Das verdanken wir Prometheus. Es reinigt die Welt. Sie haben doch bestimmt ein humanistisches Gymnasium besucht. Oder nicht?»

Die Tscherkessen waren gegen elf auf der Wiese unter den Birken erschienen, aber nicht etwa, weil sie der Aufforderung von Herrn Jarosz gefolgt wären, sondern weil das Feuer sich in gefährlicher Weise Knackelsons Magazinen näherte, wo sich ein Lager mit grusinischer Baumwolle befand. Die Leute, die in den umgestoßenen Wagen wühlten, wo außer einigen Kupfergegenständen nichts mehr zu holen war, flohen beim Anblick der näher rückenden Abteilung ins Weidendickicht. Herr Jarosz sah vom Fenster aus, wie Reiter in Pelzmützen, ohne die Pferde mit den Sporen zu berühren, langsam vom Kriegsfeld hergeritten kamen. Erst als der Fähnrich die Peitsche schwang, fiel die Abteilung in Trab. Die Säbel blitzten, sie schwangen flach über die Köpfe und Rücken hinweg, mit trägen, schweren Hieben. Einige, die man erwischte, rannten, um das Feuer zu löschen, aber was war da noch zu löschen? Nur direkt an der Mauer des Magazins, wo das Gras Feuer gefangen hatte, musste man die Flammen niedertreten. Dann fand man unter der schiefen Birke die angesengte Leiche eines Zigeuners. Man wickelte sie in Leinen und legte sie auf einen heil gebliebenen Wagen.

Die Abteilung kehrte in die Stadt zurück. Hinter den Pferden, die den Brandgeruch witterten und unruhig die Köpfe hin- und herwarfen, gingen Leute an kurzen Fesseln. Manchmal riss einer der Reiter heftig an dem Strick, um sich zu vergewissern, ob die Schlinge hielt.

Kurz vor Mitternacht tauchte Iwan Rudolfowitsch Knackelson persönlich mit seinem Sekretär unter den Birken auf. Er fuhr in einer Kutsche mit verhängten Fenstern vor. Die Zigeuner, denen es gelungen war, sich in den Bretterbuden der Sandarbeiter auf den Wiesen hinter dem Weidengebüsch zu verstecken, wagten sich vorsichtig aus der Dunkelheit, die Gesichter waren schwarz von Ruß. Knackelson fragte, wie viele sie seien, dann ließ er das Tor zum zweiten Magazin öffnen, auf der Seite der Nowowiejska, wo das Getreide aus Odessa lagerte. Die Frauen wickelten ihre Kinder in Tücher und legten sich auf das Stroh am Eingang. Für die Männer fand sich Platz auf dem Holzgerüst unter dem Dach.

Drei Wagen waren verbrannt, die restlichen lagen durchlöchert und angesengt – umgekippt auf der Wiese. «Im Morgengrauen», sagte Herr Jarosz, «fuhren ein Kosakenoffizier in weißer Pekesche, ein Leutnant von der Zitadelle, ein Angestellter des Rathauses und» – Herr Jarosz verhehlte nicht sein Erstaunen – «Geheimrat Mehlers vor Knackelsons Magazin vor.» Sie wechselten ein paar Worte mit dem ältesten Zigeuner und kehrten dann zum Wachgebäude zurück. Gegen sieben fuhr das Zigeunerlager von der Wiese auf die Nowowiejska und machte sich auf den Weg zum Kalvarienberg. Auf dem abgebrannten Gras verkohlter Abfall, gebrochene Räder, Teile des Karussells. Bis Mittag hatte man alles beseitigt.

Später saßen wir lange beim Frühstück. Ich reichte Vater das Brot und sagte: «Jemand muss die Leute aufgewiegelt haben.» Vater schüttelte den Kopf: «Glaubst du, die muss man aufwiegeln?» – «Jan hat gehört, dass da unter den Birken jemand vom Rathaus war.» – «Vom Rathaus? Wahrscheinlich aus Wola oder Powiśle.» Wir unterhielten uns im Salon, die Tür war angelehnt. Andrzej schrieb im Nebenzimmer etwas aus Cicero ab und kaute nervös am Federhalter: «Wer war das denn?» – Ich wandte mich um: «Wer?» – «Na der, den man unter den Birken gesehen hat?» – «Ach so. Ich weiß nicht. Jan sagte, es kann jemand vom Rathaus gewesen sein.» Andrzej senkte den Kopf: «Mein Gott, wie schrecklich.»

Gegen Abend bat Vater mich in sein Arbeitszimmer. «Weißt du, es gab schon ganz andere Pogrome. 1881 verbot Generalgouverneur Albadyński die Organisation einer Bürgerwehr, da wurden zweitausend jüdische Familien umgebracht! Und die Polizei schaute zu!» – «Denkst du, dass sich das ausbreitet, Vater?» – «Ich glaube nicht.» – «Und die Sache in St. Barbara?» – «Na ja, das kann damit zu tun haben. Aber ich denke, dass da gar keine St. Barbara nötig ist. Die Arbeitsbedingungen in den Fabriken sind hart. Die Leute sind verzweifelt. Und es kommen viele Juden aus Russland zu uns, die vor den Pogromen fliehen. Dass es ihnen nicht schlecht geht, fällt ins Auge. Mehr braucht es gar nicht.»

Wir schwiegen. Draußen, im roten Licht der Sonne, die hinter den orthodoxen Friedhöfen unterging, leuchtete die grüne Kuppel. Vater griff nach dem Tabak: «Aber davon wollte ich nicht reden. Es geht mir um Andrzej.» – «Ich weiß», nickte ich. «Er nimmt sich das alles sehr zu Herzen.» Vater sah mich an: «Du bist ihm näher. Es wäre gut, wenn du ein bisschen Acht geben könntest. Er schläft seit einiger Zeit sehr schlecht, sagte mir Janka. Er redet im Schlaf von Blut.»

Aber was konnten wir tun? Als die Uhr elf schlug, blieb ich an Andrzejs Tür stehen, doch es war nichts, er schlief ruhig und atmete gleichmäßig. Erst ein paar Tage später am Samstag, als ich gegen Mitternacht über den Flur ging, hörte ich einen Schrei. Ich lief zu seinem Bett. Andrzej zitterte. «Schon gut ...» Ich streichelte ihm übers Haar. Seine Augen waren gerötet und die Stirn glühte. «Denk nicht daran. Das ist alles schon vorbei. Hab keine Angst.» Mit zusammengekniffenen Augen starrte er mich an, als würde er mich nicht erkennen, dann strich er sich das Haar aus der Stirn: «Ich weiß. Geh jetzt. Ich schlafe schon ein. Geh.»

Mittags war ich noch zu Fräulein Esther gegangen. Sie atmete mühsam: «Was ist denn heute Nacht passiert? Janka sagte mir ...» Ich berührte ihre Hand. Sie war heiß. «Nichts, nicht der Rede wert. Ruhen Sie sich aus.» Sie bewegte die Finger. «Herr Aleksander ...» Ich streichelte ihre Hand. «Sagen Sie nichts. Doktor Janowski meint, Sie brauchen viel Ruhe. Keine Aufregung. Sie müssen wieder zu Kräften kommen.» Sie lächelte traurig. «Andrzej macht sich große Sorgen um Sie. Sie müssen gesund werden.» Sie atmete tiefer. «Ich weiß, ich muss. Aber es ist alles so ... Da drüben, sagte Janka, haben sie sich geprügelt, Feuer gelegt ...» – «Denken Sie nicht daran. Das ist weit weg. Machen Sie sich das Herz nicht schwer. Versuchen Sie zu schlafen.» Ich wischte ihr mit dem Zipfel des feuchten Handtuchs die Schläfen. Sie öffnete ein wenig die Augen: «Ich will leben, Herr Aleksander. Mein Gott, wie ich leben will!» – «Was reden Sie denn? Der Sommer wird immer schöner. Wissen Sie, wie die Linden auf der Allee blühen? Und im Sächsischen Garten gibt es Rosen!» Sie öffnete die Augen nicht. «Das sagen Sie, aber ich spüre, dass es nicht gut ist.» Ich schüttelte den Kopf: «Nein, das sind nur schlimme Gedanken. Sie werden sehen, noch vor Mariä Himmelfahrt gehen wir zusammen an die Weichsel. Wenn Sie wüssten, wie schön es dort ist!»

Und während ich so an dem Bett saß, auf dem Fräulein Esther mit halb geschlossenen Lidern lag, erzählte ich ihr von den Straßen, die zur Weichsel führen, von den Gärten, an denen man auf dem Weg zu dem sandigen Ufer vorbeikommt, aber sie hörte mich wohl nicht, denn sie fiel wieder in diesen glühenden, unguten Schlaf, aus dem man nicht immer zurückkehrt.

Der Platz vor der Kirche in Urusk

«Sie haben Wassiljew also gesehen?» Geheimrat Mehlers legte sein Buch auf die Chaiselongue, als ich ihn am späten Donnerstagabend noch in der Ulica Rozbrat besuchte. «Na, und was halten Sie von ihm?» Als ich ihm genau erzählte, was sich in der Peterburska zugetragen hatte, strich er sich über den Backenbart und sagte nur: «Wassiljews Leben ist sehr interessant und regt zum Nachdenken über wichtige Dinge an.» Als wir uns später neben den Samowar setzten, um Tee zu trinken, und die Uhren draußen neun schlugen, erzählte er mehr über diesen ungewöhnlichen Menschen, der – wie er sich ausdrückte – «nicht immer leicht zu verstehen ist, weil sein Leben so weit von den Vorstellungen unserer Zeit abweicht».

«Ich habe viel von ihm gehört, Aleksander Czesławowitsch, denn bei uns in Petersburg ist er sehr berühmt, mit Fürsten bekannt, und er beunruhigt wahrhaftig die Gemüter durch sein Verhalten. Schon allein dadurch, wie sein Leben als Erwachsener begonnen hat ... Man sagt, er habe schon in früher Jugend beschlossen, alle möglichen Arten von Leben zu durchlaufen, alles kennen zu lernen und zu erfahren. Er begab sich also zuerst in eine Einsiedelei in der Gegend von Tagilsk, legte in der orthodoxen Kirche ein Schweigegelübde ab und litt viele Qualen, denn er musste selbst die schlimmsten Demütigungen ertragen, ohne ein Wort zu sagen. Dann begann er von Dorf zu Dorf zu gehen, barfuß, nur im Hemd, Sommer wie Winter. Und er weinte viel. Da sieht man ihn durch die Steppe gehen und weinen. Er wollte Christi Wahrheit nicht im Kloster, sondern unter den Menschen verkünden, und so legte er keine Kutte an, obwohl er eigentlich schon Mönch war. Später zog er vom Ural in den Westen, weil er die Vision hatte, man erwarte ihn in Zarizyn, aber wer ihn erwartete, konnte er nicht sagen.

Seine Berufung erhielt er – wie die Bauern sagten, mit denen Doktor Lebednikow und ich sprachen – durch eine Ikone in der Kirche in Urusk. Er sah dort eine heilige Inschrift, die sich bewegte, als wäre sie aus lebendigen Buchstaben, und obwohl er nicht lesen konnte, verstand er alles.

Es heißt, er sei sehr einsam. Nachts, sagt man, weine er, berühre mit der Stirn die Erde, dass es ein Jammer ist. Und am Tage spricht er auf den Straßen über Gott. Aber wie er spricht, Aleksander Czesławowitsch! Vor der Kirche in Urusk setzt er sich auf einen Stein und lehrt mit weit vernehmbarer Stimme. Und im Kloster von Toropez, wo ihm die Mönche ein Nachtlager gewährten, ist er in den heißen Backofen gekrochen und hat zum Entsetzen aller angefangen, die Krümel aufzuessen, wobei er wetterte, man würde die Gaben Gottes verschwenden. Er hat den Weg des Leidens gewählt. Im Namen Christi verhöhnt er die Welt, und das im Gotteshaus, während der Messe! Aus der ganzen Gegend kommen die Menschen in hellen Scharen, um ihn zu sehen, und er singt auf dem Platz vor der Kirche zuerst unanständige Lieder und predigt dann von Gott. Die Polizei hat ihn natürlich unter Aufsicht gestellt, sie nennt ihn ‹Preobraschenskij›, den Verwandler, und unter diesem Namen steht er in den Registern, aber sie rühren ihn nicht an, denn für die Bauern ist er ein Heiliger. Obwohl man auch von ihm sagt, dass er sich mit jungen Frauen im Bett wälzt und manchmal liederliche Weibsbilder segnet. Und dabei ruft er auch noch, die Kirche würde zu sehr das Schöne verehren!

Als wir ihn auf dem Platz in Urusk sahen, konnte es Doktor Lebednikow kaum fassen. Einerseits war er entrüstet, andererseits sagte er zu mir: ‹Iwan Grigorewitsch, in der Kirche erlebe ich nicht solche Gefühle wie hier, wenn ich die Menschen betrachte, die es zu Wassiljew zieht, und dabei ist er doch ein primitiver, vielleicht sogar dummer Mensch. In ihren Augen ist ein Glanz, als wäre im Norden eine neue

Sonne aufgegangen. Er muntert die Leute in ihrem Unglück auf, er tanzt auf dem Platz, lästert, entblößt sich unanständig, und es ist etwas so Heiliges in ihm, dass es einen fast blendet. Wie kann das nur sein?› Da sage ich ihm: ‹Das ist Russland, Pjotr Gawrilowitsch, unser heiliges Russland, das aus seinem Munde spricht, das Russland, das unsere Herzen vergessen haben. Er kommt aus der Tiefe der Zeit und trägt ein Geheimnis in sich, und unser Volk ahnt es. Er ist sehr weise, wenn auch nicht gebildet, aber er wird viele Probleme haben, Sie werden sehen.›

Denn Wassiljew unterhält die Leute, aber er provoziert sie auch! Er entwürdigt seinen Körper vor aller Augen, als würde er in der Wüste stehen und nicht auf dem Platz vor der Kirche! Er wirft die Kleider ab, steht vor allen Menschen da, als wäre er gerade aus dem Mutterleib gekommen, er ist wie Hiob, nur mit einem Lendenschurz bekleidet. Heiliger und Teufel in einer Person!

Was für ein schwieriger Weg, Herr Aleksander! Wer soll sich da auskennen! Wir haben das alles in Urusk mit großem Staunen betrachtet. Denn er lässt sich zuerst von der Menschenmenge schlagen, mehr noch: Er erzürnt die Leute, beleidigt sie, provoziert sie und zwingt sie geradezu, ihn zu schlagen, indem er mit Steinen und Kot nach ihnen wirft, wie Diogenes von Sinope, und dann nimmt er dankbar Prügel an, steht strahlend wieder auf, verzeiht allen und bricht in ein heiteres Lachen aus, als stiege er aus einem erfrischenden Bad. Und diejenigen, die ihn gestoßen, geschlagen und ihm ins Gesicht gespuckt haben, treten plötzlich mit großer Ehrfurcht zurück und knien auf der Erde nieder.

Wir kamen aus dem Staunen nicht mehr heraus, als wir das alles sahen, Doktor Lebednikow und ich. Was sind dagegen alle unsere Universitäten! Was ist dagegen unsere Medizin! Was ist selbst der große Kerschenzew! Wassiljew ist vor unseren Augen gleichsam lachend den Kreuzweg gegangen, auf dem mit Abfällen übersäten Platz, und hat mitten in Schmach und Leiden einen Opfertisch aus seinem Körper gemacht, als wollte er darauf den Ruhm opfern, ein gottesähnlicheres und aufrichtigeres Opfer als bei Aaron!

‹So einen muss man heilen!›, ruft Doktor Lebednikow. ‹Er richtet viel Schaden an!› Und dann verstummt er und sieht, wie Wassiljew mit lauter Stimme die Krankheiten aus den Menschen vertreibt. Und in seinen Augen ist eine Freude, Aleksander Czesławowitsch, wie – mit Verlaub – bei Eurem heiligen Franz von Assisi, der Menschen und Vögel segnete! Vom Regen durchnässt, durchgefroren, hungrig – aber glücklich! Ein solches Glück leuchtet aus seinen Augen – ein größeres habe ich bei der glücklichsten Verlobten nicht gesehen! ‹Er ist verrückt›, flüstert Lebednikow, ‹man muss die Polizei rufen, denn er verdummt das Volk!› Und dann verstummt er und sieht, wie Wassiljew die am Veitstanz Erkrankten berührt und allein mit seinem Atem ihren Schmerz lindert. ‹Das ist ein gerissener Hund›, sagt Lebednikow und zieht mich am Ärmel, ‹verschlagen, hinterlistig, so einen sollte man gleich ins Lager an die Kostroma bringen . . .›, und dann verstummt er und sieht zu, wie Wassiljew ein lahmes Mädchen aus einem hölzernen Wagen hebt, auf die Erde stellt und ihr sagt, sie solle wieder gehen, auf gesunden Beinen. Und das Volk drängt sich um ihn, legt ihm Piroggen und Kuchen zu Füßen und wird von Weinkrämpfen geschüttelt! Aber er lacht! Und in der Nacht betet er für diejenigen, die ihn erniedrigt und geschlagen haben, dass Gott ihnen vergeben möge, denn sie wissen nicht, was sie tun. Er geht von Dorf zu Dorf, überall fremd, und sein Hemd ist nie aus einem ganzen Stück Stoff, sondern aus bunten Fetzen von Leinen zusammengenäht wie der *centunculus* der alten Römer. Denn er legt auf Kleidung und Aussehen überhaupt keinen Wert. Wie Tertullian glaubt er, dass Christus gebrechlich war und ein hässliches Gesicht hatte, worin sich Gottes Heiligkeit um so mehr offenbarte. Und wenn er in ein Dorf kam, rief er gleich mit schrecklicher Stimme: ‹Herr, gib Schutz für die

Seele deines Untertanen, an einem Ort, wo es keine Krankheit, keine Trauer und keine Sehnsucht gibt!›

Wir konnten es gar nicht fassen, Aleksander Czesławowitsch, was wir da gesehen hatten! Einen Wunderheiler, der uns vor Scham erröten lässt – in unseren Zeiten!

Nun, jetzt hat er sich verändert. Als er nach Odessa fuhr, zum Generalgouverneur, der eine kranke Tochter hatte und nach Rettung für sie suchte, da zog er einen schwarzen Mantel aus guter Wolle an, Stiefel, ein Wams und ein besticktes Hemd. Später, als Kaufleute und Fabrikanten ihn in ihre Häuser einzuladen begannen und ihn mit französischem Wein und Sekt bewirteten, da hat er – zugegeben – angefangen, Krach zu schlagen und die Gastgeber als Teufelssöhne zu beschimpfen. Der Kaufmann Cieleszyn – ein Mann, der etwa hundert Sägewerke am Fluss Awarynja hat! – hat ihm dreimal das Glas über den Tisch geschoben, und er hat dreimal den Wein zum Fenster hinausgeleert! Aber sein Ruhm wurde größer, und im März kam aus Zarskoje Selo die Bitte, besser gesagt die Aufforderung, Wassiljew solle sich bei Fürstin Anastassja persönlich einfinden.»

Wir sitzen in dem dunklen Salon, Ignatew bringt die brennende Lampe herein, der Samowar zischt leise, unter Glas schimmern in rosafarbenem Licht Muscheln, Mineralien und Blumen aus hellem Stein, ihr zarter Glanz zittert wie blasses Mondlicht auf dem Meeresspiegel, das alte kyrillische Alphabet schimmert golden auf den Rücken der Regierungsdekrete, wie eine feierliche, in einer vergessenen Sprache geschriebene Inschrift auf einer Ikone, und Geheimrat Mehlers erzählt mir von Wassiljew. Draußen schlagen die Glocken zehn Uhr, der Himmel über Warschau wird immer röter; obwohl die Sonne noch nicht ganz untergegangen ist, legt sich eine solche Stille über die Stadt, dass man hoch oben, direkt unter dem Himmel, die letzten Schreie der Schwalben hört. Und ich schaue Geheimrat Mehlers aufmerksam an, denn ich sehe in seinen Augen die gleiche gutmütige Ironie wie immer, und ich bin mir nicht sicher, ob er mir von dem Menschen erzählt, den ich in Kaluschins Haus in der Peterburska mit eigenen Augen gesehen habe, oder eher von jemandem aus einer alten russischen Legende.

Raissa

Was hatte Geheimrat Mehlers eigentlich gegen Morgen auf der Wiese zwischen den abgebrannten Zigeunerwagen zu suchen gehabt? Warum war er an der Seite von Kommissar Larjonow auf der Zigeunerhochzeit erschienen? Warum hatte er sich Notizen gemacht? Und warum war er immer wieder hingegangen? Als ich ihn besuchte, um ihm für die Protektion bei Wassiljew und die Hilfe für Esther zu danken, hatte er jedenfalls keine Fragen hören wollen; erst als ich ihm sagte, was Jan über die Ereignisse hinter der Nowowiejska erzählt hatte, legte er seine Hand auf meine: «Aleksander Czesławowitsch, das ist alles furchtbar. Aber muss man sich wundern? Die Leute wehren sich ...» – «Aber das war schließlich», platzte ich heraus, «ein offensichtlicher Überfall mit Raub und Mord!» Er nickte. «Sicherlich ... Aber das ist nicht so einfach. Ich weiß, was ich sage, denn ich kenne die Zigeuner ganz gut!»

Und so begann Geheimrat Mehlers, während er Tee aus Istomins Laden trank und groben Zucker aus Tula dazu aß, mir der Reihe nach zu erzählen, wie er in seiner Jugend die Geheimnisse der Zigeuner kennen gelernt hatte.

Eines Tages hatten sich im Wald bei Schelajewo, wo Familie Mehlers ihre Güter hatte, hinter den Kiefern Zigeunerwagen niedergelassen. Große, schön bemalte, verzierte Wagen – das Herz hüpfte ihm vor Freude! Schließlich hatte er von klein auf Puschkin und Prosper Mérimée gelesen, er liebte Zigeunerlieder, und da es damals Mode war, «unters

Volk» zu gehen – ja, da sprang er, als das Lager sich auf den Weg machte, einfach auf einen der Wagen, sagte Ignatew, er solle sich neben ihn setzen – und wo ging's hin? Womöglich bis nach Moskau!

Geheimrat Mehlers musste lächeln, als er sich daran erinnerte.

«Die Steppe ist gelb, Aleksander Czesławowitsch, es ist strahlendes Wetter, der Himmel hoch, über den Schluchten fliegen Möwen, und wir fahren mit dem Treck und schauen uns die Welt von oben an, denn wir sitzen auf dem Wagen. Andrasch, ein junger Zigeuner, dunkel wie ein grusinischer Fürst, hält die Zügel und knallt mit der Peitsche. Zuerst Schelajewo, dann Urjansk, Melechowo, der Besitz der Kortschakows, das Kloster in Wolgatschewska Staniza ... Stadt für Stadt, die Erde duftet, Dorf für Dorf, Russland ist schön, sonnig, und bei jedem Halt gibt es im Lager neue Pferde. ‹Iwan Grigorewitsch›, sagt eines Tages Ignatew zu mir, ‹Sie haben wieder schöne neue Pferde gebracht.› Ich hebe die Leinenplane des Wagens hoch, denn es war gerade Morgen, und da stehen drei Pferde – ein braunes, ein Apfelschimmel, ein Rappe, kräftige, gut genährte Pferde, die vor Gesundheit strotzen wie, mit Verlaub, die Stuten unseres Nachbarn Fomitsch. Ignatew fragt: ‹Wo habt ihr denn solche Pferde gekauft?› Sie erwidern: ‹Auf dem Markt, Herr.› Ignatew sagt leise zu mir: ‹Der nächste Markt ist zwanzig oder dreißig Werst entfernt. Wir sollten auf diesen Andrasch aufpassen.› – ‹Sei ruhig›, antworte ich, ‹wir gehören fast schon zu ihnen›, und Andrasch, der nichts versteht, weil wir inzwischen französisch sprechen, nimmt eine Flasche Wein von uns und zeigt lachend die weißen Zähne. Seine dunkle Haut, seine lebendigen, glühenden Augen!

Er war fröhlich, und wir schlossen sogar eine Art Freundschaft. Er zeigt uns die Welt, wir stellen ihm keine Fragen. Unsere Kleidung ist braun geworden, die Gesichter staubig, eine Woche vergeht, zwei, drei, wir sind fast schon wie er.

Wir waschen uns im Bach, schütten uns aus dem Eimer Wasser über die Schultern, prusten wie erhitzte Pferde und danken Gott, dass wir gesund sind.

Eine schöne Zeit, die Jugend!

Eines Abends höre ich, wie Ignatew zu Andrasch sagt: ‹Ihr solltet keine Pferde stehlen. Damit schadet ihr uns.› Andrasch reckte und streckte sich und sagte: ‹Das sind doch Pferde von Gesindel, nicht von Menschen.› – ‹Was sagst du? Was heißt hier nicht von Menschen? Du redest Unsinn, die Polizei wird euch ins Gefängnis stecken.› Er zieht am Geschirr, klopft dem Rappen auf den Nacken: ‹Ach was, gar nichts wird sie! Die Welt ist weit, die Gouvernements sind groß, die werden uns nicht kriegen!›

‹Und was ist Gesindel›, fragt Ignatew ihn. ‹Jeder Nichtzigeuner.› – ‹Dann sind wir auch Gesindel?› Ignatew wundert sich über sich selbst. Andrasch lacht nur, dreht sich eine Machorka und kneift die Augen zusammen wie die Drossel, die sich an die Kirschen macht.

Dann war der Juli vorüber, und ich sagte zu Ignatew: ‹Mach dich fertig, wir gehen zurück nach Schelajewo. Es ist Zeit, nach Hause zu gehen.› Es war ein wunderschöner Abschied! Das ganze Lager hält auf der Woronescher Chaussee an, sie schauen unter den Planen hervor und wünschen uns Glück und Gesundheit, dann ziehen sie in die Steppe und verschwinden in einer Staubwolke. Am Abend sind wir schon in Schelajewo, an dem hellen Hof hinter den Bäumen, Vater begrüßt uns, Abendessen, Freude. Nach dem Essen gehen wir in den Stall. ‹Wo ist denn Raissa?›, frage ich am Tor. So hieß die Stute, auf der ich gern ritt. Vater sagt: ‹Weißt du es noch nicht? Sie ist einen Tag nachdem ihr mit den Zigeunern weggefahren seid, verschwunden.› Ignatew lacht. Ich schaue ihn an und – fange auch an zu lachen. Wir lachen uns halb tot! Vater kommt aus dem Staunen nicht heraus. Was gibt es denn da zu lachen? Dass das Lieblingspferd nicht mehr da ist?

Es war eine interessante Reise, Aleksander Czesławowitsch … Ich habe viele Beobachtungen gemacht, viele Geheimnisse kennen gelernt und nicht aufgehört, mich zu wundern. Als man mich also später bat, ich solle für die Zaristische Kommission für öffentliche Ordnung über die Bräuche der Zigeuner schreiben, dachte ich mir – warum nicht? Und so wurde ich zum Fachmann, Aleksander Czesławowitsch. Auch das berühmte Buch von Willmann fiel mir in die Hände, der in Königsberg eine Kartei über die Zigeuner angelegt und für die preußische Polizei fast alle Stämme aus Preußen, der Ukraine und den ungarischen Ebenen genau beschrieben hat. So habe ich auch über die Zigeunerstämme einiges gelernt.

Und so wusste ich damals, als ich mit Kommissar Larjonow zu der Zigeunerhochzeit ging, sofort, dass das dort Kelderaschen waren.

Und unser Andrasch? Er hielt es, wie auch andere Zigeuner, die ich kennen gelernt habe, für seine vornehmste moralische Pflicht, alle Nichtzigeuner übers Ohr zu hauen. Aber wie sollte man das dem hübschen Jungen verübeln, der aussah wie ein grusinischer Fürst aus dem Kaukasus? Aleksander Czesławowitsch, die halten jeden Nichtzigeuner für einen nicht ganz echten Menschen, der schlechter ist als sie. So einen zu bestehlen, zu betrügen, ist keine Sünde. Aber die eigenen anrühren? Um Gottes willen! Und die Tochter einem ‹Unreinen› geben, das ist ein Verbrechen!

Als ich das Buch von Willmann las, standen mir die Haare zu Berge! Was hat man mit ihnen nicht alles angestellt! Isabella von Kastilien, die Königin des katholischen Spaniens, ließ sie auspeitschen, fesseln und ihnen die Ohren abschneiden. Die Engländer haben sogar Zigeunerkinder aufgehängt. In den deutschen Ländern wurden sie geprügelt, Nasenlöcher und Lippen aufgerissen und Brandmale wurden ihnen aufs Gesicht gedrückt. Zigeunerfrauen und -kinder jagte man, nachdem man ihnen die Ohren abgeschnitten hatte, mit der Peitsche an die Landesgrenze. Und die Grafen vom Rhein veranstalteten Jagden auf Zigeunerlager, und was für welche, zu Pferd und mit Trompeten, denn sie hatten in ihren Palästen Sammlungen von abgeschnittenen Körperteilen von Zigeunern. Das sind vielleicht Jagdtrophäen! Die erzkatholische Maria Theresia, die berühmte österreichische Kaiserin, ließ den Zigeunern ihre Kinder wegnehmen und sie von Bauern großziehen …

Wie sollten sie sich nach alldem nicht für höhere Menschen halten, für besser als die anderen, Aleksander Czesławowitsch? Wer unterdrückt wird, vergilt das mit Verachtung, das ist normal. Und denken Sie, die Leute spüren das nicht und sehen das nicht? Verachtung verletzt den anderen immer. Und wie könnte man da die Gemüter besänftigen und die Messer aus den Händen nehmen? Ich habe die Bräuche der Zigeuner beschrieben, weil das ein schönes Volk ist, wenn auch ein eigenartiges. Und es kann untergehen, wie alles. Es wäre schade, wenn es vergessen werden würde. Und ‹Gesindel›? Das ist nicht gerade das schönste Wort. Wenn jemand solch ein Wort gebraucht, dann muss er damit rechnen, dass er sich unglücklich macht …»

Ich höre aufmerksam zu, was mir Geheimrat Mehlers von seinen Abenteuern mit den Zigeunern erzählt – und ich bin so verwirrt, dass ich nicht mehr weiß, wo der richtige und der falsche Weg ist, wo Licht und wo Schatten, und der Geheimrat lächelt nur, die Teetasse in der Hand, dreht an der Lampe, ruft Ignatew, er solle sich um den Samowar kümmern, und er scheint sich über meine Unruhe zu amüsieren, obwohl wir doch große, schreckliche Dinge berühren.

Goldrubel

Und dann diese Begegnung in der Dunkelheit. Gegen elf – ja, es war wohl ein paar Minuten vor elf, als ich von Geheimrat Mehlers zurückkam, da hielt mich am Tor ein Mann auf. Sein Gesicht sah ich nicht. Die Laterne an der Ecke der Ulica Wielka warf einen Schatten, in dem alles unterging. Der Mann kam näher. «Oh, pardon, ich sehe, Sie sind heute … eher …» Er schlug die Hacken zusammen und salutierte, die Hand an einer Schildmütze. Ich wollte ihm ausweichen, aber er verstellte mir den Weg: «Was steht bei den Karmelitern geschrieben? *Miser res sacra.* Stimmt's? Der Arme ist etwas Heiliges. Weise, heilige Worte …» Ich hatte den Eindruck, er spielte mehr den Betrunkenen, als dass er wirklich betrunken war, und hob, als spürte er meinen Argwohn, belehrend den Finger. «*Miser res sacra …*, also muss man den einfachen Menschen achten, denn er ist, sozusagen, wie ein Fels. Sie dachten sicher, da steht so ein Lump, mit Verlaub, mit dem Messer in der Tasche, aber die Taschen, bitte sehr» – er drehte sie beide mit einer heftigen Bewegung um –, «wie Sie sehen, sind die Taschen beide sozusagen leer. Kein Messer, kein Rubel. Das vollkommene Nichts.»

Ich erinnerte mich an all die ehemaligen Buchhalter, die man wegen Diebstahl von ein paar Rubeln hinausgeworfen, an die Bahnwärter der Linie Warschau–Wien, die man wegen Trinkerei entlassen hatte, an die Leute aus Polesie, die – auf der Suche nach reichen Landsleuten mit Sägewerken und Schnapsbrennereien hinter dem Bug – bettelnd herumschlichen und sich in der Ulica Towarowa amüsierten. Ich dachte also, er würde gleich mit einer schleimigen Verbeugung um eine kleine Unterstützung bitten, aber er schüttelte nur nachsichtig den Kopf. «Nein, ich komme nicht wegen einer kleinen Unterstützung. Wie könnte ich es wagen, einen solchen Herrn wie Sie um eine Unterstützung zu bitten …» Er spielte eine düstere Gestalt aus der schlimmsten Gegend der Stadt, aber seine Manschetten waren schneeweiß.

«Lass mich vorbei.» Er lächelte im Dunkeln. «Aber natürlich lasse ich Sie vorbei, warum denn nicht, nur nicht sofort. Denn ich komme nicht wegen einer Unterstützung, wie könnte ich es wagen …» Er trat plötzlich aus dem Schatten. Ich sah das glatt rasierte Gesicht, den schmalen Mund, die Hakennase, die zusammengekniffenen Augen, den weißen Kragen, das Haar. «Wer würde denn zu Ihnen, Herr Ingenieur, wegen einer Unterstützung kommen, und das in so einer Nacht? Ich bin nicht wegen einer Unterstützung gekommen.» Ich griff zum Geldbeutel. Er hielt mich mit der Geste eines Ballettmeisters ab, aber ich hatte den Schein schon in der Hand: «Hier hast du einen Rubel, und jetzt geh.» – «Einen Rubel?» Er sah aus, als wäre er beleidigt. «Einen Rubel? Verehrter Herr bieten mir sozusagen einen Rubel an? Sicher, ein interessantes Angebot, aber ich» – er klopfte sich mit dem Zeigefinger auf die Brust –, «ich bin nicht wegen einem Rubel gekommen. Ich bin gekommen …» Ich drückte ihm den Schein in die Hand und wollte an ihm vorbei, aber er packte mich am Arm und hielt sein rasiertes Gesicht ganz nahe an meines. «Nehmen Sie diesen Rubel zurück, Herr Ingenieur, ich bin nicht wegen eines Rubels gekommen.» Er drückte meinen Arm. «Ich bin wegen meiner … tausend Rubel gekommen.» Ich stieß ihn weg, dass er schwankte, aber er ging nicht, sondern bedeutete mir, an die Mauer gelehnt, mit einer höflichen Geste, ich könne vorbeigehen, doch ich rührte mich nicht von der Stelle. Ich knüllte den Geldschein zusammen und steckte ihn in die Tasche.

«Was willst du?» – «O ja, das gefällt mir», nickte er. «Das ist klug von Ihnen, Herr Ingenieur, dass Sie so höflich fragen. Und ich antworte Ihnen, dass ich gar nichts will, ich habe Ihnen nur etwas zu sagen.» Ich schüttelte mich vor Abscheu. Dieses Sichzieren, diese Posen eines schlechten Schmierenschauspielers. Das artige, glatte Lächeln wich nicht von seinem Gesicht. «Sind Sie nicht gespannt, Herr Ingenieur, was ein einfacher Mensch Ihnen zu sagen hat? Was könnte er einer so wichtigen Person, einem solchen Herrn zu sagen haben, der nur eine abweisende Handbewegung macht und denkt, am besten würde man den Hungerleider zur Zwangsarbeit schicken, an die Kara oder ins Gouvernement Kostroma, wo er mit bloßen Händen Gold graben kann, und danach wird er nur noch Zigaretten aus Eukalyptusblättern rauchen, denn von den Lungen ist nicht mehr viel übrig ...» Er schwieg einen Augenblick. «Ich weiß etwas, was Sie bestimmt interessiert.» – «Hör auf, den Narren zu spielen», zischte ich. Er sah mich nachsichtig an, nahm eine Zigarette aus einem kupfernen Zigarettenetui und steckte sie an. Das Licht des Streichholzes beleuchtete sein Gesicht, ein Gesicht, das mir bekannt vorkam. «Red keinen Unsinn.» Ich zuckte die Schultern. Er zog an der Zigarette und blies eine Rauchwolke aus. «Ich gebe Ihnen die Garantie, Herr Ingenieur, dass das, was ich weiß, viel wert ist. Sehr viel sogar.» Ich horchte auf. Wusste er etwas von Vaters Geschäften? Hatte er davon gehört, was ich in Heidelberg machte? «Scher dich zum Teufel!» Doch als ich die Treppe betrat, rief er mir hinterher: «Ich denke, es wird Sie interessieren. Ich bin mir sogar sicher, dass es Sie interessieren wird. Ich weiß, wer damals dort war – dort, in der St.-Barbara-Kirche!» Ich packte ihn am Kragen, aber er wehrte sich nicht, sondern lachte nur. «Na, das konnte ich nicht wissen, dass der Herr Ingenieur so nervös ist, das konnte ich beim besten Willen nicht wissen. Aber jetzt» – seine Stimme senkte sich –, «jetzt ist Schluss mit den Scherzen. Jetzt kommen wir zur Sache. Dort in der Kirche ...» – er neigte sich zu mir –, «das war Ihr Herr Bruder.» Ich spürte, wie mir die Knie weich wurden. «Ja, verehrter Herr Ingenieur», er wählte sorgfältig die Worte und weidete sich an ihrem Effekt. «Das war Ihr Brüderchen. Und wenn du willst – wenn ihr wollt», verbesserte er sich, «denn den verehrten Herrn Vater geht das auch etwas an, wenn ihr also wollt, dass es keiner erfährt, dann bekomme ich morgen tausend Rubel ...»

Ich schlug ihn ins Gesicht. Er geriet einen Moment ins Taumeln. Doch dann nahm er ein Taschentuch, wischte sich die geplatzte Lippe ab, sah sich das Taschentuch an und spuckte auf den Gehsteig. Einen Moment lang schwankte er hin und her. Dann rückte er seinen Kragen zurecht: «Das war nicht vernünftig, mein Prinz.» Er schüttelte den Kopf. «Morgen bringst du mir nicht tausend, sondern tausendfünfhundert Rubel. Aber in einem schönen Umschlag.» Er fummelte an den Manschetten. «Und natürlich sind Silberrubel besser als Papiergeld, und noch besser sind Goldmünzen, Imperialen. Aber ich bin ein friedfertiger Mensch, ich nehme auch Scheine.»

Ich biss die Zähne zusammen: «Keine Kopeke kriegst du. Und wenn ich dich hier nochmal sehe, erschieße ich dich.» Er lachte kurz auf, und sein Mund mit der aufgeplatzten Lippe wurde zu einer erbärmlichen Grimasse. Er berührte die feuchte Verletzung und betrachtete dann seinen Finger. «Du wirst niemanden erschießen, niemanden. Und morgen kommst du zur Aleksander-Brücke. Und merk es dir gut: um fünf. Und jetzt», sagte er und winkte, «adieu. Und überleg dir alles gut in der Nacht. Heute wirst du nicht friedlich schlummern, heute bestimmt nicht ...»

Mit schwankenden Schritten entfernte er sich in Richtung Ulica Wielka und verschwand um die Ecke.

Ich rührte mich nicht vom Fleck. Ich wusste, dass er Unsinn redete, aber ich wusste auch, dass, wenn er diesen Unsinn verbreiten würde, niemand danach fragen würde, ob es Unsinn sei oder nicht. Die Leute waren empört über das, was in der St.-Barbara-Kirche geschehen war, und die Tatsache, dass man den Täter nicht gefunden hatte, goss noch Öl ins Feuer. Sie wollten das Teufelsgesicht sehen, also brauchte man es ihnen nur zu zeigen ... Und das wusste er. Er hatte sich uns ausgesucht, und er wusste, wie er zuschlagen konnte. Eines war sicher: Andrzej musste sofort aus Warschau verschwinden. Heute, spätestens morgen. Man musste ... Aber plötzlich begriff ich, dass es das war, worauf er nur gewartet hatte.

Auf Zehenspitzen betrat ich die Wohnung. Erst jetzt, als ich die Tür zum Salon öffnete, spürte ich, wie mein Herz schlug. Auf keinen Fall durfte Vater etwas erfahren. Die Lampe im Vorzimmer, die rosaroten Schatten an der Decke, das Mosaikfenster über der Badezimmertür, der Salon mit der grünen Tapete, die Uhr, deren Messingpendel hin- und herschwang – als ich das Licht anmachte, verdunkelte sich plötzlich alles, als wäre das Haus im Wasser versunken. Sogar der schwarze Himmel am Fenster hatte einen grünlichen Schimmer.

Ich ging nach oben. Die Tür zu Andrzejs Zimmer war offen. Er saß am Tisch und schrieb etwas in sein Heft. Der kleine gebeugte Rücken, der Hals, das rosige, vom Lampenlicht durchleuchtete Ohr, die Wimpern ... Ich blieb hinter ihm stehen. Er drehte sich jäh um. Schrecken in den Augen. Ich legte ihm die Hand auf die Schulter: «Keine Angst, ich bin's nur.» Er schüttelte den Kopf: «Du bist so leise hereingekommen.» – «Ich wollte dich nicht stören. Was machst du denn?» Er legte den Federhalter weg. Seine Finger waren mit Tinte verschmiert. «*Passé composé* und *plus-que-parfait.*» Ich schaute ins Heft. Die Schrift war ungleichmäßig, die Buchstaben brachen ab, dann wieder klebten sie eng aneinander und liefen unruhig über die Linien. «Du schreibst irgendwie ...» Er zuckte mit den Achseln: «Die Hand tut mir weh. Ich habe sie wohl ein bisschen verzerrt.» – «Wo denn?» Ich runzelte die Stirn. «Sagst du auch Vater nichts?» – «Nein.» – «Du musst schwören.» – «Ich schwöre.» – «Ich bin das Geländer heruntergerutscht.» – «Dort bei Hausmeister Markiewicz?» – «Ja. Aber sag's niemandem. Ehrenwort?» – «Ehrenwort. Aber schreib ein bisschen sorgfältiger …» Er nahm den Federhalter und schrieb weiter, wobei er hin und wieder Tinte aus der Feder auf ein Schmierblatt schüttelte.

Mit der Hand an der Klinke stand ich an der Tür. Dieser Schurke hatte sich also ihn ausgesucht. Er wollte Geld, er wusste, was Andrzej unserem Vater bedeutete. In der Colombia-Kaffeedose hatte ich 523 Rubel. Morgen würde ich ihm fünfhundert geben. Er wäre für eine Weile zufrieden, und dann … Was dann geschehen würde, wusste ich nicht; aber ich wusste, dass ich um fünf an der Brücke sein würde.

Ein paar Minuten nach vier war ich da. «Ich grüße Sie.» Er tauchte plötzlich aus dem Nichts auf. Wahrscheinlich war er nicht allein gekommen, die anderen hatten sich vermutlich im Weidengebüsch versteckt. Er kaute an einem Grashalm. «Haben Sie die Rubel mitgebracht?» – «Fünfhundert.» Er schnitt eine Grimasse: «Das ist nicht gut. Es sieht so aus, als ob der Herr Ingenieur die Sache nicht ernst nehmen würde. Ich habe hier noch etwas, was Sie interessieren könnte …» Er zog ein sorgfältig zusammengelegtes Blatt Papier aus der Brusttasche. Es war ein mit blauer Tinte geschriebener Bericht an Oberpolizeimeister Nikolaj Klejgels über die Ereignisse in St. Barbara, ans Rathaus adressiert. «Nun ja», er zog mit gespielter Ratlosigkeit die Brauen hoch, «die Behörden sind neugierig, es ist meine Pflicht, sie zu informieren …» Wieder überkam mich ein Gefühl von Abscheu. «Wozu brauchst du das Geld?» Er blickte auf die Weichsel. «Und wozu wollen Sie das wissen? Na ja, warum nicht. Ich kann es Ihnen sagen: Meine Mutter ist schwer krank, sie braucht es für Medikamente. Ich muss die alte Frau retten, die mich auf die Welt gebracht hat. Sie hat keine Kopeke. Und wenn ich euer Haus in der Nowogrodzka sehe, da geht mir sozusagen das Messer in der Tasche auf. Da schlägt mir der Puls in den Ohren, und ich weiß nicht, wie ich mich beruhigen soll. Wohl nur mit Gold … Denn Gold hat eine heilsame Wirkung. Es kann Wunder vollbringen.»

«Red keinen Unsinn», unterbrach ich ihn. «Du bist ein Lump und spielst den Philosophen.» Er verzog das Gesicht. «Ein Lump? Nun ja. Ich bin nicht so leicht beleidigt.» – «Hör zu», sagte ich, «du bekommst heute fünfhundert und vorläufig keine Kopeke mehr, aber ich muss die Garantie haben …» Er lachte schallend. «Sie glauben es also? Sie glauben, dass es Ihr Bruder war? Sie haben das gefressen? Hervorragend!», sagte er genüsslich. «Hervorragend!» – «Hör zu.» Ich schob ihn weg. «Deine Lügen haben überhaupt keine Bedeutung. Du bist ein Schurke und hältst jetzt den Mund.» Er kratzte sich am Kopf. «Weißt du, Herr Ingenieur, es gefällt mir immer weniger, wie du mit mir redest. Eine Garantie wirst du selbstverständlich nicht haben. Und wenn jemand Zettel in der Stadt verteilt, dass in St. Barbara …, dann wirst du deinen Ton ein wenig ändern … Ein Walzer von Strauß zum Beispiel … Und diese Jüdin …» Das Herz blieb mir fast stehen. «Welche Jüdin?» – «Na, dieses Fräulein … Simmel.» – «Sie ist keine Jüdin.» Er breitete mit einer opernhaften Geste die Hände aus. «Wie Sie wünschen. Ich bestehe nicht darauf. Vielleicht ist sie auch keine Jüdin, bitte sehr. Hier unter der Alexanderbrücke ist ein heiliger Ort, hier werden Zeremonien mit geweihtem Wasser abgehalten, wie am Jordan, ich bestehe also nicht darauf, wozu auch. Aber auf Juden, das wissen Sie ja selbst, sollte man lieber Acht geben …» Träge spuckte er den Halm aus, nahm mir das in Pergament gewickelte Päckchen aus der Hand, steckte es in die Brusttasche und ging langsam in Richtung Brücke davon.

Fräulein Simmel also … Um sie ging es, Andrzej war also nur die Einleitung …

Am Freitag, beim Mittagessen, spürte ich Vaters aufmerksamen Blick: «Hast du Sorgen?» Ich war bemüht, dass meine Stimme so natürlich wie möglich klang. «Ich bin ein bisschen müde.» – «Vielleicht möchtest du für ein paar Tage zu den Salzmanns fahren? Ich habe gehört, Artur ist gerade nach Minsk abgereist, also ist das Zimmer oben …» –

«Nein, nein», widersprach ich so schnell, dass er die Augenbrauen hochzog. «Das geht vorbei, das ist nichts Ernstes.» – «Wie du willst.» Und Vater griff nach dem «Kurier».

Tage. Stunden. Gänge in die Stadt. Rückkehr. Schweigen. Belanglose Worte. Das Sonnenlicht wanderte über die Tapeten. Treppen knarrten. Leises Türenschließen. Geschirrklappern in der Küche. In der Dämmerung im Zimmer oben das Plätschern des Wassers in der Porzellanschüssel: Da wusch Janka Fräulein Esther Gesicht, Hals und Schultern. Kurz vor sieben zog Vater die Uhr im Salon auf und hob die Messinggewichte an den langen Ketten. Janka hantierte in der Diele mit der Bürste, mit dem Flederwisch staubte sie die griechische Vase aus Odessa ab. Die mit einem feuchten Lappen geputzten Fensterscheiben blitzten. Unter hohen Wolken segelte das Haus durch das Meer der Stunden. Abends versank es in der Dunkelheit, morgens tauchte es ins Sonnenlicht ein, wie ein Schiff, voll mit Schränken und Tischen aus dunkler Eiche, Palisanderstühlen, Betten mit gebogenen Kopfteilen, Mahagonikoffern, Weidenkörben mit Bettwäsche und Truhen mit Porzellan. Jeden Morgen drang die gelbe Fassade mit den schwarzen Balkonen durch den Nebel hindurch, durch den Regen, durch heiße Ostwinde und kühle Nordwinde, als wollte sie mit dem frischen Glanz der taubedeckten Scheiben an ihre Existenz erinnern; aber weder die Daguerreotypien von Neapel, die neben dem Spiegel im Salon hingen, noch die Meeresmuscheln, die in der Kredenz hinter Glas lagen, noch die bräunlichen Fotografien der fernen Stadt, die Fräulein Esther nach ihrer Ankunft aufgestellt hatte, wollten etwas davon wissen. Selbst die Bücher raschelten gleichgültig mit den Seiten.

Ich betrachtete Vater, ich betrachtete Andrzej und Mutter, und mein Herz zog sich zusammen. Am Dienstag, als wir am Mittagstisch saßen, griff Vater nach dem Brotkorb und fragte: «Denkst du schon an die Rückfahrt?» Ich versuchte zu lachen: «Wo wird es mir denn besser gehen als hier, bei euch! Ich mag Heidelberg ja gern, aber euch habe ich dort nicht. Und ihn habe ich auch nicht» – ich wollte Andrzej übers Haar streichen, aber er wandte den Kopf ab: «Lass mich.» – «Meine Brücken fehlen mir ein wenig, aber ich möchte so lange wie möglich bei euch sein. Der Sommer geht zu Ende.» – «Du willst also noch nicht fahren?» Vater wischte sich mit der Serviette den Mund ab. «Nein, obwohl ich viel zu tun hätte.» Das beruhigte ihn gar nicht. «Du hast doch nicht etwa Schulden?» – «Nein, Schulden nicht, aber ...» – «Also doch!», seufzte Vater erleichtert. «Sag, wie viel! Zier dich nicht wie Fräulein Ostaszewska.» Ich versuchte Zeit zu gewinnen: «Ein wenig könnte ich schon brauchen ...» – «Na, warum sagst du's denn nicht gleich?» Vater griff zum Geldbeutel. «Reicht das?» – «Sicher», sagte ich, aber ich sagte es so, dass er mir noch einen blauen Schein gab. Ich fühlte mich entsetzlich. Ich wusste, dass ich noch viel mehr von diesen Scheinen brauchte. Am Donnerstag ging ich ins Pfandhaus. Ich verpfändete meine Uhr und den goldenen Siegelring.

Die Erzählung von dem Studenten

Am Mittag kam auf der Ulica Wielka ein Junge in einer Tuchjacke auf mich zu: «Jemand will mit Ihnen sprechen.» Ich folgte ihm durch die Ulica Wilcza. In dem Haus in der Koszykowa, vor dem er anhielt, waren einige Fenster mit roten Backsteinen zugemauert. Er blieb vor dem Tor stehen: «Fünfter Stock. Die Nummer zwölf.» Eine enge Wendeltreppe auf Eisensäulen führte nach oben. An der Decke eine Rosette aus Milchglas. Hinter den Scheiben zogen lautlos die Schatten der Tauben vorbei.

Die Tür im fünften Stock war angelehnt. Ich sah in die dunkle Diele, es raschelte, und eine Frau, die sich ihren schwarzen Hut im Haar feststeckte, wandte sich vom Spiegel ab, warf sich ein Satintuch um die Schultern und ging ohne ein Wort an mir vorbei zur Treppe. Aus der Wohnung war eine männliche Stimme zu hören: «Sind Sie da? Ich freue mich riesig. Kommen Sie herein.» Ich erkannte die Stimme. Es war die des Mannes unter der Brücke. Ich blieb an der Tür stehen. Er war vornehm angezogen, weicher Flanell, goldene Spangen, Lackschuhe. Was für ein Anblick – hier, in diesem leeren Zimmer ohne Tapeten; der einzige Schmuck waren Vorhänge aus schmuddeligem Plüsch, die ein Bett mit schwarz angelaufenen Vergoldungen am Rahmen verdeckten. An den Wänden waren helle Rechtecke zu sehen, wo einmal Bilder gehangen hatten. Die Hände des Mannes strotzten von Ringen.

Der Anblick der Frau mit dem Hut, die in einer Wolke von Parfüm an mir vorbeigegangen war, hatte mich traurig gestimmt, doch als ich jetzt die Schachteln und Koffer im Zimmer stehen sah, war ich erleichtert. Würde sie wegfahren? «Stehen Sie doch nicht so da, setzen Sie sich, hier, bitte.» Er schob mir einen Stuhl mit abgewetztem Polster hin. «Wir haben so viel zu besprechen. Eigentlich sollten wir uns anfreunden. Schließlich verbindet uns einiges ...» Ich spürte Zorn in mir aufsteigen. Er griff in einen Schrank aus hellem Holz. «Ja, hier haben wir etwas.» Er hob eine Flasche in die Höhe. «Französischer. Schade. Bei Arbusow gibt's bessere, aus Sewastopol. Kennen Sie diese Weine? Das Bukett vom Kaukasus, die Süße von der Krim. Als würde man das Morgenlicht mit dem Mondlicht mischen.» Ich unterbrach ihn: «Willst du Geld?» – «Ach» – er winkte ab. «Nicht so dringend, das kann warten. Es ist eher eine Einladung, das Bedürfnis nach einem aufrichtigen, vielleicht auch vertraulichen Gespräch.» Er sprach melodisch, mit einem singenden Akzent, wie die Kaufleute aus Odessa, die gerne französische Wörter aus der «Revue des Deux Mondes» in ihre geschäftlichen Unterhaltungen einflochten. «Aber Sie stehen ja noch immer, setzen Sie sich doch endlich, das geht doch nicht!» Auf dem Tisch standen drei grünliche Gläschen. Er sah mich eine Weile aufmerksam an: «Eine schwierige Zeit erwartet Sie.» Er hatte kühle Augen mit golden schimmernden Wimpern. Ich versuchte mich zu beherrschen: «Wie viel?» Er schüttelte den Kopf. «Sie sind hart heute, Sie sehen nicht den Menschen vor sich. Das menschliche Herz ist ein großes Geheimnis. Wenn Sie sich die Lawra Potschajowska ansehen würden, würden Sie vieles verstehen. Ein schönes weißes Kloster an einem großen See. Weit weg vom Schmutz menschlicher Angelegenheiten. Dort kann man tief in die eigene Seele blicken.»

Er ging ans Fenster. «Sie fragen, wie viel?» Sonnenlicht fiel herein, er kniff die Augen zusammen. «Ich habe bestimmte Pläne, dafür brauche ich …» Er machte eine geschmeidige Handbewegung, die einen Hieb mit dem Messer, aber auch eine Geste des Segnens bedeuten konnte. «Aber wir haben viel Zeit, wir können uns noch ein wenig unterhalten.» – «Worüber?» – «Worüber? Es gibt immer ein Thema, wenn zwei vernünftige Menschen miteinander reden.»

Er spielte mit mir, ohne Freude daran zu haben. Sein Gesicht war lebendig, voller Bewegung, er kniff die Augen zusammen, runzelte die Stirn, aber seine Hände waren schwer, fast reglos, als müsste er ständig eine große Müdigkeit überwinden. Er hatte es sich in einem Ledersessel bequem gemacht. «Sie sind hart heute, feindlich, aber ich bin bereit, Ihnen etwas zu erzählen. Eine Geschichte, die ganz amüsant ist.» Er schenkte Wein ein und stellte die Flasche weg. Dann fuhr er ganz langsam mit dem Finger über den Rand des leeren Glases. Es begann leise zu singen.

«Es war einmal ein Student in Petersburg, der berühmten Stadt des Nordens, wo die Sonne – wie man weiß – nie untergeht, sondern das Himmelsgewölbe unablässig mit ihrem Glanz verherrlicht. Er studierte fleißig die Rechte, um seine großartige Mutter, eine Offizierswitwe, nicht zu enttäuschen. Eines Tages im Sommer lernte er ein Mädchen kennen, das ihm – wie der Tenor Jeremejew in dem berühmten Stück von Kusnezow singen würde – sein goldenes Herz schenkte. Und weiter? Weiter geht es ganz gewöhnlich. Sie wurde krank. Er ging oft in die Kirche und traf sogar ein Übereinkommen mit dem Allmächtigen. Der Herr solle ihn zu sich nehmen und sie verschonen. Denn Mascha – so hieß sie – begann Blut zu spucken. Die besten Ärzte kamen, sogar Kerschenzew, er horchte sie ab, verschrieb Medikamente, versicherte, es würde bald besser werden, das Mädchen brauche nur Bergluft. Also schickten ihre Eltern sie in eine schöne Stadt im Kaukasus, der Student ihr nach wie mit Flügeln. Und wieder schloss er einen Pakt mit dem Allmächtigen, dass er ein Leben fürs andere geben wolle. Und da er dem Schicksal nachhelfen wollte, denn die Zeit verging, beleidigte er einen Offizier aus dem Preobraschenskij-Regiment, einen Leutnant mit Schulterstücken, was natürlich zu einem Duell führen musste. Als sich die beiden vor der Stadt zehn Schritt entfernt gegenüberstanden, mit guten flämischen Pistolen aus Leyden, musste der Student sogar lachen, denn die Hände zitterten ihm schon immer, es sah also aus, als wäre Gott ihm wohlgesinnt. Denn wozu sollte die Schöne sterben? Würde die Welt dadurch etwa besser? Da fällt ein Schuss – und das Herz des Offiziers hört auf zu schlagen. Der Student musste fliehen, über die Berge, übers Meer, er setzte sich in ein Schiff nach Odessa, und inzwischen war das Mädchen – wie sollte es anders sein? – unwiderruflich gestorben. Doch er sah keinen Grund, aus dem Vertrag auszusteigen …»

Ich unterbrach ihn: «Du hast wohl zu viel Lermontow gelesen.» Er freute sich: «Das haben Sie erraten? So schnell? Oh, Sie sind edel und gebildet. Sich mit einem klugen Menschen zu unterhalten ist angenehm und nützlich zugleich. Aber wenn Ihnen die Geschichte nicht gefällt, kann ich auch eine andere erzählen.»

Ich betrachtete seine Hände. Er goss Wein auf den Tisch und malte mit dem Finger etwas, was wie das Gesicht von Jesus aussah. Er sah mich an: «Hat es Ähnlichkeit?» Ich zuckte die Achseln: «Mit wem?» Er befeuchtete seine Lippen: «Mit mir.» Dann strich er das Bild durch und verwischte die Linien. «Gott hat den Tod seines Sohnes angenommen, um die Menschen zu retten. Leben für Leben. Und ich? Was ist mit mir? Mein Geschenk hat er zurückgewiesen.»

Ich empfand Mitleid und Ekel, aber ich führte das Gespräch fort, in der Hoffnung, ich würde ihn vom Schlimmsten abhalten. Wenn er sich mit mir unterhielt, würde er schweigen. Oder spielte er mit meinen Illusionen? «Ich habe es nicht eilig. Wozu auch? Aber wenn die Zeit kommt und ich die Nachricht über Ihren Bruder bekannt gebe ...» – «Das wirst du nicht tun.» Er hielt mich mit einer würdevollen Geste zurück: «Solch ein Opfer wird eine Bereicherung für die Seele des Jungen sein. Es wird schwer sein, wenn alle es erfahren, aber ...» Ich konnte nur mit Mühe schlucken. «Wie viel?» Er schüttelte den Kopf. «Sie reden nur von Geld, es gibt aber Wichtigeres.» Wieder strich er mit dem Finger über den Rand des Glases und erzeugte einen hohen, singenden Ton. «Eine schöne Wohnung habt ihr da in der Nowogrodzka. Vornehm. Geschmackvoll. Ihr lebt nicht schlecht.» Er nahm den Finger vom Glas. «Aber euer Leben, ist das ein wirkliches Leben?» Er streckte sich träge. «Die Sonne steht hoch. Gott schaut auf die Erde herab. Doch was sieht er da? Das Böse ist klein, das Gute ist klein. Wissen Sie» – er betrachtete seine Fingernägel –, «wann das wirkliche Leben beginnt? Na, was denken Sie? Wann wohl? Ich werde es Ihnen sagen. Das wirkliche Leben beginnt in dem Moment, wo wir in der Hand eines niederträchtigen Menschen sind. Erst dann öffnet Gott uns die Augen. Und du, mein Herr, warst du schon mal in den Händen eines niederträchtigen Menschen?»

Ich hatte genug. Ich zog eine blaue Banknote heraus: «Das müsste reichen.» Er griff gierig nach dem Schein und steckte ihn mit gespielter Eile in die Tasche. Ich ging zur Tür. Er begleitete mich höflich und legte die Hand auf die Klinke: «Warum diese Eile? Das ändert doch nichts an unserem interessanten Gespräch. Lassen Sie mich zum Abschied noch eine Geschichte erzählen, eine sehr lehrreiche.

Eines Tages gehe ich in ein Hotel auf der Fontanka. Dort steht in großen Buchstaben an der Wand: ‹Sie werden gebeten, nicht zu stehlen.› Das ist vielleicht eine Aufforderung! Müsste nicht jeder Gast beleidigt sein und Reißaus nehmen? Aber denken Sie nach: Sind die Zehn Gebote nicht viel aufdringlicher? Der Allmächtige ist sofort per du mit dir! ‹Du sollst keine anderen Götter haben neben mir, du sollst deinen Vater und deine Mutter ehren, du sollst nicht töten, du sollst nicht ehebrechen ...› Das kann eine edle, freiheitsliebende Seele abschrecken. Ein vorsichtiger, zarterer Ton wäre angesagt, denn wir sind nicht mehr wie früher, seit dem Sturm auf die Bastille! Wir haben andere Zeiten! Wenn der Herr sich zum Beispiel folgendermaßen an uns wenden würde:

Primo: Sie werden höflichst gebeten, keine anderen Götter neben mir zu haben.

Secundo: Sie werden ersucht, meinen Namen nicht zu missbrauchen.

Tertio: Es wäre schön, wenn Sie den Feiertag heiligen könnten.

Quarto: Sie werden gebeten, Ihren Vater und Ihre Mutter zu ehren.

Quinto: Wir ersuchen Sie, Ihren Nächsten nicht zu töten.

Oder noch besser: Herr Müller – denn ich heiße Müller –, seien Sie so freundlich und unterlassen Sie wenigstens eine Zeit lang das Ehebrechen!

Ja, wenn unser Herr in solchen Worten zu mir gesprochen hätte, wäre ich ein anderer Mensch geworden! Aber was soll's – er wollte nicht. Deshalb bin ich, wer ich bin.»

Ich schob ihn von der Tür weg. «Fährst du weg?» Er gab sich erstaunt: «Ich? Wohin denn? Wozu? Wohin sollte ich gehen? Nach Berlin? Nach Petersburg? Ich bleibe hier, und dann ...» – «Was dann?» – «Nichts dann. Sie geben mir Geld, und ich werde leben. Das ist eine gute Tat. Maria Andrejewna, die Frau unseres Generalgouverneurs, die für ihre Wohltätigkeit bekannt ist, würde sich vor Ihnen verneigen.» Ich ging die Treppe hinunter. «Auf Wiedersehen.» Er winkte mir von der Tür aus zu. «Und wenn Sie mich suchen sollten, dann fragen Sie nach Mayerling. Manchmal heiße ich auch Mayerling.»

Der Schrei

Am Sonntag waren wir um zwölf in der Messe. Prälat Olędzki hielt eine Predigt über die Hochzeit zu Kana in Galiläa, dann stieg er von der Kanzel herab und segnete die Anwesenden mit seiner weißen, beringten Hand. In der Kirche war es stickig. Mit Mühe hielt ich bis zum Schluss durch. Mutter betete aus dem Gebetbuch. Vater hatte die Hände über dem Stock gefaltet. Andrzej saß mit hängendem Kopf in der Bank, sicher setzte die Hitze auch ihm zu. Ich musste an Müller denken. Es war ein gewöhnlicher Sonntag, wie hundert andere, doch aller Augen blickten immer wieder nach oben, zu der heiligen Wunde, die man mit dem blauen, sternenbestickten Mantel verdeckt hatte. Vor der Balustrade drängten sich alte Frauen mit Kindern. In der Kapelle, auf den Marmorstufen des Altars, brannten reglos Hunderte von Kerzen vor der Jungfrau vom Kalvarienberg. Die Luft flimmerte vor Hitze.

Mit einem mächtigen Orgelakkord klang das Dankeslied aus, das Echo verhallte im Presbyterium – die Messe war zu Ende. Die Ministranten verschwanden in der Tür zur Sakristei, und der Küster löschte mit einem Klingelbeutel die

Kerzen. Die Leute standen auf, man verabschiedete sich mit dem Zeichen des Kreuzes, strich die Kleider zurecht.

Als wir die Bänke verlassen hatten und Richtung Tür gingen, hörte ich hinter uns Geflüster, jemand schob sich durch die Menge, eine rügende Stimme sagte: «Der soll bloß aufpassen!» Ich sah mich um. Eine ältere Frau. Wie hieß sie nochmal – Jarochochska? Jakubowska? War das nicht die, über die Frau Mauer gesprochen hatte, als sie zu Janka kam? Die Frau drängte sich durch und packte mit einer plötzlichen Bewegung Andrzej am Arm. Er riss sich nicht los, er wurde nur blass. In einem Reflex versuchte ich die Frau wegzustoßen. Die Leute schauten in unsere Richtung, manche stellten sich auf die Zehenspitzen, um besser sehen zu können. Vater drängte sich von der anderen Seite durch. «Was ist denn hier los? Sie soll den Jungen in Ruhe lassen! Wie kommt sie dazu?» Aber sie ließ nicht los, ihre Finger waren in seinen Ärmel gekrallt – und dann ein Schrei: «Er hat den Stein nach der Jungfrau geworfen!»

Die Frau riss Andrzej am Ärmel und schrie weiter: «Er war das! Er!» Ich wollte die Hand erheben, um ihr den schreienden Mund zuzuhalten, doch sie stieß mich weg und zerrte Andrzej hinter sich her in Richtung Sakristei. Die Menschenmenge wich auseinander. Weiter weg hörte man Stimmen. Leute kamen von draußen in die Kirche zurück: «Was ist los? Wen? Bestimmt … Ach, woher denn! Der Junge von den Celińskis? Unmöglich … In die Sakristei …»

Sie zog Andrzej hinter sich her, Vater sagte etwas, ich folgte ihnen völlig betäubt, mir schien, ich hörte irgendwo ganz in der Nähe Müllers Lachen. Warum hatte er das getan? Was wollte er? Von allen Seiten drängten Leute, flüsternd fragte man, was geschehen sei, jemand hob die Faust, jemand versetzte Andrzej einen Stoß in die Rippen, er schwankte, ich wollte hinstürzen, um ihn zu schützen, aber jemand stieß mich weg und zischte: «Der wird sich später mal prügeln, hat man so was schon gesehen!» Ich schlug mich zur Tür der Sakristei durch, in der die Frau mit Andrzej verschwunden war, hinter ihnen Vater, dann griff eine warme Hand nach mir – meine Mutter. Sie flüsterte: «Mein Gott, was will diese Frau? Aleksander, was sagt sie? Ihr dürft nicht zulassen, dass sie Andrzej wehtut ...» Ich beruhigte sie: «Keine Angst, Mama, niemand tut ihm weh, das lassen wir nicht zu, das ist eine Verrückte, Prälat Olędzki wird alles aufklären, sei ganz ruhig, das ist ein Irrtum ...»

Wir waren an der Sakristei. «Was ist das für ein Gedränge?» Ein Mann in weißem Rock verstellte mir den Weg, aber als er mein Gesicht sah, machte er Platz. Wir gingen hinein.

Der gewölbte Raum. Offene Schränke mit Ornaten. Messgewänder auf Kleiderbügeln. Ein vergoldetes Kreuz. Die Jakubowska stand mit der Hand an der Klinke an der Tür: «Fragen Sie ihn aus, Herr Pfarrer, bestrafen Sie ihn.» – «Hörst du, was ich dir sage?» Vikar Orzechowski unterdrückte nur mit Mühe seine Empörung: «Sag, warum du das getan hast!» Er hielt Andrzej am Ärmel fest, und dieser machte sich nicht los, er stand nur da mit gesenktem Kopf, presste die Lippen zusammen und schwieg. Orzechowski verlor die Beherrschung und zerrte Andrzej am Ärmel: «Schämst du dich nicht? Wie konntest du so etwas tun? Hat dich vielleicht jemand angestiftet? Na, sag schon! Wer hat dich auf diesen niederträchtigen Gedanken gebracht?» In Andrzejs Augen glänzten Tränen. «Na, sag schon! Damals hast du dich nicht geschämt, und jetzt? Kein Sterbenswörtchen? Und die Mitschuldigen deckst du auch noch?»

An der anderen Tür, die zum Pfarrhaus führte, stand Prälat Olędzki. Den roten Ornat hatte er schon ausgezogen. «Pfarrer Wacław, erlauben Sie einen Augenblick ...» Das genügte: Andrzej schlüpfte unter Orzechowskis Arm durch und war mit einem Sprung an der Tür zum Pfarrhaus, stieß die Jakubowska weg und riss an der Klinke. Doch die Ministranten erwischten ihn. Er warf sich verzweifelt hin und her, aber sie verdrehten ihm die Arme und zogen ihn zu Pfarrer Orzechowski: «Was? Wolltest du schon wieder? Du ...!»

«Lasst ihn!», schrie meine Mutter.

In der Sakristei wurde es still. Alle Blicke waren auf Andrzej gerichtet. Erschrocken lief er zu Mutter und begann zu weinen. Dann drehte er sich um und schaute mit ohnmächtigem, verzweifeltem Hass Vikar Orzechowski an. Er wollte etwas sagen, aber die Worte überschlugen sich: «Ich habe nie ... Ich ... ich ... ich wollte nicht ...»

Mama strich ihm übers Haar, aber er bekam kaum Luft und stieß, an Orzechowski gewandt, hervor: «Das ... das kommt daher ... Sie ... ist so schwach ... so ...» Pfarrer Olędzki senkte den Blick. «Jungs», sagte er zu den Ministranten, «geht und macht die Tür zu.» Die Leute, die im Presbyterium standen und nicht sahen, was in der Sakristei vor sich ging, begannen zu murmeln, aber die, die am Eingang standen, zogen sich zurück, und Diakon Eugeniusz konnte die Tür schließen. Pfarrer Olędzki trat an meine Mutter heran: «Gehen Sie mit ihm durch das Pfarrhaus, Diakon Eugeniusz zeigt Ihnen den Weg.» Die Jakubowska sah sprachlos zu.

Wir gingen durch den Flur des Pfarrhauses. Hier standen einige Diakone und unterhielten sich lebhaft. Als wir im Flur erschienen, brachen die Gespräche ab, und die jungen Männer in den weißen Alben gingen auseinander. Aufmerksam betrachteten sie Andrzej, meine Mutter drückte ihn an sich und verdeckte sein Gesicht. Er hatte die Wange an ihre Hand geschmiegt und ließ sich mit geschlossenen Augen zum Ausgang führen.

Vor dem Pfarrhaus war es leer, nur vom Fenster aus, hinter einem mit Tauben bestickten Vorhang, beobachtete uns eine junge Frau in einer Leinenschürze.

Wir gingen schnell durch den Garten, als würde gleich ein Platzregen einsetzen.

Die Einladung

Als wir nach Hause kamen, war niemandem nach Reden zumute. Wir setzten uns in den Salon. Andrzejs Augen waren trocken, sein Gesicht schmerzverzerrt. Er saß im Sessel und starrte auf den Fußoden. Meine Mutter putzte sich die Nase. Was hätten wir sagen können? Ich ging zu ihm und wollte ihm übers Haar streichen, aber er zog den Kopf weg. Janka kam in den Salon, mit der Teekanne auf dem Tablett, aber als sie unsere Gesichter sah, ging sie zurück ins Vorzimmer und schloss mit dem Ellbogen die Tür. Mutter weinte. Auf ihren Wangen war die Wimperntusche verschmiert. Vater legte seine Hand auf die von Andrzej. Dann schüttelte er den Kopf. Andrzej verbarg das Gesicht in den Händen und weinte heftig. Vater legte den Arm um ihn und strich ihm mit der Hand über den Rücken: «Schon gut, weine nicht, du wirst sehen, das vergeht, man wird es vergessen, du wirst sehen, keiner wird sich daran erinnern.» Doch wir wussten, dass man es nicht vergessen würde und dass wir irgendwie damit leben mussten.

Noch konnten wir es nicht glauben, dass dies ausgerechnet uns passiert war. Aller Augen schienen auf uns gerichtet, den Blicken der Leute konnte man nicht entkommen. Selbst bei geschlossenen Fenstern hatte ich den Eindruck, dass jemand jeden Schritt von uns, jedes Wort beobachtete und auf eine unsichtbare Waagschale legte. Ja, Andrzej sollte sich eine Zeit lang nicht zeigen. Aber wie lange?

Am Abend ging ich in Vaters Zimmer. «Meinst du», fragte Vater und putzte langsam seine Brille, «wir sollten umziehen?» – «Ich habe auch schon daran gedacht», erwiderte ich. «Aber vielleicht klärt die Sache sich auf.» Vater schüttelte traurig den Kopf: «Was soll sich denn da aufklären ... Wir sind jetzt wie Ausgestoßene.» Ich schaute durch den Vorhang auf die Straße: «Die Zeit heilt ganz andere Wunden.» Vater legte die Brille weg. Die goldene Fassung blitzte im Licht der Lampe. «Kannst du dir denken, warum er das getan hat?» Ich betrachtete die Bäume auf der anderen Seite der Nowogrodzka. «Ja, ich glaube schon.» – «Wir denken wohl das Gleiche.» Ich wandte den Blick nicht von den dunklen Baumstämmen vor dem Haus der Jesionowskis. «Ja, wir denken sicher das Gleiche.» Vater fing an, die auf dem Tisch verstreuten Karten zu legen, aber er brach gleich wieder ab. «Ich glaube, sie sollte wegfahren.» Ich schaute ihn an: «In diesem Zustand?» Vater kniff die von der Schlaflosigkeit schmerzenden Augen zusammen: «Weißt du, ich kann mir nicht verzeihen, dass ich nicht rechtzeitig bemerkt habe ...» – «Quäl dich nicht.» Ich berührte seinen Arm. «Das konnte keiner wissen. Aber Andrzej ist klug. Er versteht alles.» – «Da hast du sicher Recht. Aber wie werden wir jetzt damit leben?»

Die Vorladung ins Rathaus kam am Donnerstag. Vater solle sich am Freitag einstellen, in einer Angelegenheit, die keinen Aufschub dulde. Als er gegen elf dort eintraf, erschien hinter einer Holzbarriere ein Leutnant und führte ihn in ein Zimmer, wo zwei unbekannte Männer warteten.

Das Gespräch begann in sehr strengem Ton, Vater erschrak zutiefst. Doch später ließ ihn der Leutnant eine «Verpflichtung» unterschreiben und er konnte nach Hause gehen.

Vater verstand nichts. «Ich sag dir», erzählte er abends, «als ich dort hineinging, in dieses Zimmer im ersten Stock, mit dem großen Schreibtisch, der Karte an der Wand und dem schwarzen Panzerschrank, da dachte ich: Das ist das Ende. Die beiden in Zivil schüchterten mich ein. Sie sagten, die Tat meines Sohnes käme einer Majestätsbeleidigung gleich, also müssten strengste Konsequenzen gezogen werden. Aber dann – es war kurz vor zwölf – klopfte es an die Tür. Ein Polizist kommt herein mit einem Brief in der Hand.

Ein großer, versiegelter Umschlag. Der Leutnant bricht

das Siegel, nimmt den Brief heraus, und als er zu lesen beginnt, verändert sich sein Gesicht vollkommen. Schließlich legt er das Blatt auf den Tisch, schweigt, als suchte er nach den richtigen Worten, schaut mich an und sagt, mit einem Seitenblick auf den Brief: ‹Die Tat Ihres Sohnes ist zwar verbrecherisch, aber es wäre unvernünftig, zu übertreiben, denn – wie man mir meldet – leidet er seit langem an nervösen Störungen, was den Sachverhalt ändert, da es aus dem Verbrechen einen medizinischen Fall macht. Man muss sich also mit Ärzten beraten, damit er zur Ruhe kommt und von seinen heftigen Reaktionen ablässt. Hier müssen Sie unterschreiben, dass größere Fürsorge gewährleistet wird.›

Und als er so redet, werfe ich einen Blick auf den Brief, der auf dem Tisch liegt, und, stell dir vor – ich traue meinen Augen nicht: Ich erkenne die Schrift von Geheimrat Mehlers! Wenn es nicht seine Schrift war, dann ist sie zumindest sehr ähnlich!»

Am Abend gab es neue Nachrichten. Jemand hatte Geheimrat Mehlers morgens im Schloss gesehen, wo er angeblich in einer überaus eiligen Angelegenheit mit dem Generalgouverneur sprechen wollte (er kannte ihn noch aus Petersburg und Odessa) und sogar empfangen wurde. Am Mittag hatte man Mehlers bei Bischof Gorazdowski in der Ulica Miodowa gesehen, aber niemand wusste, worüber sie gesprochen hatten.

War nicht ebendieses Gespräch – das fragten wir uns später oft – der Grund für das, was am Sonntag beim Hochamt in St. Barbara geschah?

Es war ein Pontifikalamt, etwas Großes, Feierliches. Ein Brief von Prälat Olędzki an Vater kündigte es am Samstag an. Dieser Brief kam so unerwartet, dass Vater sich den ganzen Abend mit ihm zurückzog. «Lieber Herr Czesław», schrieb Olędzki – sie kannten sich noch von der Schule und unterhielten sich manchmal nach der Messe auf der Kirchentreppe. «Das Unglück, das geschehen ist, hat uns alle getroffen. Ich fühle also den Schmerz mit Ihnen und mit dem Jungen, denn sein Schmerz – das sagt mir mein Gefühl – muss am tiefsten sein, wenn er seine Seele zu solch einer schrecklichen Tat getrieben hat. Erlauben Sie mir also, Sie zu bitten, einen Vorschlag in Erwägung zu ziehen, der Ihnen im Augenblick vielleicht sonderbar erscheinen mag, aber, wie ich denke, eine wohlwollende Beurteilung wert ist. Ihn abzulehnen – verzeihen Sie mir diese Worte – wäre ein unvernünftiger Schritt, dessen Folgen nicht nur Ihre Familie zu spüren bekäme, sondern der auch Einfluss auf allgemeinere Angelegenheiten haben könnte. Ich denke da auch an Dinge, die uns – wie Sie sich sicher erinnern – in früheren Zeiten am Herzen lagen, als wir im Auditorium der Schule zusammen unseren klugen Professoren zuhörten. Ich bitte Sie also, zu überlegen, ob es nicht gut wäre, eventuelle Befürchtungen zu überwinden …»

Prälat Olędzki lud uns zum Hochamt am Sonntag ein.

Unter Beobachtung

Dies war eine so erstaunliche Bitte, dass wir gar nicht wussten, was wir davon halten sollten. Nur meine Mutter wunderte sich nicht, sondern atmete erleichtert auf.

Ich hingegen hatte das Gefühl, etwas Schlimmeres könne uns nicht passieren. Einen Augenblick lang sah ich mich in dem von Lüstern erhellten Innenraum der Kirche, vor dem Hauptaltar, mitten unter den Menschen, die zur Sonntagsmesse gekommen waren, und ich war entsetzt.

Vater sprach in seinem Zimmer im ersten Stock lange mit Andrzej. Ich wusste, dass ich sie allein lassen musste. Als sie gegen neun herauskamen, war Andrzej blasser als sonst. Vater bedeutete mir, ich solle ihn in Ruhe lassen. Ich sah alles in Andrzejs Augen: Schmerz, Kampf, Entschluss. Ich konnte ihn nur an der Hand nehmen: «Vergiss nicht, ich werde die ganze Zeit bei dir sein.» Ich wusste, dass wir zusammenhalten mussten, dass es jetzt nichts Wichtigeres gab.

Ich werde mich immer an das Licht jenes frühen Sonntagvormittags erinnern, an die Sonne und den Himmel, der sich in den Fensterscheiben spiegelte, an die Schritte auf den Steinplatten des Bürgersteigs, an den Kupferglanz der Kuppel. Alles verletzte mich, selbst die Berührung des Windes, selbst die Blätter des Flieders an der Ecke der Ulica Leopoldyna – grau von Staub, reglos.

Ich war schon vor Tagesanbruch erwacht. Die anderen im Haus schliefen noch. Nur Andrzej nicht, das wusste ich. Ich spürte durch die Wand seine zerbrechliche Gegenwart. Er schien mir jetzt so wehrlos in seinem Leiden, dass ich die Finger zusammenpresste beim Gedanken, dass ich ihm nicht helfen konnte. Denn was hätte ich tun können? Ich wusste, dass er mit der Faust unter der Wange im Bett lag, den kalten, allmählich heller werdenden Himmel betrachtete und die Zeit maß, die bis elf Uhr noch blieb.

Die Stunde rückte näher. Das Frühstück rührten wir nicht an, obwohl Janka Kaffee, Brötchen, Honig und Pfirsichkonfitüre auf den Tisch gestellt hatte. Als sie Feuer im Herd machte, schlug es Viertel vor zehn. Ich griff nach meinem Rock. Noch nie hatte ich mich so lange und mit so viel Sorgfalt angezogen. Mir schien, ich müsste mit der ganzen Seele dabei sein. Von der Straße her drangen die Schritte der Menschen, die zur Morgenmesse in die St.-Barbara-Kirche gingen. Das Geräusch, das ich sonst immer als freudige Ankündigung des Sonntags empfand, ließ mir jetzt das Blut erstarren. Durch den Vorhang sah ich unten in der Nowogrodzka ganze Familien in Richtung St. Barbara pilgern. Die weißen Sonnenschirme, Umhänge und Hüte sahen von oben aus wie Wasserlilien auf einem dunklen Fluss. Die Häuser auf unserer Straßenseite waren in Sonnenlicht getaucht, das sich auf der gegenüberliegenden Seite in goldenen Rechtecken auf dem dunklen Putz spiegelte.

Vor dem Spiegel im Flur brachte Mutter Andrzejs Kragen in Ordnung. Ich sah die liebevolle Behutsamkeit, mit der sie den weißen Stoff unter dem kindlichen Kinn zurechtstrich und mit leichter Hand unsichtbaren Staub von den Taschen der Jacke wischte. Andrzej stand kerzengerade da, die Hände an der Seite, willenlos, als hätte er entschieden, sich dem Strom der Ereignisse einfach zu überlassen. «Bring die Bürste», sagte Mutter zu Janka, «ach nein, nicht diese! Und den Umhang, hast du schon den Umhang gebügelt? Ist das Eisen auch nicht zu heiß? Schau lieber nochmal, damit es nicht so geht wie mit dem Hemd ... Bist du fertig? Und die Bürste? Na, endlich ...» Sie sprach schnell, mit warmer, leicht erhobener Stimme, als wollte sie die ungute Stille, von der die Zimmer erfüllt waren, eilig mit Wörtern stopfen.

Denn wir schwiegen. Wir schnürten die Schuhe, brachten unsere Hemden in Ordnung, prüften, ob alle Knöpfe zu waren, und glätteten vor dem Spiegel das Haar. All das taten wir mit einer Gewissenhaftigkeit, die jede Tätigkeit übermäßig in die Länge zog, als wären unsere Hände aus Blei. Vater rückte zum wiederholten Mal die Krempe seines Panamahutes zurecht. Schließlich standen wir an der Tür und warteten auf Mutter. In einem einfachen, sehr schönen dunkelvioletten Kleid, das Fräulein Kozdro aus der Ulica Złota genäht hatte, kam sie aus dem Zimmer und gab uns mit einer Kopfbewegung zu verstehen, wir könnten schon gehen. Vater nahm den Mahagonistock mit dem silbernen Knauf und die Handschuhe aus Sämischleder und ließ Andrzej vorbei, der steif und abwesend die Treppe betrat. Ich bemerkte, dass meine Mutter, die einen Schritt vor mir ging, sich schnell bekreuzigte, als sie die Wohnung verließ, und dann tief einatmete, als gäbe es draußen nicht genug Luft.

Ich kann mich gut an diesen Gang zur Kirche durch die Nowogrodzka erinnern. Zwischen den Häusern war die Kuppel zu sehen, der Grünspanton alten Kupfers schimmerte im hellen Licht des Vormittags. Als ich auf die Straße trat, erwartete ich, dass sich Hunderte von Augenpaaren auf uns richten würden, aber niemand sah uns an, und Familie Jurgielewicz, die auf der anderen Seite spazierte, erwiderte respektvoll die Verbeugung meines Vaters, der bei ihrem Anblick höflich seinen Panama lüftete. Die Familien, die zur Kirche gingen, waren mit sich selbst beschäftigt. Mit gedämpfter Stimme wies man ausgelassene Kinder zurecht, mit Schirmen schützte man sich gegen die Sonne, nur bisweilen schaute sich jemand nach uns um, aber unaufdringlich, so, wie man Nachbarn betrachtet, die man lange nicht mehr gesehen hat. Nichts geschah, was uns aus der Ruhe hätte bringen müssen.

Aber wir waren nicht ruhig. Als wir an der Ecke der Ulica Leopoldyna zur Kirche abbogen, wischte Andrzej sich mit dem Taschentuch die feuchten Hände ab. Der schwarze Eisenzaun, der uns von dem Platz trennte, mit Enden, die so spitz waren wie römische Lanzen, warf einen ausgefransten Schatten auf die Granitplatten des Bürgersteigs. Die Stationen des Kreuzwegs sahen hinter den spitzen Stangen plötzlich aus wie leere, offene Gräber aus verstaubtem Stein. Am Himmel war keine Schwalbe zu sehen. Leeres Blau. Wir gingen auf den Turm zu, der in der heißen Luft zitterte wie eine Arche aus grünlichem Kupfer.

Auf der Treppe vor dem Eingang zum Hauptschiff stand Vikar Orzechowski. Er reichte Mutter die Hand und führte uns durch das Nebenschiff zum Presbyterium. Die Kirche war voll. Erst jetzt, in dem weißen dreischiffigen, von schrägen Sonnenstrahlen erhellten Innenraum, richteten sich Hunderte von Augen auf uns. Und die Blicke? Neugier? Feindseligkeit? Hass?

Die Geräusche verstummten. In völliger Stille gingen wir langsam über den Steinfußboden des Nebenschiffes. Wir versuchten, so vorsichtig wie möglich aufzutreten, aber unsere Schritte waren in der ganzen Kirche zu hören. Man brach die Gebete ab, legte die Bücher weg, lehnte sich mit dem Rosenkranz in der Hand aus der Bank und reckte den Hals, um uns zwischen den Säulen vorbeigehen zu sehen. Diejenigen, die ihren Platz unter der Orgel, in der Vorhalle und bei den Beichtstühlen hatten, standen auf Zehenspitzen und blinzelten, geblendet von den bunten Lichtreflexen der Mosaikfenster. Aber was war in diesen Augen zu sehen? Erstaunen? Kälte? Verborgener Unwille?

Ich schaute niemanden an, ich blickte auf den Boden vor mir. Die Bank, das Pult mit dem Kupferschild «Celiński», das Niederknien. Andrzej setzte sich auf den Rand der Bank und starrte auf den Hauptaltar, als fürchtete er, durch die geringste Bewegung die Luft zu verletzen. Er sah kein einziges Mal zur Seitenkapelle hinüber, wo im Geflimmer der Kerzen die Papiergrotte mit der Figur im blauen Mantel zu sehen war. Durch das ovale Mosaikfenster über dem Seitenaltar fiel buntes Licht und malte auf unseren Gesichtern und Händen das regenbogenfarbene Bild des von Pfeilen durchbohrten heiligen Sebastian. Das Glöckchen erklang, die Messe begann.

Ich konnte mich nicht konzentrieren. Ständig dachte ich an diejenigen, die hinter uns saßen. Ich spürte, dass sie immer wieder ihr Gebet unterbrachen und uns beobachteten. Wir waren bloßgestellt, den Blicken ausgesetzt, die unsere Haare und unsere Rücken berührten. Ich spürte sie beinahe auf der Haut. Aufmerksam verfolgte man jede unserer Bewegungen. Die Orgel verstummte, Prälat Olędzki betrat die Kanzel.

Er schwieg eine Weile und rückte die weißgoldene Stola auf seinen Schultern zurecht.

Dann begann er zu sprechen. Er erzählte die Geschichte vom barmherzigen Samariter, dem sonderbaren Menschen, der in der Felsenwüste einem Unbekannten Hilfe leistete. Er beschrieb die Szene mit sparsamen Worten, frei von Sentimentalität, als wäre dieses Ereignis das normalste der Welt. Aber das war nur der Anfang, eine Einführung in den lichten Raum der frohen Botschaft, denn nach einigen Sätzen begann Olędzki von den Rätseln des menschlichen Herzens zu sprechen, wobei er durch keinen Blick verriet, dass er uns in den ersten Bänken vor dem Altar sitzen sah. Von der mit einer Weinrebe verzierten vergoldeten Kanzel in der Form eines Schiffes mit einem Anker am Bug sandte er über unsere Köpfe hinweg ruhige Worte in die Menge der Gläubigen, Worte voller Ernst und Kraft, und das steinerne Echo verstärkte seine Stimme, als hätte sich das weiße Gebäude mit den drei Schiffen in den Resonanzkörper der Laute des Königs David verwandelt.

«Was wissen wir denn vom Herzen des Menschen? Was wissen wir von den Rätseln, die die Seele birgt? Weise Menschen können denen verzeihen, die die Bitterkeit des Lebens erfahren haben, wer aber versteht ein Herz, das diese Bitterkeit gerade erst zu spüren beginnt? Das Böse ist vor allem Schmerz – es entsteht aus lebendigem Schmerz und verwandelt sich zurück in Schmerz. Was uns als Zorn und feindlicher Hochmut erscheint, ist das Weinen der Seele, die – tief verletzt – in ihren Irrungen einen Weg sucht und aus Verzweiflung die Hand selbst gegen das zu erheben vermag, was die Welt mit reinem Licht erfüllt. Wenn wir also, empört vom Anblick des Bösen, strafen wollen, dann sollten wir innehalten, denn das irrende Herz verlangt vielleicht nach Hilfe, und es wartet auf Liebe, nicht auf Härte, wenn sie auch noch so gerecht sein mag. Wenn es also Hilfe braucht in seinem Schmerz, wenn es sich auf dem dunklen Weg verliert und nach Licht dürstet, dürfen wir es nicht verstoßen. Denn nur die Liebe kann die Seele wieder gesund machen. Nicht die vorschnelle Ablehnung, zu der uns unsere – wenn auch manchmal gerechtfertigte – Empörung treibt.»

Ich spürte, wie unter dem Einfluss dieser Worte mein Herz auftaute, wie der furchtbare Druck nachließ. Ich wusste, dass keiner Zweifel daran hatte, worüber Prälat Olędzki sprach. Die Leute saßen auf den Bänken und rührten sich nicht. Das Echo wiederholte die Worte von der

Kanzel. Als Prälat Olędzki fertig war, nahm er das Evangelium und ging langsam herunter, den Kopf gesenkt, als schämte er sich dafür, dass er ungeschickt und zu viel gesprochen hatte.

Ich betrachtete Andrzej. In seinen Augen war nur Kälte. Die Wangen heiß, die Finger auf dem Pult so krampfhaft gefaltet, dass die Fingernägel weiß waren.

Als wir auf dem Heimweg an den Leuten vorbeigingen, die aus der Kirche kamen, verstummten sie, als hätte ein kühler Lufthauch ihr Lächeln und ihre Gespräche weggeweht.

Am nächsten Abend, als sich die Gläubigen in der Seitenkapelle vor der schmerzensreichen Jungfrau verneigen wollten, war die Figur mit dem blauen Kleid und dem Sternenkranz nicht mehr da. Sicher war Bischof Gorazdowski zu dem Schluss gekommen – so jedenfalls dachte Geheimrat Mehlers, der uns am Dienstag besuchte –, die Gefühle würden zu sehr ausufern und den guten Namen der Gemeinde gefährden, und hatte angeordnet, die Figur zum Kalvarienberg zurückzubringen.

Samstagsgesellschaft

Wir warteten gespannt auf den Samstag. Kurz vor acht rückte meine Mutter unruhig die Servietten neben den Tellern zurecht und fauchte Janka an, sie solle die große Obstschale zu der Vase mit den Dahlien stellen und nicht neben die Schüssel mit dem Lachs. Wir saßen im Salon und sahen auf die Uhr. Andrzej war oben in seinem Zimmer geblieben. Als ich zu ihm hinaufging, wandte er sich nicht einmal um. Er betrachtete durch den Vorhang das Haus der Jesionowskis auf der anderen Straßenseite. Der Giebel leuchtete noch in der Sonne, auf der dunklen Fassade lagen unbewegt die Schatten der Bäume. Janka war für einen Augenblick zu Fräulein Esther gegangen.

Als die Uhr acht schlug, wurde Mutter nervös. «Geht sie richtig?» Sie sah auf das Zifferblatt. Vater nickte. Mutter begann im Salon auf und ab zu gehen. Als es klingelte, strich sie die Falten ihres Kleides glatt und ging aufrecht, mit erhobenem Kopf, schnell in die Diele und gab Janka ein Zeichen, sie solle ihr Spitzenhäubchen zurechtrücken, unter dem die Haare hervorschauten. Aber es war nur der Hausmeister Markiewicz. Er brachte Blumen von den Zalewskis, die – wie sie auf dem zwischen den Rosenblättern steckenden Kärtchen las – nicht kommen konnten, weil die kleine Liza krank war. Mutter ging in den Salon zurück und setzte sich auf die Chaiselongue. «Hast du auch bestimmt alle eingeladen?» Vater nahm die Uhr aus der Westentasche und klopfte auf das Glas, unter dem der goldene Sekundenzeiger lief. «Zygmunt sagte mir, sie kämen etwas später.» – «Und die anderen?» – «Ich habe sogar den Falkiewiczs ein Kärtchen geschickt.»

Im Halbdunkel glänzten auf der Damasttischdecke Glas und Porzellan. Janka zündete nacheinander die Kerzen an. Die Dahlien in der Vase aus Odessa waren feucht und hatten Tautropfen auf den dunkelroten Blütenblättern. Mutter zupfte an dem Strauß herum. Dann ging sie zum Spiegel und strich sich übers Haar.

Viertel nach acht klingelte es. Wir standen auf. Im Flur Jankas Schritte, das Geräusch der Tür, eine Stimme, weißes Hemd, schwarzer Frack – Jan. «Wie ich mich freue.» Mutter gab ihm die Hand. Er verneigte sich höflich: «Verzeihen Sie, dass ich mich ein wenig verspätet habe, aber es ist so ein Verkehr auf der Marszałkowska ...» – «Ich weiß, ich weiß.» Sie legte ihre Hand auf seine. «Was Wunder? Alle wollen den schönen Abend genießen.»

Um halb neun erschienen die Salzmanns. Viola war entzückend in ihrem langen schwarzen Kleid mit weißer Spitze am Hals. «Na, Herr Czesław, heute so verdrießlich?» Salzmann umarmte lachend meinen Vater: «Sorgen haben hier nichts zu suchen heute Abend.» Als auch Geheimrat Mehlers mit seinem schönen Rock aus feinem Cord da war, mit einer frischen Nelke im Knopfloch, als wäre Geburtstag oder Namenstag, setzten wir uns an den Tisch, doch das Gespräch war nicht so lebendig wie sonst.

Nachdem wir uns zugeprostet hatten, bat Mehlers Vater zur Seite: «Herr Czesław, lassen Sie das von der Tür entfernen.» – «Entfernen? Was?» Vater sah ihn beunruhigt an. «Ja, schicken Sie das Dienstmädchen raus.» Ich ging mit Janka ins Treppenhaus. An der Wand neben unserer Tür war ein eckiges Zeichen zu sehen, das wie ein Stern oder Dreieck aussah, mit Kreide gemalt, aber die Striche waren etwas undeutlich und brachen ab. Janka wischte den Rest mit einem feuchten Lappen weg. Als wir in die Wohnung zurückgingen, sah sie mich nicht an.

Erst als das Gespräch auf die Geschäfte kam, besserte sich die Stimmung ein wenig, und wir vergaßen die leeren Stühle am Tisch. Salzmann sprach von einem neuen Kontor, das er nächstes Jahr auf der Speicherinsel eröffnen wollte, denn – so sagte er – die Nachfrage nach Getreide sei groß, also wäre es gut, eigene Lager am Wasser zu haben. Da aber die Aktien der Transportgesellschaft Westermann an der Hamburger Börse immer noch fielen, solle man besser abwarten, bis der Transport billiger würde, und vorerst Lieferwagen bei Friese mieten. Nach dem zweiten Toast mischte sich Geheimrat Mehlers in die Unterhaltung und fragte, wie der Anteil Rumjanzews aussehe und ob das Risiko größer oder das gleiche sei wie bei den Transaktionen mit Odessa, wo Salzmann große Geschäfte mit Baumwolle gemacht hatte, indem er sich mit der Handelsfirma Herzl zusammengeschlossen hatte. Mutter unterhielt sich mit Viola über neue Kleidermodelle aus der «Revue des Deux Mondes». Jan erzählte mit gedämpfter Stimme von der Klinik in der Ulica Cerkiewna und Kerschenzews Visite, an die er einige Hoffnung knüpfte. Er schwieg eine Weile und sagte dann: «Weißt du, man muss sich nicht wundern. Die Leute vergessen das sicher nicht so schnell. Aber du wirst sehen, in einiger Zeit wird sich keiner mehr daran erinnern …» Ich nickte stumm und zählte in Gedanken diejenigen, die nicht gekommen waren. Der Wein war gut, von Arbusow, die Kaninchenpastete von Jurga, die Kuchen von Blikle. Schon gegen zehn gingen die Gäste nach Hause, was sonst nie vorkam, und verabschiedeten sich leise an der Tür.

Abgesehen davon veränderte sich nichts. Nur im Laden von Herrn Korus sagte der Gehilfe, den Fräulein Hirsz manchmal mit vorgeschobener Unterlippe einen «Nationalen» nannte, höflich und entschieden zu Janka, als würde er ihr einen guten Rat geben: «Kaufen Sie lieber woanders, Fräulein Janka, nicht bei uns.» Worauf Janka mit den Achseln zuckte, mit einer schnippischen Geste ihren Korb nahm und auf die andere Straßenseite zum Kolonialwarenladen von Mirski ging. Dort kaufte sie Gemüse, Äpfel und frisches Brot, und Herr Juliusz, der sah, dass sie von der Konkurrenz kam, gab ihr noch eine Stange Zimt umsonst.

Als sie in der Nowogrodzka die Treppe hinaufging und auf dem Absatz unter dem Mosaikfenster stand, ging unten die Tür auf, und jemand pfiff so gellend, dass ihr vor Schreck fast das Herz stehen blieb. Es war sicher ein dummer Scherz von einem der jungen Markiewiczs.

Spatzen

In der Ulica Nowogrodzka brannten schon die Laternen.

Janka hielt das Gesicht an die Fensterscheibe. «Was sind denn da so viele Leute unterwegs um diese Zeit?» Ich hob den Vorhang. «Wo?» – «Na dort, auf der anderen Seite, vor dem Haus der Jesionowskis.» – «Gehen Sie in die Küche zurück. Da ist gar nichts.»

Aber sie hatte wohl Recht. Vor dem Haus gegenüber war jemand, einige Leute. Über die Kuppel von St. Barbara zogen Wolken, heller als der Himmel. Es nieselte. Über das glänzende Pflaster der Nowogrodzka fuhr eine Droschke. Jemand überquerte die Straße, man hörte einen Stock klopfen. Eine feuchte Pelerine, ein hoher Hut. Geheimrat Mehlers? Auf dem Heimweg von Frau Klein? Heute? Dann ging in der Nummer 20 das Licht an, Schatten bewegten sich auf den teerosengelben Tapeten am Fenster über dem Tor.

Ich war in Sorge, weil Andrzej noch nicht da war. Er war zu den Drozdowiczs gefahren, um das Geometriebuch von Felsen zu holen, und sollte um acht mit einer Droschke zurückkommen, und jetzt war es schon fast halb neun. Ich blickte auf die Straße. An der Ecke der Nowogrodzka und der Wielka drehte ein Mann vom Gaswerk an der Flamme der Laterne. Wieder fuhr eine Droschke mit zugezogenem Dach vorbei. Der Kutscher knallte mit der Peitsche, die Pferde liefen schneller, der Wagen verschwand unter den Baumkronen.

Ich wischte die feuchte Scheibe ab. Jemand stand vor dem Haus der Jesionowskis unter den Bäumen, ich sah mehrere glühende Zigaretten, Mützen mit glänzenden Schirmen. Dann Schritte. Das Dienstmädchen der Jesionowskis kam mit einem Korb Wäsche aus dem Haus Nummer 18.

Wieder sah ich auf die Uhr. Andrzej hätte schon da sein müssen. Unter den Bäumen bewegte sich etwas, zwei oder drei Männer liefen auf unsere Straßenseite und verschwanden unten, vor unserem Tor. Ich hätte mich hinauslehnen müssen, um sie zu sehen. Stille. Plötzlich knarrte die Tür. Es war Vater: «Vielleicht schaust du doch mal, wo Andrzej bleibt.»

Als ich nach dem Mantel griff, hörte ich unten Lärm an der Tür. Andrzej? Andere Stimmen? Hausmeister Markiewicz? «Das geht nicht, macht, dass ihr wegkommt, oder ich rufe …» Und die zweite Stimme, aggressiv, beleidigend:

«Wen rufst du? Na, wen denn? Mach lieber auf!» Der Riegel. Dann wieder die Stimme von Markiewicz: «Macht, dass ihr wegkommt. Und der junge Herr schnell hier vorbei.»

Ich hastete ans Fenster. Diejenigen, die vorher die Fahrbahn überquert hatten, liefen jetzt zurück zu den anderen, unter die Bäume vor dem Haus der Jesionowskis, und drehten sich nach unseren Fenstern um. Ich zog mich hinter den Vorhang zurück. Janka stand an der Türschwelle: «Was war denn das für ein Lärm da unten?» Ich spürte, wie meine Hände zitterten. «Ich habe doch gesagt, Sie sollen in die Küche gehen.» Sie verschwand im Flur.

Plötzlich wurde unten krachend die Wohnungstür geöffnet, danach war es still. Als wäre sie von allein aufgegangen und niemand hereingekommen. Ich lief schnell hinunter.

Andrzej stand seltsam gekrümmt an der Wand, sein Gesicht konnte ich nicht sehen. Ich fasste ihn an der Schulter: «Was ist passiert?» Er verbarg sein Gesicht, aber ich drehte ihn zu mir. Über der rechten Augenbraue ein dunkler Streifen. «Wer war das?» Er hielt die Augen geschlossen. Instinktiv streckte ich die Hand aus, um die Stelle zu berühren, aber er wandte den Kopf ab und biss sich auf die Lippen. Mir wurde heiß: «Wer war das?» Er stieß meine Hand weg: «Lass mich in Ruhe.» – «Was heißt hier Ruhe? Hör auf! Sag, wer das war. Ich werde ihn mir vorknöpfen.» Plötzlich dachte ich: Mein Gott, wie kann ich ihn so quälen. «Janka», schrie ich. «Komm schnell! Bring die essigsaure Tonerde! Schnell!»

Vater erschien an der Treppe. «Was schreist du denn so? Fräulein Esther schläft heute etwas besser, und du …» Als er Andrzej sah, kam er schnell herunter. Er legte den Arm um ihn und sah mich an: «Ruf Mutter.» Aber das war nicht nötig. Janka war schon da, mit dem Flakon aus dickem Glas und einem Lappen, hinter ihr kam Mutter in den Salon. Sie wirkte fast ruhig, nur die Augen, die Handbewegungen … Sie nahm Janka den Flakon aus der Hand und feuchtete das

Tuch an. «Leg es hier drauf, über das Auge. Man muss den Kopf verbinden.» Sie berührte vorsichtig die dunkle Stelle. «Wie fühlst du dich?» Andrzej schwieg und ließ alles mit sich machen. «Tut es weh?» Er biss die Lippen zusammen und hatte die Augen geschlossen. «Setzt ihn aufs Sofa.» Vater nahm ihn am Arm, strich ihm übers Haar und führte ihn durch den Salon: «Das ist nicht schlimm», flüsterte er, «das vergeht schnell, du wirst sehen, ein blauer Fleck, wie oft hast du blaue Flecken gehabt, weißt du noch, wie in Otwock ein Ast abgebrochen war und was dann Kamiński gemacht hat ...» Seine Stimme versagte. «Sieh mal nach», sagte er zu mir, «was auf der Straße los ist.»

Ich ging nach oben, machte das Licht aus und schob den Vorhang ein wenig zur Seite. Nichts. Die Straße war leer. Dunkel. Still. Das matte Licht der Laternen. Unter den Linden vor dem Haus der Jesionowskis ein Schatten, schaukelnde Zweige, jemand schob einen Wagen auf Blechrädern vor sich her und verschwand im Tor der Nummer 20. Es regnete nicht mehr. Auf dem rundlichen Pflaster der Schein der Laternen. Am Himmel Sterne. Über der St.-Barbara-Kirche der Mond.

Ich ging hinunter. Mutter war gerade damit fertig, Andrzejs Kopf zu verbinden. Vater machte die Binde fest: «Na?» Ich zuckte die Achseln. «Nichts. Sie sind verschwunden.» – «Glaubst du?» Vater sah mich mit besorgten Augen an. «Morgen werden wir etwas tun müssen.» – «Ja, morgen werden wir etwas tun müssen. Aber ich weiß noch nicht, ob wir zur Polizei gehen.» Andrzej wollte aufstehen, aber Mutter hielt ihn zurück. «Bleib sitzen. Es wird gleich besser, aber jetzt sollst du nicht aufstehen. Willst du dich vielleicht hinlegen und die Beine ausstrecken? Ziehen Sie ihm die Schuhe aus, Janka.» Aber Andrzej hielt Janka zurück. «Nein, ich muss raus.» Vater fragte beunruhigt: «Ist dir schlecht? Wir rufen gleich Doktor Janowski.» – «Ich muss raus», wiederholte Andrzej. Ich wollte ihn stützen, aber er wehrte ab.

«Kommst du zurecht?» Er stülpte die Lippen vor: «Ich hab nichts.» – «Kommst du zurecht?» Er antwortete nicht, stützte die Hand auf den Tisch, machte ein paar Schritte und holte tief Luft. Janka folgte ihm, aber er verscheuchte sie unwirsch: «Ich kann allein.» Wir sahen zu, wie er hinter der weißen Tür des Badezimmers verschwand.

Wir setzten uns aufs Sofa. Die Uhr tickte. Es war vierzehn Minuten vor neun. Hinter der Glasscheibe schwang das Messingpendel – von Ost nach West, von West nach Ost. Vater schwieg. Mutter saß neben ihm, nahm seine Hand und streichelte sie. Janka stand mit dem Tuch an der Badezimmertür. Der Zeiger sprang auf dreizehn vor neun. Vater blickte auf den Boden. Ich ging zur Badezimmertür und drückte die Klinke. Es war still. Vater hob den Kopf: «Was machst du?» Die Tür war verschlossen. «Andrzej, fühlst du dich schlecht?» Er antwortete nicht. Vater fasste mich am Arm: «Spiel nicht verrückt. Lass ihn in Ruhe.» Ich riss an der Klinke: «Andrzej, was ist los? Sag doch was!» Aber nichts rührte sich. «Spinn doch nicht, mach auf. Was ist denn los?» Vater berührte das lackierte Holz mit den Fingern, als wollte er leise anklopfen: «Andrzej ...»

Wir sahen einander an. Hinter der Tür ein Klirren, ein leichter Aufschlag. Ich rannte mit der Schulter gegen die Tür, dann ein zweites Mal, es krachte, sie gab nach, der gebrochene Riegel rollte über den Boden. Andrzej hing über dem Waschbecken, die Hand unter dem Kinn, der Mund dunkelbraun, ein rostroter Streifen lief über seine Wange, neben der verletzten Hand ein zerschlagener Flakon, der Geruch von Jod. Unter meinen Sohlen knirschten Glasscherben. «Schnell unter den Wasserhahn!» Vater hielt Andrzejs Kopf. «Man muss ihm den Mund spülen. Schnell!» Er steckte die Finger in den dunklen, jodverschmierten Mund und suchte nach Glassplittern im Zahnfleisch. «Mein Gott, Kind, was hast du getan ... Bringt mir Watte!» Wir hielten Andrzejs Kopf unter den Hahn. Das

Wasser rann in roten Streifen über die Wangen. Andrzej öffnete kurz die Augen, verschluckte sich, aber er konnte sich nicht wehren. Vater hielt ihn. «Knöpf ihm den Kragen auf.» Ich riss an dem Leinen, der Knopf sprang auf den Boden. «Siehst du mich?» Ich schüttelte ihn. «Erkennst du mich?» Er öffnete die Augen einen Spalt: «Lasst mich …» – «Was heißt hier, lasst mich? Was machst du nur? Das ist dumm! Verstehst du? Dumm ist das!» Meine Kehle war trocken. Mutter fasste mich am Arm: «Hör auf. Schrei nicht. Man muss ihn nach oben tragen und hinlegen. Und dann schnell zu Doktor Janowski.» Sie war blass. Ich sah, wie ihr die Hände zitterten.

Ganz vorsichtig, damit Andrzejs Kopf nicht gegen das Treppengeländer schlug, trugen wir ihn in den ersten Stock. Janka machte Licht an und begann die Vorhänge zuzuziehen, aber Andrzej flüsterte: «Lass sie offen.» Wir legten ihn aufs Bett und schoben ihm ein Kissen unter den Kopf. Mutter setzte sich daneben. Mit geschlossenen Augen, als wollte sie die Tränen unterdrücken, nahm sie ihn fest in den Arm, aber er bewegte sich nicht. Er blickte zum Fenster hinaus. Die kalte Scheibe des Mondes stand über der Kuppel von St. Barbara. Vater strich Andrzej über die Wange. «Versuch jetzt zu schlafen. Wir sind bei dir. Aleksander geht gleich zu Doktor Janowski. Versuche zu schlafen.»

Ich warf mir den Mantel über, nahm den Schirm, ging zum Ausgang. Das große Tor war verschlossen. Vor der Hausmeisterwohnung brannte eine kleine Lampe. Am Fenster stand Markiewicz, in der Mütze mit der Messingnummer. Ich nickte ihm zu: «Mach auf! Schnell!» Aber Markiewicz rührte sich nicht von der Stelle, sondern wies aufs Tor. Ich hörte einen dumpfen Aufprall, das Tor schwankte – jemand schlug von der anderen Seite heftig gegen den linken Flügel der Holztür. Dann eine Stimme: «Was hast du denn die Tür so verschlossen, verdammt? Na los, mach auf!» Ich wollte den Riegel aufschieben, um das

Gesicht zu sehen, aber Markiewicz hielt mich zurück: «Ihnen jetzt aufmachen?» Ich ging vom Tor weg. «Was sind das für Leute?» Er sah mich unwillig an. «Was weiß denn ich? Irgendwer.» – «Kennst du einen davon?» Er nahm ein kariertes Taschentuch und wischte sich die Hände ab. «Wen soll ich denn kennen. Das ist irgendwer.» – «Aus der Nowogrodzka?» Er zuckte die Achseln. Dann schlug wieder jemand gegen das Tor und rief: «Mit wem redest du denn da, verdammt? Mach auf oder ich breche dir die Knochen!»

Ich begriff, dass ich Doktor Janowski jetzt nicht holen konnte. Ich wandte mich an Markiewicz: «Gib mir diese Stange da. Man muss etwas dagegenstemmen.» Wir klemmten eine Eisenstange unter den Riegel. «Mit wem redest du denn, verdammt?», schrie jemand hinter dem Tor. Ich wischte mir den Rost von den Händen. «Ruf die Polizei, Markiewicz.» Er verzog das Gesicht: «Die Polizei? Man muss nur die Tür gut verrammelt haben ...»

Ich ging wieder nach oben. Mutter sah Andrzejs Verband nach, aus dem die Haare hervorschauten. «Was ist denn das für ein Lärm da unten? Wo ist Janowski?» Ich trat ans Fenster. «Janowski ist nicht da.» Einige Gestalten liefen von unserem Tor zur anderen Straßenseite, eine andere verschwand unter den Bäumen. Es war still. Vater wurde ungeduldig: «Was heißt, Janowski ist nicht da? Dann hol einen anderen!» Ich blickte auf die Fahrbahn. Da war niemand. Auch nicht unter den Bäumen. Wie leer gefegt.

Plötzlich hörte ich das Geräusch von Hufen.

Ich hielt das Gesicht an die Fensterscheibe.

Aus der Ulica Wielka kam langsam eine Streife Kosaken geritten. Die Pferde liefen im Schritt, die Hufeisen schlugen gegen das Pflaster. Der Fähnrich hatte die Mütze nach hinten geschoben und starrte vor sich hin. Sie ritten am Haus von Korus, dann an dem der Jesionowskis vorbei und verschwanden hinter den Linden, das Klappern der Hufe wurde leiser. Ich ging in mein Zimmer zurück. Dort griff ich in die Schublade, nach der Kaffeedose unter den Büchern. Der Revolver glänzte wie ein Stück schwarzes Eis. In der Trommel blitzten Zündkapseln. Ich legte die Waffe wieder hinein, machte die Dose zu und legte die Bücher darüber.

Ich blickte durch den Vorhang auf die leere Straße. Der Mond war schon über die Kuppel der Kirche hinweggezogen, er berührte jetzt die Baumkronen beim Haus der Jesionowskis. Im Fenster gegenüber war Licht, jemand zog an den Gardinen. Am Schild des Kolonialwarenladens leuchteten dunkelrot die kyrillischen Buchstaben. Die Wolken waren verschwunden. Der Himmel eine steile schwarze Wand über den Dächern, die Sterne winzige Stückchen zersplittertes Glas. Im Zimmer nebenan Vaters gedämpfte Stimme. Er erzählte etwas, sorgsam wählte er jeden Satz, als wollte er Andrzej allein durch den sanften Ton der Worte beruhigen. Mutter mischte sich mit leichten, scherzhaften Bemerkungen ein, redete von einem Ausflug nach Otwock, vom Strand, von der Sonne; aber auch ihre Stimme war unsicher, als fürchtete sie, mit einem unbedachten Wort etwas zu zerstören.

Janka ging mit einem Arm voll frischer Laken durch den Flur in Fräulein Esthers Zimmer. Ich sah, wie sie über die Kissen strich und die Decke über der Schlafenden zurechtzog. Fräulein Esther lag auf dem Rücken und atmete langsam. Die Hände auf der Decke, unbeweglich, blass, mit blauen Äderchen, ohne Ringe und Armbänder, völlig nackt, durch nichts von der Luft abgeschirmt.

Ich wollte sie zudecken, aber Janka sah mich an der Tür stehen und gab mir ein Zeichen, ich solle gehen. Ich hörte das Wasser in der Porzellanschüssel plätschern: Sie wusch mit einem Schwamm Fräulein Esthers Gesicht, Hals und Oberkörper und rieb dann behutsam mit einem Waschlappen ihre Finger ab.

Ich ging in mein Zimmer zurück. Ganz oben im Schrank, im siebten Band von Meyers Enzyklopädie, steckte der Brief aus Zürich. Im Dämmerlicht sah das Relief mit der Schwalbe aus wie ein Messer mit gegabelter Schneide. Im Schrank glänzten hinter Glas die vergoldeten Rücken der Bücher, ein kleiner Marmorelefant, eine Kugel aus Amethyst. Neben einem Leuchter aus einer unierten Kirche schimmerten Muscheln und Seesterne, die Jan uns aus Petersburg mitgebracht hatte. Der hoch stehende Mond brach sich in den Kristallscheiben, sein Spiegelbild zerfloss wie ein im Feuer schmelzender Silberrubel.

Ich ging zum Fenster. Während ich auf die Fahrbahn der Nowogrodzka hinunterblickte, dachte ich an Heidelberg, an den hellen Saal im ersten Stock in der Augustinergasse, in dem wir auf Zeichentischen unser Papier ausbreiteten, um mit der Präzision von Schweizer Uhrmachern schlanke Bögen, Brückenjoche und Eisenbahnviadukte zu zeichnen. Doch die Stimmen hinter dem Tor gingen mir nicht aus dem Kopf, diese Stimmen ohne Gesichter, diese Schläge an die Tür, die unter den Fäusten bebte.

Draußen war es still. Plötzlich schien es, als gefriere die in der Dunkelheit verteilte Feuchtigkeit. Von der Ulica Leopoldyna her ein abbrechendes Geräusch, dann das Echo, als würde der Wind durch die Bäume fegen, ein Pfeifen, Schritte, immer näher, immer lauter, mit dem Gesicht an der Scheibe schaute ich auf die Fahrbahn unter den Bäumen, ein Schatten, zwei, drei, mehrere kamen plötzlich aus der Dunkelheit hinter den Laternen hervor, liefen mitten auf der Fahrbahn Richtung Ulica Wielka und pfiffen durch die Finger, in aufgeknöpften Jacken, ein gläsernes Geräusch, das Pfeifen wurde zum Heulen, und auf einmal lösten sich aus der laufenden Menge schwarze Punkte, als flöge aus den Händen eine Schar Spatzen direkt auf unser Fenster zu. Ich sprang zur Seite. Es klirrte, die Scheibe barst, Glassplitter regneten auf Tisch und Stühle. Der Stein, der die Fensterscheibe zerschlagen hatte, wirbelte über den Boden wie ein sich vor Schmerz windendes Tier. Draußen das Getrappel von Füßen, sie liefen weiter, bogen in die Wielka ein, das Pfeifen wurde leiser, die Schritte verhallten, zerstreuten sich in der Dunkelheit.

Dann ein Schrei. Jankas Stimme. Ich stürzte in den Flur. Die zerschlagenen Lampen waren erloschen. An der Tür stand Fräulein Esther, sie hob die seltsam verdrehte Hand in die Höhe, als wollte sie uns zeigen, was sie gefunden hatte, die rechte Hand ... Fräulein Esther ging auf uns zu, als hätte sie eine Taube in der Hand, aber diese Taube war schwarz und glänzte. Janka und ich liefen zu ihr, fassten sie unter den Armen und legten sie aufs Bett. Das Bettzeug zerwühlt, die Decke zerknüllt – schwarze Flecken auf dem Bezug? «Eine Bandage, schnell!», schrie ich. Janka lief weg, am Fenster blähte der Wind den Vorhang, der Fußboden war übersät von Glassplittern. Fräulein Esther zitterte. Ich küsste sie auf die Lider, die Stirn, die Schläfen, sie sagte etwas, was ich nicht verstehen konnte. Ich berührte ihre Hand. Die Finger waren glitschig. Janka kam mit einer Leinenbinde, ich verband die verletzte Hand, Fräulein Esther flüsterte, aber die Worte brachen ab, die Binde wurde dunkel, sie packte mit den Zähnen den frischen Verband und versuchte ihn abzureißen, ich packte ihre Hand, Janka hielt sie an den Schultern und schüttelte sie: «Fräulein Esther, das dürfen Sie nicht, hören Sie auf, das geht nicht, sie sind doch schon wieder weg, hören Sie auf, um Gottes willen!» Fräulein Esther ließ die Hand sinken. Ihre Augen waren ganz wach, kühl, aufmerksam. Ich strich ihr sanft über den Rücken. Zitternd starrte sie auf ihre bandagierte Hand, als betrachtete sie einen eingewickelten Vogel, der sich von seinem Verband befreien will. In ihrem Blick war ein lebendiger Glanz. Etwas in ihr hatte umgeschlagen, die Augen leuchteten. Ich berührte ihre Stirn. Sie war heiß. Janka hielt ihr ein Glas Wasser an den Mund. Die Zähne schlugen dagegen, Tropfen rannen über das Kinn, gierig trank sie. In den Falten der Bettdecke glänzten Glassplitter. Ich hob die Decke an: «Bewegen Sie sich nicht.» Janka hielt die Hand vor den Mund: «Mein Gott ...» – «Bring die Lampe aus dem Salon.» Fräulein Esther streckte die Hand aus und wollte die Splitter entfernen, aber dann zog sie sich, halb abwesend vor sich hin starrend, an die Wand zurück, die Hand an die Brust gepresst. Ich schüttelte die Decke aus, und die Glasstücke fielen klirrend zu Boden. Janka brachte die Lampe. Unsere Schatten schwankten über die Wände, vergrößert, unruhig. Fräulein Esther kniff vor dem grellen Licht die Augen zusammen. Sie atmete jetzt ruhiger, nur bewegte sie hin und wieder die verbundene Hand, als könne sie nicht glauben, dass das ihre sei. Wir legten sie in den Sessel, wickelten sie in die Decke und fegten die Glassplitter zusammen wie die Scherben eines geborstenen schwarzen Spiegels.

Andrzejs Zimmer am Ende des Flurs war leer. Meine Eltern hatten ihn hinunter in den Salon gebracht, auf das Sofa gelegt und in ein Plaid gehüllt. Ihre leisen, etwas übereilten Worte waren zu hören. Ich ging ans Fenster. In den Häusern gegenüber brannte kein Licht. Stille. Alles wie ausgestorben. Auf der leeren Fahrbahn vor dem Haus der Jesionowskis lief ein herrenloser Hund herum. Der Wind streifte durch die Baumkronen. Die Blätter rauschten. Der abgerissene Schirm der Laterne über dem Kolonialwarenladen schaukelte wie eine Kirchenglocke.

Alle unsere Zimmer auf der Straßenseite sahen gleich aus. Eingeschlagene Scheiben, in den Rahmen Reste von Glas. Wehende Gardinen. Der Fußboden voller Glassplitter. Die Kristallscheiben des Bücherschranks waren ebenfalls kaputt. Auf dem Teppich runde Steine – nicht allzu groß, gut in der Hand liegend.

Ich zog die Schublade heraus, schob die Bücher weg und machte den Blechdeckel auf. Der Revolver lag unberührt da.

Das Buch im roten Einband

Gegen Mittag wurden neue Fensterscheiben eingesetzt, doch die Leute blieben noch immer auf der anderen Straßenseite stehen, um sich die Spuren der vergangenen Nacht anzuschauen. Vater hatte seine Ruhe noch nicht wieder gefunden. Er fuhr morgens weg und kam abends zurück, wobei er eilig aus der Droschke stieg, als wollte er die gelbe Fassade nicht sehen, an der sich kleine Einschläge und Kratzer abzeichneten – heller als die staubige Oberfläche des Putzes.

Fräulein Esther wohnte jetzt im Zimmer unten. Sie schlief viel ruhiger als vorher. Wenn sie erwachte, berührte sie die dunklen Dahlien, die Janka in die Vase aus Odessa gestellt hatte, als wollte sie sich vergewissern, dass sie wirklich waren, und immer noch betrachtete sie erstaunt ihre rechte Hand mit dem Verband. Wir hatten das Bett ein Stück vom Fenster entfernt. Es stand jetzt in der Nische an der Tür. Im Übrigen waren die Jalousien geschlossen, denn Doktor Janowski hatte gesagt, die Augen sollten vorläufig noch das Licht meiden. In den oberen Zimmern hatten wir aufgeräumt – Glas, Steine, zerschlagenes Porzellan, Erde aus Blumentöpfen, abgebrochenes Schilf, Gummibäume, Efeu; jetzt mussten wir die Bücher aus dem kaputten Schrank ordnen, und ich machte mich mit Andrzej daran, die Bände mit den zerkratzten Rücken in Koffer und Kisten zu packen, um sie nach unten zu bringen und in den Mahagonischrank zu stellen, der jetzt neben dem Bett stand.

Es beruhigte die Nerven, aufmerksam die Titel zu lesen, die Bücher zu sortieren, die in Leder gebundenen dicken Atlanten, Wörterbücher und Noten die Treppe hinunterzutragen und dann alles – langsam und systematisch – in die nach altem Holz duftenden Regale zu stellen. Wir arbeiteten schweigend, als wäre nichts geschehen. Andrzej mied nur, wenn er durch das Zimmer im ersten Stock ging, unwillkürlich das Fenster, von dem aus man die Fahrbahn der Nowogrodzka sehen konnte. Die Jodflecken auf der Wange und in den Mundwinkeln waren fast verschwunden; durch die angelehnte Tür sah ich, wie er, als er allein im Zimmer war, am Spiegel stand, das Taschentuch anfeuchtete und die letzten feinen Spuren abrieb.

Am Donnerstagnachmittag bat ihn Fräulein Esther, er möge ihr die Beschreibung der italienischen Reisen aus dem Buch von Graf Huttenberg vorlesen. Als er hereinkam, fragte sie, warum er den Verband am Kopf trage. Er lächelte: «Nichts Schlimmes, nichts Besonderes, ich bin auf dem Speicher an den Rahmen gestoßen.» Sie sagte, er lese immer schöner. Er kniff auf seltsame Art die Augen zusammen, als fühlte er sich wesentlich älter als sie, obwohl er noch ein Junge war. Zum Abschied hob sie die weiß bandagierte Hand zum Zeichen, dass sie Verbündete waren, eingeweiht in die bösen Geheimnisse des Lebens.

Nach einer Woche verließen wir zum ersten Mal wieder das Haus. In der Nowogrodzka begleiteten uns aufmerksame Blicke hinter den Fensterscheiben und Gardinen.

Als wir Stunden später nach Hause kamen, hörte ich Esther aus ihrem Zimmer rufen: «Herr Aleksander, können Sie einen Augenblick kommen?» Als ich zu ihr ans Bett trat, reichte sie mir einen zugeklebten Umschlag: «Wären Sie so gut und würden das morgen auf der Post in der Wspólna aufgeben?» Ich nahm den Umschlag und ging nach oben.

Fräulein Esthers früheres Zimmer im ersten Stock war verwaist. Die beschädigten Möbel hatten wir an die Wand geschoben. Die Tapete neben der Tür war zerrissen. Auf den Bildern der fernen Stadt war das Glas zerschlagen. Am Abend, als Andrzej schon im Bett lag, setzte ich mich in den Sessel mit dem weißen Schonbezug und sah Fräulein Esthers Bücher durch, die für den Koffer bestimmt waren. Es waren ein paar Gedichtbände, eine lateinische Grammatik, ein französisch-deutsches illustriertes Wörterbuch, ein paar französische Liebesromane, eine große Karte vom Schwarzwald, alte Stadtpläne von Danzig und Heidelberg. Ich saß im Sessel, nahm Buch für Buch in die Hand, blätterte sie durch, legte sie weg. Noch immer hörte ich das Klirren von Glas, das Pfeifen, das Getrampel auf dem Pflaster und die Schläge gegen die Holztür.

Am späten Abend, als ich einige in Halbleder gebundene Bände mit Goldschnitt durchsah, stieß ich auf ein Buch mit einem roten Einband aus grobem Leinen. Ich drehte die Lampe heller. Der Geruch von gutem Papier, ein schöner Schrifttyp, unter den Fingern der harte Einband. Ich schlug das Buch auf, das gelbliche Papier war dicht mit kleiner Frakturschrift bedruckt. Auf der ersten Seite unter dem Titel stand eine Widmung. Ich hielt das Buch näher ans Licht:

Für Fräulein Esther Simmel
Zur Erinnerung an den Nachmittag in Sils.

Ich begann rasch zu lesen, Seite um Seite, gierig, nicht, um das Buch zu verstehen, sondern um die Ulica Nowogrodzka zu vergessen, das Mokotower Kriegsfeld, die brennenden Zigeunerwagen, die eingeschlagenen Fenster, die Schläge gegen das Tor, doch schon die ersten Worte …

«Ich lehre euch den Übermenschen. Der Mensch ist Etwas, das überwunden werden soll. Was habt ihr gethan, ihn zu überwinden?

Alle Wesen bisher schufen Etwas über sich hinaus: und ihr wollt die Ebbe dieser grossen Fluth sein und lieber noch zum Thiere zurückgehn, als den Menschen überwinden?

Was ist der Affe für den Menschen? Ein Gelächter oder eine schmerzliche Scham. Und ebendas soll der Mensch für den Übermenschen sein: ein Gelächter oder eine schmerzliche Scham …

Ich beschwöre euch, meine Brüder, bleibt der Erde treu und glaubt Denen nicht, welche euch von überirdischen Hoffnungen reden! Giftmischer sind es, ob sie es wissen oder nicht. Verächter des Lebens sind es, Absterbende und selber Vergiftete, deren die Erde müde ist: so mögen sie dahinfahren!

Einst war der Frevel an Gott der grösste Frevel, aber Gott starb, und damit starben auch diese Frevelhaften ...

Einst blickte die Seele verächtlich auf den Leib: und damals war diese Verachtung das Höchste: – sie wollte ihn mager, grässlich, verhungert ...

Der Mensch ist ein Seil, geknüpft zwischen Thier und Übermensch, – ein Seil über einem Abgrunde.

Ein gefährliches Hinüber, ein gefährliches Auf-dem-Wege, ein gefährliches Zurückbleiben, ein gefährliches Schaudern und Stehenbleiben.

Was gross ist am Menschen, das ist, dass er eine Brücke und kein Zweck ist: was geliebt werden kann am Menschen, das ist, dass er ein Übergang und ein Untergang ist.»

Aus diesem seltsamen Buch, dessen gelbliche, eng bedruckte Seiten ich vor mir hatte, schlug mir ein kaltes, mitleidloses Licht entgegen und bewirkte, dass ich weiterlas, obwohl alles in mir sich sträubte.

«Einen neuen Willen lehre ich die Menschen: diesen Weg wollen, den blindlings der Mensch gegangen, und gut ihn heissen und nicht mehr von ihm bei Seite schleichen, gleich den Kranken und Absterbenden!

Kranke und Absterbende waren es, die verachteten Leib und Erde und erfanden das Himmlische und die erlösenden Blutstropfen: aber auch noch diese süssen und düstern Gifte nahmen sie von Leib und Erde! ...

Was ist dieser Mensch? Ein Knäuel wilder Schlangen, welche selten bei einander Ruhe haben ...

Seht diesen armen Leib! Was er litt und begehrte, das deutete sich diese arme Seele, – sie deutete es als mörderische Lust und Gier nach dem Glück des Messers.

Wer jetzt krank wird, den überfällt das Böse, das jetzt böse ist: wehe will er thun, mit dem, was ihm wehe thut. Aber es gab andre Zeiten und ein andres Böses und Gutes …

Wenn ich diesen Baum da mit meinen Händen schütteln wollte, ich würde es nicht vermögen. Aber der Wind, den wir nicht sehen, der quält und biegt ihn, wohin er will. Wir werden am schlimmsten von unsichtbaren Händen gebogen und gequält.»

Ich blätterte weiter, überschlug viele Seiten und stieß fast am Ende auf eine Stelle, von der ich mich nicht losreißen konnte.

«Auf jeder Oberfläche sass ich schon, gleich müdem Staube schlief ich ein auf Spiegeln und Fensterscheiben: Alles nimmt von mir, Nichts giebt, ich werde dünn, – fast gleiche ich einem Schatten …

Mit dir bin ich in fernsten kältesten Welten umgegangen, einem Gespenste gleich, das freiwillig über Winterdächer und Schnee läuft.

Mit dir strebte ich in jenes Verbotene, Schlimmste, Fernste: und wenn irgend Etwas an mir Tugend ist, so ist es, dass ich vor keinem Verbote Furcht hatte.

Mit dir zerbrach ich, was je mein Herz verehrte, alle Grenzsteine und Bilder warf ich um, den gefährlichen Wünschen lief ich nach, – wahrlich, über jedwedes Verbrechen lief ich einmal hinweg.

Mit dir verlernte ich den Glauben an Worte und Werthe und grosse Namen. Wenn der Teufel sich häutet, fällt da nicht auch sein Name ab? der ist nämlich auch Haut. Der Teufel selber ist vielleicht – Haut.

‹Nichts ist wahr, Alles ist erlaubt›: so sprach ich mir zu.»

So etwas las sie? Wie passten diese Worte zu ihren Fingern, die jene Seiten umblätterten, zu der Art, wie sie – über das Buch geneigt – das Haar aus dem Gesicht strich, zu der Leichtigkeit, mit der sie eine Papageienfeder aufhob, die auf den Teppich gefallen war? Das Buch mit dem roten Einband lag vor mir wie eine Steintafel. «Er hat Recht!», rief eine Stimme in mir. «Das sind verrückte, sinnlose Phantastereien eines Wahnsinnigen!», rief eine zweite Stimme. Brücken über den Rhein bauen? Professor Himmelsfeld? Stahljoche? Zahlenkolonnen? Berechnungen? Was war das im Vergleich zu diesem Geflecht der Gefühle! Denn plötzlich … Der Mensch, dessen Worte ich las, wollte mich überzeugen, dass die Wahrheit in Wirklichkeit Lüge ist. Wenn du jemandem Unrecht tust, tust du Gutes. Wenn du Gutes tust, tust du Unrecht. Wenn du das Leben schützt, vernichtest du das Leben. Wenn du das Leben vernichtest, schützt du das Leben. Was für dunkle, verworrene Gedanken! Und der Mensch, dessen Buch sie in die Hand nahm …

Wer war das? Ich hätte gern sein Gesicht gesehen, ihn aus der Nähe betrachtet, ich hätte gern gewusst, wie er seinen Hut trägt, die Schuhe, den Mantel, was er isst, wo er wohnt. Aber in dem Buch, das ich vor mir hatte, war kein Foto. Auf diesen Seiten waren nur Wortgebäude, in denen sich die Gedanken verloren, und sie fanden Lüge, wo vorher Wahrheit war.

Erschöpft stand ich auf. Es musste schon sehr spät sein. Mein Blick fiel auf den Umschlag, der auf der Tischplatte lag. Ich wusste, dass ich morgen in die Ulica Wspólna gehen und dem Postassistenten Korbelow den Brief aushändigen würde. Zögernd streckte ich die Hand aus, zog sie wieder zurück. Dann holte ich tief Luft und öffnete schnell den Umschlag.

Das Blatt war zweimal gefaltet. Datum. Blaue Tinte. Die Buchstaben schief, ungleichmäßig, mit Mühe geschrieben, leicht rundlich.

«Liebe Anneliese,
was ist denn mit dir los? So viel Zeit ist vergangen – und kein Brief? Wir haben es uns doch versprochen, weißt du noch? Ach, unsere schwarzen, hochgeschlossenen Studentenkleider, wie Mönchskutten, das Gebäude an der Rheinstraße, die große Treppe unter dem Denkmal für Wilhelm Tell und unsere jugendlichen Versprechungen! Kann man das denn vergessen? Wie viele Fragen ich an dich habe! Wie geht es dir bei Familie L.? Ist der Junge, den man dir anvertraut hat, gelehriger als der kleine Wolfgang Horovitz? Was ist mit Elisabeth? Und mit Ruth? Wie geht es Herrn Engelberth? Ist Familie Murnau noch in Zürich? Haben Rosa und Heinrich schon geheiratet? Wie geht es zwischen Renate und Heidelore? Und was ist mit F.? Ich habe keinerlei Nachrichten. Das letzte Mal sah ich ihn vor vielen Jahren in Sils. Ich war mit Familie Holzhoff da. Zunächst konnte ich ihn nicht finden. Schließlich erfuhren wir, dass er in einem kleinen Berghotel wohnte.

Ich ging hin. Ich hörte Schritte, drehte mich um, die Tür zum Speisesaal ging auf, müde lehnte er am Rahmen. Er hatte ein blasses, unruhiges Gesicht und begann sofort von der Unerträglichkeit seiner Leiden zu reden. Er erzählte mir, dass er, wenn er die Augen schließe, eine Menge phantastischer Blumen sehe, die einander umschlangen und umrankten und eine aus der anderen keimten, wobei sie ständig ihre Farben und Formen wechselten. «Ich habe nie Ruhe», klagte er.

Von Overbeck weiß ich, dass er im Laufe von zwei Monaten fünfzig Gramm Choralhydrat verbraucht hat, das Gift, mit dem der unglückliche König Ludwig von Bayern seine Leiden linderte. Um fünf Uhr morgens sah ich vom

Fenster meines Zimmers aus, wie er mit einem aufgespannten großen gelben Schirm schwankenden Schrittes in Richtung des Sees ging. Er wohnte in einem fast leeren Zimmer im ersten Stock. Als ich den Besitzer des Hotels nach ihm fragte, zuckte dieser nur mit den Schultern: ‹Ach, Signora.›

Das alles lässt mir keine Ruhe.

Sicher wirst du fragen, wie es mir geht. Ach, meine Liebe ... Ich? Ich beginne langsam wieder zu leben. Denn es war sehr schlecht.

Warschau ist eine schöne Stadt, wenn auch traurig. Die Familie, bei der ich bin, bringt mir viel Herzlichkeit entgegen, anders als Frau Holzhoff, meine Wiener Protektorin, die von den Horovitzens so gelobt wurde. Es ist eine große Freude, jemandem zu begegnen, der die Schwäche eines anderen versteht und sie nicht ablehnt. Wie viel Gutes hat mir Aleksander getan, der junge Mann, von dem ich dir im Mai geschrieben habe, der bei Himmelsfeld in Heidelberg Ingenieurbau studiert.

Ich habe dir so viel zu erzählen! Vielleicht schaust du bei uns vorbei, wenn du wieder in dein Königsberg fährst? Ich glaube, die ‹Odin› legt auf ihrer Fahrt von Hamburg morgens in Neufahrwasser an und fährt erst abends wieder ab, wir hätten also Zeit für einen längeren Spaziergang durch die Stadt. Ich könnte dir unser Haus in der Frauengasse zeigen, das meine Mutter so schön eingerichtet hat, vielleicht könnten wir uns sogar das berühmte Kloster im alten Oliva ansehen.

Hier in Warschau sind viele schmerzliche Dinge geschehen, aber ich denke, so langsam kommen wir alle aus dem dunklen Loch heraus. Dem Jungen, der meiner Obhut anvertraut ist, geht es zusehends besser, er vergisst allmählich die schlimmen Dinge, sitzt bei mir und liest mir laut aus Büchern vor, wenn ich ihn darum bitte.

Schreib mir, ich warte sehr auf deinen Brief. Wie geht es euch denn in Zürich? Ist Elisabeth bei euch? Was habt ihr vor? Reist N. immer noch nach Italien, wie früher? War er in Sizilien und in Neapel?

PS: Vielleicht hast du meine Adresse verloren, ich schicke sie dir also noch einmal:

Nowogrodskaja 44, Familie Celiński (1. Stock vorne)
Warschau
Königreich Polen»

Es war drei Uhr. Ich saß mit dem Brief in der Hand im Sessel. Auf dem Umschlag die Adresse: «Frau Anneliese Binswanger, Zürich, Seestraße 365». Am Himmel erschienen schwache helle Streifen über den Dächern, im Zimmer war es noch dunkel. Das Fenster war angelehnt. Die Vögel schwiegen. Die Kronen der Linden unbewegt. Kühl. Die Dämmerung nahe. Ich klebte den Brief zu und legte ihn auf den Tisch.

Um neun ging ich auf die Post in der Ulica Wspólna.

«Wie geht es denn Fräulein Simmel?», fragte Assistent Korbelow lächelnd, als er den weißen Umschlag entgegennahm. «Immer besser, Iwan Sergejewitsch. Sicher kommt sie bald wieder bei Ihnen vorbei.»

Kirschen, Licht

Erst als ich das Postamt verließ, wo ich den Brief an «Frau Anneliese Binswanger» abgegeben hatte, begriff ich, dass sie in Sils gewesen war. Das Buch mit dem roten Leineneinband, dieser Mensch, die Widmung? Ich war durcheinander. Diese mit blauer Tinte geschriebenen Buchstaben – «Zur Erinnerung an den Nachmittag …» Der in Fraktur gesetzte Titel. Nietzsche? Der Name sagte mir nichts. Ich kannte mich mit Stahlbrücken aus, aber nicht mit deutschen Autoren. Ich stand auf dem Bürgersteig und wurde von den

Leuten angerempelt, die Richtung Koszykowa gingen. Meine Gedanken liefen davon wie Spinnen unter einem jäh hochgehobenen Stein. Angst? Wovor? Und plötzlich die Gewissheit: Sie durfte diese Briefe nie erhalten. Ich wusste, dass das niederträchtig und dumm war. Was hatte ich davon? Dennoch wusste ich mit Sicherheit: Sie würde sie nie erhalten.

Ich hatte den grünlichen Umschlag keines Blickes gewürdigt, den Korbelow mir aushändigte, als ich weggehen wollte: «Nehmen Sie. Wer weiß, vielleicht ist es dringend, es ist besser, wenn Fräulein Simmel ...» Jetzt hielt ich ihn in der Hand. Ein Brief an sie. Woher? Große, deutliche Buchstaben. Der Stempel? Zürich? Ich wollte ihn schon zerreißen, zerknüllen, wegwerfen, aber – nein, er war nicht aus Zürich. Der schwarze Stempel in der oberen Ecke, die Buchstaben der Fraktur, der dicke, etwas verschmierte Stempel, die Krone mit zwei Kreuzen ... Datum – der Siebzehnte. Aber sie wird doch irgendwann aufstehen, wird zur Post gehen und Korbelow fragen, ob Briefe gekommen sind ...

Ich konnte mich nicht beruhigen. Sils? Sie fühlte sich hingezogen zu dieser unbekannten Gegend. Was konnte ich tun? Darauf zählen, dass die Zeit für mich arbeiten würde? Das ist doch ihre Welt, sagte ich mir, früher oder später kehrt sie dorthin zurück. Das ist ihre Welt – die Menschen, die Orte.

Warum musste ich an Wassiljew denken? An Wassiljew, der das goldene Rubelstück in die Dunkelheit geworfen hatte, als wir ihn dafür bezahlen wollten, dass er Fräulein Esther empfangen hatte? Sie konnte sich doch an den Besuch in der Ulica Peterburska gar nicht erinnern! Wir hatten sie in der Nacht von Praga in die Nowogrodzka zurückgebracht, sie lag in der Kutsche, fiebernd, bewusstlos. Wassiljew? Was konnte Wassiljew hier ausrichten? Gegen ihre Neugier, gegen ihr Warten auf die Briefe aus der fernen Schweizer Stadt, in der diese Leute lebten, diese Anneliese ...

Wassiljew gegen diesen Menschen in Sils? Er, in dem Leinenhemd mit der ukrainischen Stickerei? In diesem schwarzen, auf der Brust zerrissenen Gewand, das aussah wie eine Mönchskutte? Mit dieser Kette mit dem Kreuz? Was konnte er tun? Das Buch in dem roten Leineneinband und die Menschenmenge vor der orthodoxen Kirche? Zarizyn und Zürich? Die Nacht in Warschau und der Nachmittag in Sils? Was konnte man diesem Buch im roten Einband entgegensetzen, das an eine zerbrochene Tafel erinnerte, auf der sich Gebäude aus Frakturbuchstaben türmten? Den Gesang auf dem Platz vor der Kirche in Urusk?

Als ich ihr den Brief gab, riss sie schnell den Umschlag auf, aber dann blinzelte sie und reichte mir das Blatt, das sie herausgenommen hatte: «Herr Aleksander, lesen Sie. Mir tun die Augen weh.» Ich zögerte: «Das ist doch ein Brief an Sie.» Sie lächelte: «Der ist von meiner Mutter. Lesen Sie.»

Ich glättete das Papier. Renate Simmel schrieb aus der Frauengasse 12 an ihre Tochter. Der Straßenname stand in einem scherzhaften Schnörkel in der oberen Ecke unter dem Datum.

«Wir machen uns Sorgen, meine Liebe, dass du so lange nicht schreibst. Was sollen wir Frau Grieshaber sagen, die uns nach dir ausfragt und neugierig ist, wie es dir in der russischen Stadt Warschau geht. Wir lachen dann immer: ‹Ach, Frau Grieshaber, sie hat so viel zu tun! Aber wenn sie versprochen hat, Ihnen zu schreiben, dann wird sie es sicher tun! Nur Geduld!› Vielleicht war das etwas übertrieben? Denn hast du es wirklich versprochen? Aber Gott mit Frau Grieshaber, die – du wirst es nicht glauben – in letzter Zeit von Oberst Rabbe aus der Kaserne am Hochstrieß Besuch bekommt, und manchmal trägt er die Galauniform!

Im Geschäft in der Breitgasse haben wir immer mehr Käufer. Die Kaschuben nehmen Pflüge und Eggen mit, wenn sie auch manchmal nur mit dem bezahlen, was sie vom Land mitbringen, aus der Gegend von Karthaus. Hausmeister Pelz reibt sich die Hände und gratuliert ‹dem hochverehrten Herrn Simmel› jeden Morgen, wenn Vater aus dem Haus geht. Er ist ein lieber Mensch, aber etwas zu neugierig für meinen Geschmack.

Unsere Tage gleichen sich zum Glück wie ein Ei dem anderen, also leben wir endlich in Ruhe, was – wie du weißt – früher selten vorkam. Die Leute von Hoffners Bank bedrängen uns nicht mehr mit Wechseln, alles weist, so scheint mir, auf Sonnenschein hin, hoffentlich auf lange. Oberst Rothe vom Bischofsberg, weißt du, der Elsa, die Cousine von Frau Lilienthal, geheiratet hat, der du Französischstunden gegeben hast, hat angeblich vor wegzuziehen – und wohin? Jakub sagt, nach Königsberg, stell dir vor ...»

Als ich zu Ende gelesen hatte, seufzte Fräulein Esther: «Ach, wenn man nur immer solche Briefe bekommen könnte.» Meine Kehle war trocken. Ach, wenn sie doch nur solche Briefe bekommen würde!

Gegen Mittag rieb sich Jan die Hände: «Siehst du? Siehst du? Die Kräuter haben doch geholfen!» Vielleicht hatten sie geholfen, vielleicht nicht, jedenfalls setzte sich Fräulein Esther in den Kissen auf. Sie schützte sich noch vor dem Licht, noch schirmte sie die Augen ab – aber die Handbewegungen, die Leichtigkeit, ihr Teint! Ich freute mich wie ein kleines Kind.

Denn am Mittag verlangte sie Kirschen. Entschlossen lächelnd sagte sie, sie würde gerne Kirschen essen. Andrzej ging zu Meinl und kaufte einen ganzen Korb. «Was machst du denn, so viel?», brummte Janka, als er strahlend in die Küche gelaufen kam. «Stell sie hierhin. Ach, wer wird das alles essen?» Sie trug eine gehäufte Schüssel hinauf, auf der Haut waren noch Wassertropfen. Fräulein Esther begann zu essen. Der rote Saft spritzte auf die Finger. Sie schleckte die Hand ab, ohne sich zu schämen. «Na, kommt her! Was steht ihr denn so da? Nehmt euch!» Und sie fuchtelte mit der violett gefärbten Hand, als wollte sie eine Schar Hühner anlocken. «Was denkt ihr denn? Ich werde doch nicht allein essen! Bedient euch!» Wir traten ans Bett, und sie hängte lachend einen Zweig mit zwei Kirschen an Andrzejs rechtes Ohr. Er wurde feuerrot. Mir hielt sie eine der dunklen Früchte hin: «Na, Herr Aleksander, machen Sie die Augen zu und den Mund auf!» Ich spürte die Wärme ihrer Finger. Noch hatte Fräulein Esther auf den Lidern ganz kleine Flecken, noch hatte die Haut am Schlüsselbein diese ungute graue Farbe, noch waren Äderchen an den Schläfen zu sehen, aber ich wusste jetzt, dass alles gut werden würde.

Es waren kaum merkliche Veränderungen. Aus den Augen war der matte Glanz verschwunden, der die Pupillen verdunkelt hatte. Ein goldener Funke, reines, feucht glänzendes Licht wie früher. Die Hände hatten ihre Lebendigkeit wieder. Sie nahm die nassen Kirschen in die Hand, befreite sie von den grünen Stielen und steckte sie lachend in den Mund, als wären all die schrecklichen Tage ein Traum gewesen, den das Tageslicht verweht hatte. Also doch? Also würden wir doch aus dieser Dunkelheit herauskommen?

Doktor Janowski strahlte. «Aber vorläufig keine große Aufregung. Ruhe, Schlaf, frisches Obst.» Doch es nützte nichts. Als die Glocken der St.-Barbara-Kirche und der Erlöserkirche ein Uhr schlugen, verlangte Fräulein Esther, man solle die Jalousien hochziehen. Janka zierte sich etwas, aber als Mutter nickte, zog sie sie hoch, und eine Woge von Licht, in der die Blätter der Linde zitterten, überflutete das Zimmer. Fräulein Esther spürte die warmen Strahlen auf dem Gesicht, kniff die Augen zusammen und atmete tief ein. Die Luft bauschte die Gardine wie der Wind ein Spitzenkleid. «Ich habe ja ganz vergessen, wie die Sonne aussieht!» Sie strich über das warme, helle Rechteck auf dem Laken. An ihrer Hand blitzte der Ring mit dem Malachit.

Aber das Buch, das Andrzej ihr gab, legte sie weg. Müdigkeit? Durch das Fenster kam ein warmer Windhauch. Andrzej schlug den dicken Band auf und begann zu lesen.

Fräulein Esther hörte zu, in die Kissen gebettet. An ihren Fingern waren violette Flecken, als hätte sie sich beim Briefeschreiben mit Tinte beschmiert. Die Luft, die ins Zimmer drang, war weich wie der Flügel einer Taube und trug den feinen Staub der Lindenblüten mit sich.

Andrzejs Stimme verwandelte die Erzählung von der unglücklichen Liebe des Herrn Stanisław zu der ebenso unglücklichen, kühlen und schönen Izabel in die Geschichte einer Stadt, in der das Leiden erlischt wie ein brennendes Haus, aus dem alles gerettet werden konnte.

Der Wille zur Macht

Jans Brief kam am Dienstag, aus Nieborów, wo er sich mit Professor Arkuszewski und einigen jüngeren Ärzten in Doktor Tysiewicz' Firma für Heilwasser aufhielt, um sich die neue Methode zur Behandlung von Lungenkrankheiten nach dem System von Kneipp anzusehen.

«Weißt du, wen ich hier getroffen habe? Am Donnerstag gehe ich in den Elisabethen-Pavillon, wo das Heilwasser unter einem Stein hervorfließt, und wen sehe ich? Unseren Prälaten Olędzki! Verstehst du? Ich war erstaunt und erfreut, denn das war ja unsere Jugend – als er noch Präfekt in der Erlöserkirche war! Ich gehe also hin zu ihm, stelle mich vor, er erkennt mich kaum wieder (es sind ja so viele Jahre vergangen!), ein Wort gibt das andere, wir spazieren durch den Park, und da erfahre ich, dass er deinen Vater gut kennt! Sie waren zusammen in der Hauptschule. Dann ging jeder seiner Wege.

Wir trafen uns dann ein paar Tage lang zum Mittagessen bei Madame Jeziorkowska, wo man uns königlich bewirtete, aber er war, obwohl wir wunderbares Wetter hatten, sehr betrübt, grübelte viel und grämte sich über die Vorfälle in der letzten Zeit. Was Wunder. Ich habe ihm viel von euch erzählt, auch von Fräulein Esther und von Andrzej, und das alles lässt ihm keine Ruhe.

Ich war übrigens auch sehr beunruhigt über die letzten Neuigkeiten. Doktor Janowski, der gestern mit seinem Bruder aus Warschau nach Nieborów gekommen ist, sagt, die Leute hätten in der St.-Barbara-Kirche schon wieder viele Kreuze an dem Ort aufgestellt, wo vorher die Figur stand, denn sie wollten den Altar durch heilige Zeichen vom Bösen abgrenzen, von welchem Bösen, weiß man ja. Bei uns ist der ein Jude, den sie einen Juden nennen. Und wenn sie dich einen Juden nennen, bleibst du bis zum Ende deines Lebens einer.

Ich würde dir raten, in Erwägung zu ziehen, ob ihr nicht umziehen solltet, das heißt aus der Nowogrodzka ausziehen, ein paar Straßen weiter, und sei es nur in den Nowy Świat oder die Ulica Miodowa. Ihr seid aus der Ukraine oder aus Siebenbürgen, ihr habt schwarzes Haar, deine Großmutter war in der unierten Kirche, sie hatte einen anderen Glauben, und alle Versicherungen, dass ihr nicht anders seid als die anderen, nützen nichts. Überleg also, ob es nicht vernünftig wäre, für einige Zeit aus dem Blickfeld zu verschwinden. Obwohl, wer weiß, sich die Sache vielleicht von alleine erledigt und die Leute sie vergessen.

Denn, siehst du, ich denke nicht schlecht über die Leute, die Steine auf eure Fenster geworfen haben, wenn es auch schrecklich war. Es muss eine ganze Epoche vergehen, bis die Herzen sich ändern, und sie werden sich nur ändern, wenn ihnen das Licht der Freiheit leuchtet. Wer den Willen zur Macht in sich spürt, wird nicht giftig sein müssen. Aber woher soll man hier bei uns, frage ich dich, den Willen zur Macht nehmen, in so niedergeschlagenen Herzen wie den unseren? Der Mensch sollte eine herrschende, helle, starke Seele haben, strahlend wie die Mittagssonne, er sollte ein großes, fröhliches Wissen in sich spüren und ein festes Selbstwertgefühl haben, dann müsste er sich vor nichts fürchten und könnte sich ohne Angst zu einem Fremden an den Tisch setzen. Aber wie viel Macht spüren wir heute in uns nach all dem, was wir durchgemacht haben? Na, sag selbst! Ja, wie du siehst, philosophiere ich heute ein wenig, verzeih, aber das ist alles nicht einfach, und es fällt schwer, in der alltäglichen Sprache darüber zu schreiben. Und denke über meinen Vorschlag nach, denn die menschliche Seele kann man nicht in zwei Wochen heilen, selbst wenn man Wunder vollbringen könnte wie Wassiljew.

Und Prälat Olędzki – hast du davon gehört? – wird in ein kleines Dorf in der Gegend von Sandomierz geschickt, wenn er wiederhergestellt ist! Das hat Bischof Gorazdowski persönlich entschieden.»

Der Lebensbaum

Am Freitag war ich in der Koszykowa, in einem anderen Haus.

Als ich an die Tür klopfte, war es neun, aber es brannte kein Licht im Treppenhaus. Im Dunkeln war ich in den vierten Stock hinaufgestiegen. Ich hörte eine Stimme in der Wohnung, aber ich verstand nicht, was sie sagte. Vorsichtig drückte ich die Türklinke nieder und kam in ein großes, dämmriges Mansardenzimmer. Müller lag mit offenem Hemd auf dem Bett. Er zeigte sich nicht erstaunt, als ich an der Tür stehen blieb, wies nur auf einen Stuhl mit zerbrochener Lehne: «Man hat mich also gefunden.» Mechanisch knöpfte er das verschmutzte Hemd zu. Ich trat näher: «Das war nicht schwer. Viele Leute kennen dich.» Sein Lachen ging in einen quälenden Husten über. Er wischte sich den Mund mit einem Taschentuch ab und betrachtete den karierten Stoff. «Natürlich kennen sie mich. Aber» – er verzog schmerzlich das Gesicht – «das hat dich einiges gekostet, was?» Ich unterbrach ihn: «Ich komme wegen des Geldes.»

Er prustete vor Lachen: «Geld? Ich habe kein Geld. Ich brauche übrigens auch gar nichts. Ich ruhe mich jetzt aus.» – «Der Hausmeister sagte mir, du musst hier ausziehen?» Er drohte mit dem Finger: «Er weiß nicht, was er sagt. Ich bleibe hier.» – «Und du wirst tun, was du immer getan hast?» – «Natürlich, aber ...» Erst jetzt bemerkte ich, dass er schwer Luft bekam. «Und Sie sind sozusagen gekommen, um ein gefallenes Mädchen zu bekehren?» Ich zuckte die Achseln. «Ich bin wegen meines Geldes gekommen.» Er schüttelte unwillig den Kopf, als würden ihn meine Worte langweilen: «Daraus wird nichts. Selbst wenn ich es hätte, würde ich es dir nicht geben.» – «Aber du hast es nicht?» – «Sie haben es erraten. Keine Kopeke.»

Wir schwiegen. Er sagte wohl die Wahrheit. Das Bett, in dem er lag, machte einen völlig verdreckten Eindruck. Er streckte die Hand aus und bewegte die Finger in der Luft wie ein Pianist vor dem Konzert: «Schön zittern sie. Das weist auf eine empfindsame Seele hin, wer weiß, vielleicht auch auf Talent.» Ich sah ihn aufmerksam an, aber wandte den Blick nicht von seiner Hand ab. «Entschuldigen Sie die Unordnung, aber die Józefowa ist nicht zum Aufräumen gekommen. Sie hat manchmal ihre Launen.» Sein Gesicht war grau. Ich blickte zum Fenster: «Und wozu war das alles gut?» Er spielte den Beleidigten: «Oh, Verzeihung, das ist eine Beschäftigung wie jede andere. Sie sind auch kein Engel.» – «Ich sollte das bei der Polizei melden.» Er winkte ab: «Das werden Sie nicht tun. Im Übrigen: machen Sie, was Sie wollen.»

Ich trat ans Fenster. Die Häuser auf der anderen Straßenseite waren dunkel vom Staub, der Stuck fast schwarz, die Fenster eingeschlagen. Ich dachte, ich verliere nur Zeit, aber irgendetwas hielt mich in diesem schmutzigen, dunklen Zimmer, obwohl ich so schnell wie möglich hinaus, an die frische Luft hätte gehen sollen, um nicht vom Geruch dieser Armut und Verlassenheit durchdrungen zu werden. «Bist du allein?» Er schirmte die Augen mit der Hand ab. «Oh, höre ich richtig? Sentimentale Töne? Das ist ja viel versprechend.» – «Red keinen Unsinn. Bist du allein?» Er lächelte gequält: «Sehen Sie, ich bin einmal ein Wurm, ein anderes Mal Gott selbst. Das Dumme ist, dass ich nicht weiß, wann ich das eine bin und wann das andere. Die Unterschiede verwischen sich irgendwie.» Er dachte nach. «Wissen Sie, dass Gott in der Bibel der Herr der Fliegen genannt wird?» – «So ein Unsinn.» Er blinzelte. «Vielleicht wird auch der Teufel so genannt, ist ja egal. Das kommt mir immer öfter durcheinander. Ich kann mich nicht richtig konzentrieren. Es sticht in der Brust. Und du» – in seinen Augen blitzte ein ungutes Feuer, «du, mein Lieber, bist genau so wie ich.»

Ich dachte, ich sollte ihn unterbrechen, aber ich rührte mich nicht von der Stelle. Er schien meine Unentschlossenheit zu spüren: «Sie hören meine Stimme gerne, ich täusche mich doch nicht, was? Ich kann Ihnen sogar etwas vorsingen.» Er holte tief Luft, ahmte die Mimik eines Opernsängers nach und begann lautlos zu singen, dann verzog er das Gesicht wie ein launisches Kind: «Erraten Sie, was ich gesungen habe?» Ich ließ ihn nicht aus den Augen. «Nichts hast du gesungen.» – «Wie haben Sie das erraten?» Er heuchelte Erstaunen und Bewunderung. «Wie sind Sie zu dem Geheimnis meines Herzens vorgedrungen, das ich vor allen Völkern der Erde verberge? Ertönt, ihr Posaunen der Erzengel! Das siebte Siegel ist gebrochen!» Dann sah er mich traurig an. «Nichts zu singen, das ist, mein Herr, eine große Sache. Ich versuche es seit Jahren, und Sie haben es sofort erraten.» Er kniff die Augen zusammen. «Sie sind ein seltsamer Mensch. Ein anderer würde mir in die Fresse schlagen oder einen anheuern, der mich fertig macht, und Sie stehen geduldig am Fenster und hören zu. Außerordentlich. Ich bin ein Wurm, und wir führen ein Gespräch wie, mit Verlaub, Luther und Melanchthon. Ich habe schon damals am Tor gewusst, dass es so enden würde. Der Junge ist nervös, dachte ich mir, sinnt über den Tod nach, da ist er nicht so tatenlustig.» Ich lief zum Bett, er schirmte sich nicht einmal ab. Über ihn gebeugt, flüsterte ich: «Wenn man niemand ist, kann man nur ein schlechter Schauspieler sein.» Er schob langsam meine Hand weg: «Und wozu Größe? Für wen? Ich bin ein Mensch der kleinen Dinge. Ich gehe durch die Welt und sehe mir die Leute an. Wie – mit Verlaub – Diogenes. Ich schaue mir an, wer welche Schwäche hat. Und ich verstehe viel, vielleicht zu viel, denn danach tut mir das Herz weh.»

Er verschränkte die Hände unter dem Kopf und dachte über etwas nach. «Na ja, die Sache mit Ihrem Bruder ist schief gegangen, da kann man nichts machen. Das Schicksal wollte es anders. Ich kann das respektieren. Aber» – er hob die Stimme –, «aber da ist noch diese ... Jüdin. Und das ist eine starke Karte. Eine sehr starke Karte, wenn ich mich nicht täusche.»

Ich schlug ihm auf den Mund. Er blieb willenlos liegen und machte keinerlei Anstalten, sich zu wehren. Ein Tropfen Blut rann ihm aus dem Mundwinkel auf die Wange. Ich begriff, dass es keinen Sinn hatte. Er war vollkommen hilflos, er hatte Fieber. Eine Weile ließ er die Augen geschlossen. Dann wischte er den Mund mit dem Finger ab und lächelte mühsam: «Wenn jemand allein ist, mein Herr, dann darf er alles.» Er betrachtete lange den roten Fleck an seinem Finger. «Und du», sagte er und sah mich an, «kannst du allein sein? Denn das ist eine große Sache – allein sein. Und kaum einer kann es. Gott ist allein. Die Menschen konnten ihm das nicht verzeihen, deshalb befahlen sie ihm, einen Sohn zur Welt zu bringen. Aber hören Sie nicht auf sie: Er ist allein. Vollkommen allein.» Er kam ins Träumen: «Haben Sie einmal einen vom Hochwasser weggerissenen Baum gesehen, der mit der Strömung schwimmt? Er kehrt nie wieder an die Stelle zurück, wo er hineingeraten ist. Und außerdem» – er zog eine närrische Grimasse – «ist Mistel unmoralisch? Mistel! Das ist doch ein heiliges Kraut! Unser Volk ehrt es am Tage der Geburt des Herrn. Und was tut die Mistel? Sie saugt grünes Blut aus lebenden Bäumen wie, mit Verlaub, Graf Dracula. Sie saugt Blut, und das Volk segnet sie, schmückt seine Häuser damit, trägt sie an Weihnachten in die Kirche, erfreut seine Augen an ihr und nennt sie ein Glückskraut. Und wissen Sie» – er schnalzte mit den Fingern, als hätte er ein schwieriges Rätsel erraten –, «wissen Sie, dass die Thuja der Baum des Todes ist und bei uns Lebensbaum heißt?»

Er betrachtete mich eine Weile schweigend.

«Sie haben Recht», sagte er, «Liebe ist etwas Großes. Auf ihr beruht das Glück der Welt. Die Frau, natürlich die schöne, gesunde Frau, gibt dem Leben Sinn.

Sagen wir mal in China. Sie lieben sich dort auf sechsunddreißig verschiedene Arten! Das habe ich neulich in einem englischen Buch gelesen, von einem Lord, der in Schanghai gelebt hat. ‹Das Abwickeln einer Seidenspule›, ‹Mandarinenten›, ‹Mit den Flügeln schlagende Schmetterlinge›, ‹Bambus, der am Altar wächst›, ‹Katze und Maus in einem Loch›, ‹Das Horn des Einhorns›!

Und bei uns ist es auch nicht schlechter. Du gehst zum Beispiel in die Ulica Młynarska. Im Korridor stehen sie Schlange, du gibst Tante Majewska dreißig Kopeken, gehst hinein, und da sind Verschläge aus Brettern wie in einem Stall. In jedem sitzt eine Madzia, Jadzia oder Jadwinia, sie sind fünfzehn, sechzehn, wie frisch geschnittene Blumen. Sie dürfen es nicht ablehnen, mit den Gästen zu trinken, also geht es lustig zu, Wodka, Gurken, Hering und Tee aus dem Samowar. Und an den Ausgeh- und Badetagen der Soldaten kommen auf jede Madzia von morgens bis abends gut dreißig Soldaten.

Und selbst wenn du zuschlägst, wird dir verziehen.»

Das Pfropfen von Apfelbäumen

Bevor Pfarrer Olędzki aus Warschau in die Dorfgemeinde bei Sandomierz abreiste, erhielten wir einen Brief, den Vater mit Erstaunen und Sorge aufnahm. Olędzki bat, man möge ihm ein Foto von Esther Simmel zeigen, da er die Person, mit deren Anwesenheit in der Nowogrodzka so viele schmerzliche Ereignisse verbunden seien, noch nie gesehen habe. Als Vater, Andrzej und ich am Mittwoch im Pfarrhaus waren, um uns von Pfarrer Olędzki zu verabschieden und ihm für alles zu danken, was er für uns getan hatte, nahm er das Bild mit dem Stempel «Foto-Atlas – Hoża 17» behutsam in die Hand und schaute es lange an. Dann legte er es auf den Tisch und sagte leise: «Sie ist sehr schön.» Vater nickte: «Ja, das gibt es selten.» Schweigend betrachteten sie das Foto der jungen Frau im Spitzenkleid, mit dem zu einem lockeren Knoten hochgesteckten Haar.

Dann wollte Pfarrer Olędzki mit Andrzej sprechen, aber als sie auf der Chaiselongue saßen, schwiegen sie beide. Nach einer Weile strich Olędzki Andrzej zum Abschied sanft über den Rücken. Nachdem der Pfarrer gegangen war, um sich auf die Abendmesse vorzubereiten, begann Andrzej zu weinen. Ich konnte ihn nicht beruhigen. Als Pfarrer Olędzki die Treppe hinunterging und hinter sich dieses Weinen hörte, blieb er eine Weile stehen, mit der Hand auf der Brust ans Geländer gelehnt, als lauschte er seinem eigenen Herzschlag.

Das Dorf, in das Pfarrer Olędzki im Juli kam, war nicht groß, aber sehr hübsch. Als er – wie er später an Vater schrieb – mit der Britschka vor dem Pfarrhaus vorfuhr, wurde er sehr herzlich empfangen. Pfarrer Mielhorski, ein großer, braun gebrannter, rüstiger Mann mit grauen Borsten auf dem Kopf, war gesprächig und ausgeglichen. Am Tage gingen sie zusammen im Park hinter dem Teich spazieren. Dann erhellte das Licht des Sommertages Olędzkis Herz.

Abends, in seiner Mansarde, im Schein der von Nachtfaltern umflatterten Kerze, ging es ihm wesentlich schlechter. Abends schrieb Pfarrer Olędzki. Wie er in einem Brief an Vater erklärte, fand er das, was er schrieb, nicht besonders bemerkenswert; für ihn waren es eher Überlegungen, Notizen, Aufzeichnungen. Eines Nachts kam ihm der Gedanke, die Verzweiflung sei der Schlüssel zum Verständnis des Menschen, aber er konnte den Gedanken nicht in Worte fassen, weil er seine eigene Verzweiflung mit der Verzweiflung anderer verwechselte; er hatte das Gefühl, so könne er die Wahrheit nicht finden, und strich den Titel «Der Stein» durch, mit dem er – wie ihm schien, voreilig – seine Notizen versehen hatte.

Der Aufenthalt in Żelistowo war alles andere als unangenehm – nicht nur deshalb, weil Pfarrer Mielhorski kein einziges Mal fragte, aus welchem Grund der Warschauer in seine Gemeinde gekommen war. Man sah die beiden im Obstgarten, wie sie in Leinenschürzen Apfelbäume pfropften – ein Anblick, der jeden erfreute, denn genau so sollte ein Seelenhirte aussehen.

«Sieh mal.» Eines Tages reichte Vater mir einen blauen Umschlag. «Prälat Olędzki hat mir wieder geschrieben. Ich habe ihn immer geschätzt, aber was er hier schreibt ...» Der Brief war mit schwarzer Tinte geschrieben, die Feder war fest aufgedrückt worden, die ungleichmäßigen Buchstaben liefen in einer unruhigen Linie über das gelbliche Papier.

«Fräulein Esther wird also langsam wieder gesund? Man hat mir gesagt, sie würde wieder strahlen und sei glücklich, die Augen würden leuchten, keine Spur von den vergangenen Leiden! Ist das wahr? Solch eine Veränderung? Also hat dieser Stein doch die Wolken über ihr zerstreut?

Mein Gott, was soll man von alldem halten?

Predigen darf ich vorläufig nicht, das hat Bischof Gorazdowski so gewünscht, und so bin ich Pfarrer Mielhorski bei der Messe behilflich. Es ist ein kleines Dorf, die Kirche hat einen nicht besonders hohen Turm, ringsum Kastanienbäume. Morgens geht die Sonne über dem Friedhof auf, der Tau glänzt auf den Kreuzen, der Wind bläst in die Spinnweben, bei der Sonntagsmesse ist die Kirche voll, die Leute sind fromm – aber keine Spur von Glut ist in ihnen! Ich sage mir: Das sind normale Leute, was willst du denn von ihnen? Soll denn jeder ein heiliger Johannes sein? Sie beten, säen, ernten, leben wie normale Menschen, aber manchmal kann ich sie nicht mehr sehen. Diese demütig gesenkten Häupter, diese gebeugten Schultern, dieses Niederknien! Wo ist denn bei ihnen die große Seele? Denn wie ist das nun? Soll man demütig knien oder Gott mutig in die Augen blicken? Und wenn er sündiger wäre als wir? Wozu hat er den Tod geschaffen? Wozu die Qual? Den Himmel lässt er sich furchtbar teuer bezahlen, als bräuchte er Rubel aus Tränen und Blut. Wozu eigentlich?

Ich schreibe Ihnen das, lieber Herr Czesław, weil ich hier niemanden habe, mit dem ich reden kann, und in großem Schweigen lebe, obwohl ich manchmal mit Pfarrer Mielhorski rede, ich weiß auch nicht so recht, worüber.

Pfarrer O. schreibt mir, Bischof Gorazdowski habe umsichtig gehandelt, dass er mich hierher versetzt hat, es gebe schließlich Grenzen des Erbarmens, und Sache eines Kaplans sei es, das Böse deutlich zu verurteilen, und ich muss ihm Recht geben.

Manchmal besucht mich ein Lehrer von hier, den man aus der Schule entfernt hat. Er tröstet mich ein wenig (dass ich, wie er sagt, genau wie er ‹in der Verbannung› sei), ein wenig lacht er über mich, aber meistens schüttelt er traurig den Kopf: ‹Kluge Nationen, zum Beispiel Frankreich, haben schon lange mit der Religion Schluss gemacht, nur wir Slawen stecken noch in der dunklen Vergangenheit. In Frankreich sind die Kirchen leer! Und sie werden überall leer sein! In Deutschland, in Amerika und in Russland glaubt jeder kluge Mensch, was er will. Wozu sollte man sich den Kopf über religiöse Dinge zerbrechen? Das ist tiefste Vergangenheit! Jetzt haben wir andere Zeiten! Die Köpfe der Menschen werden offen sein! Haben Eure Gnaden nicht gehört, dass vor kurzem ein Deutscher verkündet hat, Gott sei tot? Vorbei! Schluss! Und was jetzt? Es gibt niemanden, bei dem man reklamieren könnte. Aber wer weiß, vielleicht wird das Leben interessanter, denn wir werden alles selbst entscheiden müssen! Schluss, Euer Gnaden, aus, amen! Da hilft nichts! Der Allerhöchste hat die Füße ausgestreckt, und man muss ihn in den Sarg legen. Und man sollte ihm ein schönes Begräbnis ausrichten, denn – wie wir von Feuerbach wissen – einige Verdienste hat er sich doch um die Menschheit erworben. Es ist Zeit, tief durchzuatmen, denn der Himmel über uns ist rein, ganz rein! Wie das Blatt, auf das wir unsere Taten schreiben werden!›

Pfarrer Mielhorski ist sehr gut zu mir. Er möchte meine Seele durch das Pfropfen von Apfelbäumen heilen, also pfropfen wir zusammen im Garten hinter dem Pfarrhaus – eine interessante Tätigkeit, beinahe wie das Beten oder das Singen in der Kirche. Man schneidet mit einem Messerchen einen Ast an, steckt das neue Pfropfreis darauf, bindet es gut mit Leinen fest, der verletzte Baum atmet, und man braucht nur auf die Sonne zu warten, und schon kommen an dem frischen Ast Blättchen wie an der Rebe auf dem Weinberg des Herrn.

Ich bin sehr gespannt auf Neuigkeiten von euch, Herr Czesław. Was ist mit dem Jungen? Was macht er jetzt? Wie hat er sein Leiden verkraftet? Ich denke oft an ihn und daran, dass in alldem ein geheimes Zeichen steckt, das große Veränderungen ankündigt, wenn wir es auch noch nicht zu lesen verstehen!»

Gesicht, Asche

Ich tat so, als bemerkte ich ihn nicht, er aber hob die Hand über seiner Tasse und winkte. Er sah aus, als freute er sich wirklich: «Setzen Sie sich bitte zu mir! Der Kaffee ist hervorragend, von Kolzow in der Ulica Żytnia, ein Aroma aus Istanbul, der Zucker aus Tula, fein gestoßen, was braucht man mehr zum Glück! Bitte, setzen Sie sich! Hier! Ein schöner Blick auf den ganzen Saal!» Das Café Lourse war voll, zum Glück sah ich kein bekanntes Gesicht. Ich setzte mich an den Marmortisch. Er strahlte: «Sie suchen Bekannte? Sie sind verabredet? Oh, ich will Sie nicht lange aufhalten, nur ein paar Worte! Das Schicksal hat Sie mir gesandt! Denn ich habe gerade sehr interessante Neuigkeiten im ‹Kurier› gelesen. Das könnte Sie auch interessieren.» Der Kellner neigte sich zu uns: «Was wünschen die Herren?» Müller schob die leere Tasse weg. «Kaffee und Cognac. Bellevue?», fragte er, zu mir gewandt. Ich nickte automatisch. Müllers Siegelring blitzte auf. «Einmal Bellevue. Und für mich das Übliche.» – «Burgunder?» Der Kellner entfernte sich mit einer höflichen Verbeugung.

Ich sah mich im Saal um. Spiegel, Kronleuchter, goldgesäumte Portieren. Stimmengewirr. Lautlose Fächer in den Händen der Damen. Draußen die Straße, Bewegung, Droschken, Tauben.

«Wo war es denn?» Müller blätterte im «Kurier». «Ah ja, hier! Hören Sie zu: ‹Amelia O., wohnhaft in der Ulica Podwale, wurde gestern Abend am Tor der Hausnummer 5 von einem Unbekannten überfallen. Der Täter wollte sie nicht berauben. Er verletzte, mit einem Streichholz von Lipschütz, nur die rechte Gesichtshälfte mit Phosphor. Die Polizei schließt nicht aus, dass es sich um einen Racheakt in einem Liebesdrama handelt.› Haben Sie gehört? Die heutigen Journalisten! Er verletzte nur die rechte Gesichtshälfte! Das ist gut! Nur die rechte!»

Ich betrachtete ihn aufmerksam. Er legte den «Kurier» auf den Marmortisch und griff in die Tasche. Dann schüttelte er eine Pappschachtel; sie war voll. «Interessant …», sagte er mit gespieltem Erstaunen. «Streichhölzer von Lipschütz! Die sind besser als die Wiener von Furth. Der Phosphor – hervorragend! Man muss ihn nur auflösen, dann in die Flasche, aber ganz vorsichtig, nur nicht wackeln!»

Der Kellner stellte uns ein Glas Burgunder, eine Tasse Kaffee und ein Glas Cognac hin, aber ich rührte nichts davon an. «Wollen Sie nicht kosten?» Müller warf mir einen liebenswürdig-vorwurfsvollen Blick zu. «Türkischer Kaffee, ich sage Ihnen, köstlich, aus Istanbul, stark, und dazu ein Cognac, ein himmlisches Gefühl im Mund …» – «Was willst du?» – «Was sollte ich denn wollen? Ich sitze im Lourse, trinke Kaffee, schaue mir die Menschen an und sehe: Da draußen geht ein Bekannter vorbei. Heller Rock, sauber, Schuhe aus Wildleder, das Gesicht ruhig, feierlich, da denke ich gleich: Ich kann beruhigt sein über die Zukunft unseres Landes, wenn solche Menschen bei uns durch die Straßen gehen und tiefsinnige Gedanken hegen. Dieses reinliche Äußere ist ein gutes Zeichen für unser Vaterland. Ich könnte also ruhig weiter Kaffee trinken, doch da kommt mir ein anderer wertvoller Gedanke: Er ist ein kluger Mensch, warum sollte ich ihn nicht um Rat fragen in einer wichtigen Angelegenheit? Denn, wissen Sie, ich brauche einen Rat.»

Ich griff nach dem Stock und wollte gehen, aber er legte sanft seine Hand auf meine. «Warum reagieren Sie denn so heftig auf alles? Ich weiß doch, dass Sie zu tiefgründigen Gesprächen bereit sind, also wird man ja wohl ein paar Worte wechseln dürfen, wie das bei uns üblich ist. Aber, aber! Der Kaffee wird kalt! Das geht doch nicht! Trinken Sie! Er schmeckt sehr gut!» Ich schob seine Hand weg. «Was willst du?» – «Ich habe eine schwierige Entscheidung zu treffen, ich brauche also einen klugen Rat.»

Ich schwieg, er sah sich im Saal um. Dann neigte er sich zu mir. «Schauen Sie», er dämpfte die Stimme, «die junge Dame dort, die in dem roten Kleid am Fenster sitzt, mit einem jungen Beamten. Edle Züge, nicht wahr? Etwas Griechisches im Profil, und dann der weiche Übergang von der Nase zu den karminroten Lippen und das warme, lebendige, fast mädchenhafte Lächeln, das das Gesicht glättet und den Augen Glanz verleiht. Ich sehe die beiden manchmal hier. Ein Glückspilz, dieser Beamte. Wer weiß, vielleicht erfreut er nicht nur seine Augen an ihr. Wenn sie allein sind, streicht er bestimmt mit der Fingerspitze über ihr klassisches Profil und sein Herz schlägt schneller, kein Wunder, denn lebendige Schönheit berührt die Seele! Und sie, schauen Sie nur – Hände wie Taubenflügel! Und der Hals – wunderbar! Wozu sollte sie Juwelen tragen? Sie ist selbst ein Juwel! Wenn ich hier so sitze und sie betrachte, und sie kommt ziemlich oft hierher, meistens sitzt sie dort am Fenster, weil sie die Sonne und den Blick auf die Straße liebt, wenn ich sie also betrachte, stellt sich mir eine schwierige Frage …»

Ich schwieg und hielt meine Handschuhe fest. Er rührte mit dem silbernen Löffel sorgfältig den Kaffee um und senkte die Stimme: «Sind Sie nicht gespannt, was das für eine Frage ist? Oh, es ist eine bedeutende Frage. Also, wenn ich die Frau so betrachte, dann denke ich: Wie viel mag wohl dieses Gesicht wert sein? Wie viel Rubel wird dieses Gesicht wert sein, nicht für mich, versteht sich, denn was soll ich mit ihr, ich bin ein Passant, der seinen Blick schweifen lässt. Aber wie viel mag dieses Gesicht, sagen wir, dem jungen Beamten wert sein, der – wie Sie sehen – die Augen nicht von ihr lassen kann?»

Ich stützte unwillkürlich meine Hand auf den Messingknauf des Stockes, doch er schien diese Geste nicht zu bemerken, er wischte nur vorsichtig den Mund mit der Serviette ab und nahm dann mit ausgesuchter Eleganz das Weinglas zwischen die Finger.

«Wie ungerecht ist doch das Schicksal!», seufzte er. «Das Gesicht ist wirklich ein Juwel, er kann die Augen nicht von ihr lassen, er schaut sie an wie die Sonne und sieht sein ganzes Glück in ihr – aber wie lange wird dieses Gesicht so bleiben? Doch nur einen Augenblick. Jetzt blüht sie und ist wunderschön. Aber in einem Jahr, in fünf Jahren? Da beginnt das Gesicht zu welken. Als würde es jemand, sagen wir, jeden Abend mit Phosphor bestreuen. Die Tage vergehen, die Monate, noch freut sich der junge Mann an der Schönheit seiner Auserwählten, er sieht nichts, denn die Liebe verhüllt ihm die Augen mit dem paradiesischen Vorhang des Glücks, aber wir, Sie und ich, wir wissen schon, dass das schon der Rest ist. Tag für Tag wird die Haut grauer, die Augen verlieren den Glanz, der Hals wird faltig. Und dann? Dann bleiben ihm nur ein paar alte Fotos. Und was sind ein paar alte Fotos? Nur eine Wunde im Herzen.

Denn das Sterben der Frau – haben Sie das bemerkt? – beginnt mit dem Gesicht und dem Hals. Einverstanden, wir müssen sterben, da Gott es so will, so ist die Ordnung der Dinge, also respektieren wir den höheren Willen. Aber sagen Sie mir, wozu er das Alter der Frau erfunden hat? Das Alter des Mannes mag ja noch angehen. Aber warum geht Gott so mit dem Gesicht der Frau um – wie, mit Verlaub, dieser ‹Täter› aus der Ulica Podwale? Was stört ihn denn die Schönheit solch eines Gesichtes? Was hat er davon, dass er dieses Gesicht von Jahr zu Jahr seiner Schönheit beraubt? Wozu braucht er das? Er sollte es mit Sonne vergolden und den geringsten Windhauch von ihm fern halten, damit es in alle Ewigkeit blühen kann, nicht wahr? So ein Gesicht ist doch ein Wunder? Und dann solch eine Zerstörung.

Ich frage Sie also, gnädiger Herr, wie viel kann so ein Gesicht wert sein? Wie viel würde der Herrgott nehmen, um solch ein Gesicht zu retten? Damit es immer so bleibt, wie es jetzt ist? Na, gnädiger Herr, wie viel würde Gott nehmen, was denken Sie?»

«Das ist billige Gotteslästerung, was du da sagst», erwiderte ich, «aber …»

«Aber was? Sie meinen also – billig? Ja, das ist sehr billig, aber was soll's, ich bin ein armer Mensch, da ist das Lästern billig. Ich bitte gnädigst um Verzeihung. Lassen wir Gott aus dem Spiel, denn das gehört sich nicht. Ich frage anders: Wie viel würde ein Mensch für solch ein Gesicht geben? Was heißt hier ein Mensch! Wie viel würden, um solch ein Gesicht zu retten, sagen wir – Sie geben?»

Ich sprang auf. Die Tassen fielen klirrend um, der Kaffee ergoss sich in einem braunen Fleck über die Tischdecke. Ich hob den Stock. Müller verdeckte das Gesicht mit dem Arm. Die Gespräche im Saal verstummten. Alle sahen in unsere Richtung. Der Kellner kam angelaufen: «So geht es nicht, meine Herren. Sie vertreiben die Gäste, verschieben Sie Ihren Streit auf später, sonst wird gleich die Polizei kommen.»

«Du kommst jetzt mit mir», sagte ich mit unterdrückter Erregung. Müller nahm die leere Tasse in die Hand: «Ich? Warum sollte ich? Ich werde noch etwas hier bleiben. Das Lokal ist gut, die Frauen sind schön. Für den Kaffee und den Schaden zahle ich, keine Sorge.»

Als ich auf die Straße trat, fiel mir der Stock aus der Hand. Ich musste mich an der Mauer festhalten. Ein Mann aus der Provinz, rot im Gesicht, stützte mich am Arm: «Was ist mit Ihnen»? Brauchen Sie einen Doktor?» Erst jetzt kam mir richtig zu Bewusstsein, was Müller gesagt hatte. Ich irrte den ganzen Nachmittag durch die Stadt. Seine Worte konnten alles oder nichts bedeuten. Ich ging an Läden und Haltestellen für Droschken vorbei.

Der Himmel bezog sich mit Wolken. Pferdehufe klapperten. Jemand stieß mich mit dem Arm an. Ich ging auf die Fahrbahn. An einem Tor rief ein bärtiger Mann mit einer Schürze schrill: «Sachar moroschenyj, Eis, Eis!» Packwagen mit Möbeln verstellten mir den Weg. Eine Peitsche pfiff. Spatzen pickten Hafer aus Pferdemist und flogen vor meinen Füßen auf. In ein Weingeschäft wurden Kisten mit schwarzen Flaschen getragen, das Glas klirrte. Jemand fragte: «Das Haus von Klein, wo ist das?» Jemand stieß mich mit dem Ellbogen: «Wie der geht! Am helllichten Tag! Dass der sich nicht schämt!»

Erst gegen sieben bemerkte ich, dass ich vor dem Krankenhaus in der Ulica Cerkiewna stand. Es begann zu regnen. Ich stellte mich unter das Dach über der verglasten Tür. Hinter der Glasscheibe sah ich das Vestibül, alles aus Marmor, Säulen, das Licht gedämpft, kein Mensch. Ja, das war das gleiche Vestibül, damals war ich mit Jan hier entlanggelaufen, in den Hörsaal III. Ich schob die Tür auf und streifte die Regentropfen von meinem Mantel. In dem kleinen Büro erhob sich ein Portier mit einer Leinenjacke: «Was wünschen der gnädige Herr?» Ich beugte mich zu dem Fensterchen hinunter: «Hier hast du zehn Rubel», sagte ich leise und versuchte das Zittern meiner Stimme zu verbergen. «Ich suche einen Mann, den sie mit Messerstichen hergebracht haben.» Der Portier kniff ein Auge zusammen: «Einen aus Wola?» – «Ja, einen aus Wola. Oder aus Powiśle.» Schnell steckte er den Geldschein in die Jackentasche. «Einen Moment.» Mit dem feuchten Finger fuhr er über die Einträge im Register. «So einer lag hier. Er wurde vor einer Woche entlassen. Ulica Towarowa 5, im Haus der Rosenowa. Er heißt Stahl.»

Um neun war ich vor dem Haus der Rosenowa. Die Nummer 5 war mit Pech auf die Backsteinmauer neben der Tür gemalt. Die Frau, die am Tor stand, hatte zu viel Rouge auf den Wangen und die Augenbrauen dick mit schwarzer Farbe geschminkt. Ich betrat die Treppe. «Ich suche Stahl.» Sie sah mich ohne ein Lächeln an und schätzte den Wert des Stoffes, aus dem mein Rock geschneidert war: «Die Nummer drei.»

Die Tür im ersten Stock war mit grüner Farbe gestrichen, die an vielen Stellen abblätterte. Die Frau schlug mit der

Hand an den Rahmen: «Stahl, jemand für dich.» Die Tür ging auf, ein schmutziges Kind lief durch die Wohnung. Hinter einem Vorhang mit Blumenmuster kam ein hagerer Mann in einem Hemd mit Gummikragen hervor. Ich warf einen Blick auf die Frau, die noch immer an der Türschwelle stand. Stahl brummte sie an: «Mach, dass du wegkommst.» Sie schloss die Tür, man hörte ihre Schritte auf der Treppe, sie ging hinunter. Stahl knöpfte den Kragen zu: «Sie haben ein Anliegen?» Ich nickte. Er sah in den Spiegel. «Gibt es jemand, der Sie stört?» Ich griff in meine Tasche. «Da ist ein gewisser Müller. In der Koszykowa 18. Er nennt sich auch Mayerling.» Ich nahm einen blauen Geldschein heraus und legte ihn auf den Tisch: «Der Rest hinterher.» Er wusch die Hände in einer Schüssel und trocknete sie mit einem karierten Tuch ab: «Und was … gibt es zu tun?» – «Man muss ihm nur klarmachen, er soll die Hände von der Frau lassen, die Esther heißt.» – «Das muss man ihm klarmachen?» – «Ja.» Stahl steckte sich eine Zigarette an. «Sind Sie ihr Mann?» Ich antwortete nicht. Er sagte gedehnt: «Bitte, wie Sie wollen. Ich kann es ihm klarmachen. Warum nicht.» Ich ließ ihn nicht aus den Augen: «Aber so, dass er es versteht.» Stahl drehte die Zigarette zwischen den Fingern: «Er wird es verstehen.»

«Glück»

Den Brief holte ich um elf Uhr auf der Post ab. Ein kleiner Umschlag. Die violette Tusche des Stempels. Blaues Papier mit Lackspuren.

Ich wusste, dass ich ihr eines Tages diese Briefe zurückgeben würde, vielleicht sogar in den Umschlägen, ohne einen Hinweis, dass sie geöffnet worden waren, doch jetzt wollte ich Fräulein Esther von jener Welt abschirmen, von Zürich, Basel, Bayreuth. Obwohl ich wusste, dass es niederträchtig war, trug ich also den kleinen blauen Umschlag an den Platz hinter dem Relief mit der Schwalbe, wo ihn eine lange Quarantäne erwartete.

Das Zimmer war still, nur die gedämpften Geräusche des Hauses drangen von unten herauf: das Klirren von Silber und Porzellan, das Rauschen des Wassers, das in den Krug gefüllt wurde, das Knistern des Feuers, Laute, die durch die Erinnerung an die einfachsten Dinge, ohne die alles seinen Sinn verliert, selbst das heftigste Herz zu besänftigen imstande wären. Plötzlich spürte ich, wie das Leben, das Leben, das uns so schmerzlich verletzte, sich zu glätten begann wie das Wasser eines Teiches in der Dämmerung. Aus Vaters Zimmer hörte ich, wie hinter Plüschvorhängen im Theater, wo die Schauspieler neue Rollen üben, Andrzejs Stimme, verwischt von der Entfernung, undeutlich, aber immer wieder von seinem Lachen unterbrochen, das noch etwas scheu war, als fürchtete er sich davor, dafür bestraft zu werden, dass er die Trauer abgelegt hatte, das aber manchmal schon mit starker, fast unverschämter, echter Freude aus ihm herausbrach. Das Haus hatte seine alte Farbe wiedergewonnen, obwohl wir schon dachten, alles wäre verloren, und in dieser Ruhe war auch Platz für sie, so natürlich und offensichtlich wie der Juniregen.

Wie pflegte Fräulein Esther zu sagen? «Warum sollte das Gute nicht in Erfüllung gehen?»

Während ich diese näheren und entfernteren Geräusche im Haus hörte, begann ich das Klirren der Fensterscheiben zu vergessen, ich vergaß das Getrampel der Füße auf dem nassen Pflaster der Nowogrodzka, die brennenden Wagen auf der Wiese bei der Nowowiejska, das Buch mit dem roten Leineneinband, das mich mit Entsetzen und Begeisterung erfüllte. Ich hörte sogar auf, an Müller und Stahl zu denken. Jetzt, in diesem hellen Augenblick, der mich aus der Zeit herausholte und in einen Raum trug, den ich noch nicht kannte, verband sich alles, was ich bisher erleben durfte, zu einem einheitlichen, starken Bild des Lebens, in dem die schlechten Momente zu dem wurden, was sie eigentlich waren: zu unbedeutenden Episoden, die das Wesentliche nicht zerstören konnten.

Denn was wirklich war, war jener Vormittag, als Fräulein Esther nach den frisch gewaschenen Kirschen griff, sich im Bett aufsetzte und – begierig auf die Sommersonne – Janka bat, die Jalousien hochzuziehen, wirklich war, dass Fräulein Esther heute, nachdem so viele Tage seither vergangen waren, schon im Zimmer auf und ab zu gehen versuchte, sich über jede Bewegung freute und fast so lachte wie früher, und dass Doktor Janowski, der seine Rührung nicht verbergen konnte, ihr gutmütige Ratschläge gab, was sie zum Vesper essen solle, und, während er seine Brille putzte, den erfreuten Andrzej bat, er möge Fräulein Esther helfen, er solle in die Küche gehen und Rotwein bringen, denn Fräulein Esther dürfe jetzt schon wieder kosten, soviel sie wolle.

Ich stand am Fenster und freute mich an diesem guten Augenblick, der sich mit dem Sonnenlicht mischte, und der Augenblick, den ich in mir bewahren wollte als Ankündigung von etwas Gutem und Unausweichlichem, verstärkte in mir das Gefühl der Gewissheit, dass alles sich erfüllen würde, wie es versprochen war, wozu also die List mit den Briefen?

Befreit von meinen Ängsten, legte ich die Hand auf die Klinke und wollte schon zu Fräulein Esthers Zimmer gehen, anklopfen und ihr den blauen Umschlag überreichen, aber es genügte, dass ich die sorgfältig geschriebenen Buchstaben der Adresse sah, die sich Esther unerbittlich zu Eigen machten, indem sie Name und Vorname in dünne Tintenlinien einschlossen wie einen Vogel in den Käfig, es genügte also, dass ich das sah, und schon holte die Hand, die noch zögerte, die in der Luft noch prüfte, ob sie tun konnte, was sie wollte, aus und riss den Umschlag auf.

Ich flog mit den Augen über das blaue Blatt, verwechselte

die Zeilen, übersprang Absätze. Das Papier glatt, mit weißem Rand, die Buchstaben deutlich, nur unten etwas verwischt, als wäre der Ärmel eines Kleides über die noch feuchte Tinte gestreift. Die Unterschrift – «Anneliese»?

«Was ist mit dir los? ... Kommen meine Briefe in Warschau nicht an? Warum antwortest du nicht? ... Das ist doch ... unmöglich ... Und er? ... Jetzt ... Weißt du, was sie in Schulpforta mit ihm gemacht haben? ...

Das Herz tut mir weh, wenn ich daran denke ... Als er in der Burschenschaft war – stell dir vor: in weißer Mütze mit rotgelbem Rand, und anscheinend war er stolz darauf –, nannten sie ihn ‹Glück›, denk nur – ‹Glück›!

Hilfe? Was heißt hier Hilfe? Mitgefühl hat er ja immer gehasst. Ich glaube, er wollte auch keine Erlösung. Er war zu stolz, als dass er sie von anderen hätte annehmen können. Sicher wirst du fragen, ob Elisabeth etwas hätte tun können? Aber hat man denn überhaupt etwas tun können? ‹Dein krankes Tier› – schrieb er einmal an sie.

Elisabeth behauptet, er sei damals in Gimmelwald glücklich gewesen, aber warum, frage ich mich, hat er die beiden schrecklichen Gedichte über die Melancholie geschrieben? Und er hat Rohde um den Stich von Dürer gebeten: Das Bild ‹Ritter, Tod und Teufel› ist mir nah, ich kann gar nicht sagen, wie sehr. E. sagte mir, er hat es in violette Seide rahmen und in der Wohnung am Spalentor aufhängen lassen.

Und wenn man daran denkt: Wir lebten wie im Nebel und wussten nichts.

Erinnerst du dich an den Satz, den er sagte, als du in Sils warst? Wirkliche Melancholie befällt uns, wenn wir auf einen Wunsch treffen, den wir weder erfüllen noch verwerfen können.

Und dann – was für eine Veränderung! Als die Deussens ihn besuchten, kannten sie ihn kaum wieder! Dieser schwere, schwankende Gang, die Verstocktheit ... ‹Lieber Freund›, sagte er zu Deussen und zeigte die Wolken, die von

Sils heraufzogen, ‹ich muss blauen Himmel über mir haben, wenn ich meine Gedanken sammeln will.› Frau Deussen hat sein Zimmerchen im Hotel gesehen. Mein Gott! Und was das für ein Hotel war! ‹Zur Alpenrose›! Ein ungemachtes Bett, ein Bauerntisch, darauf eine Kaffeetasse, Papiere, eine Rasierklinge, ein Pinsel und in der Ecke ein Stiefelknecht mit einem Stiefel darin! Und als die Deussens sich von ihm verabschiedeten, sah Frau Deussen Tränen in seinen Augen!

Tränen! Bei ihm! Kannst du dir das vorstellen? Wo ist nur der Friedrich geblieben, den wir so bewundert haben?

Angelotti schreibt, das Schlimmste habe in Turin begonnen, am dritten Januar, auf der Piazza Carlo Alberto, als er einen Kutscher sah, der ein Droschkenpferd quälte. Angeblich hängte er sich tränenüberströmt an den Hals des Pferdes und verlor das Bewusstsein. Wie oft haben wir schon solche Dinge gehört, die sich später als vollkommen falsch herausstellten. Aber Angelotti schwört, er habe alles mit eigenen Augen gesehen!

Komm zu uns, er ist hier, der Arme, bei uns. Und er flüstert nur: ‹Gekreuzigt, gekreuzigt …› Und diese schrecklichen – verzeih mir –, diese ständigen Flecken im Bett. Und das Reden im Schlaf: ‹Nur da, wo Gräber sind, ist auch Auferstehung.› Und das Schreien mitten in der Nacht. Gott, gib uns Kraft …»

Konfetti

In der Küche prasselte das Feuer. Janka riss das Bettzeug von Fräulein Esther in Fetzen. Schweißfleckige Laken, aufgescheuerte Bettbezüge, Kissenbezüge mit Hohlsaum und besticktem Rand, zerfledderte Spitzen, Satinbänder – all das flog mit einer entschiedenen Bewegung in den Ofen, und die gelben Flammen hinter der halb offenen

Klappe schnappten gierig das grobe Leinengewebe und ließen es in Sekundenschnelle verkohlen. Was für eine Freude, zu sehen, wie die graue Materie sich in ein Funkenbündel verwandelte, das sich dröhnend im pechschwarzen Schlund des Schornsteins verflüchtigte.

Jankas Wangen waren dunkelrot von der Hitze. Sie blinzelte. Rissige Lippen. Die Zöpfe auf der Stirn zusammengesteckt. Sie streckte die Hand aus: «Geben Sie her, Herr Aleksander!» Ich warf ihr die zerknitterten Bezüge zu, sie fing sie mit einem schelmischen Lachen auf. Die Leintücher mit dem eingestickten Monogramm «C», mit einer Handbewegung geschickt zusammengewickelt, zerschmolzen in den Flammen wie Schnee. Draußen war schönes Wetter. Nach dem Regen am Morgen glänzten die Blätter in der Sonne. Auf den Fenstersimsen wärmten sich die Tauben. Die ganze Ulica Nowogrodzka war von Licht durchströmt.

Die Tür zu Fräulein Esthers Zimmer war geschlossen. Wir warteten im Salon. Draußen strahlte grün das Kupferblech auf der Kuppel von St. Barbara, die Kronen der Linden, am Himmel kleine Wölkchen. Als die Uhr Viertel vor zwei schlug, ging die Tür auf. Fräulein Esther trug ein weißes, am Hals geknöpftes Kleid, es war leicht zerknittert, denn es hatte im Schrank zwischen den Mänteln und Pelerinen gehangen. «Ist das das von Herse?», fragte Mutter. Fräulein Esther glättete lächelnd die Falten an der Hüfte: «Ja.» Ihre Wangen waren gerötet, die Augen glänzten. Im Haar eine silberne Nadel mit einer Lilie. Sie strich eine Strähne hinters Ohr: «Herr Aleksander, möchten Sie nicht mit mir in den Sächsischen Garten gehen, in die frische Sommerluft?»

Den Nachmittag verbrachten wir auf den Kieswegen beim Brunnen. Dann gingen wir in die Konditorei von Milewicz und aßen Napoleon-Schnitten. Sie verschlang sie gierig und schleckte die Finger ab. Ihr leichtes, ansteckendes, etwas herausforderndes Lachen erheiterte selbst die traurigsten Gäste – anfangs warfen sie uns strafende Blicke zu, aber als sie ihre hochgezogenen Augenbrauen und ihr schelmisches Blinzeln sahen, waren sie bereit, uns alles zu verzeihen.

Wir kamen kurz vor fünf zurück, ganz außer Atem vom schnellen Treppenlaufen. Ich war glücklich. Sie war bei mir, wunderbar lebendig, ich hatte sie wieder. Jede Bewegung der Schultern, des Kinns, des Halses – ich saugte alles ein. Und sie freute sich an jedem Atemzug.

Am Abend probierte sie Kleider an. Janka zog eines nach dem anderen aus dem Nussbaumschrank, und sie hielt sich die geblümte Seide an den Oberkörper, drehte sich vor dem hohen Spiegel und warf den Stoff nach kurzem Zögern aufs Bett, wo der bunte Stapel von Leinen, Batik und Organdy anwuchs. «Das cremefarbene mit den Abnähern ist hübscher, oder? Schau her, und dieses? Und wenn man eine Rose dazu trägt? Hier, an der Schulter?» Schon wanderte die künstliche Rose aus der runden Schachtel an Fräulein Esthers Schulter, und Janka steckte sie an den gefältelten Crêpe de Chine, der in allen Regenbogenfarben in der Sonne glänzte.

Wir sollten um sieben im Kasino sein. Es war noch genug Zeit, ich saß im Salon und blätterte im «Kurier», und von oben drang das feine Rascheln der übergestreiften Kleider herunter, das Geräusch der verschiedenen Stoffe. Nicht einmal von Jankas lauten Scherzen wurde es übertönt – klüger als alles andere, wenn auch ohne jeglichen Sinn. Es war das gleiche Geräusch, das ich damals gehört hatte, als ich Fräulein Esther, Fräulein Hirsz und Fräulein Dałkowska mit den runden Schachteln von Herse auf der Treppe sah. Die Fotografien von Bertelssohn, die Fräulein Esther nach ihrer Ankunft auf die Kredenz gestellt hatte, waren wieder in schöne Mahagonirähmchen gefasst und dienten jetzt als kleine Spiegel, in die sie schaute, um die Lippen nachzuziehen. Auf den dunklen Mauern des Rathauses und dem Turm der Marienkirche tanzte dann das Spiegelbild der Lippen und der Zähne.

Kurz nach sieben betraten wir den Saal des Kasinos. Vater im sandfarbenen Rock mit einer Nelke im Knopfloch, Mutter in einem Spitzenkleid mit einem breiten, auf die Schultern geklappten Kragen, Andrzej in einem hellen Rock und ich in einem dunklen Anzug von Mariani. Alle blickten zu Fräulein Esther, als sie an der Tür erschien. Die Musik verstummte. Der Tanz brach ab. Herr Erwin, der an diesem Abend Vortänzer war, reichte ihr die Hand und führte sie feierlich zum Podium für das Orchester. «Ich bedanke mich», sagte sie mit gedämpfter Stimme. «Aber Herr Erwin, wozu denn den Tanz unterbrechen? Meister» – sie winkte mit dem Fächer Herrn Elsner zu, der sich hinter dem Pult verbeugte –, *«continuez!»* Von weitem verneigten sich Geheimrat Mehlers im schwarzen Frack und Herr Salzmann.

Sie wurde immer wieder zum Walzer aufgefordert, in den Pausen amüsierte sie sich damit, scherzhafte Wünsche in die Tanzbüchlein zu schreiben, dann warf sie den japanischen Fächer mit den Paradiesvögeln auf die Chaiselongue, setzte sich einen Augenblick und wechselte ein paar Worte mit Vater oder Fräulein Dałkowska. Während ich zusah, wie sie in Herrn Erwins Armen über das gewachste Parkett glitt, dachte ich an jenen Moment auf der Wiese unter der Nowowiejska, als die Rotweintropfen auf die weiße Seide spritzten. Alles, was danach geschehen war, erschien mir so unwirklich, als wäre damals, als ihr das Glas aus der Hand fiel, die Zeit stehen geblieben und erst jetzt, in diesem erleuchteten Saal, wieder in Gang gekommen.

Gegen zehn erblickte ich Jan. Ich hob die Hand, um ihn zu grüßen. Tat er so, als würde er mich nicht sehen? Ich drängte mich durch die Menschenmenge. Er stand an einer Säule, ein Glas in der Hand. «Was ist denn, kennst du mich nicht mehr?» Er schwankte, das Hemd war nicht ganz zugeknöpft. Er wollte weggehen, aber ich hielt ihn am Arm:

«Was machst du denn? Hör auf zu trinken, das ist dumm.» Er sah das Glas an, dann mich. Eine Spur von Unwillen in den Augen? Ich schüttelte den Kopf: «Komm ein wenig zu dir, dann gehen wir zu Fräulein Esther. Sie hat schon ein paar Mal nach dir gefragt. Sie möchte dir für alles danken. Du solltest sie begrüßen.» Er riss sich los. «Lass mich.»

Seine Augen waren dunkel und feucht. Er betrachtete Fräulein Esther, die von Herrn Erwin gerade mit Verbeugungen zum Parkett geführt wurde. «Ein schönes Kleid», brummte Jan. «Weiß wie Schnee.» – «Ja, schön», sagte ich und sah ihn aufmerksam an. «Von Herse.» – «Von Herse?» Das Orchester begann einen Walzer zu spielen, die Tänzer setzten sich in Bewegung. Er zog die Brauen hoch. «Die nähen schöne Kleider bei Herse.» Ich schüttelte ihn: «Was ist los mit dir, zum Teufel?»

Er sagte etwas, den Blick auf Fräulein Esther geheftet, aber die Musik, die gerade in einen Tusch ausbrach, übertönte seine Worte. Ich neigte mich zu ihm: «Was sagst du?» Ich zog ihn in Richtung Vestibül, unter die Arkade. Er blickte in den Saal, wo der Walzer gerade in einen Galopp überging, dann füllte er sein Glas: «Sie hat höchstens sechs …» Ich zerrte ihn am Arm: «Was faselst du?» Träge befreite er sich von meinem Griff: «Sie hat höchstens noch sechs Monate zu leben. Das hat mir Kerschenzew heute Morgen gesagt.»

Mir wurde kalt. Ich hielt mich an der Wand fest. Fräulein Esther wirbelte glücklich durch den Saal, die Hand auf der Schulter von Geheimrat Mehlers, der ihr strahlend, mit gerötetem Gesicht etwas zurief, sie rauschte an den Säulen vorbei, stieß unachtsam mit dem Ellbogen an die Blumen in den griechischen Vasen und streifte Nelken auf den Boden, die in der um das Parkett laufenden Girlande steckten. «Das hat Kerschenzew gesagt?» Er nickte.

«Aber das kann doch auch wieder vergehen.» Er sah mich etwas geistesgegenwärtiger an: «Es kann.» Nach kurzem

Schweigen sagte ich: «Weiß sie das?» Er zuckte die Achseln: «So etwas weiß man wohl.» Ich spürte einen Schmerz in der Brust. Wie aus großer Entfernung drangen schneller werdende Trommelschläge an mein Ohr. Das Blut pulsierte in den Schläfen. Stimmen? Auf ein Zeichen von Herrn Elsner ertönte eine laute Trompetenfanfare unter der Kassettendecke. Klirrte es da im Saal? Der Wind hatte ein angelehntes Fenster aufgestoßen, das zum Balkon hinausging. Ein kühler Lufthauch wehte über das Parkett. Die Federn auf den Hüten bewegten sich. Ohne anzuhalten, sahen sich die Tänzer unsicher um. Das Glas des Kronleuchters blitzte auf und gab einen leisen Ton von sich. Was war das? Kleine Flocken auf den Gesichtern? Jetzt, mitten im Sommer? Schnee? Ich sah nach oben. Lachende Mädchen der Wohltätigkeitsgesellschaft, als Zigeunerinnen verkleidet, streuten von der Galerie silbernes und goldenes Konfetti herunter. Lange rote Papierschlangen. Auf dem Parkett klatschte man erleichtert.

An die Wand gelehnt, blickte ich in den Saal, Fräulein Esther tauchte aus der Menge der Tänzer und ging geradewegs auf mich zu. Die geröteten Wangen, das Blitzen der Ohrringe, das weiße, schillernde Kleid mit den Spitzen, das sie mit der rechten Hand anhob. Sie strich ihr Haar zurecht: «Sie geben mir doch keinen Korb, Herr Aleksander, oder?»

Mein Herz schlug heftig, als wir das Parkett betraten, das wie die Oberfläche eines gefrorenen Teiches glänzte. Ich konnte meine Gedanken nicht beisammenhalten. Sie tanzte lächelnd, neigte neckisch den Kopf, blies eine Haarsträhne von der Stirn, und ich spürte ihre Wärme, ihren Geruch, ich sah ihre Augen, die Wimpern, die feine Haut an den Schläfen, ich hielt ihre Hand in meiner, umarmte sie fest, und eine unbändige Freude überkam mich, weil ich sie so nahe bei mir hatte, an meiner Schulter, lachend, heiter, wir wirbelten über das Parkett, geschickt den anderen Paaren ausweichend, wir sahen einander an, sie sagte etwas Lustiges, ich versuchte lächelnd zu antworten, aber sie schüttelte nachsichtig den Kopf, endlich überwand ich die Angst und erwiderte ihren Scherz, aber nach einigen Schritten ließ sie plötzlich, ohne jegliche Ankündigung, meine Hand los, als würde sie an etwas ganz Fernes denken.

Sie wusste es also?

Sie ging zu Vater. Erstaunt und erfreut tanzte er ein paar Takte einer Zigeunerromanze mit ihr, sie lachte, entschlüpfte seinen Händen und begann mit Herrn Salzmann zu tanzen, um ihn gleich wieder zu verlassen, und dann hob sie die Arme, als wunderte sie sich über die ganze Welt, fuchtelte mit den Händen in der Luft und lief zu Herrn Drozdowicz.

Sie weckte alle gleichsam aus dem Schlaf. Wenn sie sich näherte, kam ein warmer Glanz in die Blicke, die Herzen schlugen schneller. Sie forderte Doktor Janowski zum Tanz auf, der sich höflich verbeugte, als hätte er die Ehre, mit der Königin von Holland zu tanzen, dann führte sie wieder Geheimrat Mehlers am Arm, der ihr beglückt, mit hochroten Ohren, in die Mitte des Parketts folgte. Sie ging auf Mutter zu, nahm sie an den Händen und drehte sie mit einer leichten, tänzerischen Geste um sich herum, in der mehr Freude als Zuneigung war.

Spanische Musik erklang, Fräulein Esther hob die Hände über den Kopf, schnalzte mit den Fingern, als hätte sie Kastagnetten in der Hand, und begann sich schnell zu drehen, die Absätze knallten, die Falten wirbelten. Fräulein Hirsz und Fräulein Dałkowska schlossen sich an – die Hände ausgestreckt, die Augen zusammengekniffen, lachend. Herr Elsner griff den aragonischen Rhythmus auf, der Stock schwang schneller, die Trommeln schlugen lauter, die Tschinelle erklang in einer silbernen Kaskade, die Violoncelli immer tiefer und schneller, an den Wänden klopften die Lackschuhe den Rhythmus, die Ringe an den klatschenden Händen blitzten auf. Andrzej stand am Fenster und konnte den Blick nicht von ihr losreißen.

Doch ich vergaß das Kasino, während ich Fräulein Esther betrachtete, vergaß den Ball, das Orchester, das mit einem schnellen Walzer wieder die Tänzer aufs Parkett lockte, und plötzlich erblickte ich mit schmerzhafter Deutlichkeit die weiß gekachelte, von der Sonne erhellte Küche in der Nowogrodzka, die Küche, in der am Morgen die verschwitzten Laken und die nach Salbei riechenden, vom vielen Bügeln rostbraun geränderten Überzüge in freudigen Flammen verbrannt waren.

Doch jetzt verbrannte in der Küche niemand Laken und Überzüge, jetzt nehmen Jankas Hände den bestickten Büstenhalter von Fräulein Esther vom Boden, jetzt ziehen sie langsam, Loch für Loch, die weiße Schnur heraus, denn die kann man noch brauchen, jetzt reißen sie mit einer heftigen Bewegung den gestickten Hohlsaum ab, denn auch er kann noch von Nutzen sein, jetzt untersuchen die aufmerksamen Hände, ob das weinrote Leder an den Schuhen keine Risse hat, jetzt drehen sie die Wildlederhandschuhe um und prüfen, ob sie keine dünnen Stellen haben, jetzt ziehen sie das rosarote Gummiband aus dem Strumpfhalter und schauen, ob es noch ganz ist, und dann fliegt alles durch die Ofentür, mit einer sicheren, kräftigen Handbewegung, und nur das purpurrote Korsett aus Fischbein, das schöne, mit schwarzen Spitzen besetzte Korsett der Firma «Odenthal» mit seinen Nickelhäkchen sträubt sich noch.

Doch schon trennen Jankas geschickte Hände das Satinfutter auf, schon schälen sie den Nickeldraht heraus, schlitzen mit der Schere den roten Stoff auf, reißen die Spitze und die Perlmuttknöpfe ab, und dann fliegt das schöne Korsett der Firma «Odenthal» als schlaffer roter Fetzen in den Ofen, und nach ihm wandern die Reste des prachtvollen Kleides aus Wien, von den Spitzen befreit, ins Feuer, um gleich darauf, in wirbelnde Asche verwandelt, durch den Schornstein über die Dächer der Nowogrodzka zu fliegen, über die Marszałkowska, die Żurawia, über den Sächsischen Garten;

der Wind trägt die winzigen, kaum sichtbaren schwarzen Flöckchen aus verbranntem Crêpe de Chine über die Stadt und schubst sie von Wolke zu Wolke, und am nächsten Tag schimmern in der kalten Asche unter Jankas Schürhaken die vom Feuer geschwärzten, flugträgen Fischbeinstäbe, die so zärtlich den glatten weißen Rücken umspannten und auf der Haut eine feine Zeichnung rosiger Linien hinterließen.

Ach, das Verbrennen der Kleider unserer Angehörigen. Das Auslesen dessen, was man behalten will. Das Aufspüren eines warmen Geruchs in den schon kalten Taschen. Das Ablösen der Knöpfe. Das Umdrehen des Futters. Die stummen Fächer in den Schränken, auf denen Handschuhe liegen, die niemand mehr braucht. Die Mäntel, die keiner mehr anzieht. Die in Bruchteilen von Sekunden gealterten Krawatten und Schleifen. Die Brille, die nur für diese Augen passte. Die heimatlosen Kämme, auf denen das Haar eines von Sand bedeckten Kopfes glänzt.

Die Musik schwoll zu einer großen Walzerwoge an, der Stock von Herrn Elsner zerschnitt die Luft, Wolken von silbernem Konfetti rieselten von der Galerie auf die Köpfe der Tanzenden, die als Zigeunerinnen verkleideten Mädchen rissen einander lachend die Schachtel mit den Luftschlangen aus der Hand, und ich betrachtete Fräulein Esther, die in der Mitte des Parketts mit Geheimrat Mehlers tanzte, und sah die stillen häuslichen Zeremonien, das Auslesen, Durchsuchen, Auftrennen, Umdrehen, Ins-Feuer-Werfen, und spürte plötzlich, wie sich meine Kehle zusammenzog. Eilig verließ ich den Saal und lief auf die von Menschen, Kutschen und Lichtern erfüllte Straße.

Es waren noch ein paar Minuten bis Mitternacht. Ein feiner, kalter Regen fiel.

Die Brücke der Schatten

Nachdem ich von der Post in der Wspólna zurückgekehrt war, drehte ich den Schlüssel in der Tür um und riss den Umschlag auf. Fräulein Esther war nicht zu Hause, sie war mit Fräulein Hirsz ausgegangen.

Die abgerissenen Ecken des Blattes fielen auf den Teppich. Ich glättete das cremefarbene, an den Rändern umgebogene Papier. Schräge Buchstaben, Datum. Schwarze Tinte mit bläulichem Schimmer. Die Unterschrift: «Anneliese».

«Kannst du das glauben? O Gott, wie schmerzhaft ist das alles. Er war in einer Anstalt, er, der ehemalige Professor der Baseler Universität, Schüler von Ritschl. Doktor F., der Assistent von Binswanger, der, den wir in Basel kennen gelernt haben – weißt du noch? –, der junge Mann, mit dem wir uns Ende September bei Justus Walser unterhalten haben, dieser junge Mann machte Tag für Tag, ohne mit der Wimper zu zucken, mit pedantischer Genauigkeit – das weiß ich von Z. – im Krankenbuch seine Eintragungen: ‹Der Kranke hält sich für Friedrich Wilhelm IV.› oder ‹Der Kranke ruft nach Ariadne, sie möge ihm den Faden reichen.›

Er erinnerte sich an keinerlei Daten. In der Dämmerung sprach er italienisch, lange, laut, unruhig, niemand verstand, was er sagte. Er fiel auf die Erde, warf den Hut gegen den Spiegel, dann erklärte er den Krankenschwestern geduldig, dass er gehen müsse, weil die Kämmerer und Höflinge auf ihn warteten. Er verneigte sich; die Stirn am Boden, bat er um Vergebung, suchte eine Hand, zart, wie durch eine Spinnwebe, berührte er eine Fensterscheibe. Ist es nicht Hölderlins Seele, die in diesem Menschen schluchzt, in dem alles erlischt außer dem leidenden Herzen?

Es gab Tage, wo er ganz vernünftig redete und sich ohne Schwierigkeiten an Ereignisse vor seiner Krankheit erinnerte – aber er wusste nicht mehr, was er eine Stunde zuvor getan hatte. Wie ein Kind freute er sich, dass er etwas zum Schreiben hatte, wenn er einen Bleistift gestohlen hatte. Er stahl Bücher aus dem Arbeitszimmer und wollte sich ein Haus daraus bauen, in das er auf Knien kriechen wollte, um endlich – wie er flüsterte – einzuschlafen. Erinnerst du dich an das Foto von der Anstalt, das Gast gemacht hat? Wenn er mit der Mutter spazieren war, ging er gerne, wie er sagte, in den schönen Palast zurück. Er improvisierte auf dem Klavier, und solange er spielte, konnte die Mutter ihn allein lassen. Er spielte sehr schön, auf die Frage, was es sei, antwortete er ohne zu zögern: Opus 31 von Beethoven. Die schrecklichen Anfälle hatte er nicht mehr. Er hielt sich wie ein Kind an die Mutter.

Overbeck und Gast, die ihn besuchten, konnten sich des Eindrucks nicht erwehren, er simuliere. Als sie das Zimmer im ersten Stock betraten, das mit dem Marmorhaupt der Medusa, wo Doktor J. Muscheln und Präparate hinter Glas aufbewahrt, kam es Gast so vor, als würde er den Wahnsinnigen nur spielen und sei in Wirklichkeit froh, dass alles so gekommen sei. Hinuntergebeugt, das Ohr an der Klaviatur, schlug er eine Taste an und warf ihnen einen Blick zu, in dem ein sanfter Vorwurf und eine schwer zu verstehende, nachsichtige Ironie lagen. Aber kann man Gast glauben? Wie oft verstellt uns die Freundschaft, auch die gefühlvollste, das nahe liegende Bild der Dinge?

Zum Glück war Langbehn bei uns. Er hatte unser Vertrauen gewonnen, weil er versprochen hatte, er werde den Kranken heilen, wenn man ihm nur freie Hand lasse. Er hatte ihn mehrmals besucht, ihn auf Spaziergänge in den Park begleitet, sie gingen zusammen zur chinesischen Brücke der Schatten, hinter den Fichten, ohne ein Wort. Dann kam dieser Wutanfall, aber Langbehn – man muss seine Geduld bewundern – blieb bei seinem Standpunkt. Jetzt drängte er, die Mutter möge zu seinen Gunsten auf die Betreuung des Sohnes verzichten, und obwohl Kleinmütige dies als Anmaßung betrachten, war es – wie ich denke – keine grundlose Forderung.

Der kluge Langbehn wollte den Kranken mit königlichem Prunk umgeben, da in ihm – wie er meinte (und man muss zugeben, dass das ein tiefsinniger Gedanke ist) – Kind und König nebeneinander existieren; die einzige Methode war es also, ihn wie ein königliches Kind zu behandeln. Den Hof, so hatten wir beschlossen, würden wir in Leipzig einrichten. Wir brachen bald dorthin auf: Langbehn, Doktor J. als Sachverständiger, Elisabeth, vier Krankenschwestern als Kämmerer.

Das war ein großer Plan, der auch mich bestach. Mit zitterndem Herzen fragte ich mich, ob es Gott wohl gut mit uns meinen wird…»

Gold, Himmelblau

Andrzej stand in einer Ecke des Salons und weinte. Ich hob die Portiere hoch: «Was ist passiert?» Er stieß meine Hand weg. Die geröteten Augen verhießen nichts Gutes: «Schau doch selbst.»

Ich lief die Treppe hinauf. Im ersten Stock war es still. Das rotblaue Mosaikfenster leuchtete in der Sonne, wie an jenem ersten Tag. Ich öffnete die weiße Tür. Sie schaute auf, über den Koffer gebeugt, in den sie das lange, dunkle Kleid aus Organdy legte. «Was machen Sie?» Sie strich mit der Hand über den Stoff: «Ich reise ab.» Ich rührte mich nicht. «Was heißt, Sie reisen ab? Wann?» Neben der Lackschatulle auf der Kredenz lagen reisefertig die aus den Mahagonirähmchen entfernten Fotografien von Bertelssohn und das himmelblaue Kartenspiel von Gretsch. «Heute, mit dem Zug nach Wien.» – «Aber warum?» Sie griff nach einem Tuch mit Rosenmuster, das über der Stuhllehne hing. «Es ist ein Brief gekommen.» – «Ein Brief?» Das Herz blieb mir fast stehen. «Was für ein Brief?» Sie sah mich an, ohne Zorn: «Herr Aleksander, Sie wissen doch genau, welcher Brief.» Ich fasste sie an der Hand: «Aber Sie können doch nicht einfach wegfahren.» Sie zog die Hand nicht weg, strich sich nur, während sie in den Spiegel schaute, mit der anderen, mit einer langsamen, weichen Bewegung das Haar zurecht, das zu einem lockeren Knoten hochgesteckt war. «Ich muss fahren. Sie wissen doch.» Ich ließ ihre Hand nicht los. «Aber das hat doch keinen Sinn.» Sie befreite sich sanft aus meinem Griff, stellte sich auf die Zehenspitzen und küsste mich auf den Mund. «Sagen Sie jetzt nichts. In Ordnung?» Sie legte mir die Hand auf den Mund. Wir standen schweigend da. Sie lächelte: «Wie gut ich Sie verstehe; glauben Sie mir, ich verstehe Sie. Aber man braucht nichts zu ändern. Es ist gut so. Wirklich.» – «Aber ich … und Sie …» Wieder legte sie mir die Hand auf den Mund. «Nein. Nichts sagen. Ich weiß. Es ist gut so.»

Später gingen wir auf dem langen Bahnsteig zu dem Waggon, vorbei an Brezel- und Blumenverkäufern, Gepäckträgern in weißen Kitteln, Damen mit Schirmen von Mariani, Herren in hellen Trenchcoats, Offizieren aus den Ulanenkasernen. Über der Allee verdunkelte sich der Himmel. Ein Sturm braute sich zusammen. Sie hatte sich bei mir eingehakt, der Stoff des langen Kleides rauschte, ich spürte die Wärme ihres Körpers, sie war so nah, der Geruch, das Geräusch der Absätze auf dem Steinboden, ich half ihr beim Einsteigen in den Waggon, wir fanden ein freies Abteil, ich legte die Koffer ins Gepäcknetz. Sie hob den Schleier: «Bei euch setzt man sich vor einer Reise für einen Augenblick, nicht wahr?» Ich versuchte zu lächeln: «Nein, nicht bei uns. Das ist etwas weiter im Osten. Aber das ist ein schöner Brauch. Vater tut das auch immer, seit er aus Odessa zurück ist.» Minuten vergingen. Wir saßen schweigend in dem leeren Abteil, als erwartete uns eine lange Reise.

Ich legte die Briefe auf ihre Knie. Sie schüttelte den Kopf: «Das war nicht besonders klug.» Ich sah sie nicht an.

Auf dem Bahnsteig ertönte die Klingel des Schaffners. Die Leute schauten in die Fenster und suchten nach ihren Angehörigen. Sie legte ihre Hand auf meine: «Herr Aleksander ...» – «Ich weiß, Sie werden sich nicht einmal erinnern.» Sie strich mir über die Wange: «Vielleicht nicht. Aber Sie werden mich nicht vergessen, nicht wahr?» Sie zog die Brauen hoch, als wollte sie sich etwas ins Gedächtnis rufen, aber dann wandte sie sich ab, zum Fenster hin. «Gehen Sie jetzt.» Sie ließ den Schleier herunter. «Bitte gehen Sie. Es ist doch nichts zu Ende. Wirklich nicht.»

Ich stieg aus dem Waggon, ohne mich umzusehen. Ich hörte den Zug nicht abfahren. Ich hatte sie vor meinem inneren Auge. Mit heftig schlagendem Herzen stand ich auf dem Bahnsteig. Dann ging ich langsam auf die Glastür zu. Vor dem Bahnhof der Straßenlärm. Die Allee war voller Menschen. Zeitungsverkäufer riefen über die Fahrbahn hinweg. Der Himmel war tief und dunkel. Von Wola, von Marymont, von der Zitadelle her zogen Gewitterwolken, nur über Mokotów leuchteten noch Reste von reinem Himmelblau. In den hohen Fenstern des Hotels in der Ulica Srebrna lag ein kalter Glanz. Irgendwo in mir gab es einen so tiefen Schmerz, dass ich nicht durchatmen konnte.

Dann zerstreute der Wind die Wolken über dem Bahnhof, und auf dem Kupferblech der Kuppel von St. Barbara spiegelten sich dünne Streifen von Sonnenlicht. Als hätte jemand feines Gold auf das verdunkelte Gebäude gestreut.

Am Abend saß ich mit Andrzej im Salon.

Wie jeden Tag hörte man hinter der Tür Mutters gedämpfte Schritte, die Uhr schlug mit messingnem Klang die Stunde, das schnelle Hacken des Messers auf dem Küchenbrett kündigte das baldige Abendessen an, ein Fenster klirrte, Wasser plätscherte, Schränke wurden geschlossen. Die gewöhnliche Melodie des Alltags, die die Flure mit

Ruhe erfüllte, die in den reglosen Glasteilen des Kronleuchters an der Decke hing und unmerklich das Spinngewebe an den Stuckverzierungen bewegte, glitt zwischen den Stühlen durch, erlosch und erwachte in den mit Vorhängen abgetrennten Nischen wieder, doch wir hörten in dieser lebendigen, ruhigen Melodie nur die Stille, die bleibt, wenn sich Korkabsätze auf der Treppe entfernen.

Noch hatte sich nichts verändert. Die Stühle und der Tisch im oberen Zimmer standen so, wie sie sie hingestellt hatte. Die Tischdecke lag so, wie ihre Hand sie glatt gestrichen hatte. Die Dahlien, die sie im Hinausgehen zurechtgerückt hatte, standen noch genau so in der Vase, nur ein paar Blütenblätter waren auf den Kristallteller gefallen. Niemand von uns ging in das leere Zimmer, aus dem die Wärme ihrer Gegenwart langsam entwich; nur manchmal, wenn Janka die Tür anlehnte, sah ich vom Flur aus den leeren Platz auf der Kredenz, wo die Fotografien der fernen Stadt standen, bevor Fräulein Esther sie in den Lederkoffer packte. Ich spürte, wie die Stille, die ihre Schritte hinterlassen hatten, sich über das ganze Haus ausbreitete. Die Dinge, die ihre Berührung gewöhnt waren, schienen matt zu werden. Noch konnten wir nicht glauben, dass es eine wirkliche Abwesenheit war, noch schien es uns, als wäre sie einfach zu Fräulein Hirsz gegangen, mit Fräulein Dałkowska auf einem Spaziergang im Sächsischen Garten oder bei einem Besuch bei den Nałkowskis.

Wir saßen auf der Chaiselongue. «Denkst du, sie ist schon in Wien?», unterbrach Andrzej das Schweigen. Ich sah ihn an, als wäre ich plötzlich aus dem Schlaf erwacht. Von wem sprach er? Und plötzlich Angst: von ihr? «Wie viel Uhr ist es denn?» – «Neun.» – «Wahrscheinlich ist sie kurz vor Krakau.» – «Jetzt?» – «Ja, so ungefähr.» Wir sprachen über Fräulein Esther, ohne ihren Namen zu nennen, als könnte das irgendetwas ändern. Die letzten Strahlen der Sonne spiegelten sich in den Fensterscheiben der Jesionowskis und röteten die Dunkelheit, die unsere Gesichter langsam, Sekunde für Sekunde, in Schatten tauchte, und wir waren der nahenden Nacht dankbar, dass wir unseren Kummer nicht mehr dem gleichgültigen Tageslicht aussetzen mussten.

Die Schüssel

Gegen Mittag kam ich in der Ulica Towarowa an. Die grüne Tür. Im Zimmer der Nummer drei schnitt ein wuchtiger Mann mit rotem Gesicht Brot. Vor ihm ein halb volles Glas Tee. «Stahl?» Er blickte mich aus schmalen Augen an. «Gertrud!», rief er in Richtung Nebenzimmer. «Hier fragt jemand nach Stahl!» Hinter der Tür bewegte sich etwas. Eine heisere Stimme: «So einer wohnt hier nicht.» – «So ein Großer, Dünner, er trägt einen Gummikragen, ich habe ihn selbst hier gesehen.» – «Da haben Sie wohl geträumt.» Hinter dem Vorhang schaute das schmutzige Kind hervor. «Wart mal! Komm her!» Es kam misstrauisch näher. «Wo ist der Mann, der hier bei dir war, als ich das erste Mal bei euch vorbeigekommen bin?» Die Augen des Jungen waren unbewegt, wie aus trübem Glas: «Ich kenne Sie nicht. Und ein Stahl war hier nie.» – «Lassen Sie ihn in Ruhe.» Der Mann legte das Messer weg. «Er ist blind.»

Auf der Treppe spürte ich plötzlich Verzweiflung. Stahl konnte jeden Augenblick handeln, ich musste ihn aufhalten. Ich sah aus dem Fenster auf den Backsteinhof. «Sie suchen ihn?» Die Frau mit dem Rouge auf den Wangen trat aus dem Schatten unter der Treppe. Sie hatte eine bläuliche Narbe am Mundwinkel. «Er nennt sich jetzt nicht mehr Stahl. Fragen Sie nach Witoń oder Hertz. Am besten in der Ulica Gęsia. Beim Geschäft von Meinl. Und in der Passage.» In den Augen Müdigkeit, eine zerrissene Handtasche aus Ziegenleder, auf dem grellen Baumwollkleid braune Flecken. «Vielleicht geben Sie mir ...» Ich holte ein paar Münzen heraus. Sie steckte sie in den Ausschnitt, ohne sie zu zählen.

Dann ging ich in die Ulica Gęsia. Da war das Geschäft von Meinl, dann die Passage, dann links, hinter dem Zaun, ein Orangengroßhandel. Baracken, ein Abstellplatz für Droschken, Seifenfabriken. «Ich suche Witoń.» Unter dem Schild eines Papierlagers stand ein junger Mann in Tuchjacke und hellen Lederstiefeln. «Witoń? Hab ich nicht gehört.» – «Ich habe eine Nachricht für ihn.» – «Was für eine?» – «Das sage ich ihm selbst.» Er steckte die Hand in die Tasche. «Hier gibt es keinen Witoń.» – «Und Hertz? Ich zahle fünf Rubel.» Er nahm den Geldschein zwischen die Finger und hielt ihn voller Abscheu gegen das Licht. «Nach Hertz können Sie bei der Jezierska fragen, dort um die Ecke. Vielleicht weiß die was.» Doch es kam nichts dabei heraus. Ich hatte nur Geld ausgegeben, die Spur war abgebrochen. Jemand hatte Hertz in Reichs Bierstube gesehen, jemand im Trauergeschäft von Póżniak, ein anderer beteuerte, eine Frau habe sich auf dem Wiener Bahnhof von Hertz verabschiedet.

Um zwei war ich in der Ulica Koszykowa. «Du musst Warschau verlassen.» Müller sah mich nicht einmal an. Er lag mit dem Gesicht zur Wand und fuhr mit dem Finger über die schmutzige Tapete, als wollte er eine Landkarte unbekannter Länder zeichnen. «Ich reise eigentlich gern. Aber jetzt? Ich kann kaum zum Fenster gehen.» Neben dem Bett stand eine Schüssel mit schartigem Rand auf dem Fußboden. Im Wasser lag ein Handtuch mit dunkelroten Flecken. Müller hob die Hand und zerriss mit dem Finger ein Spinngewebe über dem Bett. Ich setzte mich auf den Stuhl. «Hast du etwas zu essen?» Er verzog verächtlich das Gesicht: «Die Józefowa bringt ab und zu was.» Ich gab ihm ein paar Rubel. «Gib ihr das. Sie soll etwas Anständiges bringen.» Er sah zum Fenster hinaus. «Sie wird es nehmen, aber nichts bringen. Sie sieht, was mit mir los ist.» Er hatte kleine Schweißtropfen auf der Stirn. Ich griff nach dem Taschentuch, das am Bettrahmen hing: «Ich komme mit einem Arzt.» Er lachte kurz auf: «Mit einem Arzt? Wozu denn ein Arzt? Ich sage immer: Wenn jemand leben soll, dann überlebt er, und wenn er zum Teufel gehen soll, dann geht er eben. Die Natur ist klug. Sie weiß, was sie tut. Sie wählt unter uns aus wie bei den Birnen und lässt nur die guten am Baum. Ein Arzt ist also nicht nötig. Wenn ich gesund werden soll, werde ich gesund. Und wenn nicht, dann ist es auch egal. Was wird das schon für ein großes Ereignis sein, der Tod von irgendeinem Müller? Wird die Sonne aufhören zu scheinen? Oder die Weichsel austrocknen?» Ich zog seine Decke zurecht. «Hör auf zu philosophieren. Du solltest besser essen. Und dann fahr weg. Es will dir einer Ehrlichkeit beibringen. Mit der Faust oder mit dem Messer.» Er zeigte lebhaftes Interesse: «Du hast einen bezahlt? Woher ist er? Aus Wola? Kenne ich ihn?» – «Vielleicht kennst du ihn. Aber das ist unwichtig. Ich kann ihn nicht finden, um die Sache aufzuhalten. Deshalb verschwindest du besser.» In seinem Gesicht stand immer noch Neugier: «Nein, ich lerne ihn gern kennen und wechsle ein paar Worte mit ihm.» Er tastete unter das Kopfkissen: ein schwarzer Revolver mit beinernem Griff. Ich winkte ab: «Damit wird er fertig. Fahr lieber weg.»

Er sah mich eine Weile an: «Sie haben sich, wie ich sehe, die schöne und ergreifende Legende von einem gewissen Samariter zu Herzen genommen. Ich habe Sie für klüger gehalten.» Ich schob ihm ein Kissen unter den Kopf. Er kniff die Augen zusammen: «Und dass Sie wissen: Ich kriege euch noch.» Ich gab ihm ein Glas: «Gut, du kriegst uns, aber jetzt iss. Und der Wein wird dir auch nicht schaden.» Ich nahm eine schwarze Flasche unter dem Mantel hervor. Er zog die Brauen hoch: «Einer aus Sewastopol?» Ich nickte: «Ja. Von Arbusow. Aus der Ulica Solec.»

Als ich in die Koszykowa zurückkehrte, dämmerte es schon. Jan hatte bis sieben in der Klinik Dienst, ich konnte ihn erst kurz vor acht um Hilfe bitten. Als ich hinaufging, an dem Mosaikfenster auf dem Treppenabsatz vorbei, glühte die Sonne noch in einem winzigen Spalt zwischen den Wolken über den orthodoxen Friedhöfen. Die schrägen Strahlen warfen einen regenbogenfarbenen Streifen ins Treppenhaus. Die Tür zu Müllers Zimmer war nicht ganz geschlossen. Als ich hineinschaute, sah ich die Frau, die an dem Tag, als ich Müller das erste Mal aufsuchte, an mir vorbeigegangen war. Sie kam mir jetzt sehr schön vor, wenn auch ihr Gesicht, mit einer dicken Schicht von Rouge und Make-up bedeckt, an eine japanische Maske erinnerte, als hätte es jemand mit weißer Asche bestreut. Auf einem Stuhl am Fenster hing – wie ein aus dem Wasser gezogenes Netz – das Satintuch, dessen Anblick mich damals so traurig gestimmt hatte. Auf dem Eisenbett an der Wand lag Müller, nackt. Die Frau beugte sich über ihn, als würde sie mit einem Eimer Wasser aus einem Brunnen schöpfen. Sie wusch mit langsamen Bewegungen seinen Körper. In der Schüssel spiegelte sich so grell die Sonne, dass es einen Moment lang schien, als würde das Wasser brennen, dann löschte der Schatten der Frau das Glänzen. Aus dem ausgewrungenen Handtuch tropfte es. Die Frau trug ein billiges geblümtes Kleid, die entblößten Ellbogen waren weiß, an der Hand ein silberner Ring mit einem roten Stein. Sie strich sich die Haare aus der Stirn, wie es Bäuerinnen beim Jäten des Unkrauts tun.

Als sie sich aufrichtete, ging ich einen Schritt zurück, in der Befürchtung, sie könnte mich sehen, aber sie trat ans Fenster, in der Hand das Handtuch, aus dem es auf den Boden tropfte, und schaute durch die verstaubte Scheibe lange in die Sonne. In dem schmalen Streifen des Abendrots über den Dächern brannte ein grelles Licht. Die kalten Strahlen spielten auf ihrem Haar. Plötzlich Schritte auf der Treppe. Ich sah mich um: die Józefowa mit zwei dampfenden Wassereimern. «Was stehen Sie denn so da?», sagte sie und ging zur Tür. «Ein Mensch ist gestorben, sonst nichts. Man sagt, er hieß Müller. Aber wenn der Müller hieß, dann bin ich die Kaiserin von Österreich. Und was werden sie ihm jetzt aufs Grab schreiben?» Sie schubste mit dem Knie die Tür auf: «Sie sind ein bisschen zu spät gekommen.» Als sie die Frau sah, blieb sie stehen. «Und was macht die Dame hier?» Die Frau legte das Handtuch in die Schüssel, als hätte sie nichts gehört, und beugte sich über Müller. Ich stellte den Korb mit Wein, Obst und Brot an der Tür ab und ging die schmale Treppe hinunter.

Die Straße war leer.

Lippenstift

Die Tür zu Fräulein Esthers Zimmer war offen.

Janka war gerade mit dem Aufräumen fertig.

Ich blieb an der Schwelle stehen. Meine Augen suchten nach Spuren, glitten über die Gegenstände, berührten Glas, Mahagoni, Damast, Porzellan und Silber, doch Fräulein Esthers Zimmer roch nur nach feuchten geputzten Fensterscheiben, nach frisch gestärktem Leinen, es atmete nur den durchsichtigen Glanz der Kristallgefäße, die Janka in warmem Wasser gespült und sorgfältig nebeneinander in der Kredenz aufgestellt hatte. Ich fuhr mit dem Finger über die kalte Tischplatte. Nichts. Kein Stäubchen. Die Stühle ordentlich an den Tischrand gerückt. Stille.

Der offene Schrank mit dem runden Spiegel war vollkommen leer. Innen die undeutliche Aufschrift «Rozwadowski, Vater und Sohn». Dort, wo bis vor kurzem die hellen und dunklen Seidenkleider hingen, schaukelten jetzt Kleiderbügel aus Draht. In der rechten Ecke, in dem Fach, wo bisher die runde Hutschachtel mit dem silbernen Schriftzug «Urania – Danzig» ihren Platz hatte, lag neben einem verblassten Haarband ein Sträußchen aus rostfarbenem Porst, als sollte das duftlose Büschel trockener Nadeln immer noch gegen Motten schützen.

Plötzlich spürte ich etwas. War da doch eine Spur? Auf der glatten Fläche des Schreibtisches ertastete ich eine winzige kreisförmige Vertiefung in der Politur. Der Abdruck eines heißen Glases, aus dem sie Tee getrunken hatte? Und sofort die Angst, sich einer unnützen Hoffnung hinzugeben.

Sie musste wegfahren? Dann sollte sie eben fahren, sollte verschwinden und nie wiederkommen. Aber dieses Zimmer – lichterfüllt, vom Staub befreit, frisch geputzt, nach dem guten Wachs der Firma «Sonnenblatt» und dem Kolophonium von Morosoff duftend – erweckte die alten Bilder immer wieder zum Leben. Das Spiel des Lichts auf den Plüschlehnen beschwor das Verlorene herauf. Das leichte Wehen der von einem Windhauch gebauschten Gardinen malte Schatten an die Wand, die dem Schatten ihres Kopfes täuschend ähnlich waren, im Schwanken der Blätter vor dem Fenster sah ich ihre sanfte Handbewegung, die immer etwas langsamer war als ihre Worte – als würde sie gleich wieder ins Zimmer kommen. Die Hand, die das Buch im roten Einband hielt? Der Malachitring am Finger? Die Schleife am Hals mit der Kamee? Die golden schimmernde Haut, die aus dem feinen Leinenhemd schaute?

Die Fensterscheiben glänzten. Kein einziger Fleck. Die Gardinen waren neu. Janka hatte sie gestern aus dem Geschäft in der Ulica Wilcza abgeholt. Die anderen, die sie abgenommen hatte, unten mit einer westfälischen Stickerei versehen, «rochen nicht gut», auch wenn sie sie dreimal gewaschen und dann so lange gebügelt hatte, bis sie ganz steif waren, als hätte sie sie gerade bei Scheibler gekauft. Ja, man hätte sie mit Gold überschütten sollen für diese wundersame Verwandlung des Zimmers, das noch vor kurzem nach Äther und Jod gerochen hatte und jetzt nach einem Sommertag duftete und den Geruchssinn – unseren gesunden, lebendigen Sinn – durch Kühle und Frische erfreute. Und der saubere weiße Fenstersims, auf dem eine rote Primel ihre feuchten Blätter streckte. Der Glanz der frisch polierten Klinke. Die Freude der Sonnenflecken auf der Tapete mit den Irisblüten. Das schön gemachte Bett aus gebogenem Holz, das wieder in der grünen Nische stand. Und das Kissen im frischen Überzug auf dem gebügelten Laken – wie im besten Hotel!

Das war nicht mehr Fräulein Esthers Zimmer. Das Zimmer war jetzt, was es immer gewesen war: ein Gästezimmer.

Doch plötzlich hob sich aus der Leere die Stelle neben dem Kissen ab, an der ich damals das dunkle Kleid aus Wien entdeckt hatte, und das Bild des quer übers Bett geworfenen Kleides war so wirklich, dass ich versucht war, mit einer Handbewegung den Ärmel aus Crêpe de Chine zurechtzuziehen.

Die Spiegeltür der Kredenz war nicht ganz geschlossen. Hinter den ordentlich in einer Reihe aufgestellten Gläsern und Karaffen – eine dunkle Fotografie im Mahagonirähmchen?

Der Turm? Die Wolken über den Buchenhügeln? In der Ferne das Meer?

Die Marienkirche?

Hatte sie das Foto vergessen?

Ich drehte es um. Die Unterschrift «C. K. Bertelssohn». Schräge Buchstaben. Blaue Tinte. Und daneben?

«Für Aleksander – von Esther.»

Nur die beiden Namen. Und das Datum.

Also hatte sie mich nicht vergessen? Die beiden Namen ... Also hatte sie das für mich hier gelassen? Ich schob die Kristallgläser, die Tassen, die Salatschüsseln zur Seite und suchte hinter der Karaffe, hinter der Kaffeekanne, hinter der Porzellanvase nach dem Brief, der ja irgendwo sein musste. Aber da war kein Brief. Vielleicht eine Adresse? Aber sie hatte keine Adresse hinterlassen.

Wir hatten auf dem Bahnsteig neben der Tür des Waggons gestanden. Die Klingel rief schon zum Einsteigen auf. Sie rückte den Schleier zurecht und lächelte: «Die Adresse? Ach, wissen wir denn, wo wir morgen sein werden? Und wenn wir uns wieder sehen sollen, dann werden wir uns wieder sehen. Sie können mir glauben. Bestimmt.» Sie machte sich über meine wehmütige Stimmung lustig, die ich nicht verbergen konnte. «Wozu denn die Trauer? Na, Herr Aleksander, seien Sie nicht so betrübt. Wer weiß, vielleicht werde ich schreiben. Und Sie erinnern sich doch: Frauengasse 12.»

Jetzt hielt ich die Fotografie mit dem großen Turm in der Hand, der sich über der fernen Stadt erhob, und die Dächer der Häuser, auf die der lange Schatten des mittelalterlichen Backsteingebäudes fiel, waren die Dächer – ich las die Bildunterschrift – der Frauengasse, jener schmalen, schönen Straße, in der das Haus der Familie Simmel stand.

Ich betrachtete die Fotografie des mächtigen Gebäudes, den Turm, der wie ein Mensch mit Kapuze aussah und von Häusern mit steilen Dächern umgeben war, und plötzlich schien mir, als bemerkte ich an dem dunkelnden Himmel über der Kirche eine kaum sichtbare Schwalbe – dünn wie ein Riss in Glas. Aber hätte die Metallplatte einer Daguerreotypie einen so winzigen, durch die Wolken flitzenden Vogel erfassen können?

Ich fuhr mit dem Finger über das Glas.

Rote Farbe auf den Fingerspitzen? Wie die des Lippenstiftes, den sie benutzte? Hatte sie etwas auf das Glas geschrieben? Aber was? Und warum hatte sie es verwischt? Ich versuchte die undeutliche Schrift zu entziffern, hielt das Foto ans Licht, aber ich konnte nur ein paar Buchstaben lesen. Ich betrachtete das dunkle Bild des Turmes, auf dem sich feine rote Linien abzeichneten, und ich wusste nicht, ob das für mich geschrieben war oder ob Fräulein Esther kurz vor der Abreise, als sie noch einmal zurückging, um etwas zu holen, während ich mit dem Gepäck im Salon wartete, mit dem Lippenstift etwas auf das Glas geschrieben hatte, das nur für sie selbst bestimmt war und das sie dann, bevor sie das Zimmer verließ, abwischte.

Pferdewagen

In die Ulica Rozbrat ging ich am Donnerstagmorgen.

Was für ein Treiben – um diese Zeit?

Es war zehn Uhr. Vor dem Haus große Pferdetransportwagen. Kutscher mit Peitschen. Männer in Leinenschürzen luden Kisten und Glasvitrinen auf den Wagen. «Vorsichtig!» Am letzten Wagen schreit jemand. Es ist Ignatew, der die Aufsicht führt und die Sache lenkt: «Stell es hierhin. Vorsicht! Das ist teures, geschliffenes Glas, und du würdest es einfach hinwerfen! Hat man so etwas gesehen!» Die Pferdewagen waren alle mit Stroh ausgelegt, damit nichts kaputtgehen konnte.

Geheimrat Mehlers erschien am offenen Fenster im ersten Stock. Ich schirmte die Augen ab: «Wohin brechen Sie denn auf, Herr Geheimrat? Und so früh?» Er winkte mir zu. «Kommen Sie herauf, Aleksander Czesławowitsch, der Samowar ist heiß, es gibt Kirschkonfitüre, lassen Sie uns ein paar Worte wechseln vor der Abreise. Und du, Ignatew« – Mehlers lehnte sich aus dem Fenster –, «pass mir auf Afanassij auf! Trag ihn vorsichtig und stell ihn in den ersten Wagen, da, wo wir sitzen werden!»

Ich trete vom Bürgersteig zurück, denn Ignatew trägt das große Glas, in dem Afanassij schaukelt, als wunderte er sich über die sonnige Welt. Die Packer unterbrechen die Arbeit, starren andächtig auf das Gefäß, das in Ignatews Händen wie ein riesiger Edelstein funkelt. «Macht Platz!», ruft Ignatew den Packern im ersten Wagen zu. «Bewegt euch, ihr Tölpel! Seht ihr nicht, dass ich komme?» Und schon wandern die Glasvitrinen schneller durch die Hände der Packer, schon treten sie zurück und machen den Weg frei.

«Wohin reisen Sie denn, Herr Geheimrat?», fragte ich, als wir uns an den Tisch im Salon setzten. «Wir fahren an den Bajkalsee, Aleksander Czesławowitsch.» Mehlers reichte mir eine Tasse. «Wir haben Nachricht bekommen, dass Dybowski ein sehr interessantes Tier in der Taiga entdeckt hat, von dem man bisher nur Spuren in Felsen gefunden hat. Und es lebt, verstehen Sie! Einen Namen hat es noch nicht, denn es gehört sozusagen zwischen die Gattungen, wie die berühmte *latimeria chalumnae.* Es schwimmt im Wasser, läuft auf der Erde und kann angeblich auch fliegen. Es hat also Merkmale von Säugetieren und von Fischen. Und man sagt, es sei eigenartig schön. Dybowski und ich werden überlegen, wie man es am Leben erhalten kann. Und in der Akademie in Petersburg will niemand glauben, dass es wirklich im Bajkalsee lebt.

Wir müssen uns also beeilen. Dmitrij Iwanowitsch Mendelejew ermuntert mich in seinen Briefen, ich solle mir alles an Ort und Stelle ansehen, es beschreiben und – soweit die Umstände es erlauben – in der Hauptstadt unserem Herrscher vorstellen. Denn da hat sich gleichsam ein Spalt in der Erde aufgetan und ein großes Geheimnis ist zum Vorschein gekommen. Das Volk am Bajkalsee macht großen Lärm – die Gefühle schwanken zwischen Begeisterung und Angst. Die Leute beten zu Gott, die Apokalypse des heiligen Johannes sei schon nahe.»

«Und danach, nach der Reise an den Bajkal, wo gehen Sie dann hin?»

Geheimrat Mehlers lächelt: «Danach? Danach gehen wir in die ferne Stadt am Meer.» – «Sie gehen nach Petersburg zurück?» – «Das auch, um über alles zu berichten, was wir am Bajkal gesehen haben, aber dann fahren wir weiter, in die Stadt im Norden, die ich schon lange besuchen wollte.»

«Was ist das denn für eine Stadt?»

«Eine seltsame Stadt, Aleksander Czesławowitsch, und eine sehr schöne. Aus allen Ecken der Welt kommen Menschen dorthin, denen es anderswo schlecht geht. Auf den Wiesen sieht man Chassiden und Mennoniten, wie sie den Herrn loben, indem sie tanzen. Verschiedene Kirchen stehen einträchtig nebeneinander, und die Sonne segnet ihr Werk und stärkt den besorgten Geist. In den Obstgärten am Meer gibt es eine Flut von Äpfeln, wie im Garten der Hesperiden. Und obwohl sich auf den Straßen verschiedene Sprachen mischen, tut niemand dem anderen etwas zuleide.

Und alle sind gesund! Wenn der Schmerz jemanden heimsucht, dann ist es ein sanfter, weiser, guter Schmerz, der sein Maß kennt und die Seele formt wie die Engel von Botticelli, die den Menschen mit zärtlichen Händen die Augen schließen – nicht wie der Schmerz bei uns, der ohne Rücksicht wütet und Leib und Seele ihrer Schönheit beraubt. Denn es weht über der Stadt ein leichter Wind vom Meer und hinterlässt einen salzigen Geschmack auf den Lippen, er kühlt das Fieber des Lebens, und am Himmel entzündet er Tag und Nacht Lichter, als wäre immer eine helle, stille Dämmerung, die die Augen erfreut und nie erlischt. Man will aus voller Brust leben. Und wer immer dort ankommt, man empfängt ihn gerne auf dem Wasser, im Hafen voller Lichter, am Grünen Tor …

All das, Aleksander Czesławowitsch, sage ich meinem Ignatew, wenn er fragt, warum wir ausgerechnet in dieser Stadt bleiben wollen.

Und er lacht nur: ‹Aber Iwan Grigorjewitsch, eine solche Stadt gibt es auf der ganzen Welt nicht.›

Dann stimme ich zu: ‹Du hast Recht. Vielleicht gibt es sie wirklich nicht. Aber wer weiß, vielleicht kommen wir nach dem Tod in solch eine Stadt.›»

«Und wie heißt die Stadt?», fragte ich und konnte ein Lächeln nicht verbergen.

Geheimrat Mehlers neigte freundschaftlich den Kopf und lachte: «Wie wird sie wohl heißen? Ihren Namen kennen nur Auserwählte. Sie ist wie der Nebel, der in der Dämmerung das Meer verhängt, ihr Licht leuchtet wie ein ferner Hafen, wie ein sonniges Jerusalem.»

In Mehlers' Augen leuchtete eine sanfte Ironie – sicher hatte er einmal gesehen, wie ich die bräunlichen Fotografien mit den Häusern, Türmen und Toren betrachtete, die Fräulein Esther auf die Kredenz gestellt hatte, und deshalb erzählte er mir jetzt von der nördlichen Hafenstadt, in die er nach seiner Reise fahren wollte. Und mir wurde wehmütig zumute, weil wir uns gleich verabschieden mussten, und wer konnte wissen, ob es nicht für immer sein würde.

«Fräulein Esther ist weggefahren», sagte ich, um das Thema zu wechseln. Geheimrat Mehlers zog die Brauen hoch: «Weggefahren? Sie war sehr schön und klug, was nicht immer zusammentrifft. Und wohin ist sie gefahren?» – «Nach Wien, und dann weiter, ihr Glück suchen.» – «Lassen Sie sich nicht von der Trauer überwältigen, Aleksander Czesławowitsch.» Mehlers strich mir über den Rücken. «Wer weiß, vielleicht ist es euch bestimmt, euch wieder zu begegnen.»

Ach, dieser Geheimrat! In rätselhafte Dinge versunken, irrte er mit der Seele durch die Tiefen des Bajkal und hielt nach unbekannten Wesen Ausschau, die sich nichts aus der strengen Ordnung der Welt machten, wie die heiligen Salamander, die im Feuer und im Wasser leben. Aber wie viel Wärme war in seinen Worten! Und der kluge Blick – denn in den fröhlichen Augen, die mich in dem Salon in der Ulica Rozbrat ansahen, glänzte ein kalter Funke, wie die Scherbe eines zerschlagenen Spiegels, die das traurige Bild der Welt wiedergibt.

Und im Salon um uns herum leere Schränke. Wo bisher Muscheln, Mineralien und Steinblumen lagen, schimmert Staub. Die Schubladen herausgezogen wie die Nischen in den römischen Katakomben, aus denen man die vertrockneten Leichen der heiligen Märtyrer entfernt hat. In den Ecken an der Decke beginnen die ersten Spinnen, geduldig ihr Netz zu weben, und Geheimrat Mehlers lächelt. Auf dem Tisch brodelt der Samowar, die eingelegten Kirschen schmecken vorzüglich zum Tee, und sicher werde ich solche nicht so schnell wieder kosten können.

Weiße Leintücher

Uns blieben noch einige Stunden bis zur Abfahrt des Zuges.

Alles war entschieden. Wir wollten Warschau verlassen.

Auf dem Fußboden standen offene Koffer und Kisten.

Gegen fünf begannen wir, die Spiegel zu verhängen.

Zuerst den großen mit dem schwarzen Rahmen, in dem sich die Kuppel von St. Barbara spiegelte; dann den runden mit den Vergoldungen, dunkel, der großen Linse eines Fernrohrs ähnlich, der zur Nische mit dem Farn und dem Efeu gedreht war. Mit dem Leintuch in der Hand löschten wir die hellen Spiegelbilder unserer Gesichter; dann strichen wir den weißen Stoff auf der kalten Fläche glatt.

Ohne darauf zu warten, dass Vater etwas sagte, machten wir uns daran, die Stühle und Sessel mit Schonbezügen zu bedecken. Ein großes Tuch senkte sich nieder und verwandelte den Tisch auf dem dunklen Boden in eine weiße Insel. Die Kredenz, Mutters Sekretär und die Chaiselongue verschwanden unter dem Stoff, der Glanz der Messingbeschläge und vergoldeten Schlösser erlosch.

Gegen Abend standen auf dem nackten Fußboden des Salons nur noch Möbel, die aussahen wie sitzende Figuren, mit weißen Bandagen umwickelt. Die erstarrten Formen, die – kaum mehr zu erkennen – Schrank, Chaiselongue, Sekretär verbargen, erschreckten jeden, der an der Tür stand und schweigend die Verwandlung des Hauses betrachtete. Als wir uns müde in die Sessel setzten, wurden unsere Gestalten in der reglosen Umarmung seltsam klein. Vater ging von Zimmer zu Zimmer und schien unsere Anwesenheit nicht zu bemerken, als würde das Weiß uns ganz verschlingen; während er mit Bleistift auf einem Zettel notierte, was wir noch einpacken mussten, sprach er mit sich selbst, doch überall machte sich schon Stille breit.

Zu einer anderen Zeit wären wir sicher lärmend und lachend durch alle Zimmer und um die schweigend sitzenden Gestalten herumgelaufen, doch jetzt versanken wir in den weißen Leinengebäuden wie in Schneewehen und sagten kein Wort. Janka ging an uns vorbei und brachte kleine Spiegel in den Salon, die sie aufs Fensterbrett stellte, um mit dem Glas den regenbogenfarbenen Rest des Tages einzufangen. Goldene Flecken hüpften über die Decke wie von der Sonne geblendete Fledermäuse. Die Fotografien waren von den Wänden verschwunden. Sie lagen jetzt auf einer Kiste wie Eisplatten mit einem Medaillon erstarrter Wasserpflanzen. Nur die japanische Zeichnung, die eine Frau mit Fächer darstellte, glänzte noch blau an der Tapete – Fräulein Esther hatte sie vor ihrer Abreise Mutter geschenkt. Zum Schluss sah man an der Wand nur noch das blasse Rechteck an der Stelle, wo «Rosch Ha-Schana» gehangen hatte.

Mutter hielt die geschliffenen Glasvasen mit dem Irismuster gegen das Licht, um zu sehen, ob sie keinen Sprung hatten, dann wischte sie den Staub ab, wickelte sie in Flanell und stellte sie vorsichtig in den Koffer. Die Küchengeräte, die sonst weit vernehmlich auf dem Marmorbrett erklangen, legten sich jetzt lautlos in die duftlosen Büschel von Seegras. Die Metallgefäße fingen einen Moment vor dem Verschwinden in den Pappschachteln mit ihren spiegelnden Rundungen den rötlichen Glanz der untergehenden Sonne ein, als wollten sie vor der Reise in die Dunkelheit so viel Licht wie möglich tanken. «Hast du das Silber schon eingepackt?», rief Mutter aus Vaters Zimmer Janka zu. «Und die Tischdecken? Haben Sie an die Tischdecken gedacht?», antwortete Janka aus der Küche.

Alle Türen waren sperrangelweit geöffnet. Ein plötzlicher Luftzug wirbelte Staubflocken auf. Janka stellte die griechische Vase auf den Fenstersims und biss sich vor Anstrengung auf die Lippen, dann holte sie einen Arm voll Mäntel aus der Garderobe und legte mit Mutter die Unterröcke auf das Gitter des Bettes, von dem das Bettzeug entfernt war. Vater band die Bücher sorgfältig mit einer Wachsschnur zusammen.

Die Ebenholzfigur eines Mädchens – traumschwer wie eine aus der Meerestiefe gefischte Statue – wanderte, behutsam in schmale Leinenstreifen gewickelt, in eine mit Atlas ausgelegte Kiste, in eichenes Dunkel, unter einen geäderten Marmordeckel. Nachdem der Teppich zusammengerollt war, schimmerte auf den bräunlich goldenen Brettern des Fußbodens die noch lebendige Maserung des Holzes. In dem leeren – eigenartig hohen und kalten – Badezimmer hing kein Handtuch mehr an den Nickelhaken. Die Schüsseln lagen mit dem Boden nach oben in der Ecke. Die Glasablage unter dem Spiegel war leer. In dem Zimmer im ersten Stock legte Mutter schwere Faltenkleider mit aufgenähtem Flitter auf Fräulein Esthers Bett, als würde sie glitschige, frisch aus dem Wasser geholte, schuppige Fische mit rubinroten Augen und gläsernen Kiemen ins Gras legen.

Der Himmel draußen war von Sternen übersät. Wenn man nach oben ging, meißelte das Licht der hochgehobenen Lampe steinerne Gewächse aus Stuck in die Dunkelheit. Janka fegte die leeren Fußböden.

Im leeren Salon schaukelte langsam der Kristallleuchter an der Decke, in einer Verkleidung aus grauem Leinen, ähnlich einem mit silbernen Fäden umsponnenen Kokon.

Die Ebene

Der Zug fuhr an einem Bahnhof vorbei, auf dem weißen Schild unter dem Blechdach des Bahnsteigs waren Buchstaben in Fraktur zu sehen. «Marienburg»? Dann die roten Dächer der Burg, der Turm mit der eisernen Fahne, das Wächterhäuschen. Vater döste am Fenster. Mutter hatte sich in den schwarzen Umhang gehüllt. Andrzej schlief, den Kopf an meiner Schulter. Unter der Eisenbrücke blitzte der dunkle Fluss, ein Schlepper mit einer Barke, eine brennende Laterne, der Glanz von Feuer auf dem Wasser. Der Spiegel im Abteil, die Gepäcknetze, die Koffer, der schaukelnde Waggon, das Wehen des Vorhangs an der Tür.

Am Fenster flogen lange Wolkenfetzen vorbei, kleine Lichtungen, Weiden, bisweilen war über den Feldern ein spitzer Kirchturm zu erkennen, weiße Häuser mit schwarzen Balken, dann wieder eine Brücke, eine lange mit bleichen Backsteintürmen, ein Dröhnen. Ich lehnte den Kopf an die Scheibe. Da unten, unter dem Gittergeflecht der Brücke, der breite Fluss, weit, bis an den Horizont, voll dunkler Strudel, darüber die niedrige, blassgelbe Sonne zwischen den dunkelgrauen Wolken. Zu beiden Seiten eine weite, grasbedeckte Ebene. Die Weichsel? An dem Bahnhof, den wir passierten, das Schild «Dirschau».

Und wieder ein Traum. Geheimrat Mehlers, das Beladen der Pferdewagen in der Ulica Rozbrat, der Mahagonisalon, Mineralien und Muscheln auf violettem Plüsch, die Sonne über der orthodoxen Kirche, goldene Kuppeln, das blaue Glasgefäß, Wassiljew in einer an der Brust zerrissenen Kutte, das Haus in der Nowogrodzka, das schrille Geräusch eingeschlagener Scheiben, die verletzte Hand von Fräulein Esther, der auf dem Fußboden wirbelnde Stein, das Buch mit dem roten Leineneinband, dann die Lampe, die angelehnte Tür, Herr Salzmann, gedämpfte Worte: «Herr Czesław, Sie sollten besser wegfahren.» Vater hebt langsam den Kopf, blinzelt, putzt mit einem weißen Tuch die Brille: «Denken Sie?» – «Ja. Das ist eine ruhige Stadt, glauben Sie mir. Die Magazine auf der Speicherinsel, vierstöckig, mit Rampe. Schroeder will die Gesellschaft auf das Kapital von Giełdziński und Rumjanzew stützen. Ratoń ist wohlgesinnt, er gründet ein neues Kontor, also ...»

Ich erwachte.

Es dämmerte.

Kontor? Vater? Salzmann? Speicherinsel?

Ich betrachtete Mutter, Vater, Andrzej. Der Zug jagte aus der nächtlichen Dunkelheit in Richtung des Morgenrots, das sich als schmales Licht über der Ebene öffnete. Der Waggon schaukelte gleichmäßig. Hinter der Fensterscheibe huschten Birken vorbei, der blaue, ferne Horizont von einer Reihe Weiden gesäumt, ein kleiner, mit Kalmus bewachsener Teich, dann wieder Weiden. Der warme Dampf der Lokomotive zerriss die tief über der Erde hängenden Nebelschwaden, Telegraphenmasten und einsame Bäume flogen vorbei, und plötzlich, während ich im Halbschlaf die neblig graue Ebene hinter dem Fenster betrachtete, während mein Blick gleichgültig der Bewegung der Schatten folgte, sah ich in der Ferne eine Silhouette, als hätten sich Fräulein Esthers Fotografien über den Feldern zu einer langen, hellen Reihe gefügt.

Ich wischte über die Scheibe. Über der Ebene erschien der zarte Umriss der fernen Stadt, kaum sichtbar ein Turm, daneben ein zweiter, schlankerer, dann verdeckten die Bäume einen Augenblick lang die Aussicht, auf der rechten Seite blitzte die Sonne, die Ebene wand sich aus der Umarmung des Waldes, unter den zusammengeballten Wolken entbrannte ein aufstrebendes Licht. Der Tag, in dessen strahlendes Tor wir fuhren, glühte vor uns in kühlem Morgenrot und erfüllte die dunklen Wolkengrotten mit Glanz. Einen Moment lang erlosch der Himmel hinter dem grasbewachsenen Bahndamm, die Backsteinmauer des Bahnwärterhäuschens huschte vorbei, der schwarze Buchstabe «D 1», hinter dem Schlagbaum ein Eisenbahner mit einem kupfernen Lautsprecher, schnelle Schatten von Pappeln, rote Äpfel an Bäumen.

Ich sah, wie die Stadt sich näherte. Das Bild der Dächer und Türme zeichnete sich bald schärfer ab, bald verschwand es im Dunst hinter langen Reihen von Weiden. Vom Dröhnen der Lokomotive aufgescheuchte Vögel flogen aus Gräben mit blauem Wasser auf. Zu beiden Seiten des Waggons tauchten jetzt Backsteinhäuser auf, der Waggon holperte über die Gabelungen der Schienen, an der Fensterscheibe glitt ein Nebengleis mit erloschenen Signalen vorbei, auf den Telegraphenleitungen funkelte der Tau in der immer höher stehenden Sonne, der Nebel, der bisher den Zug in abreißende graue Schwaden gehüllt hatte, riss auf und wich einem hohen Himmelblau mit durchsichtiger Luft, an einer kleinen Station draußen blinkte ein Blechschild mit dem Namen «Ohra», und als wir die letzten Häuser der Vororte passiert hatten, erschien linker Hand hinter Pappeln, Birken und Vogelbeerbäumen plötzlich der Hügel, der terrassenförmig angelegte, grasbewachsene, einer gekappten Pyramide ähnliche Hügel, den ich von den Fotografien so gut kannte.

Der Bischofsberg?

Während ich den Hügel betrachtete, auf dem eine Festung mit dicken Mauern stand, dachte ich an das zu einem Kranz hochgesteckte Haar, an das übers Bett geworfene Kleid aus Wien, an die Wiese hinter der Nowowiejska, an die Straßen, durch die wir im Regen nach Hause in die Nowogrodzka gegangen waren, an Wassiljew, an die Briefe aus der Schweiz, aber schon verdeckte eine Reihe von Pappeln entlang der Gleise den Berg mit den Kasernen, schon tanzten die Schatten der Blätter, durchsetzt mit Lichtflecken, im Spiegel des Abteils, schon legten die Waggons sich in die Kurve, die Weichen ratterten, die Lokomotive pfiff.

Wir fuhren in die Stadt ein.

Ich schaute aus dem Fenster auf der anderen Seite. Die Ziegeldächer der Kirchen, die ich so gut kannte, tauchten nacheinander aus dem Dunstschleier auf. Ich erkannte die kunstvollen Dächer, gotischen Erker, Glockentürme. Die Häuser, die an den Gleisen vorbeiglitten, schoben sich ineinander wie die Karten aus Petersburg, dann verschwand alles hinter dem Bahndamm.

Der Zug fuhr in eine von Bäumen gesäumte Schlucht, als tauchten wir in einen grünen, unter die Erde führenden Tunnel. Zu beiden Seiten Tausende von Blättern, die flimmerten wie Fischschuppen. Efeu, entblößte Wurzeln an steinernen, taufeuchten Wänden. Der Spiegel im Abteil verdunkelte sich, hinter einer schwarzen Brücke, auf der unbewegt ein Mann mit erhobener Hand stand, erschien eine Ampel, ähnlich dem erstarrten Pendel des Metronoms von Arens, das Bahnhofsgebäude mit dem geflügelten Rad tauchte hinter den eisernen Säulen auf wie ein großes Backsteinschiff, das Gerippe des Viadukts verstellte den Himmel, auf dem Turm mit der Uhr flatterte die kaiserliche Fahne. Wir erreichten den Bahnsteig, der Luftzug der Lokomotive löschte die Gasflammen in den Lampen. Das Gesicht ans Fenster gepresst, schaute ich zu, wie die Eisenstützen des Daches sich ineinander schoben und die weite Perspektive eines unendlichen Korridors mit gotischen Bögen und Pfeilern bildeten, der, in kaltem Licht zerfließend, in die Stadt führte. Unter den Rädern brach eine weiße Dampfwolke hervor.

Auf den Steinplatten des Bahnsteigs erschien die feierliche Gestalt eines Gepäckträgers in einem schwarzen, hochgeknöpften Rock, ein Messingschild an der Brust und eine kaiserliche Ziffer an der Mütze; als er mein Gesicht am Fenster des Abteils sah, nickte er mir langsam zu, als hätte er schon lange auf mich gewartet. Die bremsenden Räder quietschten.

Ich berührte Vaters Arm. Er fuhr zusammen und öffnete die Augen. «Sind wir da?» – «Ja, Vater, wir sind da.»

Der Zug drosselte das Tempo. Über dem Bahnsteig hing ein Emailleschild mit dem Namen der Stadt.

Das Haus der Familie Simmel

Während Mutter aus der hohen Kanne Kaffee in die Tassen goss und vom Haus der Familie Simmel zu reden begann, während die Sonne die Kronen der Fichten im Garten leuchten ließ, dachte ich an den Tag, an dem ich zum ersten Mal in die Frauengasse gegangen war, an diesen hellen, windigen Tag mit den weißen Wolken auf dem tiefen Himmelsblau, die vom Meer her langsam über das Dach der Marienkirche, über die Speicher und die grasbewachsenen Festungen zogen und fließende Schatten auf das glatte Wasser des Hafenkanals warfen.

An jenem Tag durchschnitten hoch fliegende Schwalben den blauen Himmel, ich ging vom Bahnhof über die Lindenallee in die Stadtmitte, hinter dem Festungswall traten einer nach dem anderen die Kirchtürme hervor, die ich von den Fotografien kannte; ich versuchte, meine Gefühle im Zaum zu halten, doch der Anblick der sich langsam nähernden Türme, die mir so vertraut schienen, ergriff mich wie eine Welle. Die wirkliche Stadt, auf die ich zuging, mischte sich mit der nördlichen Stadt, von der Geheimrat Mehlers erzählt hatte, als wir in seinem Salon Tee mit Kirschkonfitüre getrunken hatten.

Die Dächer der Innenstadt hatten einen rötlichen holländischen Ton, über dem Turm des Rathauses zerschnitt eine schmale Federwolke den Himmel, die Sonne – trotz des nahenden Abends noch hell – berührte die Buchenhügel hinter dem Bahnhof, ich betrachtete die Häuser und Türme, in denen sich der Sonnenuntergang spiegelte, und spürte, wie die Rührung in mir wuchs, denn anders als diejenigen, die aus Königsberg, Reval oder Petersburg kamen, um ein paar Dinge im Büro einer Transportgesellschaft zu erledigen und schnell zurückzufahren, erschienen in meinem Gedächtnis die Worte einer warmen Frauenstimme, die mir halfen, den Weg zwischen den Häusern und Toren zu finden. Denn diese Worte waren es, die mich jetzt über die Lindenallee führten, ihre Worte und die Bilder der Fotografien, die ich vor meinem inneren Auge hatte, ließen mich über den gepflasterten Markt zu dem Wachgebäude mit der kaiserlichen Flagge gehen, zu dem grasbewachsenen Wall der Forts, hinter denen sich die Kirchtürme erhoben, ihre Worte führten mich auf die Brücke über dem reglosen Wasser und zu dem Gebäude der Bank mit dem kupfernen Schiff an der Fassade; und als ich die Bank hinter mir hatte, zu den Mauern kam und unter das Gewölbe des vergoldeten Tors trat, sah ich die lange Straße vor mir, die ins Herz der Stadt führte, die schöne, irgendwo im sonnigen Dunst verschwindende Straße, die Fräulein Esther – im Salon unter der Lampe mit dem rosaroten Schirm – «Langer Markt» genannt hatte.

Es war, als träte ich aus dem Schatten. Klappern, Geratter von Rädern. Ein Junge mit einer Schirmmütze drückte mir eine frische Zeitung in die Hand und rief: «Die Börsenkurse steigen!» Dann lief er weiter, auf die Menschenmenge zu, dorthin, wo auf der breiten Fahrbahn Droschken und Wagen fuhren und ein Kellner vor dem Hotel «Nord» auf der Treppe des Beischlags Orangenbäumchen aufstellte. Die Zeitung, die ich in der Hand hielt, hatte einen Titel in schwarzer deutscher Schrift.

Ich hatte die Stadt vor mir, die Stadt der dunklen Fotografien, als wäre sie plötzlich lebendig geworden und hätte Geräusche und Farben angenommen. Aber ich konnte noch immer nicht glauben, dass ich wirklich hier war, immer wieder erinnerte ich mich daran, was Geheimrat Mehlers über die Gärten der Hesperiden am nördlichen Meer gesagt hatte.

Erst als ich über den Fassaden der Häuser mit den Steinfiguren antiker Götter auf den Giebeln den großen, dunklen Turm der mittelalterlichen Kirche erblickte, der keine Spitze hatte und aussah wie ein Mensch mit Kapuze und – wie eine Backsteinarche – bald hinter den Häusern verschwand, bald wieder auftauchte, erst als ich diesen Turm sah, spürte ich, dass alles Wirklichkeit wurde. Denn das war der Turm auf dem Foto, auf dessen Glas die Reste einiger mit rotem Lippenstift geschriebener Worte schimmerten; und ich verschlang jeden Schatten eines Vogels auf dem Bürgersteig, jedes Rascheln eines Kleides, das an mir vorbeiging, als wollte ich mich vergewissern, dass ich das, was ich sah, wirklich sah.

Hinter der Scheibe eines mit Hortensienblüten geschmückten Schaufensters flossen aus goldenen und silbernen Schachteln Ströme von Seide in allen sieben Farben des Himmels. In einem Weidenkorb, der vor einem Obstladen stand, türmten sich Orangen und Schokoladekugeln in Zinnfolie.

Vor dem Haus mit den hohen gotischen Fenstern, das Fräulein Esther «Artushof» genannt hatte, stritten sich Makler in glänzenden Zylindern – lautes Lachen und Klopfen mit den Spazierstöcken. Kutschen knarrten in den Achsen, Tauben setzten sich auf die Statue des Meeresgottes Neptun und flogen wieder weg, Frauen in Kleidern aus Seide, Atlas, Leinen und Perkal gingen an mir vorbei, aber ich sah in jedem nur das, was mich an ihre Kleider erinnerte – Falten, Abnäher, Perlmuttknöpfe, Spitzen, Kleinigkeiten, die das Auge mit lächerlicher, schmerzlicher Ungeduld suchte, als wollte es allein kraft des Blickes schaffen, was es vermisste. Alles, was ich um mich herum sah, trug den Stempel ihrer leichtfertigen Gegenwart – maß sie doch, während sie hier wohnte, der Tatsache, dass sie in dieser Stadt war, keinerlei Bedeutung bei. Sie ging durch die Straßen, schaute in Buchhandlungen, öffnete die Tür zu der Bäckerei, sah sich das Schaufenster eines Möbelgeschäftes an, betrat mit einem Korb den Gewürzladen. Der Anblick dieser Schaufenster, Türen, Schilder …

Unter den Arkaden des steinernen Tores hindurch, das Meister Bertelssohn mit dem Namen «Grünes Tor» versehen hatte, kam ich zu der Uferstraße, der Wind blies kühl vom Wasser her, ich stand auf der Brücke, und zur Linken, auf dem Kanal, der sich bis zur Insel hinzog, sah ich Masten von Segelschiffen, Kuttern, ich sah Schlepper, Dampfer, blecherne Barken, Kähne, die zu dem schwarzen hölzernen Krantor fuhren. Vor den Speichern Reihen von Leinensäcken mit Getreide, Rauchschwaden, das Schwingen der Kräne, das Knirschen der Seile, am Kai stellten Frauen mit Gummischürzen Kisten mit Fisch auf, der salzige Geschmack von zerstückeltem Eis, Leinendächer über den Ständen, ein Stück weiter das Haus – ja, dieses Haus erkannte ich an dem Kupferturm, es war das Haus der Freunde der Naturwissenschaften, und ich wusste, dass man dort, hinter dem Turm dieses Hauses, hinter den Ständen und Holztischen, auf denen frische Fische lagen, hinter dem Tabakladen (ich erinnerte mich an das Foto von Bertelssohn mit dem goldenen Schriftzug «Cigarren-Handlung»), zu dem Tor kam, das auf die Frauengasse führte.

«Fräulein Simmel?» Kurz nach sieben, als die Sonne schon aus den Fensterscheiben verschwunden war, stand ich vor dem Eckhaus in der Frauengasse 12. «Fräulein Simmel?», lächelte der Hausmeister Johann Pelz. «Wie könnte ich mich an sie nicht erinnern? Jeden Morgen – die Kanne in die Hand und schnell zum Fischmarkt. Die Zöpfe über der Stirn, das blau karierte Kleid, weiße Strümpfe und immer etwas zu laut: ‹Guten Morgen, Herr Pelz!› Und wenn sie die Treppe herunterlief, nahm sie drei Stufen auf einmal! Und das in Holzschuhen!»

Ich stand vor dem Eckhaus der Frauengasse 12 und betrachtete die hohen Fenster, in denen sich das Blau des Himmels spiegelte, über dem Turm der Freunde der Naturwissenschaften segelten Möwen, und Johann Pelz strich sich über den grauen Backenbart und sah mich mit hellblauen Augen an: «Die Simmels? Angeblich hat jemand sie in Lübeck gesehen. Die Wohnung in der Nummer 7, schauen Sie da, die Fenster rechts, die Wohnung steht leer. Und Fräulein Simmel?» Johann Pelz rückte die Mütze mit dem glänzenden Schirm zurecht und griff in die Tasche nach dem ledernen Tabaksbeutel. Er erinnerte sich genau an den Abend im August, als gegen neun eine junge Frau mit einem rosengeschmückten Hut vor dem Haus Nummer 12 stehen blieb. «Sie stand hier, hier, wo Sie jetzt stehen, und schaute zu den Fenstern hoch, so wie Sie.» Doch bevor Johann Pelz an jenem Abend in seiner Wohnung im dritten Stock das schwere Fenster mit den quadratischen Scheiben öffnen, bevor er die blühenden Geranien zur Seite stellen und seine Schwester Hildegard rufen konnte, um sie zu fragen, ob die Frau da unten wirklich Esther Simmel sei («weißt du, die Tochter der Simmels aus der Nummer 7»), drehte sich die Dame um, griff sich an den Hut, den ein Luftzug verschoben hatte, und verschwand in einem Torbogen. «Ja, Fräulein Simmel?», sagte Johann Pelz nachdenklich. «Jemand will sie in Neufahrwasser gesehen haben, als die ‹Odin› nach Königsberg ablegte ...»

Ich stand vor dem Haus mit der Nummer 12, schaute zu den dunklen Fenstern im zweiten Stock hinauf, langsam fiel Schatten über die Frauengasse und die Stimmen erloschen, die Mauern der Häuser wurden matt, Johann Pelz sagte noch etwas über Königsberg, das in letzter Zeit so viele Menschen anzieht, der Himmel in den Fensterscheiben war schon fast dunkelblau, die Stadt wurde allmählich still, und nur ganz oben, wo das Licht noch hinkam, flitzten zwei oder drei Schwalben vorbei und hinterließen am Himmel eine hauchdünne, schmerzliche Spur, scharf wie ein Sprung in Glas, die im Bruchteil einer Sekunde verschwunden war.

Das weitere Schicksal der Menschen und Dinge

Als der Zug auf dem Bahnhof ankam, wartete schon – mit zwei Wagen – ein Mann von Salzmann auf sie. Sie stiegen in einem Hotel am Karrenwall ab. Am nächsten Tag begab sich Aleksanders Vater mit einigen Empfehlungsschreiben von Warschauer Kaufleuten zu Lesser Giełdziński, was ihm bei seinen Geschäften später sehr hilfreich sein sollte. Der Gastgeber des schönen Hauses in der Breitgasse versicherte dem Ankömmling aus Warschau, dass er keine bessere Zeit hätte wählen können, es gelte nur – solange ihm das Schicksal gewogen sei –, einige mutige Entscheidungen zu treffen. Die Preußische Bank gebe gerne Kredite, die französischen und englischen Kontore auf der Speicherinsel nähmen große Bestellungen an, im Hafen sei viel in Bewegung. Von den Fenstern des Salons in der Breitgasse konnte man die hohen Masten und schrägen Schornsteine der Dampfer aus Holland, England und Schottland sehen. Die Arme der Hafenkräne glitten durch Dampfwolken. Auf eine Laderampe rann aus einem Speicher in gelbem Strom ukrainischer Weizen, der mit der Weichselbahn aus Kiew und Umgebung in die Stadt transportiert wurde. Der Vertrag mit Salzmann und Rumjanzew wurde in der Gilde unterschrieben. Das Kapital war ansehnlich. Nachdem man dann noch ein großes Lager im Speicher gepachtet hatte und die Getreidepreise an den Börsen in Rotterdam und London hochgingen, sodass man die Transaktionen auf Königsberg und Reval ausweiten konnte, fuhr Aleksanders Vater im Herbst eines Nachmittags mit einer Kutsche durch die lange Lindenallee ins alte Oliva, einen Stadtteil im Norden, und kaufte ein schönes weißes Fachwerkhaus mit schwarzem Gebälk, direkt am Waldrand, auf einem eingezäunten Besitz in der Rhonstraße 18.

Das Haus war groß und leer, als hätte nie jemand darin

gewohnt. Sie kamen gegen Abend aus dem Hotel am Karrenwall dort an. Sie gingen von einem Zimmer ins andere und suchten Spuren von Menschen, aber in den leeren Räumen hörten sie nur das Echo ihrer Schritte. Den Besitzer, der ihnen über einen Mittelsmann das Haus verkauft hatte, lernten sie nie kennen. Ein junger, gut aussehender Mann überreichte ihnen den Schlüssel, sagte ein paar höfliche Worte und machte sich auf den Weg nach Langfuhr. Das Parkett war aus schwarzer Eiche und glänzte wie das Januareis auf einem gefrorenen Fluss.

Als sie die Veranda betraten, war die Luft im Garten von gelben Schmetterlingen erfüllt. Ein leichter, salziger Wind kam vom Meer. Andrzej setzte sich auf eine an Ketten festgemachte Schaukel. Die Beklemmung löste sich langsam.

Von der Veranda aus sah man den Garten, dann einen Teich, dahinter eine Hecke aus Jasmin, Weißdorn und Fichten. Hinter der Hecke ragten zwei schlanke Türme hervor. Sie hatten die Farbe von altem Kupfer und durchschnitten spitz den reinen Himmel über dem Buchenwald. Später sagte ihnen jemand, das sei die Kathedrale.

Die Möbel kauften sie auf Salzmanns Rat bei Retzl in der Breitgasse. Antike Sekretäre, einen Eichenschreibtisch, einen Schrank aus schwarzem Holz. Den runden Spiegel aus venezianischem Glas stellten sie in das Zimmer, in dem Aleksanders Vater seine Papiere ausbreitete. Die japanische Miniatur, die Mutter von Fräulein Esther bekommen hatte, hängten sie ins untere Zimmer.

Die Küche war geräumig und weiß, an der Wand holländische Kacheln. Die Treppe knarrte, als Agnes, das Dienstmädchen, das frische Bettzeug nach oben trug.

In dem kleinen Zimmer unter dem Türmchen stellte Andrzej die Bücher ins Regal. Das in Fraktur gedruckte Buch in dem roten Leineneinband kam neben das alte Buch mit den Illustrationen von Doré.

Im Sommer kam Salzmann mit seiner Tochter Viola, und

es gefiel ihm so gut in der Rhonstraße, dass er sogar mit dem Gedanken spielte, eine der Villen in der Umgebung zu kaufen und für immer aus der Ulica Hoża hierher zu ziehen, aber er musste mit Viola nach Bad Essen fahren. Hin und wieder besuchten sie die Waldoper in Zoppot, wo in einem Amphitheater Wagner aufgeführt wurde. Nachts fuhren sie über die Feldwege unterhalb des Karlsberges zurück. Der Wagen glitt fast lautlos über den sandigen Weg. Am mondhellen Himmel war die Kathedrale zu sehen. Sie sah aus wie eine Arche mit zwei hohen Masten, die auf dem schwarzen Meer der Bäume schwimmt.

Anfang Oktober kehrte Aleksander nach Heidelberg zurück, wo er eine Arbeit bei der Firma Friese beginnen sollte.

Er wohnte bei Frau Wernitz in einem Haus am Neckar. Abends ging er manchmal auf das Schloss, um auf die in rotem Licht ertrinkende Stadt herabzublicken, aber seine Gefühle waren nicht die gleichen wie früher. Etwas in ihm hatte sich verschlossen. Obwohl er sich einzureden versuchte, dass das Leben weitergehe und es nicht gut sei, sich nostalgischen Stimmungen hinzugeben, spürte er keine Freude, wenn er junge Frauen sah. Vielleicht war das eine Folge des Traums, der ihn mehrmals heimsuchte und etwas Dunkles in seiner Seele zurückließ.

Er träumte von Fräulein Esthers Tod.

Andrzej kehrte nach Abschluss des Gymnasiums nach Warschau zurück, wo er sich in die medizinisch-chirurgische Fakultät der Universität einschrieb. Er wohnte in der Ulica Nowogrodzka. Den Haushalt führte – wie früher – Janka.

Die Nachrichten, die nach einigen Monaten aus Warschau kamen, konnten die Eltern nur erfreuen. Wie Janek Drozdowicz berichtete, der von Zeit zu Zeit in die Rhonstraße schrieb, lernte Andrzej vor jedem Examen so eifrig, wie es wohl die Christen zu Neros Zeiten vor der blutigen Exekution in der Arena des Kolosseums taten. Als Janek ihn eines Tages fragte, woher er die Verbissenheit nehme, sich durch Tausende von Seiten der Werke von Weissmann und Jelagin durchzuschlagen, antwortete Andrzej scherzhaft, wenn seine Augen dabei auch kühl blieben, er sei bereit, alles zu tun, selbst einen Bund mit dem Teufel einzugehen, um zu erfahren, wie man den Tod töten könne. Die Professoren Modzelewski und Arkuszewski aus der Klinik in der Ulica Cerkiewna mussten zugeben, dass sie schon lange keinen so guten Studenten mehr hatten.

Groß, stattlich, freundlich, gut angezogen, saß er gerne bei Lourse, die schönen Frauen der Salons in der Ulica Hoża und Wilcza empfingen ihn mit Freude, nur die Bälle im Kasino, wo sich am ersten Samstag im Januar die Ärzte von ganz Warschau trafen, mied er. Jeden Freitagabend verbrachte er dagegen – Janek zeigte sich erstaunt angesichts dieser eher sonderbaren Vorliebe – in den unterirdischen Sälen der Klinik, wo er mit viel Ausdauer und Hingabe dem Dozenten Klein beim Sezieren half. Angeblich – so ging das Gerücht – hatte er schon fast zweihundert Leichen seziert. Sonntags sah man ihn in der Ulica Leopoldyna, wie er mit seinem ruhigen Schritt, den Stock mit dem silbernen Knauf in der Hand, über den Platz in die St.-Barbara-Kirche ging. Er nahm in der ersten Bank vor dem Hauptaltar Platz, betrachtete den weißen Kahn der Kanzel mit dem goldenen Anker, über dem das Auge im Dreieck der Kupferstrahlen leuchtete, und sann über etwas nach; nur selten jedoch sang er die Kirchenlieder mit – was den Nachbarn aus der Nowogrodzka nicht entging.

Nach dem Studium nahm Arkuszewski ihn zu sich und verschaffte ihm eine Stellung in der Klinik in der Ulica Cerkiewna. Die Patienten strahlten, wenn er in die Abteilung kam, mit rosigem Gesicht, gesund, stark, mit einer gut geschnittenen Frisur, die Schürze über dem Rock. Man spürte in ihm etwas Gutes, Beruhigendes, Warmes – eine Gabe, die nur wenige junge Ärzte haben –, und wenn er sprach, wog er sorgfältig jede Geste, als wollte er den Worten nicht mit einer Handbewegung vorauseilen, und er unterstrich jedes Lächeln mit seiner Stimme, über die Fräulein Ostaszewska zu Julia Hirsz sagte, sie sei sehr schön. Sicher hätte ein aufmerksamer Beobachter in diesen sanften, harmonischen Bewegungen den fernen, kaum greifbaren Nachhall der Gesten Fräulein Esthers erkannt, als wäre ihre Gegenwart, durch empfindsame Hände verlängert, nicht ins Nichts entschwunden, sondern hielte immer noch an den alten Orten fest, ähnlich wie eine langsam erlöschende Spur auf dem Wasser eines Sees in der Dämmerung.

Den Sommer verbrachte Andrzej auf dem Gut der Familie Drozdowicz in Janowiec. Er ging mit Janek auf die Jagd und dachte darüber nach, wie es weitergehen sollte. Vater riet ihm zu einem Praktikum bei Weissmann; im September hätte er in Wien anfangen können, aber es war erst Anfang Juli, und so schob er die Entscheidung – wie das so ist – noch etwas hinaus; zudem war der Sommer sehr schön.

Als die Nachricht bekannte wurde, dass im fernen Sarajewo ein serbischer oder albanischer Student Erzherzog Ferdinand ermordet hatte, blieb Andrzej auf Mutters Bitte bis Ende August bei den Drozdowiczs. Im Übrigen sah es nicht besonders ernst aus. Kaiser Wilhelm war mit einer Ausflugsjacht gerade auf dem Weg zu den norwegischen Fjorden, Frankreichs Premierminister fuhr zu einem Treffen mit dem Zaren nach Petersburg, um ihm zu versichern, Paris halte treu an der Freundschaft fest. Aus der Perspektive des weißen Gutshofes in Janowiec, wo das Leben den gleichmäßigen Rhythmus des ländlichen Alltags hatte, erschien der Krieg als etwas so Unwirkliches, dass zunächst kaum jemand an die Nachrichten glauben konnte, die allmählich von der Front kamen. Man wusste nur, dass schlimme Dinge vor sich gingen.

Erst Ende Oktober wurde der Krieg Wirklichkeit. In Janowiec hielt sich eine Abteilung des polnischen Heeres auf, deren Anführer Kapitän Zaremba – wie die Soldaten in den grauen Uniformen stolz erzählten – seine Leute von der kleinen Ortschaft Oleandra bei Krakau nach Kielce führte, um gegen die Russen für ein freies Polen zu kämpfen. Sobald man im Nebengebäude ein Lazarett eingerichtet hatte, half Andrzej zusammen mit Janek dem Feldscher bei der Versorgung der Verwundeten. Im Gutshof herrschte ein reges Treiben. Frauen zerrissen Leintücher für Verbände. Die Knechte brachten in Zinneimern heißes Wasser aus der Küche. Belebt von einem plötzlichen Wunsch nach Veränderung, spielte Andrzej kurz mit dem Gedanken, sich den Soldaten anzuschließen, denn sie hatten schließlich keinen Arzt (Oberleutnant Meysztowicz erwähnte dies auch), aber es war nur – so sagte er am Abend lachend zu Janka – ein Moment der Schwäche. Er wusste schließlich, dass er nicht vergessen durfte, was er Mutter versprochen hatte. Doch als die Soldaten dann weiterzogen, packte er seine Sachen in ein Necessaire, band mit einem Riemen den Mantel zusammen, warf ihn über die Schulter und setzte sich auf den Wagen von Korporal Borucki von der zweiten Schwadron. Als sich der Wagen in Bewegung setzte, zögerte er einen Augenblick, ob er nicht wieder aussteigen solle, aber dann winkte er Janek zu, und dabei blieb es.

Am 30. Oktober, gegen Mittag, kamen die Russen hinter einem Birkenwald beim Gutshof der Rosławskis hervor. Ganz in der Nähe dröhnten Schüsse, Kugeln pfiffen durch die Birkenzweige, Blätter fielen herab. Andrzej duckte sich. Der Himmel war rein, von einem kalten Blau, als hätte ein kühler Wind ihn glatt gefegt, über dem Dorf türmten sich ein paar große Wolken unter der Sonne, im Teich spiegelte sich das Himmelsblau. Die Reiter auf den zottigen Pferden bogen schnell hinter das Pfarrhaus ab. Er hörte, wie Korporal Borucki fragte: «Was haben Sie?» Aber er hatte keine Kraft, den Mund zu öffnen. Er fiel mit dem Gesicht auf die Säcke mit den Binden. Die Räder schlitterten in den tiefen

Spuren. Er tastete nach der feuchten Stelle unter dem Schlüsselbein, wo der Stoff zerrissen war. Dann sah er nichts mehr. Er hörte nur noch entfernte Stimmen und das Rattern des Wagens.

Als er erwachte – so erzählte er ein paar Tage später Janek, der aus Janowiec zu dem Gut der Rosławskis kam, als er hörte, was geschehen war –, sah er über sich eine gekalkte Decke. Der Verband um die Brust war zu eng, er konnte kaum atmen. Eine Frau mit einem geblümten Tuch hielt ihm einen heißen Löffel an den Mund, aber er schüttelte den Kopf. Einen Moment lang dachte er: Was ist mit den Verwundeten, man kann sie nicht einfach sich selbst überlassen … «Bewegen Sie sich nicht», sagte die Frau. «Der Herr Pfarrer ist schon da.»

Die Schritte? Die Soutane, die Stimme?

Andrzej erkannte Pfarrer Olędzki sofort, aber er ließ die Augen geschlossen und wollte warten, bis der Pfarrer wieder ging. Doch Olędzki ging nicht, er sprach zu ihm, neigte sich über das Bett und schien zu beten. Eine segnende Handbewegung? Der warme Atem, das Flüstern. Andrzej spürte Tränen in den Augen, aber er machte sie nicht auf. Pfarrer Olędzki ging nicht weg: Er zog die Decke zurecht, deckte dem Kranken die Beine zu, goss frisches Wasser in den Krug, der neben dem Bett stand. Erst als ihn jemand vom Hof aus rief, verließ er die Stube, die nach Jod und Äther roch.

Von der Begegnung mit dem Pfarrer erzählte Andrzej Janek nicht viel.

Als man ihn in Janowiec wiederhergestellt hatte, kehrte er nach Warschau zurück, in die Klinik in der Cerkiewna. Ende des Jahres fuhr er, immer noch nicht ganz gesund, auf einen Rat seines Vaters nach Wien. Er wohnte bei Frau Hoffmann, einer Bekannten seiner Mutter, in der Kärntnerstraße, von wo er es nicht weit zum Institut von Weissmann hatte.

Als er nach Wien fuhr, kam er an Bahnhöfen vorbei, auf denen man, unter den Klängen eines Blasorchesters, eine Menge junger Männer mit rasierten Köpfen feierlich verabschiedete. Pfarrer in Ornaten machten das Zeichen des Kreuzes über den Gleisen, die in einer dünnen Linie am Horizont zusammenliefen und den Weg zu den Steppen Russlands wiesen.

Später versanken die großen Armeen an der Ost- und der Westfront im Schlamm. Die Kaiser von Österreich, Russland und Deutschland ordneten auf den Eichenschreibtischen Stöße von Berichten und Dekreten und schickten sich langsam zum Abgang an, obwohl über den brennenden Städten ein ausdauernder Lichtschein hing und der Sieg gewiss schien.

Durch die Ulica Nowogrodzka zogen russische, später deutsche Trosse. Aus dem Krankenhaus in der Cerkiewna wurde ein großes Lazarett, in dem eilig Bauern aus dem Ural oder dem Harz starben, ohne den Ärzten Zeit zu lassen, neue, soeben aus Berlin oder Petersburg eingeführte Medikamente auszuprobieren, die Rettung versprachen. In der St.-Cäcilien-Abteilung lehrte Professor Arkuszewski seine Studenten eine neue Methode, Wunden zu vernähen, die sich als wirkungsvoll erwies. Fräulein Dałkowska und Fräulein Hirsz halfen in weißen Schürzen mit einem roten Kreuz bei der Versorgung der Verwundeten, die man in Wagen über die Weichsel auf den Hof der Klinik karrte.

Die Post in der Ulica Wspólna war evakuiert worden. Assistent Korbelow, der sich gut an das «elegante Fräulein Simmel» erinnerte (hatte sie doch so oft bei ihm nach Briefen gefragt!), kam an die Front nach Ostpreußen, wo er eines Morgens während einer Attacke auf die Schützengräben der deutschen Armee an einem schönen See fiel.

Auf der Wiese hinter der Ulica Nowowiejska, dort, wo früher die Zigeunerwagen standen, hatte man einen Militärfriedhof eingerichtet, auf dem jetzt Husaren vom preußischen Regiment Mackensens und gut aussehende Offiziere der Petersburger Leibgarde beigesetzt wurden.

In der St.-Barbara-Kirche hielt Pfarrer Orzechowski Gottesdienste für Väter und Söhne, die man, zusammen mit Kanonen und Feldküchen, mit Güterzügen der Bahnlinie Warschau–Wien an den fernen Fluss Stochod brachte, von dem bisher niemand gehört hatte.

In der Wohnung von Geheimrat Mehlers in der Ulica Rozbrat wohnten jetzt Offiziere aus Berlin und Allenstein.

Als in Europa wieder Friede eingekehrt war, als die Russen und die Deutschen Polen verlassen hatten, um für eine gewisse Zeit nach Hause zu gehen, kamen die Celińskis nach Warschau zurück. Unruhig betraten sie das Haus mit der Nummer 44, wo Andrzej sie erwartete, doch in der Ulica Nowogrodzka erinnerte sich kaum mehr jemand an die Ereignisse in der St.-Barbara-Kirche, die einmal die Ursache so großer Probleme waren. An vielen Türen zu beiden Seiten der Straße standen schon die Namen neuer Bewohner. Diejenigen, die man den durch Polen marschierenden Armeen einverleibt hatte (so war es mit Hausmeister Markiewicz geschehen), waren in den großen Ebenen zwischen Weichsel und Dnjestr gefallen, diejenigen, denen es gelungen war, in Warschau das Schlimmste zu überstehen, machten sich keine Gedanken über die – wie ihnen schien – ferne Vergangenheit, deren Bedeutung angesichts der großen Ereignisse der Gegenwart verblasste.

Für die Celińskis begannen gute Jahre. Aleksanders Vater machte Geschäfte mit Lebensmittellieferungen («en gros», wie man im Kasino sagte) an das Ministerium für Militärangelegenheiten, indem er mit großem Gewinn Getreide verkaufte, das er bei den Juden in Podlasie kaufte. Die Celińskis verbrachten fast das ganze Jahr in der Ulica Nowogrodzka, aber jeden Sommer, wenn die Stadtluft über dem Warschauer Pflaster vor Hitze zu flimmern begann, konnten sie der Versuchung der weiten Reise nicht widerstehen. Dann machten sie sich auf «an die See», ins «Sommerhaus», zu der weißen Villa mit dem schwarzen Fachwerk, die im Garten unter den Kiefern in der Rhonstraße auf sie wartete. Im Juli und August brachte sie ein Wagen mit Gummireifen jeden Morgen ins Kurhaus. Von dort aus wanderten sie den langen Strand entlang, weit, bis zur Rennbahn und den Bädern in Zoppot, um am späten Nachmittag gemächlich auf dem Sandweg durch die Felder zurückzufahren, von wo aus man einen Blick auf den Karlsberg und die Kathedrale hatte. Andrzej konnte stundenlang mit einem Boot um den Hafen fahren. Er war groß, schlank, braun gebrannt. Die Narbe unter dem Schlüsselbein war fast nicht mehr zu sehen.

Im Frühjahr stellte man in der Wohnung in der Nowogrodzka neue Möbel auf, Birkenholz mit karminroten Polstern, bei Zalewski in der Ulica Wilcza gekauft, die Tapeten tauschte man gegen hellere aus, man legte den Fußboden im Salon neu und fügte Ebenholz hinzu, dennoch dachte Aleksanders Vater keinen Augenblick daran, die weiße Villa mit Garten zu verkaufen, obwohl den größten Teil des Jahres niemand dort wohnte und die Kaufleute aus Langfuhr sehr attraktive Preise boten. Wie angenehm war es, solch ein Haus zu haben, noch dazu am Meer! Im Winter ließ man die Jalousien herunter, verschloss die Tür mit einem Stab, und das Haus versank im Schnee. Von November bis April überwachte der Gärtner Werffel, ein von Frau Kühne empfohlener Kriegsversehrter, der in Sedan gekämpft hatte, die Schlösser am Tor, schnitt die Weißbuchenspaliere, pflanzte Thujen und säuberte den Teich vor der Veranda von Blättern. Mitte Mai wurden die Riegel entfernt, die Jalousien hochgezogen, die staubigen Fensterscheiben geputzt. Das Haus bekam wieder Sonnenschein. Die Celińskis trafen gewöhnlich am Samstag- oder Sonntagnachmittag ein, mit einem Berg von Koffern und Weidenkörben.

Von Zeit zu Zeit kamen in die Rhonstraße Nachrichten von alten Bekannten.

Die Briefe von Jan, der bei Kerschenzew als Assistent im Institut in Petersburg beschäftigt war, waren lang und manchmal witzig. Jan schrieb ausführlich über alles, was er auf dem Newskij Prospekt und in der Umgebung des Winterpalais beobachtete, aber als in den Warschauer Zeitungen die ersten Nachrichten über den «bolschewistischen Terror» erschienen, der in Russland – wie die Journalisten schrieben – wahrhaft «asiatische Ausmaße» annahm, kamen plötzlich keine Briefe mehr an. Neuigkeiten über Jans Schicksal – im Übrigen ungewiss und widersprüchlich – erreichten Warschau erst Monate später, als in den Hotels um den Bahnhof «Weiße» auftauchten, Russen aus den zerschlagenen Armeen von Denikin und Wrangel.

Unter ihnen war auch Ignatew, dem es gelungen war, über Reval aus Petersburg zu fliehen. Eines Abends besuchte er Alexanders Vater im Kontor in der Ulica Złota. Nach einer längeren Unterhaltung über die Ereignisse in Russland erzählte er, was er von einem Petersburger Arzt gehört hatte, mit dem er an Bord des englischen Schiffes, das von Reval nach Hamburg fuhr, aus Russland geflohen war.

In Ignatews Erzählung war nicht alles klar.

Eines schien jedoch sicher: Nach Kerschenzews Tod wurde Jan Chefarzt des Instituts. Als hervorragender Kardiologe, der in den besten Kreisen Petersburgs einen guten Ruf genoss, führte er ein regelmäßiges Leben. Seine Zeit war geteilt in Arbeit und Besuche im Theater in der Kupezkaja, wo es Stücke italienischer Autoren und manchmal gute Aufführungen von Wagner gab. Erst die kurze und stürmische Bekanntschaft mit dem Polen Witkiewicz, der nach dem Attentat auf Erzherzog Ferdinand auf seltsamen Wegen aus Galizien über Australien nach Petersburg gelangt war und als Offizier im Leibgarde-Regiment diente, brachte eine gewisse Unordnung in sein Leben. Der Offizier hatte Schmerzen in der Brust und starke Angstzustände. Nach den Sitzungen, die sie – Ignatew konnte die Ironie nicht zurückhalten, als er davon sprach – als «Einrenken der Seele» bezeichneten, gingen Patient und Arzt zusammen auf den Heumarkt, in ein Restaurant mit Zigeunermusik, wo sie – zur Freude zufälliger Gäste – in Wolken von Tabakrauch bis zum Morgengrauen außergewöhnlich laute Diskussionen über die griechische Kunst sowie die aufregenden Entdeckungen des Wiener Arztes Freud führten. Einen Monat später trennten sie sich nach einem heftigen Streit, doch sie hörten – wie man beobachtete – nicht auf, einander zu schätzen.

Angeblich war es um eine Frau gegangen. Jan soll den Offizier, der sich in seiner freien Zeit mit dem Malen von Porträts beschäftigte, gebeten haben, nach einer Fotografie, die er ihm gab, das Porträt einer jungen Dame anzufertigen. Das Bild, von einem guten Fotografen gemacht, hatte auf der Rückseite den Stempel «Foto-Atlas – Hoża 17». Der Offizier, der für seine Extravaganzen bekannt war, schickte Jan schon am folgenden Tag mit einem Burschen ein Pastellporträt, das – wie Jan empört erzählte – die porträtierte Person in sträflicher Weise beleidigte. Jan zahlte für das Bild 25 Rubel, eine stattliche Summe also, und verbrannte es sofort nach seiner Rückkehr.

Das Porträt war – wie man später sagte – in dunklen, purpurfarbenen und bläulichen Tönen gehalten. Der Mund der Frau erinnerte an das fransige, feuchte Blatt einer roten Rose, die halb geschlossenen, in Ekstase verschleierten Augen leuchteten grünlich, die Wangen glühten unter dem Rouge in einem ungesunden Rot, und das tiefe Dekolleté enthüllte fast die ganze Brust, die die Farbe von bläulich geädertem Marmor hatte. In dem Bild waren Begierde und Tod, doch als Jan den in grellen Tönen bemalten Karton zerrissen hatte, spürte er plötzlich einen unbegreiflichen Schmerz des Bedauerns und versteckte die Fotografie, nach der das Porträt angefertigt war, auf dem Boden des Koffers, mit dem er von Warschau nach Petersburg gekommen war.

Nach den Ereignissen des Jahres 1917 war Jan in der Stadt

an der Newa geblieben, wenn auch ohne Begeisterung. Während der Kämpfe mit den Matrosen aus Kronstadt zeigte er sich als energischer, entschiedener und gerechter Arzt. Jahre später – Russland hatte sich bereits grundlegend verändert – lenkte er als herausragender Spezialist für Herzkrankheiten die Aufmerksamkeit hoher Beamter in Moskau auf sich, die geduldig die langwierigen Prozeduren der Untersuchungen über sich ergehen ließen, die er ihnen empfahl. Eines Tages erschien Kusnezow, Mitglied der Akademie, bei ihm und brachte ihm eine Empfehlung von Jegorow, er möge zu einem Konsilium in der Klinik in Luschniki kommen. Am Morgen des 18. April brachte man Jan mit einer schwarzen Limousine in den Kreml, wo er angeblich an einem Konsilium teilnahm, bei dem auch Kusnezow, Rozenkranc und das eigens aus Kasan angereiste Akademiemitglied Borissowitsch anwesend waren.

Nach drei Jahren wurde Jan verhaftet. Das wichtigste Beweisstück in der Sache war die Fotografie einer jungen Frau mit dem Stempel «Foto-Atlas – Hoża 17», die auf der Rückseite eine mit blauer Tinte geschriebene Widmung trug: «Dem werten Herrn Jan mit herzlichem Dank für die Hilfe – Esther Simmel.» Die deutschen Worte erregten das Misstrauen der Beamten, die die Wohnung im zweiten Stock der Klinik in der Sadowaja Uliza durchsuchten, zumal außer dem Foto in Jans Papieren auch polnische Briefe mit dem Absender «Aleksander Celiński» gefunden wurden, die aus Heidelberg stammten. Nachdem er wochenlang verhört worden war, beschuldigte man Jan, zusammen mit anderen Ärzten an der Anfertigung von Plänen für einen Tunnel unter dem Bottnischen Meerbusen hindurch beteiligt gewesen zu sein, durch den in einem kritischen Moment eines künftigen Krieges deutsche Truppen, unterstützt von Japanern, blitzschnell in die Vororte von Petersburg gelangen könnten, der früheren Hauptstadt Russlands, die seit kurzem Leningrad hieß.

Diejenigen, die aus dem Gefängnis wieder herausgekommen waren, sagten erstaunt, Jan habe während des Verhörs alles gestanden, was man ihm vorwarf, obwohl er nicht gefoltert worden sei. Er habe leise, aber deutlich auf die Fragen geantwortet, ohne den Untersuchungsrichter anzusehen, als wäre er mit den Gedanken gar nicht bei der Sache. Er schrieb auch bereitwillig Selbstanklagen, in denen er farbige Bilder eines künftigen Krieges in den eisigen Ebenen hinter dem Ural entwarf. Während er auf die Vollstreckung des Todesurteils wartete, saß er mit dem Akademiemitglied Borissowitsch zusammen in einer Zelle. Zeugen berichteten, in der letzten Nacht hätten sie sich über interessante Fälle aus ihrer langjährigen chirurgischen Praxis unterhalten und überlegt, inwieweit die Hoffnung begründet sei – wie Jan sich gegen Morgen ausdrückte –, dass schon in einigen Jahren Operationen am offenen Herzen möglich sein würden und der Tod besiegt werden könne.

Das Todesurteil wurde am 12. Mai im Keller des rechten Gefängnisflügels vollstreckt. Der Funktionär, der Jan gegen fünf in ein fensterloses Betongebäude brachte, wo eine nackte Glühbirne an einem Draht unter der niedrigen Decke hing, befahl ihm, mit dem Gesicht zur Wand auf dem feuchten Boden niederzuknien; weil der Gefangene jedoch die Ausführung dieser Anweisung ablehnte, musste Gewalt angewandt werden.

Wie sich später herausstellte, hieß die «Deutsche aus Dorpat», deren Tätigkeit so viel Schaden anrichtete, nicht Esther Simmel, sondern Esther Simmler; Staatsanwalt Wyschinskij fand jedoch, dieses Detail habe keine grundlegende Bedeutung, denn das Verhör habe in vollem Umfang die Schuld des Angeklagten bewiesen.

In der Wohnung in der Sadowaja Uliza, die nach Jans Tod der Familie des Akademiemitgliedes Kusnezow zugewiesen wurde, fand man ein in der Mitte eingerissenes Blatt Papier, das mit einem Kopierstift beschrieben war. Das Blatt war in Ignatews Hände gelangt, der einige Male Jans medizinische Ratschläge in Anspruch genommen hatte und eines Tages, ohne zu wissen, was geschehen war, in die Sadowaja kam, wo er schon die neuen Bewohner vorfand. Als er im Kontor in der Ulica Złota diese Geschichte erzählte, nahm er das Blatt Papier aus dem Geldbeutel und reichte es Aleksanders Vater mit einem seltsamen Lächeln. Es waren Notizen, von denen die Beamten in der Sadowaja sicherlich dachten, es lohne sich nicht, sie in die Untersuchungsmaterialien aufzunehmen.

«Nichts sehen. Nichts hören. Nichts spüren. Die Augen schließen. Wirklich. Vollkommen. Aber du kannst die Lider noch so sehr zupressen, du hörst nie zu sehen auf. Immer irgendein Flimmern von farbigen Linien. Erinnerungen. Bilder. Du hörst nie zu sehen auf, denn du bist noch immer. Denn du hörst nie auf zu sein.

Also versuche ich mir mit meiner ganzen Kraft vorzustellen, wie das sein wird, wenn ich wirklich aufhöre zu sein.

Aber die Seele ist zu schwach, an das eigene Ende zu glauben. Sie weiß, dass sie immer fühlen wird.

Tröstet mich deshalb der Gedanke nicht, dass ich vielleicht einmal erlöst werde?»

Aleksanders Vater wusste nicht, was er mit diesem eingerissenen Blatt Papier anfangen sollte, auf dem ein paar Sätze in unregelmäßiger Schrift standen. Er hielt es eine Weile in der Hand und gab es dann Ignatew zurück, der beide Hälften wie ein dünnes Zigarettenpapier sorgfältig zusammenfaltete und in den Geldbeutel steckte, wobei er nicht aufhörte, seltsam zu lächeln.

Ignatew selbst zog nach seiner Ankunft in Warschau in die Aleje Ujazdowskie, in eine Villa, die er Salzmann günstig abgekauft hatte. Mehlers hatte ihm eine große, in einer Schweizer Bank hinterlegte Summe überschrieben, er war also jetzt reich und musste sich keine Sorgen um die Zukunft machen. Er kam gern in die Ulica Nowogrodzka, wo er nicht nur wegen Geheimrat Mehlers empfangen wurde. Die Transportfirma, die er gegründet hatte, vermittelte im Holzhandel zwischen Sägewerken in Wolhynien, Werften in Hamburg und Bergwerken im Ruhrgebiet. Wenn Leute, die Ignatew von früher kannten, ihn im Sächsischen Garten trafen, kamen sie aus dem Staunen nicht heraus. Er trug jetzt Kleidung aus weichen Stoffen und leichte Hüte – wie die englischen Gentlemen, die geschäftlich nach Warschau kamen und aus der «östlichen Hauptstadt» gerne junge Frauen von slawischer Schönheit mitnahmen. Die Schriftsteller Czechowicz und Uniłowski haben den grauhaarigen «weißen» Emigranten aus der Aleje Ujazdowskie, der gerne Ringe aus sibirischem Gold trug und großzügig junge Dichter unterstützte, in ihren Werken verewigt.

Über Geheimrat Mehlers sprach Ignatew nicht viel.

Nur einmal – es war während eines der Empfänge in der Nowogrodzka, bei denen man mehr Wein als gewöhnlich trank – erzählte er eine, wie er sagte, beachtenswerte Anekdote aus dem Leben seines Herrn, wenn auch nicht so recht klar war, mit welcher Absicht er das tat.

Die Geschichte spielte in früheren Zeiten, als man sich in den Petersburger Salons erzählte, Geheimrat Mehlers sei wahrhaftig in die ungarischen Zigeuner verliebt. Die einen taten dies mit einem Schulterzucken ab, andere schrieben es seinen allgemein bekannten exzentrischen Vorlieben zu. Daran war sicher etwas Wahres. Die Beschreibungen der Bräuche und der Lebensweise der Zigeuner, die sich in den für die Sicherheitskommission angefertigten Notizen Mehlers' fanden, erstaunten durch ihre malerische Art nicht nur die Beamten des Bildungsministeriums, sondern auch die Funktionäre der Zaristischen Kanzlei.

Während einer seiner Ausflüge – so lautete die Anekdote, die Ignatew erzählte – lernte der junge Mehlers im Süden Russlands eine Zigeunerin namens Maruscha aus dem

Stamm der Kelderaschen kennen. Und weil er von ihren Liedern begeistert war, die das Mädchen selbst verfasst hatte, schrieb er sie auf und gab sie auf eigene Kosten in einem Petersburger Verlag heraus. Die schön gestaltete Sammlung enthielt ein kleines Wörterbuch der wichtigsten Ausdrücke in Zigeunersprache und Russisch, denn Mehlers fand die Verse so gut, dass er sie den Lesern im Original und in Übersetzung vorstellen wollte, zumal dies – wie er hoffte – dazu beitragen könnte, der in Russland sehr verbreiteten Abneigung gegenüber den Zigeunern entgegenzuwirken. Er täuschte sich nicht: Das Buch wurde vom Petersburger Publikum und der Kritik enthusiastisch aufgenommen, und in einigen Salons an der Newa wurde der Wunsch geäußert, die Autorin der «Wunderbaren Lyrik der russischen Steppe» näher kennen zu lernen.

Ein paar Wochen später wurde Maruscha von ihren Stammesgenossen bewusstlos geschlagen, weil sie die Geheimnisse der Zigeunersprache verraten hatte. Verfolgt und ausgestoßen, verfiel sie bald dem Wahnsinn und starb in Vergessenheit. Mehlers besuchte sie bis in ihre letzten Tage im Heim des heiligen Kyrill auf der Kupferinsel, zahlte für die Pflege und brachte ihr Wein und Brot, aber zum Schluss erkannte sie ihn nicht mehr, wenn er kam, und einmal hielt sie ihn sogar für den Teufel, was die anderen Kranken sehr komisch fanden. Nach ihrem Tod sah man Mehlers angeblich in Petersburg, wie er von Buchhandlung zu Buchhandlung ging, um die ganze Auflage der «Wunderbaren Lyrik der russischen Steppe» aufzukaufen und zu verbrennen.

Ignatew fügte dieser Erzählung nichts mehr hinzu.

Einige Monate darauf wurden die Gründe seines Schweigens klarer. Eine Warschauer Zeitung druckte Ausschnitte eines soeben in Paris erschienenen Buches von Fjodorow über «Berühmte Gestalten der Petersburger Juristerei». Unter den in Warschau abgedruckten Fragmenten war auch eine Geheimrat Mehlers gewidmete Passage.

«Seine außerordentlichen Fähigkeiten», schrieb Fjodorow über Ignatews Herrn, «wurden schon früh entdeckt, wenn der junge Geist sich auch launenhaft entwickelte. Der Vater des Knaben – in direkter Linie ein Enkel von General Wilhelm Mehlers, den Kaiserin Katharina aus Stettin zu den Garnisonen an der Wolga geholt hatte – stellte einen guten Erzieher an, um den Interessen seines Sohnes eine ausgeprägte Richtung zu geben, trotz dieser Bemühungen entflammte jedoch der junge Mehlers, von heftigem und unruhigem Temperament, ebenso schnell für mathematische Fragen, wie er sie zugunsten der Astronomie oder Theologie wieder aufgab.

Alles fiel ihm ausgesprochen leicht. Im achten Lebensjahr lernte er Boyles Mathematik kennen, über das kosmogonische System von Laplace dachte er im Alter von elf Jahren nach, und als er zwölf war, half er den Verwaltern des väterlichen Besitzes bei der Führung der Rechnungsbücher, was ihn amüsierte, weil er für die Berechnungen, mit denen sie eine Woche beschäftigt waren, einen Abend brauchte. Gesund und rosig von der frischen Luft, ritt er gern auf der Stute Raissa und sammelte auf den umliegenden Feldern Kräuter für ein Pflanzenbuch. (...)

Als im rechten Flügel des Mehler'schen Palastes in Schelajewo», schrieb Fjodorow ein paar Seiten weiter, «ein Feuer ausbrach, hob man die Tür zu dem verschlossenen Zimmer im ersten Stock aus. Noch viele Jahre später erzählten die Leute, die den Brand gelöscht hatten, davon, was sie in dem Saal gesehen hatten.

Der ganze Raum war mit Glasgefäßen zugestellt. Der junge Mehlers – das bemerkte man, nachdem der Brand gelöscht war – bewahrte darin Exemplare von Tieren auf, die – wie er sich später ausdrückte – vom schmalen Pfad der richtigen Entwicklung abwichen. Erst nach dieser Entdeckung begannen die Bauern der umliegenden Dörfer zu erzählen, mit welcher Leidenschaft der junge Herr aus Schelajewo ihre Scheunen nach allem Ungewöhnlichen durchsuchte und dass er manchmal hohe Summen für ein «interessantes Exemplar» zahlte.

Als der Brand erloschen war, inspizierte man das verbrannte Zimmer genau. Der Saal im ersten Stock hatte – wie der Bericht für die Staatsanwaltschaft in Odessa feststellte – eine konzentrische Anordnung. In der Mitte steckte, wie der große Zeiger einer Sonnenuhr, eine Eisenstange in den Brettern des Fußbodens, um die sich in immer breiteren Kreisen in spiralförmiger Anordnung die Reihen der Glasgefäße zogen. Innen, bei der Stange, waren die Exemplare mit dem geringsten Grad an Deformation, dann kamen nacheinander solche, die immer deutlicher von der Norm abwichen, außen, am Fenster, standen schließlich die Gläser mit den Exemplaren, die wahrhaft Entsetzen hervorriefen. In Gesprächen mit seinem Vater gebrauchte der junge Mehlers öfter Wörter, die die Bewohner des Palastes nicht kannten. Er sprach von *axis mundi,* der Achse der Welt, und wiederholte mehrmals das lateinische Wort *fundamentum.*

Als man die Reste der Sammlung im Kies hinter dem Zaun des Parks vergrub, reagierte der junge Mann mit Verzweiflung darauf. Er war danach über einen Monat krank und phantasierte im Schlaf von einer unverzeihlichen Schuld, die nie getilgt werden könne. Der Vater, der am Bett des Sohnes wachte, konnte nicht aufhören, an die dunklen Seiten des Mehler'schen Geschlechtes zu denken. In einer Nebenlinie, die von Johann Mehlers ausging, einem Beamten der Meereskommission in Petersburg, der unter Peter dem Großen aus Brandenburg nach Russland gekommen war, hatte es Fälle von Geisteskrankheiten und körperlichen Deformationen gegeben, die die Familie am liebsten vergessen hätte.

Als er wieder gesund war, führte der junge Mehlers lange Gespräche mit seinem Erzieher, die diesen in höchstem Maße beunruhigten: Warum verlieren Pflanzen und menschliche

Körper manchmal ihre natürliche Form und verfallen in *elephantiasis*? Hat jedes Ding sein Muster einer «richtigen», ordnungsgemäßen Form, und wenn ja, existiert dann dieses Muster in unserem Geist oder in den Dingen selbst? Und wie kann man an dieses Muster herankommen, wie kann man es erkennen? Vielleicht, indem man griechische Statuen mit vollendeten Proportionen studiert?

Was ist ihrem Wesen nach eigentlich die Krankheit? Wozu braucht Gott sie? Wäre die Welt ohne sie weniger vollkommen? Wenn ja, warum erlischt dann im Leiden immer die Schönheit? Warum lässt Gott es zu, dass geistesgestörte Menschen geboren werden oder Männer, die sich nicht von Frauen angezogen fühlen? Nimmt er diese ebenfalls in sein Reich auf? Sündigt jemand, der nicht weiß, dass das, was er tut, Sünde ist, wirklich?

Man beschloss, den jungen Mehlers nach Petersburg zu schicken, um ihn von seinen unfruchtbaren Überlegungen abzubringen, was er unerwartet gelassen aufnahm. Nur mit der Gesellschaft des schon recht betagten Erziehers, der mit ihm zusammen in die Hauptstadt gehen sollte, war er nicht einverstanden. Man stellte ihm daher den jungen Ignatew zur Seite, einen Bediensteten aus der Küche des Palastes, der – wie das Personal sich erzählte – abends in der Bibliothek heimlich seine Kenntnisse der Naturwissenschaften vertiefte.

Der Vater äußerte den Wunsch, sein Sohn möge Rechtswissenschaft studieren. Der junge Mehlers kam Anfang September in die Hauptstadt, zog in das Haus Aleksandrows am Heumarkt 5, in eine große Wohnung mit Balkonen, und schrieb sich schon am nächsten Tag in die entsprechende Fakultät der Universität ein. Er hatte kaum Freunde während des Studiums, obwohl ihn – wie man sagte – alle mochten. Die Art und Weise, wie er seinen außergewöhnlichen Verstand gebrauchte, erweckte Angst. Es zogen ihn Fälle an, die – wie er sagte – nicht zu gewinnen waren, die er dann aber mühelos gewann, wie ein Fechter, der aus Langeweile mit dem geschärften Degen spielt und bei dieser Gelegenheit seinen Gegner tötet. Schon im zweiten Jahr seines Studiums lenkte er die Aufmerksamkeit der Leute aus der Kanzlei Klimuschins auf sich. Der Ruhm, der ihn mit der Zeit umgab, war jedoch auch von ablehnenden Kommentaren begleitet. Man sagte, er verteidige mit besonderer Vorliebe Menschen, die sich die Hände schmutzig gemacht hätten, und behandle den Prozess wie eine Schachpartie, bei der – so seine Worte – immer Schwarz gewinne.

Ein paar Jahre später war er auf unklare Weise an dem Prozess des Kornetts Bartenjew beteiligt, eines Offiziers, der beschuldigt wurde, die berühmte Warschauer Schauspielerin Wisnowska umgebracht zu haben. Angeblich war die scharfsinnige psychologische Analyse des Mörders, die Rechtsanwalt Plewako während des Prozesses präsentierte, von Mehlers. Er selbst zog es vor, im Hintergrund zu bleiben, und nahm – wie man sagt – nicht einmal ein Honorar für den Entwurf der wesentlichen Züge der Verteidigung.

Im Sommer und im frühen Herbst machte sich Geheimrat Mehlers – soweit es die Umstände zuließen – gewöhnlich nach Jakutien und Ostsibirien auf, um zusammen mit Ignatew auf der Suche nach wertvollen geologischen Funden die Tajga und die Tundra zu durchwandern. Nach einem kurzen Aufenthalt in Warschau, wo er im Zusammenhang mit der Sache Kamyschew einiges zu erledigen hatte, fuhr er zu einer weiteren Expedition an den Bajkalsee.

Während der Suche in den Felsen des Bajkalgebirges verletzte er sich mit einem aus der Erde gezogenen Knochensplitter die rechte Hand oberhalb der Handwurzel, an der Stelle, wo man – wie er in Gegenwart der Träger scherzte – Christi Hände durchstoßen hatte. Der Tod von Geheimrat Mehlers wurde in der Nummer IX des ‹Jahrbuchs der Forschungsgesellschaft für Ostsibirien› genau beschrieben. Wir nennen hier nur die wichtigsten Fakten.

Zwei Tage nach dem unglücklichen Ereignis verlor Mehlers das Sprachvermögen. Er konnte Gegenstände wie Löffel, Messer, Gabel nicht mehr benennen. Er wollte schreiben, aber die rechte Hand war nicht zu gebrauchen. Danach änderte sein Körper langsam die Farbe. Die Hand, die um die Wunde herum leichte Schwellungen aufwies, wurde bläulich, dann dunkel, schließlich nahm sie eine erdbraune Farbe an. Das Gleiche geschah mit dem Gesicht. Drei Tage vor seinem Tod wurde Mehlers blind. Er konnte auch nicht mehr gehen. Die Träger transportierten ihn auf einer aus Wacholderzweigen geflochtenen Trage durch die Tajga – stumm, taub, wie einen dunklen Stein. Nur das Herz – das bestätigte Ignatew – schlug stark bis zum Schluss, wie das Herz eines jungen Menschen ...»

So viel konnte man aus Fjodorows Buch über Geheimrat Mehlers erfahren.

Die Nachricht über Geheimrat Mehlers erreichte auch Aleksander, der damals bei der Firma Friese in Heidelberg am Projekt einer Ausstellungshalle in Frankfurt arbeitete. Eines Tages kam aus Warschau eine versiegelte Sendung an. Überrascht betrachtete er den Umschlag aus grauem Papier: Der Absender war Ignatew. Der Umschlag enthielt einen Brief, den Ignatew in Mehlers' Papieren gefunden hatte. Aleksander freute sich sehr. Er glättete das vergilbte Blatt, hielt es an die Lampe und begann zu lesen. Der Brief war kurz und erweckte den Eindruck eines nicht vollendeten Entwurfs. Als er ihn in der Hand hielt, fühlte sich Aleksander einen Augenblick lang, als wäre er wieder in dem Mahagonisalon in der Ulica Rozbrat, wo Geheimrat Mehlers seine Muscheln und Mineralien aufbewahrte.

Die Buchstaben auf dem Papier waren gleichmäßig, ruhig und mit Bedacht geschrieben.

«Lieber Aleksander Czesławowitsch, übertreiben wir es nicht manchmal mit unserer Angst vor dem Tod? Nichts hat eine konstante Form, und der Tod veredelt nur, was er berührt. Doch wer will heute über die Geheimnisse der Mineralien nachdenken, um wenigstens ein wenig klüger zu werden? Leben, leben! – schreien alle. Dabei ist versteinertes Holz, wenn man es durchschneidet, schöner als Achat, eben weil es tot ist. Es ist ein wahrhaftiges Wunder, wie etwas Faulendes – denn das ist ein lebender Baum – sich in etwas so Vollkommenes verwandeln kann.

Die Form ist launenhaft, und was an ihr ist echt? Du denkst, du wüsstest, was du in der Hand hältst, und plötzlich ist es etwas ganz anderes. In alten Kirchen in der Gegend von Moskau sind die Fensterscheiben aus Muskovit, und die Leute denken, es sei Glas. Quarz hat Tausende von Formen und Farben – wozu diese verschwenderische Fülle? Alles ist miteinander vermischt, Aleksander Czesławowitsch. Mendelejew hat alles fein säuberlich getrennt, doch lässt sich das denn trennen? Alles sucht nach Form, doch launisch, ohne Rücksicht auf irgendetwas, schon gar nicht auf Mendelejew. Haben Sie Darwin gelesen? Die Tiere, die wir heute anschauen, werden in einigen tausend Jahren, wenn Darwin sich nicht täuscht, völlig anders aussehen. Auch wir, auch die Menschen. Warum sollte man sich also an etwas binden, was so flüchtig ist?

Frauen? Ekstase? Leidenschaft? Verzückung?

Alles mit Maß! Diese oder jene – ist das nicht völlig gleichgültig? Jeder Körper ist anders, die eine hat blondes Haar, eine andere schwarzes, eine dritte rotes, doch das «ewig Weibliche», wie der kluge Goethe sagte, ist immer das Gleiche. Wie – mit Verlaub – Flussspat. Er hat Hunderte von Formen und Farben – und ist immer der Gleiche! So ist es auch mit uns. Und selbst das Gold … Es gibt Varianten, die aussehen wie ein trockenes Ahornblatt! Nicht zu unterscheiden! Und was hat diese Ähnlichkeit zu bedeuten? Was will die Natur uns sagen, wenn sie so entlegene Dinge, lebendige und tote, einander ähnlich macht?

Der Körper! Alle schreien nur: der Körper! Und vom Körper bleibt nichts. Knochen sind schön, Herr Aleksander. Und der Körper, selbst der schönste, ist ein weicher Ort der Fäulnis. Die weisen Griechen! Sie haben sich die Medusa ausgedacht, die alles in Stein verwandelt. Haben Sie gesehen, wie gerne Muscheln, Tierknochen oder Fischskelette in Felsen hineinwachsen? Was treibt sie wohl dazu? Vielleicht das Schöne? Der Abdruck eines Blattes in Stein – er ist doch schöner als das lebendige Blatt, und alle rufen verzweifelt, dass es nicht mehr lebt!

Machen Sie sich nichts aus den Menschen. Und schon gar nicht aus den Frauen. Die Erde ist interessant – nicht die Menschen. Der Tod? Die Erde kennt keinen Tod. Wir sind es, die ihn schaffen, indem wir das Flüchtige, Vergängliche lieben, das der Aufmerksamkeit gar nicht wert ist.

PS: Kommen Sie einmal bei mir vorbei, wenn Ignatew nicht da ist.»

Während er diese Worte las, dachte Aleksander an den Besuch im Hause Kaluschins in Praga, aufgrund dessen Wassiljew – dank des Empfehlungsschreibens von Geheimrat Mehlers – bereit gewesen war, Fräulein Esther zu empfangen. Dann sann er, in der Hand das vergilbte Papier, das ihm Ignatew geschickt hatte, lange über seinen ersten Besuch in dem Salon in der Ulica Rozbrat nach, und darüber, was er auf dem violetten Plüsch gesehen hatte. Mehlers' Worte erschienen ihm jetzt, nach all den Jahren, die seither vergangen waren, als reiner Ausdruck des Leidens, wenn in ihnen auch eine gutmütige Ironie mitschwang. Langsam zerriss er das vergilbte Papier und warf es ins Feuer. Als das verkohlte Blatt mit den phosphoreszierenden Spuren der zierlichen Buchstaben zu Asche zu zerfallen begann, griff er in seltsamer Panik in die Flammen. Doch seine Hand schreckte vor dem Feuer zurück.

Was man sich später in Warschau über Ignatew erzählte, war ebenso erschütternd wie das, was man über Geheimrat Mehlers erfahren hatte. Es betraf Ereignisse, die sich vor vielen Jahren abgespielt hatten.

Als der junge Mehlers zum Studium nach Petersburg gefahren war, hatte man ihm Ignatew als Gehilfen mitgegeben. Jetzt bekam man zu hören, dass Ignatew schon wenige Monate nach der Ankunft in Petersburg von der Polizei verhaftet und ins Gefängnis gesteckt worden war, weil Aleksandrow, der Besitzer des Hauses am Heumarkt 5 (wo Geheimrat Mehlers eine Wohnung gemietet hatte), aussagte, dass die jungen Leute ein unschickliches Verhältnis hätten, das den guten Ruf des Hauses aufs Spiel setze.

Auch Geheimrat Mehlers wurde festgenommen, wenn auch nur für kurze Zeit, was er angeblich der Hilfe General Wittgensteins verdankte, eines Bekannten seines Vaters aus dem Krimkrieg, der empfahl, die Sache nicht zu verbreiten. Die Anklage, die zunächst beide jungen Männer betroffen hatte, wurde nach einem Monat nur noch gegen Ignatew gerichtet. Der Bedienstete von Mehlers wurde zu einer Prügelstrafe und zum Dienst in Gefangenenlagern im Kaukasus verurteilt. In den Kasernen in Warnilowka führte man Ignatew durch eine «grüne Straße» und verabreichte ihm fünfhundert Schläge mit der Rute.

Als Ignatew nach einem der Hiebe ohnmächtig wurde, schüttete man ihm eiskaltes Wasser über den Rücken und band ihn an einen Karren, um die Vollstreckung des Urteils vorschriftsmäßig weiterzuführen. Die Wunden auf dem Rücken waren erst nach zwei Monaten geheilt.

Als Mehlers von diesen Vorgängen erfuhr, versuchte er Selbstmord zu begehen. Von Arbeitern gerettet, die, während sie die Fassade von Aleksandrows Haus strichen, durchs Fenster schauten, die Scheibe einschlugen und über den Balkon in die Wohnung gelangten, ging Mehlers sofort zu General Wittgenstein.

Man fand nie heraus, wie es Mehlers gelungen war, Ignatew aus dem Dienst in den Gefangenenlagern zu befreien. Böswillige sprachen von Erpressung, andere von einer außergewöhnlichen Geschicklichkeit bei der Interpretation der Gesetze des Militärrechts.

Nach elf Monaten kehrte Ignatew aus dem Kaukasus nach Petersburg zurück, und man erkannte ihn nicht wieder. Er war gewalttätig und grausam. Er forderte von Mehlers Geld und verließ ihn für einige Wochen. Erst eine Expedition an den Jenissej heiterte seine Seele auf. Angeblich sprach er Mehlers mit dem Vornamen an, wenn sie allein waren, und während dieser krank war, kümmerte er sich um ihn wie ein Sohn um seinen Vater. Während einer großen Überschwemmung bei Semipalatinsk rettete er ihm das Leben.

Und Ignatews Tod? In den Erzählungen darüber war Mitleid mit Ironie gemischt. Angeblich wurde er von einer zufälligen Kugel getroffen, als er während der großen Demonstration der Arbeiter der Firma Merzbach gedankenversunken mit einem aufgespannten gelben Schirm über die Fahrbahn der Ulica Towarowa ging, und starb im Jesuskind-Krankenhaus.

Aleksander dachte gerne an das Haus in der Rhonstraße zurück, wo – wie er glaubte – dank der gesunden Seeluft und dem Duft der Kiefern seine Seele nach all dem, was er erlebt hatte, Entspannung und Erholung finden würde. Wenn er abends seinen Gedanken nachhing, erschien ihm das alte Haus unter den Bäumen in der fernen Stadt an der kalten Bucht wie ein dem Lärm der Welt entrissener und im reinen Licht der Dämmerung strahlender Ort.

Ihm kam es so vor, als würde dieser Ort den harten Gesetzen der Zeit nicht unterliegen. Mit geschlossenen Lidern am Fenster in seiner Heidelberger Wohnung sitzend, von der Welt getrennt durch das fließende Spiel der Bilder im

Gedächtnis, wanderte er durch die Zimmer, in denen sich – wie er hoffte – seit seiner Abreise nichts verändert hatte. So sitzen alle – dieses Bild stellte sich häufig ein, eigenartig klar, nur ganz leicht getrübt vom sanften Licht des Wunschtraums –, Vater, Mutter, Andrzej sitzen mit dem Blick auf den Garten und den Teich auf der Veranda. Im Wasser des Teiches spiegeln sich die Fichten, und hinter den Thujen, hinter der Hecke aus Schlehen und Weißdorn, hinter einer Woge weiß blühenden Jasmins erheben sich in der untergehenden Sonne die zwei grünlichen Türme der Kathedrale. Und dann sind aus dem Haus vertraute Schritte zu hören: Agnes bringt die Lampe mit dem Porzellanschirm auf die Veranda, wobei sie mit der Hand die flackernde Flamme vor dem Wind schützt …

Als der Vertrag in Heidelberg abgelaufen war und er eine Entscheidung für die Zukunft treffen musste, setzte sich Aleksander in den Zug nach Berlin und kam nach zwei Tagen – mit Umsteigen in Hannover und Stettin – gegen Abend auf dem Bahnhof im alten Oliva an. Das Haus am Waldrand war leer. Die Eltern waren nach Warschau gefahren. Gärtner Werffel – man musste ans Fenster des Nebengebäudes klopfen, um ihn zu wecken – öffnete mit einem rostigen Schlüssel die große Tür.

Den neuen Vertrag mit der Firma Landowski hatte er zum Frühjahr unterschrieben, was eine vorteilhafte Veränderung in seinen Tagesablauf brachte, denn er saß nach der Rückkehr aus Heidelberg viele Stunden auf der Veranda und blickte wortlos zu den Türmen der Kathedrale hinüber. Er hatte jetzt viele Aufträge, konnte sich also der Arbeit hingeben, die ihn – wenn er auf das Papier der Gebrüder Rosenblatt sorgfältig die Bögen, Balken und Gerippe neuer Gebäude zeichnete – die schmerzlichen Ereignisse vergessen ließ.

Abends besuchte er Bekannte, Ingenieure in Langfuhr, und unterhielt sich – wie man sagte, «mit angeborener Heiterkeit und Ruhe» – mit deren schönen Frauen und Töchtern, die sich sehr über diese Besuche freuten, weil sie aus seinem Mund viel über Wien, Frankfurt und Berlin erfahren konnten; er ging ins Theater, zu Vorstellungen von Friests Truppe, die gerade aus Königsberg angereist war; selten jedoch kam er bei seinen Spaziergängen durch die Stadt – obwohl die alten Dinge sich in ihm, wie er sich sagte, schon «gelegt» hatten – in die schöne Frauengasse.

In den Sommermonaten besuchten ihn seine Eltern. Sie wohnten in den oberen Zimmern und fuhren dann wieder nach Warschau zurück, und dieser Rhythmus der Ankunft und Abfahrt brachte Abwechslung in sein Leben. Hin und wieder waren auch Andrzejs Besuche eine angenehme Überraschung. Er schaute gern in der Rhonstraße vorbei, denn er hatte seinen ersten Aufenthalt an der See in guter Erinnerung.

Indessen veränderte sich die Stadt an der Bucht von Monat zu Monat. Polnische Briefträger wurden auf der Straße von jungen Männern verprügelt, die mit beschlagenen Stiefeln die auf dem Bürgersteig verstreuten Briefe aus Polen niedertrampelten. Jemand wurde aus einer Straßenbahn geworfen, die über den Holzmarkt fuhr. Der Kommissar des Völkerbundes versetzte Genf durch Eildepeschen in Sorge. In den Kellerräumen der Polnischen Post wurden Waffen gesammelt.

Ende August, als es in der Stadt wirklich unruhig wurde, erhielt Aleksander einen Auftrag für ein neues Kurhaus in Brösen, was ihn sehr reizte, denn er hatte ein paar gute Ideen. Er arbeitete also viel im Zimmer im ersten Stock, und an den Nachmittagen schrieb er, mit dem Blick auf den Garten, in dem Gärtner Werffel das Gras mähte und mit einem großen Netz die Entengrütze aus dem Teich fischte, längst fällige Briefe nach Warschau.

Am 30. August gegen Mitternacht warnte ihn jemand davor, was passieren könnte, wenn er noch länger in der Stadt bliebe. Man erzählte später, es sei der alte Werffel gewesen. Am nächsten Tag sah man Aleksander in der Abenddämmerung mit einem kleinen Koffer, in dem sich bestimmt vernickelte Zeichengeräte befanden, in den dunkel werdenden Wald hinter dem Garten gehen und, an Ginsterbüschen vorbei, zwischen großen Baumstämmen verschwinden, in Richtung des Bahndamms, der über die Buchenhügel nach Süden, zur nahe gelegenen polnischen Grenze führte.

In der Rhonstraße begannen im Morgengrauen die Fensterscheiben zu zittern. Der deutsche Panzerkreuzer, der in den letzten Augusttagen in den Hafen eingelaufen war, beschoss die Soldaten, die sich auf der befestigten Halbinsel am Eingang des Hafens verteidigten, Flugzeuge mit Kreuzen auf den Flügeln flogen niedrig über das alte Oliva und glitten über den klaren Himmel auf die schwarze Wolke des Brandes zu, die sich als großer Schatten auf das Wasser der Bucht legte, aus den Häusern wurden Leute gezerrt und erschossen, durch die Straßen marschierte Militär, das Echo schwerer Explosionen prallte gegen die glatte Fläche des Himmels, doch die Panzerkolonnen und die Soldaten in Felduniformen, die durch die Stadt nach Osten zogen, schienen den verwildernden Garten in dem entfernten Vorort zu meiden, wo hinter der stachligen Hecke aus Schlehen, Brombeeren und Weißdorn, hinter Jasmin, Heckenrosen und Fichten, weit von der gepflasterten Fahrbahn der Rhonstraße entfernt, am Waldrand das alte Fachwerkhaus stand.

Die Tage waren warm und sonnig. Gegen Mittag, als die Sonne über die Buchenhügel stieg, öffnete Werffel in einem schwarzen Tuchmantel, wie ihn die Eisenbahner tragen, mit dunkel gewordenen kaiserlichen Goldborten am Kragen, das rostende Tor, mähte mit der Sichel sorgfältig das Gras auf dem Weg, stutzte mit der Schere den Buchsbaum, doch nachdem ihn eines Abends unbekannte Täter im Hof des Nebengebäudes mit Stöcken erschlagen hatten, begann das

Grün wild zu wuchern, und Triebe von Brennnesseln, Disteln und Kletten krochen unter die Veranda.

Etwa zwei Wochen Regen genügten, und auf der Treppe des Eingangs und auf dem Rasen zu beiden Seiten der Tür erschien frisches Moos, glänzend wie hellgrüner Raureif. Die Messingklinken, feucht vom Tau und nicht abgewischt, erloschen unter einer dünnen Schicht von Grünspan. Als die Nächte kälter wurden, erblühten auf den steinernen Fenstersimsen feine Risse.

Allmählich bedeckte sich das Haus üppig mit wildem Wein, wie mit einem feuchten, schwarzgrünen Spinnennetz. Nach windigen Nächten legten sich die Zweige der Kiefern, schwer von Tau, auf das Geländer der Terrasse und zerdrückten die zarten Säulen. Das nicht gemähte Gras überwucherte die Gartenwege. In langen regnerischen Wochen verwandelte sich die Villa mit dem Fachwerk, deren weiß gekalkte Wände bisher zwischen den Buchenstämmen durchschimmerten, in ein vergessenes, verfallendes Gebäude, durch ein Dickicht von Brennnesseln und Disteln von der Stadt getrennt. Die Allee, die die Zufahrt bildete, mit den zwei Granitkugeln zu beiden Seiten des Kiesweges, ging in einem Gestrüpp von Ginster unter.

Wenn ein Spaziergänger durch die Stangen des Zauns in den verschlossenen Garten geschaut, wenn er den zugewachsenen Weg betreten hätte, der von den Steinkugeln zum verrosteten Tor führte, wenn er sich durch das Ginstergestrüpp zum Zaun mit den Eisenstangen durchgeschlagen und die Fichtenzweige beiseite geschoben hätte, so wäre er sicherlich beim Anblick dieses leblosen Hauses umgekehrt, durch dessen Inneres wie in einer gläsernen Sanduhr lautlos kleine Lichter rieselten, die durch die gebrochenen Jalousien in die leeren Zimmer fielen. Gegen Abend stießen, vom Seewind bewegt, die geschlossenen Fensterläden im ersten Stock gegen die Rahmen und schienen jemanden herbeizurufen, der fern war – eine Hand, die schon längst die Riegel hätte aufschieben müssen, um ein wenig Tageslicht hineinzulassen.

Nur wenn der Wind vom Wald her den dichten Jasmin zauste, gelbe Blätter vom Weg aufwirbelte und sie dann von dem runden Mosaiktischchen blies wie die Karten, mit denen jemand komplizierte Patiencen legte, war das leise, an ruhige Sommerabende erinnernde Quietschen der Schaukel zu hören, die sich langsam auf der Veranda bewegte, als hätte jemand, der keinen Schatten hat, auf ihr Platz genommen, würde sich mit den Fußspitzen vom hölzernen Boden abstoßen und von dieser beweglichen Stelle aus lange zu den Türmen der Kathedrale hinüberschauen. Der Teich war mit Schilf und Entengrütze zugewachsen wie ein von Pflanzen verschluckter schwarzer Eingang zur Unterwelt. An heiteren Abenden spiegelten sich in den hohen Fensterscheiben der Veranda die zwei am Himmel stehenden Türme, vergoldet vom Abendrot über den Buchenwäldern. Nichts trübte die Ruhe des in dem verwilderten Garten versunkenen, leeren Hauses, wenn auch im Süden und Osten durch die weite Ebene, die sich zwischen den Meeren erstreckte, große Armeen zogen, wenn auch Stadt um Stadt brannte und in Warschau neu gebaute Häuser unter dem Bombenhagel einstürzten.

Der Krieg traf die Celińskis in der Ulica Nowogrodzka. An einem der letzten Septembertage sah Aleksanders Vater, als er ans Fenster trat, Soldaten in grünen Uniformen und fremden Helmen, die das Gebäude der Post auf der anderen Straßenseite besetzten. Die gute Zeit war zu Ende. Um zu überleben, musste man alles Mögliche verkaufen. Eines nach dem anderen verschwanden die Bilder von Gierymski und Gerson von den Wänden. Man wusste nicht, womit man den Ofen heizen sollte. Unter der mit schwarzem Papier abgeschirmten Lampe nahm man abends aus mit rotem Plüsch verkleideten Schatullen und Schächtelchen kleine

Gegenstände aus Silber oder Gold und schätzte mit der Hand ihr kühles Gewicht.

Warschau wurde in zwei Städte unterteilt. Eine hohe Backsteinmauer durchschnitt Gärten, Höfe und Straßen. In der ersten Stadt trugen die Menschen gelbe Sterne an der Brust; ein schneller Tod war ihnen sicher. In der anderen trug man keine Sterne und wartete. Wer von einer Stadt in die andere zu gelangen versuchte, wurde erschossen. Es begann die große Kennzeichnung von Frauen und Männern. In der Gegend von Krakau, dort, wo ein Eisentor mit den Worten «Arbeit macht frei» stand, wurden den Kindern mit einer Nadel blaue Nummern auf die Arme gebrannt. In die mit Stacheldraht umzäunten Baracken brachte man in langen Zügen Tausende von Menschen aus ganz Europa, um sie in Öfen zu verbrennen. Unter ihnen waren auch die Zigeuner, die Fräulein Esther viele Jahre zuvor auf der Wiese hinter der Ulica Nowowiejska besucht hatte.

Im Zimmer im ersten Stock, in Fräulein Esthers Bett, schlief jetzt unter zwei Decken, den Kopf unter dem Kissen, Julia Hirsz einen fast bewusstlosen, nervösen Schlaf. Sie hatte bis zum September im Ministerium für religiöse Gemeinschaften und öffentliche Aufklärung gearbeitet und war jetzt aus der Stadt hinter der Mauer geflüchtet. Als die Angst nicht mehr zu ertragen war, schnitt sie sich vor dem Spiegel des Nussbaumschrankes, vor dem sie einst mit Fräulein Esther und Fräulein Dałkowska Kleider von Herse anprobiert hatte, mit einer Schneiderschere die Haare kurz und färbte sie hellblond.

Im Mai wurde sie in der Ulica Koszykowa verhaftet.

Als die Deutschen Warschau besetzt hatten, zogen die Papiere von Geheimrat Mehlers, die nach seinem Tod im Archiv des Ministeriums für religiöse Gemeinschaften aufbewahrt wurden, die Aufmerksamkeit von Doktor Heinsdorff auf sich, der den Auftrag hatte, eine Dokumentation über «die nichtpolnische Bevölkerung auf dem Gebiet der Republik» zu erstellen. Als man ihm eine Mappe mit der Aufschrift «Julia Hirsz» auf den Schreibtisch legte, fand er dort einige Briefentwürfe in sehr gutem Deutsch an eine gewisse Esther Simmel (Danzig, Frauengasse 12). In einem der Briefe – in dem die Rede von einem Empfang im Haus in der Nowogrodzka war – fiel ihm unter den Gästen der Name «Mehlers» auf. Er betrachtete das als gutes Zeichen.

Schon zwei Tage später erschien er im Pawiak-Gefängnis, wohin man Julia aus der Aleje Szucha verlegt hatte, und führte mit ihr einige längere, höfliche Gespräche über das Leben und die Bräuche der polnischen Zigeuner, um sich zu vergewissern, ob das, was er während des Verhörs festgestellt hatte, stimmte.

Dann gab er ihr einen Stoß mit Handschriften und sagte, sie habe einen Monat Zeit, um sie ins Deutsche zu übersetzen, denn sie würde schließlich «die Sache sehr gut kennen». Schon auf den ersten Blick erkannte sie, dass es sich um Mehlers' «Denkschrift über die Zigeuner» aus dem Archiv des Ministeriums handelte. Sie war immer gerührt gewesen, wenn sie diese in sorgfältigem Russisch beschriebenen Seiten in die Hand genommen hatte. Die von Mehlers angefertigten Beschreibungen der Zigeunerbräuche zeugten zweifellos davon, dass der Autor sich nicht nur von kühler Neugier, sondern auch von einem Herzensbedürfnis hatte leiten lassen. Sicher hatte auch seine jugendliche Faszination von den Schriften Herders eine Rolle gespielt. Geheimrat Mehlers ging in seinen Aufzeichnungen wie ein sensibler Archäologe einer untergehenden Welt vor. Er wollte – so las Julia als Anmerkung auf einer Seite – «in voller Schönheit erhalten», was unweigerlich vergehen würde.

Doktor Heinsdorff besuchte Julia noch einige Male, brachte ihr türkische Zigaretten, Schokolade und Weißbrot. Er sprach über viele, nicht immer wichtige Dinge, jedenfalls war offensichtlich, wie sehr ihn die schönen Stammbäume der Zigeuner aus Ungarn und Westgalizien beeindruckten, die Geheimrat Mehlers auf großen Bögen von Koblenzer Papier mit viel Sorgfalt gezeichnet hatte, kurz nachdem er aus Petersburg zurückgekehrt war, wo er Willmann getroffen hatte.

Da sie genau wusste, was ihr drohte, war Julia bemüht, die Arbeit an der Übersetzung in die Länge zu ziehen. Sie vermehrte die Anhänge und Kommentare zu den Anhängen, Doktor Heinsdorff durchschaute dieses Spiel jedoch schnell und gab ihr zu verstehen, jede Verzögerung würde nur dazu führen, dass die Übersetzung jemand anderem anvertraut und sie selbst wieder in eine Gemeinschaftszelle kommen würde, von wo aus alle paar Tage Leute in Güterwaggons verladen wurden, die auf der schönen Bahnstrecke Warschau–Wien, durch Felder von Getreide, Kamille und Mohn, nach Süden in eine kleine Ortschaft mit dem Namen Auschwitz fuhren.

Später, als es ihr gelungen war, dem Transport zu entkommen, hörte sie jemanden in ihrer Anwesenheit halblaut sagen, dass die Aufzeichnungen von Geheimrat Mehlers, die sie im Gefängnis so gewissenhaft ins Deutsche übersetzt hatte, vermutlich die «Endlösung» des Romaproblems im Generalgouvernement beschleunigt hätten. Die Leute aus dem Ministerium, die ihr bei der Flucht geholfen hatten, zuckten jedoch angesichts dieser Worte die Achseln und rieten ihr, sich nicht zu grämen, schließlich hätte vieles, was in der «Denkschrift über die Zigeuner» enthalten sei, schon Anfang der zwanziger Jahre seine Aktualität verloren, und es sei sicher schwierig gewesen, es in die laufenden Materialien einzubeziehen.

In der Stadt hinter der Mauer, in der großen Nähwerkstatt in der Ulica Krochmalna, wohin man die Leute aus dem nördlichen Teil der Stadt geschafft hatte, nähte Viola Salzmann zusammen mit Hunderten von hungernden Frauen tagelang unter an Drähten hängenden Glühbirnen mit einer groben Nadel mit schmerzenden Fingern warme Militärmäntel aus gutem Lodzer Tuch, in denen junge deutsche Soldaten hin und wieder in die Wälder um Warschau aufbrachen, um Juden zu jagen, die sich in Erdhöhlen versteckt hatten.

Fräulein Dałkowska, immer noch heiter und zu Scherzen aufgelegt, obwohl sie im September ihre Eltern verloren hatte, als das Haus in der Ulica Wspólna unter den Bomben zusammenbrach, führte mit der berühmten Schriftstellerin Nałkowska einen Tabakladen und handelte mit türkischen Zigaretten und den restlichen Vorräten von vor dem Krieg. Gerhard, der Sohn von Herrn Erwin, den Efraim Mandels für die Jüdische Kampforganisation gewonnen hatte, leitete den Bau von Bunkern im südlichen Teil der Stadt hinter der Mauer. Am 11. November gegen zwölf Uhr mittags kurz vor der Ablösung der Mannschaft, die die Öfen bediente, wurde der Körper von Doktor Hildebrand aus der Ulica Leopoldyna in einen Ofen im dritten Krematorium von Birkenau gesteckt.

Und auf dem Grunde der schönen, dunklen Augen von Viola Salzmann, auf dem Grunde der müden Augen von Herrn Salzmann, auf dem Grunde der immer noch heiteren, hellen Augen von Fräulein Dałkowska, auf dem Grunde der verführerischen Augen von Erwin Holzer, auf dem Grunde der Augen von Efraim Mandels, von Julia Hirsz, des jungen Markiewicz, von Professor Arkuszewski, von Janek Drozdowicz, auf dem Grunde der Augen all dieser Menschen, guter und böser, glücklicher und unglücklicher, verzweifelter und hoffnungsvoller, die durch die Straßen von Warschau gingen, die in den Läden auf dem Nowy Świat einkauften und sich früher bei Lourse oder im Café «Ziemiańska» amüsiert hatten, auf dem Grunde der Augen dieser Menschen, tief innen, unter Tausenden von halb vergessenen Bildern, lag, wie eine im Wasser untergehende Silbermünze, das immer blasser werdende, immer schwächere

Bild des Gesichtes der jungen schwarzhaarigen Frau mit der hochgesteckten Frisur, die einst, eines schönen, sonnigen Tages, in der Ulica Nowogrodzka erschienen und später mit einem Zug der Bahnlinie Warschau–Wien weit weg nach Süden gefahren war.

Und Andrzej?

Nach der Rückkehr aus Weissmanns Klinik in Wien arbeitete Andrzej bis zum Ausbruch des Krieges bei Professor Arkuszewski in der Ulica Cerkiewna. Als die Deutschen Warschau besetzt hatten, blieb er in der St.-Cäcilien-Abteilung, half aber trotzdem seinem Vater beim Handel mit Gemälden und Gold. Viele Monate lang besorgte er für das Krankenhaus Medikamente bei Schwarzmarkthändlern, die nur Goldrubel aus der Zarenzeit nahmen. Er bezahlte mit Gemälden, und er hatte kein Mitleid mit denjenigen, die nachts aus den Glasschränken im Keller der Klinik Schweizer Medikamente stahlen.

Auf den Straßen griff man Passanten auf und brachte sie in den Westen, wo sie umsonst in Fabriken und auf Bauernhöfen arbeiten sollten. Andrzej verließ jeden Tag im Morgengrauen mit einem Medikamentenkoffer das Haus in der Nowogrodzka, schaute kurz zu der grünen Kuppel von St. Barbara und ging dann weiter. Über der Stadt stand ein kaltes Morgenrot, das nichts Gutes verhieß. Die Kuppel, geschwärzt von Regen und Wind, sah jetzt aus wie ein aus der Erde gezogener rostiger Stahlhelm.

Dann erreichte die russische Armee Warschau und blieb am anderen Ufer der Weichsel stehen. Unter dem Fenster des Hauses in der Nowogrodzka 44 fuhren deutsche Beamte mit Pferdewagen in den Westen und nahmen Möbel aus polnischen Wohnungen mit. Unendliche Züge, voll von Verwundeten, standen auf den Nebengleisen. In der ganzen Stadt holten junge Leute die Waffen aus dem Versteck, um gegen die Deutschen zu kämpfen.

Als im August der Aufstand ausbrach, war Andrzej in Wola, in der Wohnung von Janek Drozdowicz. Er zögerte keinen Augenblick: Auf der Stelle übergab er alle Medikamente, die er in dem Köfferchen bei sich hatte, dem Aufstands-Krankenhaus, das man in der Ulica Młynarska 17 einrichtete. Er machte sich Sorgen um seine Eltern und wollte in die Nowogrodzka gehen, aber man brachte schon von allen Seiten Verwundete herbei, also warf er schnell den Kittel über und ging hinunter, um Blut zu stillen. So hatte man ihn in Erinnerung. Als ein paar Tage später der Befehl kam, das Krankenhaus zu evakuieren, hatten Wlassows Soldaten und die deutschen schon die benachbarte Straße eingenommen. Nur eine Barrikade hielt sich noch.

Diejenigen, denen es gelungen war, von Wola in die Innenstadt zu kommen (es waren nicht viele), sprachen gern von «Doktor Andrzej» aus dem Krankenhaus in der Ulica Młynarska, aber Andrzejs Mutter, die in einem Luftschutzkeller in der Ulica Wspólna die Erzählungen hörte, wusste nicht, dass ihr Sohn gemeint war.

Die Deutschen kamen gegen zehn in das Krankenhaus in der Młynarska. Andrzej war gerade oben. Er wollte um Wasser für die Verwundeten bitten, aber man stieß ihn weg. Durch die Säle gingen Soldaten und schossen auf die in den Betten und auf dem Boden Liegenden. Man führte ihn auf den Hof. Hier waren schon Doktor Kurski und der alte Doktor Janowski. Man stellte sie an die Wand und befahl ihnen, die Taschen zu leeren. Er nahm die Brieftasche heraus. Ein Soldat mit ölverschmierten Fingern zog die Kennkarte, ein paar alte Bescheinigungen, einen Straßenbahnfahrschein, ein Rezept, eine bräunliche Fotografie mit Stempel heraus, betrachtete eine Weile das Gesicht der jungen Frau mit dem hochgesteckten Haar und warf dann alles, auch die Brieftasche, auf den Boden. Sie standen an der Wand; nur Andrzej trug einen weißen Kittel mit rotem Kreuz. Er dachte, das sei das Ende, aber man nahm ihn zur

Seite. Ein Offizier, der aus einem schwarzen Daimler ausgestiegen war, befahl ihm, sich auf den Boden zu setzen. Dann schoss man auf Doktor Kurski und Doktor Janowski. Andrzej saß an der Wand und sah alles.

Einige Schritte vor ihm zogen Wlassow-Soldaten gefesselte, im Fieber phantasierende Krankenschwestern von der Abteilung «Bastei» an den Füßen über den Betonfußboden des Hofes. Dann knöpften sie die Hosen auf und vergewaltigten sie, einer nach dem anderen. Die Bandagen rissen, rollten sich im Staub wie aufgeschlitzte Kokons. Verdrehte Hälse, braune Flecken, durchnässte Turbane aus Gaze auf den Köpfen. Sie schrien, aber er hörte nichts, sah nur offene Münder, weiße Zähne, vor Schmerz zusammengekniffene Lider, alles ging im Dröhnen von Bomben und im Klirren von Glas unter.

Das erinnerte ihn an etwas, er wusste auch woran, aber er wollte nicht daran rühren.

Die Schüsse oben hörten nicht auf. Soldaten warfen Kranke aus den Fenstern. Die auf den Beton aufschlagenden Köpfe gaben ein seltsames Geräusch von sich, wie harte Eier, die man auf den Tisch haut. Er saß in dem weißen, jodbeschmierten Kittel auf dem Boden, die Sonne brannte, er hatte schon die dritte oder vierte Nacht nicht geschlafen, seine Hände waren klebrig von Schweiß, er dachte nur an eines: sich waschen.

Man beachtete ihn nicht. Gerenne, Schüsse, Schritte von beschlagenen Stiefeln. Das Haus neben der Klinik war schon bis auf den Dachboden abgebrannt. Dicht über den Dächern flogen Flugzeuge und warfen Wolken von kleinen, leuchtenden Bomben, die auf der Ulica Towarowa die St.-Roch-Kirche in Brand setzten. Er schloss die Augen, jemand lief an ihm vorbei, der Soldat, der die Brieftaschen durchgesehen hatte, rief: «Günter, hol doch noch was von Hamerling!» Schritte. Das Gluckern von Benzin im Kanister, das Platschen der ausgeleerten Flüssigkeit. Sie begossen

Köpfe und Körper der auf dem Boden liegenden Menschen. Das Feuer, das ausbrach, war dunkel und stank nach angesengtem Fleisch.

Der Offizier kam zurück. Er sah Andrzej flüchtig an und ging zu den Soldaten, die an einem Panzer standen. Berieten sie, was sie mit ihm machen sollten? Der Offizier winkte ab. Entschieden? Der Soldat, der die Brieftaschen durchsucht hatte, wechselte das Magazin. Die Waffe war verstaubt. Lederhandschuhe. Zum Ellbogen hochgekrempelte Ärmel. Als der Offizier an den verstreuten Sachen aus der Brieftasche vorbeiging, bückte er sich und hob das Foto der jungen Frau auf. Er drehte sich um: «Woher hast du das?» Andrzej antwortete nicht. Der Offizier betrachtete das Foto. Aus dem Panzerfahrzeug rief jemand nach ihm: «Major Simmel! Oberst Heinecke wartet auf eine Antwort! Sollen sie eine Fünfzigmillimeter schicken?» Andrzej zitterte. Simmel? Der Offizier kam näher. Sie sahen sich an. Ähnliche Augen? Die Lider?

Der Offizier zögerte einen Moment, dann zeigte er auf die offene Tür des Daimlers: «Steig ein.» Andrzej setzte sich auf den Rücksitz. Sie fuhren durch das Tor auf die Straße, vorbei an der zerstörten Fabrik von Krauze, und bogen bei der brennenden Ölfabrik der Kołonieckis rechts ab. Häuser, eingeschlagene Fensterscheiben, wehende Gardinen. Man trieb die Menschen in Richtung Ulica Towarowa. Die Panzer hatten offene Türme. Einige Soldaten in schwarzen Feldmützen luden blitzende Munition. Ukrainer beugten sich unter Bündeln mit Betten. Vor dem Tor des evangelischen Friedhofs brannte ein mit Blechfässern beladener Lastwagen aus. Dann kam die Kirche, sie bogen nach Marymont ab. Der Offizier wandte sich um: «Wie heißt du?» Andrzej schluckte: «Celiński.» – «Vorname?» – «Andrzej.» Der Offizier schaute nach dem Namen, der von einer Frauenhand auf die Rückseite des Fotos geschrieben war. «Arzt?» Andrzej nickte. «Wo hast du studiert?» Andrzej berührte mit der Zunge die aufgeplatzten Lippen: «Bei Weissmann.» – «In Wien?» – «In der Winterstraße.» Sie fuhren auf der gepflasterten Fahrbahn nach Norden, vorbei an berittenen Abteilungen von Kalmücken, in Uniformen, die grau waren von Staub.

Auf der Landstraße hinter der Zitadelle hielt der Offizier den Daimler an. Andrzej saß schweigend da. Der Offizier sah ihn nicht an. Im Spiegel sein müdes Gesicht. Von draußen waren in der Ferne Explosionen zu hören. Die Felder waren leer. Ein paar Vögel flogen von Zweig zu Zweig. «Geh», sagte der Offizier. Als Andrzej ausstieg, gab er ihm die Fotografie zurück. Auf der Straße fuhren Lastwagen voller Soldaten. Andrzej stand unter einem Baum und schaute dem schwarzen Auto mit den dreckbespritzten Kotflügeln nach, das sich in Richtung Weichsel entfernte. Er kehrte um und ging am Rande der Landstraße nach Warschau zurück. In Wolken von Staub fuhren die Lastwagen an ihm vorbei.

Über Wola hing dichter Rauch, die Sonne war nicht zu sehen.

Aleksanders Eltern verließen die Wohnung in der Ulica Nowogrodzka am siebten Tag des Aufstands. Die Tür schlossen sie nicht ab. Was verloren gehen sollte, würde verloren gehen.

Als sie auf der Höhe der Post über die Fahrbahn rannten, drehten sie sich für einen Moment um, um noch einmal das gelbe Haus zu sehen, in dem sie so viele Jahre gewohnt hatten. Nowogrodzka 44! Ein solches Haus, an solch einem Ort, so viele Möbel, Betten, Kleider, Geschirr. Die Post auf der anderen Straßenseite war bis zum Dach ausgebrannt, auf der Fahrbahn flatterten angesengte Formulare und Umschläge, es roch nach Ruß, auf den Lippen Ziegelstaub. Als sie am Tor des Hauses von Familie Jesionowski angelangt waren, hörten sie hinter sich das Brummen von Motoren und das Knirschen von Panzerketten auf dem Pflaster. Die Deutschen nahmen den rechten Teil der Nowogrodzka ein.

In dem Haus Nummer 44 war niemand mehr. Fünfzehn leere Wohnungen. Erst gegen Abend war im Treppenhaus vom Hof her das Klopfen eines Gewehrlaufs gegen das Geländer zu hören. Ein Moment des Lauschens in der Stille, dann das Stapfen von Stiefeln, Schatten von Helmen auf der Holztäfelung, Laufen, halblaute Befehle. Die Soldaten der Waffen-SS mit den zwei Blitzen auf den Helmen stiegen die Treppe hinauf in die höheren Stockwerke und liefen schnell an der Tür mit dem Messingschild «Wanda und Czesław Celiński» vorbei. Im Innern der Wohnung, auf dem Tisch im Salon, standen in Eile verlassene leere Tassen und Teller. Ein Schmetterling, der nicht mehr hatte wegfliegen können, bevor das Fenster geschlossen wurde, stieß in Fräulein Esthers Zimmer gegen die Scheibe und suchte einen Weg durch das kalte Glas. In der Küche klirrte die verstaubte Fensterscheibe, als auf die Ulica Świętokrzyska und die Miodowa Bomben fielen.

Als die Bomben gegen Mitternacht das Dach der St.-Barbara-Kirche trafen, leuchtete Fräulein Esthers Zimmer rot auf. Der Lichtschein wogte über die Tapete, blitzte auf den Kristallgläschen in der Kredenz und im Spiegel des Nussbaumschrankes. Nachdem das Feuer erloschen war, sah man draußen nur noch das glühende Gerippe der Kuppel, ein eisernes Skelett, von dem sich bei starkem Wind Funken und Teilchen von glimmendem Blech lösten und durch die Luft schwirrten.

Die Stadt brannte, doch das Haus in der Ulica Nowogrodzka blieb stehen, obwohl in der Hoża und der Koszykowa viele Häuser einstürzten. Vom Morgen bis zum Abend berührte die Sonne geduldig die Mahagonikredenz, auf der früher die griechische Vase aus Odessa gestanden hatte, glitt über die Stühle aus Rosenholz, auf die Fräulein Esther ihre

Handschuhe warf, glänzte auf dem glatten Nussbaumschrank mit dem runden Spiegel, vor dem sie gerne Kleider anprobierte. Als der Rauch, der von Wola herzog, den Himmel über der Nowogrodzka verdeckte und die Luft dunkel wurde, schien das sorgfältig mit einer grünen Decke verhüllte Bett, in dem Fräulein Esther und später Julia Hirsz geschlafen hatten, in der Nische zu versinken wie ein Boot, das im Abendnebel auf jemanden wartet.

Dann fielen Bomben auf die Ulica Żurawia. Das Haus bebte. Nach jeder Explosion schwankten die Gläser in der Kredenz auf ihren hohen Füßen und stießen klirrend aneinander wie bei einem Toast. In der Kristallkaraffe mit dem Kirschlikör lief ein rubinroter Funke im Zickzack, als wollte er mit einem plötzlichen Sprung durch den Glaskorken entkommen. Über die Decke liefen krachend schwarze Linien von Rissen, auf die leeren Gläser, Teller und Salatschüsseln rieselte Putz. Das weiße Porzellan wurde unter der dünnen Staubschicht matt, als würde es von frühherbstlichem Reif überzogen. In der Dämmerung flogen Falter, grau vom Staub, auf verschlungenen Wegen zu der Tischlampe und umkreisten sie erfolglos – in Erwartung des Lichts, das – es war höchste Zeit! – endlich jemand hätte anzünden müssen.

Um sechs stießen die Soldaten die Tür auf.

Über den verbrannten Häusern der Marszałkowska stand die Sonne. Gebückt, in Helmen, die die Augen verdeckten, zogen sie eine Trommel mit einem Telefonkabel hinter sich her ins Zimmer und sprachen, unter den Fenstersims geduckt, halblaut kurze Meldungen in den Ebonithörer. Gegen neun zog der Ältere – er mochte zwanzig sein, mehr nicht – aus einem Stoß angesengter Bücher ein in Frakturschrift gedrucktes Buch mit rotem Leineneinband und warf es dem Jüngeren zu, aber dieser kickte es weg: Er hielt jetzt Ausschau nach Feinden an den Fenstern des Postgebäudes auf der anderen Straßenseite. Dann fand der Ältere unter zerschlagenen Gläsern, Schüsseln und Karaffen eine dunkle Fotografie in einem Mahagonirähmchen. Er wischte das verstaubte Glas ab. «Schau», sagte er und zeigte dem anderen das Bild. «Das ist doch die Marienkirche.» Auf den hochgekrempelten Ärmeln der Felduniformen trugen beide das gleiche Zeichen mit den zwei Blitzen und eine Tresse mit der Aufschrift «567 Danzig».

Er zerbrach mit den Fingern das Holzrähmchen. Vorsichtig zog er das Foto unter dem Glas hervor, schaute es einen Augenblick an und steckte es dann in die Brusttasche. Als er wieder unter den Fenstersims kroch, kniff er die Augen zusammen und schwieg, den Karabiner auf den Knien. Auf der Rückseite der braunen Fotografie standen der Name einer Frau und der eines Mannes.

Am folgenden Tag wurde er verwundet. Er kehrte nicht mehr an die Front zurück. Man brachte ihn mit dem Krankenwagen in die Klinik in der Ulica Cerkiewna, von wo aus er in den ersten Oktobertagen zu einem Transport gelangte, der nach einer Woche Fahrt durch rauchende Ebenen, aus der Luft von den Russen beschossen, in der Medizinischen Akademie in Langfuhr ankam. Dort, in einem weißen Saal der chirurgischen Abteilung, ging das alte Foto der Marienkirche, das er während der Kämpfe im brennenden Warschau gefunden hatte, irgendwo verloren, als er die schwarze Uniform gegen einen Mantel der Organisation Todt tauschen musste. Angeblich gelang es ihm am 30. Januar, an Bord eines Schiffes zu kommen und glücklich den Hamburger Hafen zu erreichen, wo seine Mutter auf ihn wartete.

Aleksanders Eltern wurden nach dem Aufstand in ein Übergangslager in Pruszkowo gebracht, dann in ein kleines Dorf in der Gegend von Krakau. Dort starb Aleksanders Vater in einem Bauernhaus, auf seinem Mantel unter dem Küchenherd liegend, denn die Hausbewohner, bei denen er übernachten sollte, erlaubten ihm nicht, sich in das Holzbett unter dem Fenster zu legen, obwohl das Bett die ganze Nacht leer stand. Er hatte Typhus.

Als die russische Front sich an die Weichsel verlegte, kehrte Aleksanders Mutter nach Warschau zurück. Die Stadt war abgebrannt, doch das Haus in der Nowogrodzka stand da wie immer, nur waren keine Scheiben mehr in den Fenstern. Als sie die Familienfotos, Papiere und Briefe anschaute, die sie auf dem Boden der kaputten Kredenz fand, spürte sie, wie wieder Leben in ihr erwachte. Auf den Bildern des alten Warschau blickten sie ihr Mann, ihre Söhne und ihre Bekannten an. Sie hatte keinerlei Nachrichten von Aleksander und Andrzej. Gegen Abend fand sie unter den Rechnungen, Quittungen, Bescheinigungen und Fahrkarten, die sie auf den Mahagonitisch legte und behutsam glatt strich, als wollte sie durch die liebevolle Handbewegung die Abwesenden herbeibeschwören, einen Brief. Ein wenig erheiterte er sie, aber er stimmte sie auch traurig. Als sie das Blatt mit der vertrauten, regelmäßigen Handschrift betrachtete, nickte sie und dachte mit einem wehmütigen Lächeln an die alten Dinge, an die sich – das spürte sie – niemand mehr erinnerte, die ihr aber, wie ihr gerade bewusst wurde, so nahe waren, als wären sie gestern geschehen – obwohl so viele Jahre vergangen waren.

Es war 1914 gewesen. Sie wohnten damals in dem schönen Haus unter den Kiefern, in der Rhonstraße. Die Eisenbahngesellschaft von Westpommern hatte gerade mit dem Bau einer neuen Linie aus der Stadt in den Süden begonnen, und Aleksanders Vater war auf Salzmanns Rat hin der Gesellschaft beigetreten, da er zu Recht voraussah, dass hier bedeutende Gewinne zu machen seien. Die Orte, an denen die Gleise gelegt werden sollten, wollte er sich selbst ansehen, um sich – wie er den Leuten vom Vorstand der Gesellschaft sagte – mit eigenen Augen zu vergewissern, ob die Strecke richtig gewählt sei, denn man könne sich schließlich nicht auf ein unsicheres Geschäft einlassen. Und so machte er sich eines Vormittags in den Vorort Brentau auf, um sich die Sache an Ort und Stelle anzusehen.

Die Gegend begeisterte ihn. Auf den Hügeln Kiefernwälder. Dazwischen der Blick auf das ferne Meer. Und dann diese Sonne! Er ging ohne Kopfbedeckung über den weißen, staubigen Weg, der in einem Bogen zwischen zwei Waldabschnitten durch Felder von Ginster und Heckenrosen führte. Er schwenkte den Hut in der Hand wie ein Student der Kaiserlichen Universität auf Urlaub. Alle paar Schritte wirbelte er mit dem Stock aus Ebenholz den weißen Staub auf und verscheuchte die Spatzen aus dem Schlehdorn, indem er laut ein ukrainisches Lied pfiff, das er in Odessa gelernt hatte. Obwohl es fast Mittag war, Schwärme von gelben Schmetterlingen über die Ginsterbüsche flogen und dem Himmel die heitere Leichtigkeit eines Aquarells verliehen, konnte er sich – wie er später Aleksander erzählte – des Eindrucks nicht erwehren, dass hinter dem Kiefernwald zu beiden Seiten des Weges nichts mehr sei, dass dort, hinter den Bäumen mit den roten Stämmen, die am Abhang standen, die Welt abbrechen und spurlos verschwinden würde. Das hätte ihm Angst machen müssen, aber es erfüllte ihn – wie er sich später erstaunt klarmachte – mit einer Ruhe, die er nie zuvor erfahren hatte.

Einige Wochen später wurde auf einer Vorstandssitzung, zu der er eingeladen war, beschlossen, man wolle zwischen Brentau und Jasień eine neue Station bauen, dank deren der Besitz des Grafen von Eichen eine günstige Verbindung mit der Stadt und dem Hafen erhalten würde. Der Ort hatte jedoch bisher keinen Namen, und die Behörden verlangten eine schnelle Entscheidung. Am späten Nachmittag sah es schon so aus, als sei es unmöglich, die widersprüchlichen Ansichten in Einklang zu bringen, denn die Namen, die den Ruhm der kaiserlichen Eisenbahn verkünden sollten, prallten auf die Namen berühmter Generäle und siegreicher

Schlachten. Da machte Aleksanders Vater, der dem Streit bisher schweigend zugehört hatte, mit einem höflichen Lächeln den Vorschlag, die neue Station solle einfach «Estherhof» heißen. Man reagierte erstaunt, der Vorschlag wurde jedoch angenommen. Böse Zungen behaupteten, die Höhe der Anteile am Kapital der Gesellschaft habe darüber entschieden. Diejenigen, die besser Bescheid wussten, sagten jedoch, es gehe darum, das Andenken von Esther von Eichen zu ehren, der Tochter des Generals Johann von Eichen, deren Spenden dazu beigetragen hätten, dass die Wohltätigkeitsvereine in der Niederstadt aufgeblüht seien – eine wohl überlegte Geste, die nicht einer Laune entsprang, sondern die Behörden der Provinz gegenüber der Arbeit der Gesellschaft positiv stimmen sollte.

Den Brief von seinem Vater nahm Aleksander in Frankfurt entgegen, wo er sich auf dem Weg nach Heidelberg aufhielt. Die Bitte überraschte ihn ein wenig: Ob er nicht Zeit fände für das Projekt einer kleinen Bahnstation, deren Bau auf der Vorstandssitzung der Gesellschaft beschlossen worden sei? Er zögerte ein paar Tage, dann schrieb er zurück: Einverstanden. Eine Woche später überreichte man ihm den nächsten Brief, aus dem hervorging, dass die Station «Estherhof» heißen sollte. Er hielt das in der gleichmäßigen Schrift seines Vaters beschriebene Blatt in der Hand und lächelte. Ach, Vater … Wozu diese Umstände? War die Vorsicht nicht ein bisschen übertrieben?

Plötzlich hatte er Bilder der früheren Ereignisse vor Augen, die – wie er glaubte – «schon unter dem Herzen schliefen»; doch sie erwachten jetzt mit Macht: das Haus in der Ulica Nowogrodzka, Wassiljew, die St.-Barbara-Kirche, die brennenden Zigeunerwagen, die Predigt von Pfarrer Olędzki, Geheimrat Mehlers, Jan … Plötzlich bedauerte er, dass er noch lebte, obwohl dieses Bedauern doch gar keinen Sinn hatte. Er legte den Brief in die Reisetasche, ging in die Stadt und streifte lange durch die Straßen, um – wie er sich sagte – Zeit zu haben, seine Ruhe wiederzugewinnen. Erst gegen Mitternacht machte er alle Lampen im Zimmer an, schickte den Diener weg, schloss die Tür, breitete die Papierbögen der Gebrüder Rosenblatt aus und machte sich an die Arbeit.

Im alten Oliva kam er am letzten Junitag mit dem Zug aus Berlin an. Vater begrüßte ihn auf dem Bahnhof. Am Sonntag, zwei Tage nach seiner Ankunft, gingen sie zusammen nach Brentau, um sich die Gegend anzusehen. Sie war sehr schön. Der Bahndamm, schon für das Verlegen der Gleise vorbereitet, verlief in einem Bogen zwischen den Hügeln. Zu beiden Seiten des weißen Weges erstreckten sich Kiefernwald, sandige Abhänge und ein Dickicht von Brombeeren. Die blauen Lupinen waren schon verblüht. Von dem Hügel aus, auf den sie stiegen, sahen sie hinter den Gebäuden von Langfuhr das Meer und den Wald beim Friedhof von Silberhammer. Es war Mittag. In Brentau und Matemblewo läuteten die Glocken.

Das Bahnhofsgebäude, das im September fertig gestellt wurde, hatte eine Fassade aus dunkelbraunem, glasiertem Backstein, große Fenster mit Spitzbögen und ein steiles Dach aus holländischen Ziegeln. Aleksander wollte in dem Wartesaal für die Reisenden Mosaikfenster haben und bestand darauf, obwohl man ihn darauf vorbereitet hatte, dass der Vorstand der Gesellschaft vielleicht nicht einverstanden sein würde, denn das war nicht üblich. Doch sein Projekt wurde akzeptiert. Auf den Bögen, die die Ingenieure Greiss und Hohen erhalten hatten, befand sich das Motiv einer Frau, die weiße Callas schnitt. Einige Vorstandsmitglieder betonten, sie hätten stattdessen lieber die achtbaren Embleme der kaiserlichen Bahn gesehen, zum Beispiel ein geflügeltes Rad und eiserne Blitze, die Symbole des Zeitalters der Elektrizität. Sie änderten ihre Meinung erst, als der führende Landmesser Lohmann (er hatte eine Zeit lang in

München bei Reich Malerei studiert) beiläufig die Bemerkung fallen ließ, die Frau erinnere an die Loreley oder an die Germania von den Bildern Kunzes. Die Mosaikfenster auf der westlichen Seite des Saales sollten nach Aleksanders Projekt das dunkle nördliche Meer darstellen, in dessen Wellen Fische und Sterne schwammen. Diejenigen, die sich in den ersten Oktobertagen, als das Gebäude fertig war, Estherhof anschauten, fanden die Mosaikfenster sehr gelungen. Sie hatten – wie man sagte – ein wenig Ähnlichkeit mit den Bildern von Klimt, die Aleksander aus Wien kannte und sehr mochte.

Während eines seiner Besuche im alten Oliva kam auch Andrzej nach Estherhof, denn er wollte Aleksanders Werk sehen, über das so viel gesprochen wurde. Es war Sonntag. Obwohl er alles genau geplant hatte, schaffte er es erst auf den letzten Zug, mit dem man kurz vor Sonnenuntergang dort ankam. Als er in den Wartesaal trat, war es schon dunkel, doch hinter den schwarzen Kiefern hervor sickerte durch die farbigen Scheiben das rötliche Licht des Himmels. Die großen Fische und Sterne glichen rosigen Quallen und glühten, von außen angeleuchtet, rubinrot in den Fenstern des Gewölbes; einen Augenblick lang hatte er den Eindruck, das Haus, das er betreten hatte, stünde unter Wasser, und seine Mauern würden, bis unters Dach, lautlos abgewaschen.

Die Reisenden, die an der Wand saßen, glichen eher Schatten als lebendigen Menschen. Als er sich auf die Eichenbank unter dem Fenster setzte, konnte er ihre Gesichtszüge nicht erkennen. Ihm schien, sie säßen in Kapuzen da, die Hände auf dem Schoß verschränkt. Daneben auf der Bank standen große Körbe mit Äpfeln. Einer davon fiel auf den steinernen Fußboden und rollte in seine Richtung. Er war dunkelrot, fast schwarz, und hatte frische, feuchte Blättchen am Stängel. Er wollte ihn aufheben, streckte die Hand aus, doch es überkam ihn eine solche Müdigkeit, dass er keinen Finger mehr bewegen konnte.

Als er aufwachte, war der Wartesaal leer. Er blinzelte und dachte, er habe die Reisenden wahrscheinlich im Traum gesehen. Ein grünliches Licht, das in einem schrägen Streifen durch das bunte Glas fiel, zeichnete auf den Steinfußboden das verschwommene, von Hunderten rubinroter und smaragdgrüner Linien durchbrochene Bild einer Frau mit einem silbernen Messer in der Hand, die behutsam weiße Callas mit biegsamen schwarzen Stielen aus Blei schnitt.

Der Zug kam um neun.

Er war der einzige Passagier, der in die Stadt zurückfuhr.

Viele Jahre vergingen. Der nächste Krieg erfasste die halbe Welt. Im Winter näherten sich die Russen der Stadt, angekündigt von unzähligen Scharen von Krähen und Dohlen am Himmel, die – aufgescheucht von Tausenden von Schüssen – vom Landesinneren über die glatte Oberfläche des von eisigem Nebel verhangenen Meeres flogen. Von den Häusern in Brentau aus sah man eine Feuersäule über dem Wald aufsteigen. Estherhof brannte. Die Flüchtlinge, die in der folgenden Nacht mit auf Wagen gepacktem Bettzeug und Lebensmitteln durch die Schneewehen in Richtung des brennenden Hafens stapften, wo Schiffe aus Rostock, Hamburg und Bremerhaven auf sie warteten, stießen hinter der Brücke auf schneebedeckte Trümmer. Das gotische Blechschild mit dem Namen der Station, von Granatsplittern durchlöchert, ragte aus dem vom Wind aufgewirbelten Weiß.

Im Frühjahr, als der Schnee durch die Erdgräben abgeflossen war, begann überall frisches Gras zu wuchern. Auf den ausgebrannten Talhängen zu beiden Seiten des Gleises wuchsen rostrote Felder von Wermut. Stachlige Triebe von Brombeeren überwucherten die Trümmer, die der Wind mit Sand bedeckt hatte, der niedrige Bahnsteig hatte sich durch den Regen in einen Grashügel verwandelt, der einem langen, mit Ginster bewachsenen Hügelgrab glich. Im Innern des Tals, wo blaue Pfützen von Regenwasser standen, blühte weiß der Schlehdorn. In den Birkenzweigen zeichneten sich Vogelnester ab. Die Menschen, die jetzt aus den fernen Ostgebieten des ehemaligen Polen in die Stadt kamen, um die Plätze derer einzunehmen, die auf Schiffen vor der russischen Armee flohen, nahmen die Reste der Gleise auseinander. Die Schienen benutzte man für die Decken neuer Häuser. Danach wusste kaum noch jemand, dass hier, zwischen den mit Wermut bewachsenen Hängen, in dem leeren Tal, einmal das schöne Gebäude einer kleinen Bahnstation gestanden hatte, mit einem steilen roten Ziegeldach und hohen gotischen Fenstern, wo Züge voller Menschen angehalten hatten, die von der Stadt aus in den Süden fuhren.

Vom ehemaligen Estherhof war nur die Backsteinbrücke geblieben, die in einem Bogen die beiden Seiten des Tals verband. Selten kam jemand hierher, die Gegend war abgelegen. Hin und wieder verirrten sich auf die mit Schlehdorn, Heckenrosen und Brombeeren bewachsene Wiese Kinder aus Brętowo oder Dolne Młyny. Dann war zwischen den krummen Kiefern und den Birken fröhliches Lachen zu hören. Man musste nur zwischen den Wurzeln ein wenig im Sand graben, und schon tauchten aus dem Gras rote, grüne und blaue Glasstückchen auf, durch die man ohne Furcht in die Sonne schauen konnte.

In den Händen die Sandalen

Am Abend machte er sich auf den Heimweg von der Nowogrodzka; der Bahnhof, die Lampen, die Neonreklamen an den Häuserwänden, Sony, Claudia Schiffer, Marlboro, Microsoft, Hyundai, Honda, Bond, Peugeot, Mercedes, Volvo, Ford, dann der Nachtzug, das dunkle Abteil, die Brücke über die Weichsel; hinter der Fensterscheibe verschwanden, verdoppelt durch die Spiegelung im Wasser, allmählich die Lichter Warschaus.

Er dachte an sie, die leicht aufgeworfenen Lippen, die Lider, das helle Haar, den Schatten auf der Schläfe, die gerötete Wange, er erinnerte sich gut an den Tag, an dem er sie zum ersten Mal gesehen hatte, auf der Treppe vor der Aula, in der alten Universität, wo auf dem Putz noch immer Wappen und gotische Buchstaben schimmerten, sie waren zusammen in einen neuen Stadtteil gezogen, in einen Betonblock, ins zehnte Stockwerk, hoch über der Stadt, von den Fenstern aus sahen sie den Gutenberg-Hain und das ferne Meer hinter den Buchenhügeln, über dem Bett ein Porträt von ihr, ein trockener Palmzweig, ein altes, braunes Foto in einem Holzrahmen, die verblasste Unterschrift «Marienkirche – Bertelssohn 1899», sie schlief neben ihm, raue Lippen, der Hals im Ausschnitt des Hemdes, die nackte Schulter, sie atmete ruhig, gleichmäßig, doch er konnte nichts tun gegen diese lächerliche Angst, er konnte es nicht lassen, die Decke über sie zu ziehen, ihr sanft übers Haar zu streichen, obwohl doch nichts geschehen war, sie schlief neben ihm, atmete ruhig, die Leichtigkeit der Seele um fünf Uhr morgens, desto größer, je größer die Müdigkeit, er betrachtete sie, er wollte sie unter den Lidern haben, draußen stand dunkel das Meer, der nächtliche Sturm war lautlos über der Stadt erloschen, er wusste, irgendwann würde es aus sein, er dachte an einen Tag, an dem sie fast gestorben wäre, und er hatte völlig ohnmächtig zugesehen, doch jetzt war nichts geschehen, sie schlief ruhig, ins Kissen geschmiegt, rosig vom Schlaf, die Hand unter der Wange, langsam glitt sie durch die Wogen der Schrift, er erinnerte sich, wie sie zu den Vorlesungen ins alte Gebäude der Universität gingen, wie sie durch den Park gingen, an der Politechnika vorbei, durch die verwilderten Gärten des alten, von Efeu überwucherten deutschen Viertels, sie gingen die Straße unter den Kastanien entlang, dann sahen sie hinter dem Eisenzaun dieses alte, verlassene, verfallende Haus mit dem Fachwerk, sie gingen auf dem Gartenweg am Teich vorbei, der rot war von Buchenblättern, vorbei an dem Eisentor mit den beiden Steinkugeln im Gras, sie gingen Richtung Universität und kamen nicht an, etwas wie der

Wind trug sie auf diese Hügel hinter der Stadt, unter die Masten der Radiostation, sie setzten sich auf die zerschlagenen Grabsteine des jüdischen Friedhofs, etwas trug sie nach Süden, nach Westen, manchmal kamen sie sogar in den kleinen Saal im Dachgeschoss des alten Gebäudes, saßen wie bewusstlos nebeneinander, Frau Professor Cz. sagte später, sie hätte Lippenstift auf seinem weißen Golf gesehen, sie gingen in die Vorlesungen, aber etwas trug sie nach Süden, nach Westen, auf die großen, leeren, grasbewachsenen Hügel, die großen Hügel von Brętowo, sie kamen aus den Wäldern und betrachteten diese Hügel, auf denen ein paar Jahre später ihr Betonhaus errichtet werden sollte, es genügte, dass sie sich berührten, es genügte, dass sich am Waldrand ihre Hände berührten, und schon zogen sie sich in die Haselsträucher, unter die jungen Ahornbäume zurück, sie rissen mit den Händen Gras ab und machten sich ein Lager, damit sie die warme Erde unter sich spürten, sie gingen also aus den Wäldern auf die großen, leeren Hügel hinter der Stadt, die sich weit hinzogen, bis unter die Sonne, sie schlief neben ihm, atmete gleichmäßig, ruhig, ins Kissen geschmiegt, die Hand unter der Wange, und er schrieb so, als würde er mit den Fingerspitzen ihren Hals berühren, um sicherzugehen, dass sie atmete, immer wollte er die Worte in ihre Berührung verwandeln, in die Weichheit der Haut, in die Fülle des Haars im Nacken, um sie in die Dinge zu tauchen, die nicht vergehen oder langsamer vergehen als alles andere, er kehrte aus diesem Haus in der Nowogrodzka zurück, es dämmerte, der Zug passierte die Station, die früher Marienburg hieß, vor dem Fenster des Abteils zogen die dunklen Türme der Burg vorbei, das Wasser des großen Flusses, hinter der Brücke sah er, wie plötzlich im Licht der kalten Sonne über der Ebene diese Stadt aufleuchtete, die ferne, verhangene Stadt mit dem leichten Umriss der Türme, und er wollte diese Stadt in ihre Berührung verwandeln, die sich zu einer Reihe von Zeichen auf dem Papier fügen sollte, so, dass andere die Straßen und Häuser, über die er schrieb, kaum erkennen könnten, denn das waren ihre Straßen und Häuser, ihre Lange Brücke, ihr

Krantor, ihre Mottlau, ihre Ulica Grottgera, aber jetzt schlief sie neben ihm unter dem Fenster, in dem der Himmel nach dem erloschenen Sturm erwachte, und dann gingen sie von diesen großen, grasigen Hügeln hinunter auf den Bahndamm, der weit aus der Stadt hinausführte, zwischen zwei Waldabschnitte im Süden, bis zu den abgerissenen Brücken, die im Schlehdorn untergingen – und so, einen Kreis beschreibend, der an ihrer ins Kissen geschmiegten Schläfe begann und hier, auf diesen grasigen Hügeln, endete, über denen sich große weiße Wolken ballten, gingen sie nach unten, auf den mit Wermut, Quecken und Farn bewachsenen Damm der alten Bahnlinie, wo keine Spur mehr war von Schienen und Schwellen, und über den sandigen Weg, durch Felder von Ginster, durch Wermut und Brombeeren, in Wolken von gelben Schmetterlingen und Libellen, unter dem Bogen einer Backsteinbrücke hindurch, kamen sie zu dem kleinen Tal mit den blauen Hängen der blühenden Lupinen und sahen vor sich diesen Ort, diesen leeren, wilden Ort, wo einmal die kleine Bahnstation gewesen war, und wenn sie so auf der feuchten Erde standen, wenn sie so dastanden und die lupinenblauen Hänge betrachteten, die Birken, das Schlehdorngestrüpp, die Brombeeren, die den verwilderten Boden des Tals überwucherten, durch das man einst von der Stadt aus in den Süden fuhr, da suchte er einen Namen für diesen Ort, den sie mit den bloßen Füßen berührte, denn während sie auf der feuchten Erde stand, hielt sie die Sandalen am Riemen in der Hand, und er dachte: Wie die Sonne schien an jenem Tag …